# Ricardas Erbe

Christine Lawens

Christine Lawens

# Ricardas Erbe

Bibliografische Information der Deutschen Nationalbibliothek:
Die Deutsche Nationalbibliothek verzeichnet diese Publikation in der Deutschen Nationalbibliografie; detaillierte bibliografische Daten sind im Internet über http://dnb.dnb.de abrufbar.

© 2013 Christine Lawens

Umschlaggestaltung: ©Frederic Kondak
Verwendete Fotos: Fotolia/ bimserd/Paola Gallo/ alexanderkonsta
Lektorat: Dr. Rainer Schöttle


Herstellung und Verlag: BoD – Books on Demand, Norderstedt

ISBN: 978-3-743102804

# Prolog

*Doña Graciana Alfaro!*
*Stat crux dum volvitur obis.*
*Das Kreuz steht fest, während die Welt sich dreht.*
*Gott hat mir den Weg zu Ihrer Familie gewiesen.*
*Ich, Bonifacio Ladrón, verkünde hiermit*
*Ihnen, Doña Graciana Alfaro, dass ich als Mönch Bonifacio, im Vollbesitz meiner geistigen*
*Kräfte, das heilige und geheiligte Gelöbnis mit meinen eigenen Worten zu wiederholen und zu*
*erneuern wünsche, das zuerst von meinem Ordensbruder Lazaro Martínez bei Gelegenheit*
*der Vollendung und Weihe der Mission von La Cartuja de las Fuentes abgelegt wurde.*
*Da nun die Zeit der Säkularisierung nicht mehr fern ist, bitte ich Sie, einen Eid abzulegen.*
*Alles Land, das zu diesem Kloster gehöre und an Ihr Landgut grenze, soll von dem Orden an*
*Ihre Familie übergehen. Es soll für immer im Besitz der Familie Alfaro bleiben, um es vor*
*Plünderungen und vor der Zerstörung zu retten. Die Katakomben unter der Kapelle sowie*
*diese selbst sollen dem Eid zufolge niemals entweiht werden.*
*Die Ländereien erstrecken sich, soweit das Auge reicht, von Horizont zu Horizont, bis zu dem*
*Sand am Meer in westlicher Richtung, hin über den buckligen Felsen in nördlicher, den*

*Korkeichenwäldern in östlicher und die Olivenreihen in südlicher Richtung. Drei Pferdeköpfe aus Stein weisen die Richtungen und wachen über das Land.*
*Hiermit übertrage ich dieses heilige Gelübde an Sie, Doña Graciana Alfaro, und Ihre Nachkommen vor den Hl. Vätern des Ordens der Kartäuser und dem Zeugen, dem Ordensbruder Lazaro Martínez, der hier mitunterzeichnet.*

*La Cartuja de las Fuentes, 1835*

## Kapitel 1

### La Verdad, März 1998

Die Tierwelt erwachte in der morgendlichen Stille der Coto de Doñana, als sich die Sonne langsam über die Hügel erhob und mit goldenen Fingern einen Himmel abtastete, der sich innerhalb kürzester Zeit fast purpurrot färbte. Das Laub der Bäume rauschte leise, von einem Lüftchen bewegt, während Carmela reglos im Gras stand und zusah, wie der leuchtende Himmel in satter Farbenpracht zersprang. Einige Augenblicke schienen die Vögel zu verstummen, fast so, als empfänden sie Ehrfurcht vor der Schönheit dieses Anblicks. Üppiges Weideland, auf dem Vieh graste, erstreckte sich, soweit das Auge reichte. Die Finca der Familie Alfaro-Sánchez umfasste viertausend Hektar Land, auf dem Pferde- und Rinderzucht die Gewinne einbrachten. Der Landbesitz grenzte direkt an den Naturpark Coto de Doñana. Seit hundert Jahren warf die Finca La Verdad stattliche Erträge ab, doch Carmela liebte dieses Gut nicht aus diesem Grund. Sie liebte es, weil ihr ganzes Herz daran hing. Es war, als spräche sie wortlos mit den Geistern, von deren Vorhandensein sie allein wusste. Carmelas Blick verfing sich in den silberfarbigen Olivenzweigen, die sich sanft in der Morgenbrise wiegten, die Sonne schien warm auf Carmelas schwarzblaues Haar, und sie fing leise zu summen an. Sie lief zum Fluss, und ihre Füße versanken in einem Blumenteppich, und der betäubende Duft wilder Kräuter umhüllte sie. Carmela hockte sich auf einen glatten grauen Stein und ließ das eisige Wasser über ihre Füße laufen. Sie beobachtete, wie die Sonnenstrahlen sich immer näher an die Felsen heranschoben. Sie liebte es, den Sonnenaufgang zu erleben. Carmela genoss es, dazusitzen und in der Morgenstille zu meditieren.

Auf dem Landgut gab es Vorarbeiter, Unterverwalter, Hilfskräfte, Pferdepfleger und Stallburschen. Doch es gab niemanden, der das Land so innig liebte wie sie, ihre Tochter Laura und ihr Vater José Sánchez. Hier waren sie und ihre Tochter zur Welt gekommen, und eines Tages, wenn sie sehr alt sein würde, älter vielleicht, als ihr Vater jetzt war, würde sie hier sterben wollen. Sie liebte diese Finca und diese Landschaft von ganzem Herzen. Carmela ging zu ihren Lieblingen, stellte sich an die Koppel und erwärmte sich beim Anblick der anmutigen, lebensfrohen Tiere, indem sie den Pferden beim Grasen zusah. Ortega, Großmutters dreißigjähriger Hengst, erspähte sie und kam zu ihr herübergetrottet. Er streckte seinen Kopf über den Zaun, weil er gestreichelt werden wollte. Carmela kraulte Ortega hinter den Ohren und sprach mit leiser, singender Stimme auf ihn ein; doch mit den Gedanken war sie ganz woanders, ihre Worte kamen einfach automatisch. Ihm schien das nichts weiter auszumachen, seine Augen waren halb geschlossen, und er schnaubte selig. Carmela dachte an ihre verstorbene Großmutter Ricarda. Sie war eine Pferdeheilerin, und Carmela hatte ihre Gabe geerbt und führte dieses Vermächtnis fort. Sie musste lächeln, die Erinnerung war so präsent, als wäre es gestern gewesen. Carmela erzählte ganz aufgeregt ihrer Großmutter, sie war gerade erst vierzehn Jahre alt, wie sie die Hitze und ein Prickeln fühlte, wenn sie kranke Pferde berührte. Carmela spürte damals, wo die Pferde Schmerzen oder Energieblockaden hatten.

„Dann ist es jetzt soweit", hörte Carmela ihre Großmutter sagen. Ricarda verfeinerte die Fähigkeiten ihrer Enkelin Tag für Tag. Sie lernte, durch Handauflegung Schmerzregionen aufzuspüren und zwischen emotionalen und körperlichen Blockaden zu unterscheiden. Ohne es zu ahnen, überschritt Carmela eines Tages eine weitere Grenze und konnte sich auf den Geist eines Pferdes einstimmen. Wenn es nach ihr gegangen wäre, hätte sie in den Boxen und auf den Weiden mitten unter ihnen gelebt. Sie war ihrer Großmutter bis heute dankbar, dankbar für diese wunderbare Gabe. Oft musste Carmela an die Worte denken, die ihre Großmutter am Sterbebett zu allen Anwesenden gesagt hatte. „Carmela ist ein ungewöhnliches Kind."

Sie hatte ihre Enkelin gebeten, näher zu kommen. „In dir setzt sich eine lange Tradition fort. Du trägst das alte Spanien in dir, aber auch das neue, wie immer es aussehen wird. Lebe wohl und sei so stark und mutig, wie ich es einmal war. Gib mir deine Hand ..." Carmela erinnerte sich, dass sie bei ihrer Großmutter bis zu ihrem letzten Atemzug gesessen hatte. Sie starb friedlich, ohne Kampf. Carmelas Mann Leon dagegen starb grausam. Er wurde während eines Stierkampfs von einem Stier getötet. Bereits vor ihrer Großmutter war Carmelas Mutter gestorben. Sie litt schon als Kind unter Asthma, ihr Herz war dadurch sehr geschwächt. Als dann zum dritten Mal ein Sarg in die oberirdische Grabkammer geschoben wurde, dachte Carmela, dass ein großer Teil ihrer Vergangenheit schon in dieser Gedenkstätte ruhte: ihre Mutter Elena, Großmutter Ricarda und dann ihr Mann Leon, ihre erste große Liebe. Das war die Vergangenheit. Jetzt blieben nur noch ihre Tochter Laura und ihr Vater.

Carmela öffnete die Augen, die sie kurz geschlossen hatte, und sah zu, wie die Sonne höher stieg. Es wurde Zeit, dass sie sich auf den Heimweg machte. In einer Stunde kam ein neuer Patient. Ein Wallach. Seine Besitzerin war eine Bankerin aus Sevilla, die von Carmelas psychokinetischer Begabung gehört hatte. Señora Vegas' Pferd ließ kaum noch jemanden an sich heran. So war es Carmelas Aufgabe, dem Tier die Angst zu nehmen. Carmela musste daran denken, welche Skepsis man ihr und ihrer Arbeit jahrelang entgegengebracht hatte und wie viele Jahre es gebraucht hatte, bis man ihre Fähigkeiten ernst genommen hatte. Auch heute würde sie vermutlich wieder auf diese Vorbehalte stoßen, aber Carmela sah der Aufgabe gelassen entgegen. „Lassen wir uns überraschen", murmelte sie.

Sie ging zurück, vorbei an den Stallungen, die unmittelbar in der Nähe des Haupthauses lagen. Mit gewohnter Routine ließ Carmela ihren Blick – oder ihre Handfläche – über jedes einzelne Pferd gleiten, um sich zu vergewissern, dass es ihnen gut ging. Dann ging sie die Kiesauffahrt hinauf zum Haus, blieb kurz stehen und sah zu ihrem Geburtshaus „La Verdad" hinüber. Die Schichten der Zeit konnte man förmlich fühlen. Jeder einzelne Bewohner hatte ein wenig von sich zurückgelassen. Die klassische Fassade mit einem Säuleneingang und vielen Mauerbögen, Dachschrägen mit Tonziegeln und die vielen bunten Fliesen, die überall zu sehen waren.

Von Weitem konnte sie ihre elfjährige Tochter Laura auf der Terrasse erkennen, wie sie mit schlurfenden Schritten zum Frühstückstisch ging. Sie trug einen Schlafanzug, der ihr zwei Nummern zu klein war. Die strahlenden dunklen Augen eines Nachthimmels, das dichte schwarze Haar und die langgliedrige, anmutige Gestalt hatten sich in direkter Linie von Vater José über Carmela auf Laura vererbt. Ihre Tochter hatte nichts Gekünsteltes an sich, nicht die Andeutung von Koketterie, sie besaß nur eine umwerfende Schönheit, derer sie sich noch nicht bewusst war. Aber es würde nicht mehr lange dauern. Für Carmela würde ihre Tochter immer das kleine Mädchen bleiben.

„Hallo, Liebes."

„Na, warst du wieder auf deiner Meditour?"

Carmela überhörte die Anspielung ihrer Tochter auf ihr morgendliches Ritual.

„Wo ist dein Großvater? Ich habe ihn noch gar nicht gesehen."

Laura sah sie mit verschlafenen Augen über ihren Tassenrand hinweg an. Sie zuckte mit den Schultern.

„Ist er nicht im Stall?", kam dann die Frage.

„Nein."

„Na, irgendwo muss er ja sein", meinte Laura und vertiefte sich in ihren Milchkaffee.

„Nur wo?"

„Bestimmt überprüft er, pingelig, wie er ist, ob die Sattelkammer aufgeräumt ist, ob die Strohballen richtig in einer Reihe liegen, die Boxen exakt ausgemistet sind, und raubt dabei den Pferdepflegern den letzten Nerv."

„Laura", rief Carmela mit gespielter Empörung.

„Da kommt er ja."

„Ich sag es doch. Hier geht niemand verloren." Laura grinste ihre Mutter an, und Carmela verzog spöttisch ihr Gesicht.

José sah seinen beiden Frauen entgegen, als er die Stufen der Veranda erreichte. Seine Tochter und seine Enkelin frühstückten genüsslich unter Gelächter und Geplapper. Unwillkürlich wurde er an das frühere Familienleben der Alfaro-Sánchez erinnert, als seine Frau und Carmelas Schwester Savanna und ihr Bruder Marco hier an diesem Tisch gesessen hatten. Nach dem Tod seiner Frau hatte sich die Familie entzweit, und ihm war nur Carmela geblieben. Seine älteste Tochter und sein Sohn hatten ihm im Streit vorgeworfen, dass er schuld sei am Tod ihrer Mutter. José hatte es nie geschafft, sie vom Gegenteil zu überzeugen. Er hatte seit dieser Zeit nichts mehr von ihnen gehört außer den üblichen Grußkarten zum Geburtstag und an Weihnachten. Jahrelang hatte er versucht, zu seinen beiden älteren Kindern Kontakt zu halten, und sich Mühe gegeben, gefühlsmäßig mehr Raum zu schaffen, und immer war es Carmela gewesen, die sein Herz erfreute. Carmela mit ihrer warmherzigen Art, mit ihrer ungezwungenen Anmut, mit der sie ihm überallhin folgte. Wie seine Enkelin. Sie drei lebten in ihrer vertrauten kleinen Welt. Nur José bemerkte langsam sein Alter, und er brauchte Hilfe. Er wollte nicht alles Carmela überlassen, und so hatte er sich nach einem neuen Verwalter umgeschaut. Er würde noch im Laufe des Tages mit seiner Tochter darüber sprechen müssen. Aber jetzt würden sie erst gemeinsam frühstücken. Er ging auf seine Enkelin zu und küsste ihre Wange. „Hübsch siehst du aus in deinem Designerschlafanzug."

„Ja, ja. Mach dich nur lustig über mich", sagte Laura und biss in ihr Schokocroissant. José sah seine Tochter an, die ihm zuzwinkerte.

Carmela ging zur Hofeinfahrt, um zu schauen, ob der Pferdetransporter mit ihrem Patienten schon eingetroffen war.
Da kommt er ja, dachte Carmela und freute sich.
Schwerfällig bog das Auto mit dem Anhänger von der Landstraße ein, rumpelte auf dem Zufahrtsweg in ihre Richtung.
Der Fahrer kletterte heraus, sprach kein Wort und machte sich daran, die Tür an der Rückwand zu öffnen.
„Alles gut gegangen?"
„Klar."
Die Rampe klappte herunter, und da sah sie schon die Ohren des Wallachs über der Zwischenwand.
„Das ist also Opus."
Das Ausladen war ein Kinderspiel. Carmela hatte darin das größte Problem gesehen. Es hatte wunderbar geklappt. Das Pferd wurde losgebunden, ein Stallbursche nahm den Wallach am Halfter, und er kam zuerst etwas zaghaft, dann entschlossener rückwärts die Rampe herunter. Da war er. Stand da und schaute sich um. Bog den schlanken Hals, reckte den Kopf und öffnete die Nüstern. Er schien immer noch aufgeregt zu sein, und alles war natürlich fremd und seltsam.
„Opus!", sagte Carmela, streichelte seinen Hals, legte ihre Wange an das Seidenfell. „Du bist das schönste Pferd weit und breit, stolz, geradezu arrogant. Ich kenne jedenfalls niemanden, der so hochnäsige Nüstern machen kann wie du, wenn dir etwas nicht passt. Wir beide, Opus, wir verstehen uns. Ich mag dich

sehr, und ich dachte, du magst mich auch ein wenig. Aber wie sich nun zeigt: Du hast noch kein richtiges Vertrauen zu mir." Sie tätschelte den Pferdekopf liebevoll. Carmela betrachtete den Wallach von allen Seiten, um sich einen ersten Eindruck zu verschaffen. Dann nahm sie das Pferd am Halfter und führte es direkt zur Therapiekoppel.

Wenn Opus so schlimm dran war, wie Carmela annahm, würde es nicht ausbleiben, dass er sich massiv wehrte, wenn Carmela ihn zuerst in eine Box gebracht hätte. Pferde waren hochempfindsam und sammelten, vor allem während eines Transportes, vielfältige Frustrationen an. Sie mussten ihr Gleichgewicht ausbalancieren. Sie waren eingesperrt und konnten nicht in die Ferne schauen und wurden von ihren Artgenossen getrennt. Deshalb ging Carmela nach dem Verlassen des Transporters mit dem Pferd sofort zur Koppel, damit das Tier seine angestauten Gefühle abbauen und sich frei bewegen konnte. Der Wallach galoppierte sofort los, quer durch die Koppel. Carmela stand am Ende des Corrals und beobachtete unterdessen, welche Störungen bei dem Patienten vorliegen könnten. Das war in der Anfangsphase einer Behandlung, während sie ein Gespür für das Pferd entwickeln musste, immer ein schwer einschätzbares Risiko: Wie weit ging die Bereitschaft des Pferdes, sich selbst zu verletzen, nur um von den Menschen fortzukommen? Sie hatte Pferde kennengelernt – und Opus gehörte möglicherweise dazu –, die eher bereit waren, sich sämtliche Knochen im Leibe zu zerschlagen, als sich noch einmal auf Menschen einzulassen; genau wie ein Fuchs in der Falle bereit ist, sein eigenes Bein abzubeißen. Sie hatte auch Pferde erlebt, die ausschlugen, Drohgebärden zeigten und Angst. Die meisten Menschen reagierten darauf mit Zwang und Brutalität. Natürlich wandten die Pferde, die sich weder artikulieren noch die Situation für sich verändern konnten, dies in ein stilles Leiden um. Diese Missstände führten dann zu Verhaltensauffälligkeiten und Krankheiten. Es dauerte seine Zeit, bis die Tiere Vertrauen fassten. Es war manchmal ein langwieriger Lernprozess; und es blieb nicht aus, dass es in der Anfangsphase zu massiven Reaktionen des Pferdes kommen konnte.

Opus war verkrampft, wenn Fremde in der Nähe waren, und stärker noch als Carmela spürte das Pferd, dass die Besitzerin, die sich der Koppel näherte, eine Spannung mitgebracht hatte. Als Carmela Opus zart über den Rücken strich, sah sie, dass der Wallach in seiner Haut kleiner zu werden schien.

„Ist das alles, was Sie mit meinem Pferd machen? Das wirkt auf mich wie Hokuspokus", polterte die Besitzerin Señora Vegas plötzlich los, so ganz gegen ihre sonstige Art, wie Carmela sie beim ersten Telefongespräch kennengelernt hatte.

Die laute hohe Stimme war zu viel für Opus. Die Besitzerin streckte die Hand nach dem Halfter aus. Ihre Bewegung war fahrig, ein wenig grob, und das Pferd scheute. Der Wallach erhob sich mit einem wilden Schnauben auf die Hinterbeine. Mit starren Augen und weiten, roten Nüstern warf er sich herum, um zu fliehen. Der Schrecken ergriff wieder von ihm Besitz. Menschengesichter, wahrgenommen als helle Flecken, laute Stimmen, drängende Stimmen.

Carmela gestattete dem Wallach seinen freien Willen. Sie spürte, dass Opus ihr nichts tun würde. Nach ein paar Minuten blieb Opus einige Schritte vor Carmela stehen und blickte ihr gespannt entgegen. Carmela beruhigte das Tier mit ihrer Stimme und ging langsam auf es zu. Dann streckte sie langsam ihre Hände aus und wartete. Opus ließ es zu. Sie streichelte ganz sachte über sein seidiges Fell. Er blieb ganz ruhig. Carmela sah zur Besitzerin, die eine Pferdelänge von ihnen getrennt stand. Sie erkannte deren Ungeduld in den Augen. Carmela hielt den Zeigefinger an die Lippen und sagte dann: „Bitte bleiben Sie ruhig, und nur zuschauen."

„Wenn ich nur am Zaun stehen bleibe und kein Wort sage, denken Sie, dass Sie dann mit ihm arbeiten können?", flüsterte die Besitzerin leise.

Carmela nickte nur.

Sie schlug Opus leicht auf den Schenkel, damit er losgaloppierte, um sich auszutoben.

Opus stand nahe am Zaun und rupfte ein paar Grashalme. Er schien sehr entspannt zu sein. Carmela beobachtete ihn bei seinem ruhigen Grasen. Dann näherte sie sich dem Pferd Schritt für Schritt und sprach es an. Die aufmerksamen Ohren wendeten sich ihr zu. Carmela blieb stehen und wartete. Sie sah Opus dabei nicht an, sondern stand ein wenig abgewandt von ihm, ließ den Blick schweifen, um jegliche Spannung zwischen ihnen zu vermeiden. Opus hob schließlich den Kopf, während die Kiefer langsam weitermahlten. Der Wallach schien unschlüssig. Dann tat er einen kleinen Schritt vorwärts, verharrte; das Pferd atmete schwer, als sei es schnell gelaufen, und Carmela musste sich beherrschen, um ihr Lächeln zu verbergen. Dieser Moment hatte etwas Rührendes, wie der Wallach sich langsam näherte und dabei versuchte, ganz unbeteiligt zu tun. Da Carmela sich immer noch nicht rührte, nicht einmal in die Richtung sah, wurde sie vertrauensvoll und vorsichtig von Opus angestoßen. „Hallo, mein Junge", sagte Carmela. Sie drehte sich spielerisch zu ihm um und hielt ihm die flachen gespreizten Hände entgegen, die der Wallach beschnupperte. Dann begann er, mit seiner rauen Zunge die Handflächen zu lecken. Carmela hielt still, obwohl das Kitzeln bis zu ihren Zehen hinunterkribbelte. „Und jetzt werde ich dich von deinen Energieblockaden befreien."

Carmelas beherrschte Stimme war leise und weich. Opus stellte neugierig die Ohren nach vorn, als fragte er Carmela, was sie meinte. Carmela erzählte dem Wallach ein spanisches Märchen, nur um zu reden, und strich währenddessen über sein Gesicht, dann seinen Hals, seine Beine und lehnte sich schließlich gegen seinen Rumpf, die Arme locker auf seinem Hals liegend.

Carmela sprach jetzt nicht mehr. Es war nicht nötig. Sie lehnte ihre Wange an den seidigen Hals. Dann löste sie langsam die Umarmung. „Schön hier in der Sonne, nicht wahr?", murmelte sie leise vor sich hin. Opus machte halb die Augen zu und senkte immer häufiger den Kopf. Carmela schloss die Augen, fing an sich zu konzentrieren, bis sie das Gefühl tiefer Trance empfand. Als sie ihre Handballen auf Opus' Hals legte, fühlte sie Wellen der Traurigkeit und Angst. Sie konnte spüren, wie aufgewühlt das Pferd war. Carmela stellte sich vor, dass ihre Hand ein Zitronenfalter sei, der gerade sachte auf dem Fell von Opus landete. Er war die symbolische Verbindung zur Heilenergie, und Carmela musste sie mit dem Pferd verbinden. Sie öffnete ihren Geist und ließ die Energie einfach dorthin fließen, wo Opus sie brauchen würde. Dann begann die Ausleitungsphase. Augenblicke später strich Carmelas glatte Hand über das glänzende Fell. Sie hatte die negativen Energien gebündelt und von Opus wegbewegt. Sie wartete auf ein Zeichen, dass die heilende Energie bei Opus auch angekommen war. Carmela beobachtete sein Gesicht. Kein Flattern seiner Augen, keine angelegten Ohren. Der Wallach erschauerte wohlig, und Carmela lächelte zufrieden. Das Pferd stupste sie zart an. Carmela wusste, dass Opus ihr damit Freundschaft und Vertrauen entgegenbrachte. Sie nahm das Halfter und legte es Opus behutsam an, bestieg den Wallach langsam ohne Sattel und ließ sich leicht und unbeschwert über die Koppel tragen. „Das ist ja nicht zu glauben! Ich kann es nicht fassen!"

Señora Vegas war ganz außer sich vor Freude.

„Ja, das ist meine Tochter. Sie ist eine Heilerin", sagte José mit stolzer Stimme. Er hatte eine Weile aus einer gewissen Entfernung zugesehen und sich dann erst zu Señora Vegas gesellt.

Carmela kam langsam mit Opus auf Señora Vegas zu. Sie streckte ihre Hand nach ihrem Wallach aus. Es gab kein Zurückweichen, keine Aggressionen, nur ein friedliches Pferd, das sich vertrauensvoll von seiner Besitzerin streicheln ließ.

„Oh! O Gott, das … ich kann es kaum glauben!" Señora Vegas barg das Gesicht in beiden Händen und begann zu schluchzen wie ein Kind.

Das Tageslicht schrumpfte langsam zusammen. Irgendwo über den dichten Laubkronen der Kork- und Steineichen glitt die Sonne gen Westen. Carmela war zufrieden.

Kapitel 2

*La Verdad, März 1998*

Tau glitzerte auf dem Gras wie Tausende von kleinen Diamanten. Von der Veranda sah Carmela ihn funkeln. Bald würde die Sonne genug Kraft haben, um ihn verschwinden zu lassen.

Unten bei den Ställen wurde mit den Pferden bereits gearbeitet, Boxen ausmisten, Auskratzen der Hufe, die Tiere zur Weide führen und was sonst jeden Morgen anfiel. Ein Pferdepfleger hatte sich krankgemeldet, und Carmela hatte sich bereit erklärt, für ihn einzuspringen. Ihre Morgentour musste sie deshalb auf den Vormittag verlegen.

Es war gegen zwölf Uhr, als sie sich auf den Rückweg machte.

Hufschlag ließ sie aufhorchen. Sie drehte sich um und blickte zurück über die Wiese, die sie soeben überquert hatte. Weiter hinten auf dem Hügel bemerkte sie einen Reiter. Sie kannte ihn nicht. Ohne es eigentlich bewusst zu wollen, blieb Carmela stehen und blickte ihm hinterher.

Das Pferd war kein Andalusier. Es war größer und wirkte schwerer, aber ebenso geschmeidig. Das Gesicht des Reiters konnte Carmela auf diese Entfernung nicht erkennen. Ihr Blick hing an dem grauen Pferd, das nun in raumgreifendem Galopp über die Wiesen preschte. Der gleichmäßige Dreiklang des Galopps drang zu ihr herüber, und Carmela war gefesselt von der Einheit, die Pferd und Reiter bildeten. Der Reiter stand in den Steigbügeln, den Oberkörper über den Hals des Tieres gebeugt, die Hände im Takt des Pferdekopfes bewegend, und ließ sich vom Rhythmus des

Galopps tragen. Sie schienen ein einziges Wesen zu sein, die vollendete Harmonie.

Carmela ging durch die knarrende Hintertür direkt in die Küche.

„Antonia, wann gibt es heute Mittagessen? Weißt du, wo José ist?"

„Nein." Antonia lächelte. Die ganze Familie verließ sich auf sie. Antonia hier, Antonia dort.

„Aber er müsste bald kommen." Sie sah auf die Wanduhr über dem Küchenbord.

„Mir fällt gerade ein: Heute Morgen hat dein Vater erwähnt, dass er die Zäune nachsehen wollte."

„Beim Essen werde ich ihn ja sehen", sagte Carmela und wunderte sich, dass der Tisch für vier und nicht wie sonst für drei gedeckt war. Sie wollte gerade Antonia fragen. Doch die plapperte weiter. „Enrique Zafón wollte deinen Vater auf der Inspektionsrunde begleiten, falls er Hilfe braucht."

„Wer ist Enrique Zafón?", erkundige sich Carmela mehr aus Neugierde als aus Interesse.

„Richtig, du kennst ihn ja noch gar nicht. Er hatte eine Ranch in Argentinien geleitet und ist jetzt wieder zurückgekehrt, um sich eine eigene zu kaufen. Bis er die passende gefunden hat, möchte er hier arbeiten."

„Aha, dann haben wir ja eine Kraft mehr. Nur dafür muss er ja nicht gleich bei uns am Mittagstisch sitzen."

„Dein Vater wünscht es so."

„Ja, ja. Padre hat gesprochen", meinte Carmela.

„Dein Vater hat mir gesagt, dass Enrique nicht nur ein hervorragender Vorarbeiter, sondern auch ein sehr guter Geschäftsmann ist."

„Das klingt ziemlich langweilig", fand Carmela. „Willst du wissen, wie ich ihn mir vorstelle? Ein wettergegerbtes Gesicht, von stahlgrauem Haar umrahmt, dazu ein breiter Schnurrbart, überhängender Bauch ..."

Antonia musste lachen. „Dieser Mann ist alles andere als langweilig. Als verheiratete Frau und Großmutter kann ich gefahrlos zugeben, dass er absolut hinreißend aussieht. Er ist bestimmt reich. Was ich aber mit absoluter Sicherheit weiß, ist, dass er alleinstehend ist."

„Eine lohnende Beute, wie es scheint", meinte Carmela trocken. „Würde meine Mutter noch leben, wäre sie vermutlich ganz begeistert von ihm", sagte Carmela und zog eine Grimasse. „Keine Frage", stimmte ihr die Haushälterin zu. „Was ich so gehört habe, hat er sich beharrlich geweigert, sich zu binden. Dein Vater meint aber, dieser Enrique genieße die Jagd selbst durchaus."

„Er scheint nicht nur langweilig, sondern auch noch eingebildet zu sein. Vermutlich hält er sich für unwiderstehlich." Carmela kraulte Rambo am Bauch.

„Er ist Spanier, und man kann ihm doch nicht verübeln, wenn er nimmt, was man ihm anbietet", verteidigte Antonia den Neuankömmling.

„Antonia, um deine Verkupplungsversuche zu stoppen." Sie strich über Rambos weiches Fell. Er schlief schon halb und interessierte sich nicht im Geringsten für Enrique Zafón. „In meinen unmittelbaren Zukunftsplänen kommen eigentlich weder argentinische Rancher noch Möchtegerncowboys vor, auch wenn sie noch so gut aussehen." Sie stand auf. „Komm, lass dir helfen. Ich nehme schon mal die Tapas."

„Wenn du dich erst einmal wieder verliebt hast, bist du auch nicht mehr so zynisch, was dieses Thema angeht", prophezeite Antonia mit der Weisheit der Erfahrung.

„Bestimmt nicht." Carmela lächelte nachsichtig. „Ja, ja, ich weiß. Dann läuten die Glocken und explodieren die Sternchen, und die Trompeten schmettern den Triumph in die Welt hinaus." Sie tätschelte der Haushälterin die Hand. „Die Englein singen, und himmlische Harfen erklingen."

„Warte nur ab, du wirst schon sehen", rief Antonia hinter ihr her.

Carmela stellte die Tonschüsselchen und kleinen Teller mit köstlichen Tapas auf den Tisch. Liebe, dachte sie abfällig. Sie hatte ihre große Liebe verloren. Seit dieser Zeit hatte nicht ein Mann einen Funken in ihr entfachen können, der nur annähernd etwas mit Liebe zu tun hatte. „Wo bleibt padre nur?"

Im selben Augenblick, als sei es Gedankenübertragung gewesen, sah Carmela aus dem Fenster zwei Reiter auf das Haus zukommen. Sie ging ins Freie.

Als José mit seinem Begleiter nahe genug war, winkte ihm Carmela grüßend zu. Selbst auf diese Entfernung hin war ihr aufgefallen, dass er einen besorgten Eindruck machte. Als er seine Tochter jetzt sah, lächelte er, und sein Gesichtsausdruck entspannte sich.

„Ist Laura schon aus der Schule zurück?"

„Ja. Sie ist bereits bei den Schulaufgaben, da sie heute noch ausreiten will."

„Braves Mädchen."

„Du kommst spät, padre. Das Essen wartet bereits." Carmela strich über die weiche Flanke von Josés Goldfuchs.

„Ich bringe nur schnell das Pferd in den Stall, dann bin ich sofort bei euch."

„Lass das doch deinen Mann hier erledigen. Ich kann mich aber darum kümmern, wenn er keine Zeit hat."

„Schon gut, Boss", sagte der andere Reiter. Carmela streifte ihn mit einem flüchtigen Blick. „Ich sorge schon für das Pferd. Gehen Sie nur ruhig rein zu Ihrer Familie."

José lachte und stieg vom Pferd. „Danke", sagte er, als er dem Mann die Zügel übergab. Dann drehte er sich zu Carmela um. „Kommst du nicht mit?"

„Nein." Sie steckte die Hände in ihre Jeanstaschen. „Geh dich frisch machen, ich brauche noch etwas frische Luft."

„Bis gleich, meine Kleine." José kniff ihr mit einer väterlichen Geste in die Wange und ging dann zum Haus.

Carmela wartete, bis er die Tür hinter sich geschlossen hatte. Dann ließ sie sich erschöpft auf den dicken Block sinken, der sonst zum Holzhacken diente, und lehnte sich an den Zaun dahinter. Sie atmete die noch kühle, klare Luft tief ein. Die Arbeit auf der Finca kostete manchmal mehr Kraft, als sie bewältigen konnte. Sie schloss die Augen. Es kommen auch wieder bessere Zeiten. Sie ließ den Kopf zurücksinken und den Wind über ihre Wangen streichen.

„Seltsamer Ort für eine Siesta."

Carmela wachte mit einem Ruck auf und wusste im ersten Augenblick nicht, wo sie sich befand. Da entdeckte sie den Mann, der vor ihr stand, und ließ ihren Blick zu seinem Gesicht hinaufwandern.

Es war ein schmales, sonnengebräuntes Gesicht mit markanten kantigen Zügen. Die Augen lagen tief und waren von dichten Wimpern beschattet. Seine Augenbrauen waren dicht, kräftig und unregelmäßig. Selten hatte Carmela in so faszinierende Augen geblickt. Es war ihre Farbe, dieses tiefe Braun, das sie nicht mehr losließ. Von der Nase zu den Mundwinkeln herab gruben sich – nicht verdeckt vom Bart – zwei tiefe dünne Narben in seine Haut. Was mochte die Ursache sein dafür? Ein Reitunfall? Sie erkannte mit einem Blick in seinem Gesicht sowohl Eigensinn als auch Großzügigkeit. Trotz des alten, breitkrempigen Stetsons konnte sie erkennen, dass der Mann lockige schwarze Haare hatte. Er konnte nicht viel älter als vierzig sein.

„Buenos días, Señora."

Obwohl er mit einer respektvollen Geste an seine Hutkrempe fasste, wirkten sein Blick und seine Haltung leicht spöttisch.

„Buenos días", antwortete Carmela, bemüht, würdevoll auszusehen.

„Man kann sich leicht einen Sonnenbrand einfangen, wenn man sich um diese Tageszeit zu lange und ohne Schutz der Sonne aussetzt."

Der Mann sprach langsam und gedehnt, mit einem starken amerikanischen Akzent. Er stand mit leicht gespreizten Beinen da und hatte die Hände tief in die Taschen gesteckt.

„Sie sollten wenigstens etwas auf dem Kopf tragen", fuhr er fort.

„Ich bekomme keinen Sonnenbrand." Hoffentlich hatte sie nicht doch ein rötliches Gesicht.

„Ich … ich wollte nur etwas frische Luft schnappen."

„Ja, Señora." Er nickte und sah an ihr vorbei in Richtung Horizont. „Genau die richtige Zeit, um den Verlauf der Sonne zu beobachten."

Ihre Augen blitzten bei seinem spöttischen Ton auf. Es war ihr peinlich, dass er sie beim Schlafen überrascht hatte. Er lächelte leicht, und dabei vertieften sich die Grübchen in seinen Wangen. Ohne es zu wollen, erwiderte Carmela sein Lächeln.

„Also gut, ich gebe es zu. Ich bin eingeschlafen. Sie glauben mir wahrscheinlich doch nicht, wenn ich behaupte, ich hätte die Augen nur zugemacht, um ein bisschen abzuschalten."

„Nein, Señora."

„Nun, gut." Carmela stand auf und stellte fest, dass sie immer noch ein ganzes Stück nach oben schauen musste, wenn sie ihm in die Augen sehen wollte. „Wenn Sie mir versprechen, keinem etwas davon zu erzählen, bekommen Sie ein Stück von dem Orangenkuchen, den unsere Haushälterin gebacken hat."

„Das ist ein verführerisches Angebot." Er strich sich mit langen schmalen Fingern nachdenklich übers Kinn. „Ich habe nämlich eine ausgesprochene Schwäche für Orangenkuchen. Es gibt nur ein, zwei Dinge, die mir noch lieber sind."

Dabei ließ er seine Blicke gründlich und ausgiebig über ihre Figur wandern. Ungerührt von seinen unverschämten Blicken, sah sie ihm fest in die Augen. Chauvinistischen Arschlöchern wie ihm war sie schon öfter begegnet, so leicht ließ sie sich nicht aus der Fassung bringen. Dieser Mann ist eigenartig, dachte sie.

Jetzt schob er seinen Hut weiter in den Nacken zurück, und seine Locken kamen zum Vorschein.

„Abgemacht." Er hielt ihr seine Hand zur Bekräftigung hin, und Carmela schlug ein. „Danke."
Ihre Stimme kam ihr selbst ganz fremd vor. Hastig zog sie ihre Hand zurück.
„Entschuldigen Sie, wenn ich vielleicht vorhin etwas unhöflich und kurz angebunden war", erklärte sie kühl, denn ein Instinkt sagte ihr, dass es besser war, diesen Mann nicht merken zu lassen, wie sehr er sie verwirrte. Sie wusste nicht, wieso er sich überhaupt derart bemühte, wo doch jeder Mensch mit Augen im Kopf sehen konnte, dass sie nichts Besonderes war. Es gab halt Männer, die glaubten, hinter jedem Rockzipfel herschnüffeln zu müssen.
„Dazu besteht nicht der geringste Anlass", sagte er. Die Wärme in seiner Stimme war wohltuend und irritierend zugleich.
„Ja, ich …" Carmela fing an zu stammeln. Auf einmal hatte sie das Bedürfnis, möglichst schnell einen sicheren Abstand zwischen sich und diesen merkwürdigen Mann zu legen. „Ich gehe besser wieder hinein. Mein Vater und meine Tochter warten bestimmt mit dem Essen auf mich." Sie sah an dem Mann vorbei und bemerkte, dass sein Pferd immer noch gesattelt war. „Sie haben Ihr Pferd noch nicht in den Stall gebracht. Sind Sie denn mit der Arbeit noch nicht fertig?"
Überraschend stellte sie fest, dass echte Besorgnis aus ihrer Stimme klang. Ich muss verrückt geworden sein, dachte sie. Was geht mich dieser Mann an? „Doch, Señora, ich bin fertig."
Es war eindeutig ein Lachen, das aus seiner Stimme hörbar wurde, aber Carmela ignorierte es vorsichtshalber. Ihre Aufmerksamkeit galt jetzt ganz seinem Pferd.

Es war ein wunderschönes Tier, mit einem schimmernden grauen Fell. Es hatte eine volle Mähne und einen starken, kurzen Hals, platziert auf einer kraftvollen Schulter. Ein echter Lusitano, mit viel Mut und Feuer. Sie erkannte das Pferd wieder, das sie heute Vormittag aus der Ferne galoppieren sah. Wie um alles in der Welt kam dieser Mann zu solch einem Pferd? Und wie kam es, ohne dass sie es bemerkt hatte, auf diese Finca? Obwohl, dachte sie, hier kamen so viele Pferdetransporter auf das Gut, dass sie viel zu tun hätte, wenn sie sich jeden merken würde.

„Das ist ein wunderschönes Tier."

„Ja, Señora", gab er ihr bereitwillig recht.

Carmelas Augen wurden schmal, als sie ihn misstrauisch ansah.

„Kein Vaquero besitzt ein Pferd, für das er mindestens einen halben Jahreslohn hinlegen müsste." Er erwiderte ihren Blick ungerührt. „Wer sind Sie?"

„Enrique Zafón, Señora." Wieder tauchte dieses Lächeln zuerst in seinen Mundwinkeln auf und breitete sich dann langsam über sein ganzes Gesicht aus. Er zog den Hut. „Ich freue mich, Sie kennenzulernen."

Der Mann aus Argentinien, dem die Frauen zu Füßen lagen. Carmelas Augen wurden dunkel vor Zorn.

„Warum haben Sie das nicht gesagt?"

„Das habe ich doch gerade", entgegnete er.

Sie schüttelte sich das Haar aus dem Gesicht. „Sie wissen sehr gut, wie ich das gemeint habe. Ich hielt Sie für einen von unseren neuen Saisonarbeitern."

„Ja, Señora." Er nickte.

„Hören Sie auf, mich ständig, Señora zu nennen", fuhr sie ihn an. „So ein gemeiner Trick. Sie hätten den Mund aufmachen und mir sagen müssen, wer Sie sind.

Dann hätte ich das Pferd meines Vaters selbst in den Stall gebracht und abgesattelt."

„Es hat mir nichts ausgemacht." Sein Gesichtsausdruck wurde ärgerlicherweise immer liebenswürdiger. „Es war kaum Arbeit, und Sie konnten sich in der Zwischenzeit ein bisschen ausruhen."

„Nun, Señor Zafón, Sie haben sich auf meine Kosten offenbar recht gut amüsiert. Ich hoffe, es hat Ihnen Spaß gemacht", sagte Carmela kühl.

„Ja, Señora." Er lachte. „Großen Spaß."

„Ich habe gesagt, Sie sollen aufhören …" Carmela unterbrach sich und biss sich verärgert auf die Unterlippe. „Ach, lassen wir das lieber." Sie wandte sich abrupt um und ging einmal zu ihm. „Ich stelle fest, dass Ihre Sprache sich verändert hat, Señor Zafón. Sie ist nicht mehr so gedehnt."

Er gab ihr keine Antwort, sondern blieb einfach stehen. Immer noch hatte er die Hände in den Hosentaschen. Sein Gesicht lag jetzt im Schatten. Carmela drehte ihm mit einer heftigen Bewegung den Rücken zu. Mit einer Portion Unsicherheit, die sich in ihr breitmachte, und etwas pikiert stapfte sie zum Haus zurück.

„Hola!", rief er ihr nach, und sie drehte sich gegen ihren Willen noch einmal um. „Bekomme ich trotzdem ein Stück Orangenkuchen?"

Als Antwort warf sie ihm einen ernsten Blick zu. Sein fröhliches Lachen verfolgte sie bis ins Haus.

Der Knall, mit dem Carmela die Tür ins Schloss warf, hallte im ganzen Haus wider. Wütend auf sich selbst und die Unsicherheit, die sich nicht verdrängen ließ, marschierte sie in die Küche.

Nach einem Blick auf ihre Tochter, die sie nur fragend ansah, kannte dagegen ihr Vater die Zeichen des Sturms in ihren Augen. Er lächelte sie an.

„Wo hast du denn Enrique gelassen?" Er sah an ihr vorbei. „Sag nur nicht, du hast ihm nicht gesagt, dass er zum Essen eingeladen ist."

„Er kann sich zum Teufel scheren und sein Mittagessen dort zu sich nehmen", schimpfte Carmela.

„Ich wollte dir heute Morgen davon erzählen, aber …" Josés Augen glänzten dabei verdächtig.

„Spiel nicht das Unschuldslamm, José Sánchez", warnte Carmela und kam auf ihn zu. „Wie kannst du mich in dem Glauben lassen, dass er einer der Saisonarbeiter ist, von denen du mir ja gnädigerweise erzählt hast?"

Laura musste kichern.

„Ich freue mich, dass wenigstens du es lustig findest, wenn deine eigene Mutter zum Narren gehalten wird."

„Ach, Carmela, ich habe es dir doch erzählt", mischte sich jetzt Antonia ein. Sie fing an zu lachen, und Carmela wusste nicht, ob sie sich über die Warmherzigkeit ihrer Haushälterin freuen oder sich immer noch über den Streich ärgern sollte.

„Was, Antonia, soll so Besonderes an ihm dran sein?", wollte sie wissen. „Er ist genauso angezogen wie alle anderen Arbeiter, die hier arbeiten. Sein Hut zum Beispiel macht auf mich den Eindruck, als ob er bald auseinanderfällt. Er könnte sich mal einen neuen leisten."

Es war nichts Besonderes an ihm gewesen, eher etwas Sonderbares, dachte sie im Stillen. Sie hatte nur nicht fassen können, was es war. Sie musste heimlich lachen. Entschlossen schob sie den Gedanken daran beiseite.

„So eine Frechheit." Sie wandte sich wieder an ihren Vater. „Erst betitelt er dich als Boss", nickte Carmela humorvoll, „dann spricht er mich in diesem übertrieben lang gezogenen Ton dauernd mit Señora an." Die Ironie in ihrer Stimme war nicht zu überhören.

„Er wollte wahrscheinlich einfach nur höflich sein", behauptete José mit einem engelhaften liebenswürdigen Lächeln.

Carmela musterte ihn mit dem Blick, vor dem ihre Tochter gewöhnlich erzitterte. Doch dann überwog ihr Humor. Sie musste sich eingestehen, dass das wirklich ein Spaß war, den sie sich anstelle der drei sicher auch nicht hätte entgehen lassen.

„Männer!" Sie schlug die Augen zur Decke auf, als könnte sie dort eine Antwort finden. „Ihr seid alle gleich und haltet wie Pech und Schwefel zusammen." Sie musste unwillkürlich grinsen.

„Das mit dem Boss war korrekt." Ihr Vater lächelte sie an. „Alles Weitere nachher in meinem Büro. So, nun setzt dich und iss endlich."

„Da sind Sie ja", zwitscherte Antonia. „Sie müssen ja ganz ausgehungert sein, Señor Zafón."

„Danach nehme ich Sie auf einen Rundgang zu den Ställen mit", sagte Laura.

„Laura!", erhob Carmela ihre Stimme.

„Natürlich nur wenn Sie noch Lust haben", warf Laura völlig unbeeindruckt von der Warnung ihrer Mutter ein.

„Aber sicher", sagte Enrique. „Ich bin schon sehr neugierig. Ich muss sagen, das duftet ganz ausgezeichnet!"

„Danke sehr." Antonia errötete wie ein Schulmädchen. Offenbar war Laura nicht die Einzige, die Enriques Charme verfallen war, dachte Carmela.

## Kapitel 3

*La Verdad, April 1939*

Man erinnerte sich zurück an den 17. Juli 1936, als sich General Francisco Franco an die Spitze der spanischen Truppen in Marokko stellte. Der Anfang des Spanischen Bürgerkrieges. Die Garnisonen in ganz Andalusien folgten dem marokkanischen Vorbild. Cádiz, Jerez und andere Orte wurden von der Armee besetzt. Sevilla war in den Händen von General Queipo de Llano.

Selbst der Tod konnte die tägliche Routine auf einer Finca nicht erschüttern, ganz gleich, ob es der Tod des Besitzers oder eines Pferdes war. Es war Ende März, und Morgendämmerung hieß Beginnen mit der Versorgung der Tiere, die Ställe mussten gesäubert und die Pferde bewegt werden. Obwohl man sich in den Boxen und auf den Koppeln über den Tod von Diego Alfaro eine Woche vor dem Ende des Krieges unterhielt, blieb der Tagesrhythmus wie immer.

Man musste sich um ein Fohlen mit einem bösen Ekzem kümmern, ein Dreijähriger duldete immer noch keinen Reiter im Sattel, und eine hoffnungsvolle Jungstute sollte erstmals bei einem Rennen starten. So trauerte man um Diego und tauschte Vermutungen aus, während Futterkrippen aufgefüllt und Pferde warm gemacht wurden.

Auf der Finca La Verdad wussten alle, es war nicht das Ende – es war vielmehr erst der Anfang. Wohl hatte die Armee, in der Diego Alfaro diente, in Andalusien gesiegt, doch seine Frau Ricarda mit ihrer vierjährigen Tochter Elena fühlte, dass ihnen ein langer

Kampf bevorstehen würde, dessen Ausgang nicht abzusehen war.

Ricarda ging jeden Morgen hinunter zum Fluss, genoss einige Minuten der Stille, während sie das kalte Wasser über ihre Füße rinnen ließ. Sie saß auf einem glatten grauen Stein und ließ das kalte Wasser über ihre Füße laufen. Dabei beobachtete sie, wie die Sonnenstrahlen sich immer näher an die Felsen heranschoben. Sie liebte es, den Sonnenaufgang zu erleben, so wie sie es liebte, über die Ebene zu reiten, eins mit der Natur. Sie genoss es, dazusitzen und die Morgenstille in sich aufzunehmen, um Kraft zu tanken.

Danach machte sie ihren Rundgang auf der Finca. Sie sprach mit ihren Arbeitern, erkundigte sich nach deren Familie und begrüßte die Pferde.

Zum Abschluss besuchte Ricarda ihren Hengst Abanto. Er kam ihr entgegen, wenn sie auf die Koppel zuging, und rieb sein weiches Maul an ihrer Schulter, dabei neugierig nach ihrer Tasche witternd. Ricarda ließ ihn an ihren Händen schnuppern und legte dann ihre flache Hand an den Hals des Tieres.

„Geht es dir gut, mein Schöner?" Der Andalusier pustete sie an und ließ sich von Ricarda seinen Hals streicheln. Sein Fell war glatt und warm, Ricarda genoss jeden Tag aufs Neue den vertrauten Pferdegeruch und lachte leise auf, als der Hengst ihr mit dem Maul ins Gesicht zu stupsen versuchte. Sie wusste, dass er es mochte, wenn sie vorsichtig seine Mähne kraulte.

„Ich muss jetzt gehen", sagte sie sanft zu ihrem Pferd. „Ich verspreche dir, dass ich so schnell wie möglich wiederkomme, und dann werden wir ausreiten."

Behutsam trat sie vom Zaun zurück und registrierte erfreut, dass sie wie jeden Tag Abantos Aufmerksamkeit besaß. Sie waren Seelenverwandte. Vor ihm musste sie nicht ihre Gabe des Pferdeheilens geheim halten. Ricarda dachte daran, wie vielen Pferden sie helfen könnte, wenn sie es hätte öffentlich machen können. Aber daran war überhaupt nicht zu denken, wenn sie nicht in Teufelsküche kommen wollte.

„Mach's gut", flüsterte sie und entfernte sich langsam von der Koppel. Als sie, an der Hofeinfahrt angekommen, noch einmal zurückblickte, sah sie den Andalusierhengst immer noch am gleichen Fleck stehen. Er schaute ihr hinterher.

Auf dem Weg zum Haupthaus traf Ricarda ihren Vorarbeiter Salvatore Díez und fragte ihn, ob er zum Mittagsessen käme, um den restlichen Tag zu besprechen. Sie war eine gute Köchin. Trotz des Krieges gab es auf der Finca keine Engpässe. Fleisch, Käse und Obst waren in der Speisekammer immer vorrätig, und Wein hatten sie auch genug. Ihre Frage klang daher fast wie ein Befehl, und Salvatore nickte zustimmend. „Ja, ich komme gern", sagte er. „Wir müssen auch noch über etwas anderes sprechen."

Ricarda hatte den Tisch mit Olivenzweigen dekoriert. Es sah hübsch aus und machte den Alltag etwas freudiger.

„Doña Ricarda", sagte der Vorarbeiter Salvatore Díez während des Mittagessens, „Sie sollten außer Landes mit Ihrer kleinen Tochter. Sie müssen Spanien sofort verlassen."

Ricarda Alfaro sah ihn ernst an. „Niemals!"

„Dieser Franco wird die Führung durch das rechte Militär an sich reißen. Glauben Sie mir."

„Wie soll das denn passieren? Im Februar wurde durch eine demokratische Wahl die republikanische Regierung gewählt."

„Durch einen Staatsstreich vielleicht. Nicht gleich, aber wenn der Bürgerkrieg zu Ende gehen sollte, kann es recht schnell gehen." Salvatore sah sie streng an.

„Wir bleiben hier. Ich werde mich von niemandem umstimmen lassen."

„Es ist nur der Anfang", beschwor Salvatore sie. „Deutschland und Italien werden Franco unterstützen. Es wird einen langen und blutigen Krieg geben, glauben Sie mir, Doña."

„Uns allen hier auf der Finca kann nichts passieren. Mein Mann hat mir vor seinem Tod geschrieben, dass die Armee Andalusien hält."

„Die Republikaner sind im Moment noch nicht einsatzbereit, aber sie haben die Massen hinter sich. Meinen Sie, sie werden über Nacht zu Falangisten, nur weil die Armee die Garnisonen in der Hand hat? Die Linken werden sich organisieren, sie schließen sich jetzt schon zu kleinen Verbänden zusammen, die schnell anwachsen werden, sobald sie genug Waffen erhalten. Die Deutschen haben schon Flugzeuge geschickt."

„Ach, sollen sie schicken, wen und was sie wollen. Wir werden nicht von hier fortgehen. Wir bleiben!"

„Wie kann ich Sie nur umstimmen? Sie müssen doch einsehen, dass es höchste Zeit ist, das Land zu verlassen. Sie tragen die Verantwortung für Ihre Tochter."

Ricarda hielt seinem Blick stand. „Soll ich den Kommunisten die Finca überlassen? Meine Mutter und Großmutter haben ihr Vertrauen in mich gesetzt, sie haben mir ihren Besitz zu treuen Händen gegeben. Und nun soll ich fortgehen und alles im Stich lassen? Das ist unmöglich."

„Natürlich können Sie Ihr eigenes Leben und das Ihrer Tochter und Ihres Mannes aufs Spiel setzen für einen Besitz, den Sie vermutlich verlieren werden. Haben Sie je daran gedacht, dass man Sie töten könnte und Elena einer unsicheren Zukunft entgegensehen muss? Haben Sie sich das einmal klargemacht?"

„Ich habe eine Lösung bereits gefunden. Ich werde mich offiziell zur Franco-Sympathisantin machen. Alle, die hier auf der Finca arbeiten, stehen dadurch unter meinem Schutz. Meine Tochter kann spielen und mit mir am Meer spazieren gehen." Von ihrer Natur aus widerstrebte es Ricarda, ihre ablehnende Haltung zu diesem Regime nicht kundtun zu dürfen. Doch das Überleben allein zählte.

Salvatore Díez sah sie an. „Ich gratuliere Ihnen. Dann sind wir schon zu zweit."

Als Ricarda in die kalte Nacht hinaustrat, waren alle Lichter gelöscht, und sie sah nichts bis auf ein Meer von Sternen. Sie legte ihren Kopf in den Nacken, blickte auf die Sternenbilder und fühlte sich unendlich klein und unbedeutend. Sie glaubte zu verstehen, was ihr verstorbener Mann gemeint hatte, wenn er behauptet hatte, es gebe keinen Anfang und kein Ende im Universum. Ihr wurde ganz schwindlig vom Hinaufschauen und von den Gedanken, die sie verfolgten.

Sie ging wieder zurück ins Haus. Fast widerwillig war sie dann die knarrende Treppe hinauf in ihr Schlafzimmer zurückgegangen.

Jetzt stand sie am Fenster, spürte die rauen Holzbretter unter ihren nackten Fußsohlen und blickte auf die geheimnisvoll beleuchtete Landschaft. Die Bäume in der Ferne waren ein undurchdringlicher lila Wall. Im bleichen Schein des Mondes schienen die Wände und Säulen rund um das Haus zu wabern. Etwas Dunkles flitzte durch den Garten und verschwand in der

Schwärze des Waldes. Auf einmal sah sie etwas zwischen den Bäumen hervortreten. Dann war es plötzlich verschwunden, wie eine Täuschung. Da waren wieder diese Gedanken, Gedanken an den September in Rhonda vor einem Jahr. Der Ball ihrer Freundin, der Herzogin Luisa Isabel. Kein Verdrängen, kein schlechtes Gewissen, kein Vergessen. Sie ließ den Erinnerungen zum ersten Mal freien Lauf.

Es war ein herrlicher Septemberabend und lag nun acht Monate zurück. Ricarda und die Herzogin Luisa Isabel schritten die Treppe zum Ballsaal hinab. In dem riesigen Raum unter ihnen standen die Gäste in großen, bunt gemischten Gruppen herum, tranken Cava und unterhielten sich mit Freunden und Bekannten. Ricarda trug ihren Kopf hoch erhoben, aber als sie auf das Spektakel blickte, das sie erwartete, bemerkte sie, dass man sich nach ihr umdrehte, dass Damen und Herren zu ihr heraufstarrten, dass sich viele Augenpaare bei ihrem Anblick weiteten. Sie fühlte ein heiteres Lächeln auf ihrem Gesicht. Diese Nacht hatte etwas Magisches, und sie hätte in diesem Moment mit keinem Menschen auf der Welt tauschen mögen.
Ihre Freundin, die Herzogin, und sie hatten fast den Fuß der Treppe erreicht. Ricardas Blick fiel auf den großen, dunkelhaarigen Gentleman, und ihr Lächeln erlosch, sie riss die Augen auf. Sein Blick war so intensiv, dass seine Augen silbrig zu sprühen schienen.
Ricarda erkannte ihn sofort. Es war der berühmte Pianist Pablo Zafón, den sie aus dem Radio und aus der Zeitung kannte. Ihr Herz schlug so schnell und so laut, dass sie dachte, Luisa Isabel müsse es hören. Ricarda konnte den Blick nicht von ihm wenden, nicht einmal

um zu sehen, ob ihre Freundin diese Reaktion auf einen Fremden bemerkt hatte.

Ricarda konnte kaum atmen. Es klingelte ihr in den Ohren. Ihr Herz raste. War dies Liebe auf den ersten Blick?

Da lächelte er, nur ganz leicht, und verbeugte sich tief vor ihr. Ricarda schnappte nach Luft, brachte ebenfalls ein Lächeln zustande und hätte sich dann dafür ohrfeigen mögen; sicher sah er deutlich, wie er sie, eine verheiratete Frau und Mutter, durcheinanderbrachte. Eine Frau, deren Mann im Krieg war. Eigentlich müsste sie sich zutiefst schämen. Tat sie aber nicht. Diese männliche Aufmerksamkeit gefiel ihr.

Sie gesellten sich zu den weiteren Gästen, die sich angeregt unterhielten und die Ricarda schon bei früheren Gelegenheiten kennengelernt hatte. Ricarda merkte sehr wohl, dass einige Frauen ihr den Rücken zukehrten, aber das kümmerte sie nicht. Sie wusste, dass manche sie verachteten, da sie bürgerlicher Herkunft war. Auch das kümmerte Ricarda herzlich wenig. Sie riskierte einen Blick über die Schulter. Er sah sie immer noch so gebannt an wie vorhin.

Ricarda schenkte ihm ein kurzes Lächeln. Verdammt! Sie flirtete mit ihm. Sie musste sich zur Ordnung rufen, bevor er sie am Ende verachtete.

Ricarda wandte sich an Luisa Isabel. „Ich gehe kurz in die Garderobe, meine Liebe."

„Jetzt? Aber du bist doch eben erst gekommen." Die Herzogin sah besorgt aus. „Fühlst du dich nicht gut, Ricarda?"

„Wohl kaum", erwiderte Ricarda. Sie hätte nichts lieber getan, als ihrer Freundin von dem Pianisten zu erzählen, aber irgendetwas hielt sie zurück. „Ich bin gleich wieder da." Sie drückte ihre Hand und sauste davon in einem Tempo, das weder vornehm noch damenhaft war.

Im Foyer blieb sie stehen, atmete ein paarmal tief durch und rang nach Fassung. „Kann ich Ihnen behilflich sein?"

Beim Klang der tiefen, kultivierten Stimme unmittelbar hinter ihr erstarrte Ricarda. Sie wusste, wer es war, obwohl sie noch nie ein Wort gewechselt hatten. Langsam drehte sie sich um.

Dabei blickte sie in das unglaublichste Paar bernsteinfarbene Augen, das sie je gesehen hatte. Sie wurden von langen Wimpern gesäumt. Keiner von ihnen beiden lächelte.

Ein langer, stiller, atemloser Augenblick verstrich.

Er fand als Erster die Sprache wieder. „Ich bitte um Verzeihung." Er ließ kurz ein Lächeln aufblitzen und verbeugte sich. „Wir sind einander nicht einmal vorgestellt worden, und ich stelle fest, dass ich mich wirklich wie der sprichwörtliche Trottel benehme."

Ricarda lachte. „Das kann ich nicht finden, Señor."

„Nein?" Er lächelte auch, aber seine blitzenden Augen wichen nicht von ihrem Gesicht. „Ich versichere Ihnen, so ist es. Üblicherweise mangelt es mir weder an Worten noch an Einfällen. Aber Ihre Schönheit hat mir die Sprache geraubt."

„Sie sind zu gütig", begann Ricarda und merkte, dass sie selbst sich jetzt wie ein Trottel anhörte.

Er verbeugte sich wieder. „Ich bin Pablo Zafón", sagte er.

Ricarda streckte die Hand aus. „Ricarda Alfaro, von der Finca La Verdad."

„Ricarda." Sein Blick streifte über das hochgesteckte Haar, während er ihre Hand ergriff und küsste. Der sanfte Druck seiner Lippen war auch durch die zarte Seide ihres Handschuhs deutlich zu spüren.

„Wie gut dieser Name zu Ihnen passt."

Ricarda lächelte. „Es ist ein recht gewöhnlicher Name."

„Aber da ist nichts Gewöhnliches an der Dame, die ihn trägt." Er lächelte.

Sie wollte schon wieder sagen, er sei zu gütig. Was war bloß los mit ihr? „Danke. Ich bin Ehefrau und Mutter", sagte sie.

Sein Lächeln erlosch. Er starrte sie an. Einen Moment später sagte er: „Wissen Sie eigentlich, wie viele Damen gerne, heimlich natürlich, in Ihrer Lage wären?"

„Aber ich bin nicht wie andere Damen – wie Sie eben selbst festgestellt haben."

„Nein, Sie sind ganz und gar nicht wie die anderen, das habe ich in dem Augenblick erkannt, als ich Sie vorhin die Treppe herunterschreiten sah."

Ricarda errötete. Ihr fehlten die Worte – wo sie doch sonst stets eine schlagfertige Antwort parat hatte. „Vergleichen Sie mich jetzt mit den Unsterblichen, Señor?" „In der Tat, das tue ich, ohne jede Einschränkung."

Ricarda verging das Lächeln. Wenn irgendjemand einem Vergleich mit einer Gottheit standhielt, dann war das er und nicht sie.

„Sie sehen bezaubernd aus, wenn Sie erröten", sagte er mit tiefer, leiser Stimme. Plötzlich ergriff er ihre Hand und drückte seinen Mund wieder gegen ihren Handschuh. Ricardas Herz überschlug sich. Ihre Knie fühlten sich lächerlich weich an. Als er wieder zu ihr aufsah, glänzten seine Augen. „Ich weiß sehr wohl, dass das sehr verwegen ist. Wann darf ich Sie zu einer Spazierfahrt abholen?"

„Morgen?", sagte Ricarda, und ihr Herz schlug einen weiteren Purzelbaum.

„Morgen wäre wunderbar", erwiderte er. „Und heute Abend? Werden Sie mir einen Tanz gewähren?"

„Ja", sagte Ricarda. Sie sah ihm direkt in die Augen.

„Nichts wäre mir lieber."

Sie lächelten sich jetzt beide an wie zwei Vernarrte. Ricarda hätte nicht sagen können, wie lange sie dort standen und einander angrinsten, während er ihre Hand umklammert hielt. Plötzlich bemerkte sie, dass sie nicht allein waren. Damen und Herren gingen im Foyer an ihnen vorbei, und zahlreiche Köpfe wurden verdreht, um einen guten Blick auf sie zu erhaschen. Sie hatte sich so in seiner Anwesenheit verloren, dass sie die herumschlendernden anderen Gäste gar nicht wahrgenommen hatte. Auch er schien wie aus einem Bann zu erwachen und sah sich um. „Wir sind bereits aufgefallen", bemerkte er trocken.

„Ich falle immer auf", gab Ricarda ebenso trocken zurück.

„Selbstverständlich. Niemand könnte Sie übersehen, meine Verehrteste."

Die zärtliche Anrede ließ ihr Herz vor Glück in die Höhe springen und sich dann schwindelerregend wie im freien Fall überschlagen. Ricarda sah in sein umwerfendes Gesicht, seine blitzenden Augen und dachte erstaunt: O Gott, ich habe mich gerade verliebt!

„Fühlen Sie sich nicht wohl?", fragte er.

Sie hatte sich gerade verliebt. Sie starrte ihn an, für einen Moment unfähig zu sprechen. „Doch", flüsterte sie schließlich. „Es geht mir gut." Aber es ging ihr nicht gut. Sie war verblüfft, betäubt, zutiefst lebendig. Sie fühlte sich, als umfinge sie ein magischer Nebel.

Er lächelte und drückte ihre Hand in seinen Händen. „Wir sollten in den Ballsaal zurückkehren, bevor wir zum Gegenstand ausgiebigen Klatsches werden."

„Ja", sagte Ricarda, die am liebsten die ganze Nacht dort mit ihm im Foyer stehen wollte. Er nahm sie leicht beim Ellenbogen, doch Ricarda dachte, dass die Berührung auch etwas Besitzergreifendes hatte, während er sie zu dem belebten Ballsaal zurückführte. „Dann bis zu unserem Tanz", sagte er.

„Bis zum Tanz", antwortete Ricarda und wusste, dass es ihr endlos erscheinen würde. Sie beobachtete ihn, als er sich ein letztes Mal verbeugte und fortging, um sich einer Gruppe schneidiger Gentlemen seines Alters anzuschließen. Ricarda hatte Luisa Isabel bei einem Grüppchen junger Damen stehen sehen, aber sie machte keine Anstalten, sich zu ihr zu gesellen, denn sie konnte nur Pablo Zafón nachstarren. Großer Gott. Sie hatte nicht gedacht, dass sich die Liebe so anfühlen würde. Sie fühlte sich, als schwebe sie in den Wolken. Sie war so glücklich und so aufgeregt, dass sie es kaum ertragen konnte. Du meine Güte. „Nun, man sieht ja, nach wem sie die Angel ausgeworfen hat."

Ricarda war es gewohnt, dass hinter ihrem Rücken so laut getratscht wurde, dass sie es hören konnte. Sie straffte die Schultern und wollte gehen.

„Sie hat nicht die leiseste Chance, sich den Pianisten zu angeln. Auch wenn sie frei wäre, würde er niemals soweit unter seinem Stande heiraten, und selbst wenn er das wollte, seine Familie würde dies nicht zulassen."

Ricarda drehte sich um und stand vor zwei schwerfälligen älteren Damen, die wie ein Weihnachtsbaum mit Diamanten behängt waren. „Wer ist Zafón?", fragte sie barsch, plötzlich von Hysterie erfasst.

„Zafón?" Die weißhaarige Dame lächelte sie an. „Nun, er ist einer der begnadetsten Pianisten unseres Landes, meine Liebe. Spielte bereits bei unserem Regierungschef Manuel Azaña. Wurden Sie einander nicht vorgestellt?"

Ricarda starrte sie blicklos an. Ihr Herz schlug ohrenbetäubend. Sie war verheiratet und hatte sich nach keinem fremden Mann umzusehen. Sie hatte sich nur amüsiert, es ist nichts passiert, und doch glaubte sie an die einzige wahre Liebe, und sie hatte soeben gefunden, wonach sie ihr ganzes Leben lang gesucht hatte.

Ricarda wandte sich beschämt um.

Pablo beobachtete sie, und er wusste offenbar, dass etwas nicht stimmte. Sein Blick war besorgt und fragend.

Und wenn ihr Leben davon abgehangen hätte, Ricarda hätte nicht lächeln können. Aber sie konnte auch nicht mehr von dem Abgrund zurücktreten, an dem sie jetzt stand. So verlangte es ihr Herz.

## Kapitel 4

„Was?"

In José Sánchez' Büro war der Teufel los.

„Was hast du gesagt?"

„Ich habe gesagt, Enrique ist als Verwalter von mir eingestellt worden."

Als José Sánchez diese Worte aussprach, wurde Carmela erst blass, dann errötete sie heftig. Ihre Hände ballten sich zu Fäusten, und ihr Rücken wurde steif. Ihr Haar schien vor Entrüstung zu knistern.

Bald nach dem Mittagessen war sie in das Arbeitszimmer ihres Vaters gerufen worden. Bisher war sie immer in der Lage gewesen, José um den kleinen Finger zu wickeln. Heute Mittag jedoch, als ihre Zukunft von seiner Entscheidung abhing, hatte sie sich der Bürotür voller Furcht genähert.

Noch beunruhigender wurde es, als sie feststellte, dass auch Enrique Zafón anwesend war. Er stand mit dem Rücken zu ihr da und starrte aus dem Fenster. Rauch aus seiner Zigarette kräuselte sich um seinen Kopf.

Bei seinem Anblick wurde Carmela wütend.

„Da bist du ja, Carmela." José war auf sie zugegangen und hatte sie liebevoll an die Hand genommen. „Du siehst müde aus. Warum machst du heute Nachmittag nicht einen kleinen Ausflug? Bewege Acado doch etwas." Er führte sie zum Ledersofa und setzte sie hin, als sei sie aus kostbarem Kristall.

„Bitte hör auf, mich zu bemuttern", sagte sie zu ihm und zeigte damit etwas von ihrem früheren Lebensmut. „Ich werde es überleben."

Zutiefst erleichtert, dass niemand bemerkte, wie sich bei Enriques Anblick ihr Blut in Wallungen setzte, konnte Carmela es sich leisten, ein wenig schnippisch zu sein.

Aber Enrique war immer noch im Zimmer – eine bedrohliche Gegenwart. Sein Umriss gegen das Fenster wirkte hoch aufgeschossen, schlank, schlaksig.

„Enrique wird also ab heute offiziell die Verwaltung übernehmen."

In diesem Augenblick sprang Carmela vom Sofa hoch, als sei etwas aus den Kissen gefahren und hätte sie gebissen. Sie verlangte, dass José wiederholte, was er gerade gesagt hatte.

Als die Worte auf sie zu wirken begannen, wirbelte sie zu dem Mann herum, der immer noch schweigend am Fenster stand. Er hatte sich nicht gerührt, so als wäre er taub und blind.

Carmela blickte wieder ihrem Vater ins Gesicht. „Du bist der Verwalter. Ich brauche keinen."

„Aber natürlich", sagte José in vernünftigem, sachlichem Ton. „Du kannst die Finca nicht allein führen. Ich bin zu alt."

„Doch!"

„Nein. Und selbst wenn du es könntest, würde ich es nicht zulassen. Du sollst dich ganz auf deine Arbeit als Pferdeheilerin konzentrieren."

„Es ist doch zu schaffen!"

„Ich weiß, dass es nicht so ist", sagte José und hob seine Stimme ein wenig. „Also, damit ist das Thema beendet."

„Nein, ist es nicht, padre." Carmela wurde ebenfalls lauter. „Das Land gehört zwar dir. Und ich arbeite an deiner Seite, seit ich denken kann. Alle Entscheidungen haben wir gemeinsam gefällt. Warum jetzt auf diese Weise?"

„Weil ich gewusst habe, wie du reagieren würdest."

„Das ist nicht fair. Du hättest wenigstens eine Andeutung machen können und mich nicht vor vollendete Tatsachen stellen sollen."

„Vielleicht hast du recht, aber so ist es nun einmal."

„Könntet ihr euch bitte beruhigen", unterbrach Laura die beiden streng, als sie ins Zimmer kam und einiges von der Diskussion mitbekommen hatte. „Hört einander doch zu!" Carmelas Zorn flaute ein wenig ab, brodelte aber noch, wie bei José, unter der Oberfläche. Carmelas Augen waren genauso hitzig wie Josés, ihr Kinn ebenso störrisch. Beschwichtigend sagte Laura: „Mama, Großvater dachte, du würdest dich freuen. Wolltest du nicht genau das? Mehr Zeit für deine Arbeit haben."

Carmela warf Enrique einen schnellen Blick zu. Er schaute noch immer zum Fenster hinaus, als nähme er ihre Unterhaltung gar nicht wahr.

„Er kennt sich in der Führung einer Finca sehr gut aus. Er wird sich ausschließlich um die Hirtendressur kümmern. Also meinen Teil übernehmen."

„Ach komm, padre", lachte sie, „im Ernst, das willst du ihm überlassen?"

„Das habe ich dir gerade gesagt. Er wird mein Verwalter, und seine Hauptkompetenz liegt bei der Hirtendressur."

„Das kann doch nicht dein Ernst sein!"

„Und wieso nicht?"

„Weil das dein eigener Job ist! Du warst hier über vierzig Jahre lang der Verwalter! Das ist doch verrückt! Absurd, unmöglich. Du kennst den Mann doch nicht einmal! Verwalter! Du musst völlig übergeschnappt sein!"

„Carmela, so kannst du mit mir nicht reden. Und versuche vor allem nicht, mir vorzuschreiben, wie ich meine Finca führen muss!" Er sprach sehr ruhig und beherrscht, aber gleichwohl war sein Zorn unüberhörbar.

Sie sah ihn mit einer Mischung aus Verwunderung und fassungslosem Entsetzen an. Alles in ihr sträubte sich dagegen, sich irgendjemand anderen als ihn, ihren Vater, als Verwalter der Ranch vorzustellen. Sie suchte vergebens nach Worten, aber der Blick ihres Vaters warnte sie davor, noch weitere Bemerkungen zu dem Thema zu machen. Nach einem kurzen Schweigen sprach er weiter, und sein Unmut war bereits verflogen.

„Mein Gott, Carmela, wir können ihn einfach sehr gut gebrauchen. Ich habe schon seit einiger Zeit Mühe, noch alles zu überblicken und mich um alles zu kümmern. Letzten Monat beispielsweise gingen uns gleich zwei Weiden verloren, weil die wilden Disteln und der Bärenklau sie überwuchert hatten. Ich hatte seit Längerem keine Zeit mehr gefunden, sie zu inspizieren, und du hast ja selbst genug um die Ohren. Letzten Freitag habe ich entdeckt, dass zwei Windkrafträder offenbar schon einige Tage ausgefallen waren."

„Es ist nicht so, als hätte ich irgendetwas gegen Enrique. Das ist nicht der Grund", Carmela befeuchtete nervös ihre Lippen und redete hastig weiter. „Aber warum ihn gleich zum Verwalter machen?", preschte Carmela vor, die angesichts dieser Liste üblicher Klagen wieder etwas mutiger geworden war.

„Weil er sonst einfach nicht die nötige Autorität gegenüber den Vaqueros hat! Und die braucht er, wenn er sie auf Trab bringen will. Schließlich kommt er doch als völliger Neuling und Fremder an. Außerdem, wo liegt das Problem? Es ist immer noch meine Finca."

„Niemand redet von einem Problem, padre", fiel ihm Carmela hastig ins Wort. „Es kommt einfach nur so überraschend."

Die ganzen Wochen hatte ihr Vater Enrique mit keiner Silbe erwähnt, und dabei hatte er sich doch eindeutig schon für ihn entschieden. Es war also ziemlich klar, dass er es nicht fertiggebracht hatte, es ihr zu erzählen, und er hätte es wohl auch erst getan, wenn der Hornochse schon da gewesen wäre. Er hatte beschlossen, ausgerechnet die Arbeit an einen Fremden abzugeben, die er sein ganzes Leben lang am liebsten selber gemacht hatte.

Der Boss zu sein oder der Besitzer oder wie immer sonst man es nennen mochte, war vielleicht gut genug für die meisten anderen Pferdegestüte und Viehzüchter. Für José Sánchez war es nie ausreichend gewesen. Er war einer, der erst mit den Aufgaben, die eben nur ein Verwalter hat, richtig auflebte. Der bei Sonnenaufgang hinausritt und bis zum Sonnenuntergang seine Anweisungen gab. Der jede, auch die geringste Arbeit auf einer Finca selbst auszuführen imstande war, vom Zaunziehen und -reparieren bis zum Bieten auf einer Pferdeauktion. Der einfach Chef von allem war, unbestritten und absolut, und der stolz war auf sein Land und von früh bis spät praktisch auf dem Pferderücken lebte.

Ein Verwalter, ein Vorarbeiter, das war ein Major inmitten einer Schlacht, die sich seit dem Tag, da ein

Mann zum ersten Mal Pferde und Stiere zusammengetrieben hatte, kaum geändert hatte. Er war der Big Boss. Der gab niemals seine Position als Verwalter nur wegen überwucherter Weiden oder defekter Windräder auf! Also was war los? Fühlte er sich schlecht? Müde? Erschöpft? Carmela merkte, wie ihr Herz zu klopfen begann, während sie ihn musterte. Er sah zwar überhaupt nicht danach aus, aber das musste es trotzdem sein! Andernfalls dächte er doch nicht auch nur eine Sekunde daran, diesen Zafón zum Verwalter zu machen! Das ergab alles keinen Sinn. Würde José Sánchez denn wirklich wegen Erschöpfung seine herrschende Stellung aufgeben?

Er schreckte sie aus ihren Gedanken auf. „Das war es, was ich dir mitteilen wollte. So, nun zu dir, Enrique. Wir haben noch nichts von dir gehört. Hast du irgendwelche Pläne, die meiner Tochter nicht passen könnten?"

Enrique Zafón wandte sich langsam um, aber Carmela sah es nicht. Sie ließ den Blick rasch zu Boden sinken. Nur durch schiere Willenskraft verhinderte sie, dass sie bestürzt die Hände rang.

„Ich weiß, was getan werden muss, und kenne meine Aufgaben", meinte Enrique knapp.

„Carmela auch. Ich denke, wir werden gut zusammenarbeiten."

Plötzlich wurde Carmela wütend auf ihn. Wieso war er so selbstgefällig? Was bildete sich dieser Kerl eigentlich ein? Sie schaute Enrique an. „Ich weiß nicht, ob er der Richtige ist und die Fähigkeit besitzt, diese Finca zu leiten."

„Nicht fähig!", rief Enrique. Sie hatte ihn in seinem Stolz verletzt. Er ging angriffslustig auf sie zu, bis sie beinahe aneinanderstießen. „Ich weiß, wie hart es ist,

Gatter zu bauen, Stacheldraht zu ziehen, Heu zu verladen! Du kannst deinen Vater fragen, wie viel Arbeit es kostet, ganz gleich, zu welcher Jahreszeit. Es bricht dir das Kreuz und saugt dir das Mark aus den Knochen. Du bist doch hier geboren."

Ihre Augen blitzten gefährlich auf. „Ich bin keine Närrin, Enrique Zafón, und ich bitte dich, nicht so mit mir zu reden, als wäre ich eine."

„In Ordnung, aber dann hör auf anzudeuten, ich würde den ganzen Tag bequem am Schreibtisch sitzen, dir abends Gesellschaft leisten und dich unterhalten, denn so wird es nicht sein."

„Mich ... unterhalten ...", spie sie hervor.

José Sánchez kreuzte die Beine, faltete die Arme über der Brust und lehnte sich mit dem Rücken gegen den Schreibtisch. Er genoss das Spektakel.

Laura rutschte bequem im Sessel hin und her, als verfolgte sie einen Actionfilm im Kino. Endlich fuhr ihre sonst so warmherzige Mutter mal aus der Haut. Sie war nicht länger die trauernde, heimlich weinende Witwe. Diese Kehrtwendung freute ihre Tochter.

„Ich erwarte nicht, dass irgendjemand mich unterhält!"

„Gut. Nur damit das klar ist."

„Ich werde meine Arbeit wie immer zufriedenstellend ausführen, und wenn mehr anfällt, werde ich das schon schaffen." Mit einer ungeduldigen Kopfbewegung schleuderte Carmela ihre Haare über die Schulter. Sekunden verstrichen, während sie einander anstarrten. Carmela schaute als Erste weg.

„Padre?"

„Ich kann Enriques Argumenten nichts entgegensetzen, Carmela. Es ist zu deinem und meinem Besten. Eure Jobs sind doch genau festgelegt. Es wird nicht viele Gelegenheiten geben, bei denen ihr einander in die Quere kommen könntet."

Carmela fand die Situation plötzlich belustigend, wagte aber nicht zu lachen. Sie fürchtete, wenn sie anfing, könnte sie nie wieder aufhören. War ein hysterischer Anfall nicht längst überfällig? Welche Wohltat wäre es, zu schreien, zu heulen, die Beherrschung zu verlieren! Sie konnte es einfach nicht wagen, dem nachzugeben, oder sie bekäme sich vielleicht nie wieder in die Gewalt.

Enriques Augen waren ausdruckslos. Was dachte er? Was lauerte in den Tiefen seiner Augen? Was wollte er wirklich?

Carmela reckte ihr Kinn noch ein wenig höher. So sicher wie das Amen in der Kirche würde sie keinerlei Großherzigkeit von einem Vagabunden wie Enrique Zafón akzeptieren. „Ich werde darüber nachdenken und dir Bescheid sagen, padre", erklärte sie hochnäsig. Mit stolz emporgerecktem Kopf rauschte sie aus dem Zimmer.

Sobald sich die Tür hinter ihr geschlossen hatte, fluchte Enrique ohne Rücksicht auf Lauras Anwesenheit ausgiebig. „Verdammt, José, ich habe dir bei unserem letzten Gespräch bereits gesagt, dass deine Tochter sich mit dieser Idee nicht anfreunden wird. Du hättest sie früher über deine Pläne informieren müssen. Lass uns das Ganze abblasen. Such dir jemand anderen."

José gluckste. „Sie wird schon noch klein beigeben, Enrique. Sie hängt viel zu sehr an diesem Besitz. Im Moment ist sie einfach nur halsstarrig. Aber tief in ihrem Inneren ist sie der warmherzigste Mensch, den ich kenne."

„Das stimmt." Laura wandte sich ihrem Großvater zu. „Das hat sie von Großmutter. Von dir hat sie die Sturheit geerbt, von ihrem Temperament ganz zu schweigen."

José Sánchez lächelte zustimmend.

„Enrique, es bleibt alles so wie besprochen. Du hast den Job, und ich vertraue dir. Keine Diskussionen mehr."

Enrique nickte und sah zu Laura. „Würdest du mit mir einen Rundgang machen?" „Gerne." Laura strahlte über das ganze Gesicht.

Die Reitställe gefielen ihm. Helle, luftige Ställe mit schönen großen Boxen, tadellos gepflegt, eine kleine gedeckte Reitbahn, ein offener Reitplatz, schöne große Koppeln.

Die Gitter waren zur Stallgasse hin nicht hochgezogen, sondern pferdeschulterhoch, und so hatten die Pferde ungehinderten Blick auf alles, was kam, ging und geschah. So konnten sie auch ihre neugierigen Nasen herausstrecken. Die Boxen waren groß und hatten Selbsttränken, kleine runde Schüsselchen mit einer Verschlusskapsel. Wenn die Pferde dagegendrückten, lief Wasser dort hinein. Das ersparte den Pflegern das Eimerschleppen.

Enrique kannte die mittägliche Ruhe in Pferdeställen. Kurz vor der Siesta wurde gefüttert, und anschließend hatte keiner etwas in den Ställen zu suchen, das war Gesetz. Hier hielt man sich anscheinend wirklich daran. Die Pferde standen in ihren Boxen, kauten das letzte Heu vom Mittagsmahl oder dösten vor sich hin. Es roch so gut. Man fühlte sich zu Hause. Nichts auf der ganzen Welt roch besser als ein Pferd. Und ein ganzer Stall von Pferden, das war schlechthin die Vollendung.

Da stand Enrique an der Tür, und auf einmal merkte er, dass er lächelte. Heimatliches, vertrautes Gefühl. Ist es zu glauben, fragte er sich selbst, dass ich so viel Zeit meines Lebens sinnlos verschwendet habe, einfach dadurch, dass ich keine Pferde um mich hatte. Was für ein ungelebtes Leben ist es gewesen! Da hatte er sich herumgeärgert mit allen möglichen blödsinnigen Leuten, mit seiner Arbeit in Anzug und Krawatte. Wegen einer Frau, die ihn in dieses Leben reingedrängt hatte. Es war vorbei, weil er rechtzeitig erkannt hatte, dass man gar nicht glücklich sein kann ohne Pferde.

„Wen reitest du denn besonders gern?", fragte er Laura, um nicht weiter in der Vergangenheit zu schwelgen.

„Ach, eigentlich alle. Am liebsten vielleicht die Laluna, da drüben, die Schwarze. Ich darf sie nur manchmal reiten. Sie ist noch jung und ziemlich wild. Sie hat mich oft abgeworfen."

Wie sie das sagte, hörte es sich für Enrique an, als sei es ihr das größte Vergnügen und zudem eine Ehre, von Laluna abgesetzt zu werden.

Dann standen sie im Stall gegenüber bei einem Goldfuchs, und Enrique sagte: „Das ist ein hübscher Bursche. Hast du den auch mal geritten?"

„Einmal. Den reitet nur mein Großvater. Ein sehr gutes Pferd. Er springt fantastisch. Er ist der Beste hier. Acado heißt er."

„Acado!", sagte Enrique und kraulte ihn unter dem Stirnhaar.

„Wie viele Pferdepfleger arbeiten hier?"

„Wir haben fünf von ihnen und dann einige Stallburschen", sagte Laura und lächelte.

„Machen die ihre Arbeit gut?"

„O ja. Sie putzen und füttern, tränken die Pferde mit außerordentlicher Pünktlichkeit. Sie achten darauf, dass nur die sich im Stall aufhalten, die dort etwas zu suchen haben. In unseren Ställen herrscht deshalb Ruhe und Frieden, und die Pferde benehmen sich entsprechend, sie sind ebenfalls ruhig, friedlich und zufrieden. Die Pferde stehen bis zum Bauch im Stroh, nie sind ihre Hufe faul, ihre Augen trüb, ihr Fell stumpf. Es geht ihnen gut." Laura war stolz auf ihren Vortrag, das sah Enrique ihr an.

„Deine Führung war toll. Es hat mir sehr viel Spaß gemacht." Enrique zwinkerte ihr zu und reflektierte das, was er gesehen hatte. Er würde einiges ändern müssen. Die Futterpläne würde er morgen überarbeiten, die Koppeln konnten seiner Meinung nach besser genutzt werden. So vieles ging ihm bereits durch den Kopf, als er mit dem Rundgang fertig war. Laura ging bereits zurück zum Haus. Seine Gedanken wirbelten durcheinander. Er wollte alles andere, nur keinen Ärger mit José. Er wusste, es würde ihm nicht leichtfallen, Josés Entscheidungen und Maßnahmen bereits in der ersten Woche zu widersprechen.

Noch mehr Kopfzerbrechen jedoch machte ihm Carmelas undiplomatische Direktheit. Ihr Mut und ihre Konsequenz allerdings imponierten ihm in gleichem Maße, und diese gegenläufigen Empfindungen verwirrten ihn zutiefst.

Enrique blickte zur gegenüberliegenden Koppel. Carmela saß auf dem Zaun, die Stiefel um die mittlere Holzlatte gehakt. Während Enrique auf sie zuging, betrachtete er sie. Carmela war schön. Dieses unbeschreibliche schwarze Haar war zu einem lässigen Pferdeschwanz zurückgebunden. Der Teint, der förmlich danach schrie, liebkost zu werden. Sie war perfekt proportioniert. Es gab kein anderes Wort dafür: perfekt. Nur sie passte nicht in seinen Plan. Enrique stellte sich neben sie an den Zaun und sah zu ihr auf. Ihre Augen waren voller Enttäuschung, und er fragte sich, ob ihr heute bewusst geworden war, dass es keine heile Welt gab.

„Es ist nicht nur meinetwegen, richtig?" Er hätte sie gern berührt.

Sie schüttelte den Kopf.

„Du bist sauer auf deinen Vater, fühlst dich hintergangen." Er machte eine kurze Pause. „Weil du findest, er hätte es mit dir vorher besprechen müssen."

Carmela nickte heftig.

„Wir werden uns arrangieren müssen, irgendwie. Komm jetzt, lass uns unserer Arbeit nachgehen. Die Pferde warten."

Sie drehte sich um, hob die Beine über die Latte und sprang neben ihn in den Sand. Er sah, dass sie Tränen in den Augen hatte. Ihr Schweigen hielt an, und auch er selbst wusste nichts mehr zu sagen.

## Kapitel 5

*La Verdad, Mai 1939*

Es hämmerte an der Tür, und Ricarda, die ins Bett gehen wollte, öffnete unbedarft. Es regnete in Strömen, die Nacht war angebrochen, und ein Unwetter zog auf. Plötzlich war sie wie erstarrt. Das Herz klopfte ihr in der Brust. Ricarda legte eine zitternde Hand an ihre Brust. O Gott. Sie konnte kaum atmen; sie war so erregt von seinem Anblick. Pablo Zafón stand leibhaftig vor ihr. Sie hatte ihn seit Monaten nicht gesehen. Die politischen Umstände und die Arbeit auf der Finca hatten es ihr unmöglich gemacht. Sie wusste von ihrer Freundin, dass auch er Probleme mit Franco hatte und ihm sämtliche Konzerte und öffentliche Auftritte untersagt wurden. Sie stand reglos am oberen Treppenabsatz und blickte mit großen Augen auf ihn herab. Er sah sie an. Ihre Blicke trafen sich.

Endlose Sekunden vergingen. Ricarda wusste nicht, wer zuerst lächelte. Aber sie lächelte und er ebenfalls.

„Sie lassen den Regen rein", sagte sie mit fester Stimme.

„Tut mir leid." Er tastete nach der Tür und ließ sie ins Schloss fallen, sodass das Tosen des Unwetters nur noch als Hintergrundgeräusch auszumachen war.

Er folgte ihr ins Wohnzimmer.

„Sie beweisen großen Mut, einfach so hierherzukommen." Ricarda sah ihn an.

Pablo Zafón fuhr sich durchs Haar. „Ich hatte keine andere Wahl."

„Es gibt immer eine andere Wahl, Señor Zafón", erwiderte Ricarda kühl, obwohl ihr Herz zu hämmern begann. Sie setzte sich auf das Sofa und wies mit der Hand auf den gegenüberliegenden Sessel. „Und Sie haben sich dafür entschieden, dass ich Ihnen helfen soll."

Pablo Zafón nickte nur.

Lange schauten sie sich in die Augen. Ricarda konnte nicht anders. Sie fragte sich, wann er sie küssen würde. Er hatte sie schon einmal fast geküsst, an jenem Abend ihres Kennenlernens. Bestimmt würde er sie irgendwann im Laufe dieses Abends so leidenschaftlich umarmen und berühren, wie sie es sich erträumte.

Und sicherlich würde es diesmal ein Anfang sein, der Anfang von etwas Großem und Wundervollem, von etwas unendlich Ergreifendem und Ewigem.

„Was führt Sie auf die Finca?"

„Ihre Freundin, die Herzogin, erwähnte bei einem Besuch, dass Ihr Ehemann kurz vor dem Ende des Bürgerkrieges gefallen ist. Mein aufrichtiges Beileid."

„Danke. Weiß die Herzogin, dass Sie hier sind, oder hat sie Ihnen geraten, hierherzukommen?" Ricarda war angespannt.

„Nein. Niemand weiß von meiner Entscheidung, Sie hier aufzusuchen." Ricardas Lächeln erlosch. Seines ebenfalls. Ein langer Augenblick verstrich.

Pablo sagte mit gespielter Theatralik: „Haben Sie denn nicht gehört, meine liebe Ricarda, dass ich ein Herz aus Stein habe, ein verdorbener Schurke bin, der sich dem Franco-Regime widersetzt?"

„Sagt man das über Sie?", japste Ricarda, gespielt entsetzt.

„Ja. Und sie haben nicht unrecht. Franco lässt nach mir suchen und droht mit der öffentlichen Erschießung. Nicht nur mir, sondern allen, die sich seiner

Politik in den Weg stellen. Offensichtlich will er ..."
Seine braunen Augen bohrten sich in ihre. „Mache ich Ihnen Angst, Ricarda?"

„Nein." Ricardas Puls raste. „Sie könnten mich niemals ängstigen. Sie können mich nur faszinieren."

Er griff nach ihr. „Und Sie faszinieren mich. Ich war hingerissen von Ihnen seit dem Augenblick, als ich Sie zum ersten Mal gesehen habe. Sie sind so anders als alle anderen. Aber das wissen Sie ja, und Sie sind stolz darauf, und das ist vielleicht das Wunderbarste an Ihnen."

Ricardas Herz schien stehen bleiben zu wollen. „Sie beschämen mich noch, Verehrtester", flüsterte sie.

„Das glaube ich nicht. Sie haben mir gefehlt, Ricarda. Ich habe kaum an etwas anderes gedacht seit unserer letzten Begegnung." Er sah sie unverhohlen an, und seine Augen wurden überraschend grüner.

Ricardas Herz hüpfte vor Glück. „Ich habe Sie auch vermisst, Don Pablo", flüsterte sie. „Und ich gestehe, dass auch ich kaum an etwas anderes denken konnte."

Er starrte sie nur an. Einen Augenblick später riss er sie in seine Arme und presste seinen Mund auf ihren. Ricarda erwiderte seinen Kuss. Sie spürte, wie er sich anspannte, und wusste, dass sie, unglaublich wagemutig, eine Grenze überschritten hatte. Aber dann zog er sie noch enger an sich, schlang die Arme um sie, bog sie hintenüber, jegliches Zögern vergessend. Ricardas Lippen öffneten sich. Ihre Finger gruben sich in seine starken Schultern. Der Kuss dauerte ewig, aber als er vorüber war, schienen nur Sekunden vergangen. Er ließ sie los und trat mit weit aufgerissenen Augen einen Schritt zurück.

Ricarda starrte ihn entsetzt an. Ihr Herz donnerte so heftig, dass sie meinte, er müsse es hören. Nun, zum ersten Mal in ihrem Leben, verstand sie, was Begehren bedeutete. „Heilige María."

Sie merkte zu spät, dass sie die Worte ausgesprochen hatte, und presste zwei Finger an den Mund.

Er starrte sie wie gebannt an. Schließlich sagte er: „Keine Frau hat mich je so empfinden lassen wie Sie."

Sie fuhr sich über die Lippen. „Wie meinen Sie das?"

Er sah sie immer noch so an; er konnte die Augen nicht von ihr abwenden. „Sie verfolgen mich, Ricarda, unablässig, Tag und Nacht." Nach einer Pause sagte er: „Wir dürfen nie wieder allein miteinander sein."

„Nein!" Ihr Aufschrei war heftig, überrascht.

„Wissen Sie, in welche heikle Situation ich Sie mit meiner Anwesenheit bringe? Wie gefährlich es für uns und Ihre Tochter ist?"

Ich werde dir helfen, dachte Ricarda, sagte aber nichts Derartiges. „Uns wird schon etwas einfallen."

Er rührte sich nicht. „Sie sind eine Frau ganz ohne Hinterlist – eine sehr mutige Frau. Sie bedeuten mir auch sehr viel, Ricarda. Aber wir dürfen unseren Gefühlen keinen freien Lauf lassen. Sie könnten uns ins Unglück stürzen. Wir müssen sehr vorsichtig sein."

„Warum? Was nützt denn die Vorsicht? Bringt sie Freude, Glück oder Leid?"

In seinen Augen stand ein sehr ernster Ausdruck.

„Sollen wir uns unser Leben lang von einem wie Franco bevormunden lassen?", rief Ricarda.

„Wenn wir uns unser Leben lang nur darum sorgen, was andere von uns denken, wie, bitte sehr, findet man Glück statt Elend?" Sie sah ihn flehentlich an.

„Mit Ihnen habe ich das Glück gefunden, Pablo. Bitten Sie mich nicht, es wegzuwerfen wegen eines Generalísimo, der unser Land in den Ruin und Verderben treiben wird."

Er griff nach ihr und zog sie an sich, umarmte sie ohne einen Kuss. Er hielt sie für einen langen Augenblick. „Ich will Sie nicht verletzen", sagte er.

Ricarda wich zurück, um ihm ins Gesicht zu sehen. „Und wie könnten Sie mich verletzen, Pablo?"

„Indem ich Sie, Ihre Tochter und Ihren Besitz in große Schwierigkeiten bringen werde, wenn man entdeckt, dass Sie mit mir nur allein schon sprechen und mich in Ihr Haus lassen. Ihre Tochter würde in ein Heim kommen, und Sie würde man ebenfalls erschießen." Er fuhr sich mit der Hand durch die Haare. „Ich bin kurz davor, mich in Sie zu verlieben, Ricarda. Vielleicht bin ich schon in Sie verliebt." Er schluckte. „Das wäre ein schrecklicher Fehler. Es wäre ein Fehler für uns beide."

Ricarda entzog sich ihm. „Die Liebe, wenn sie wahrhaftig ist und stark, ist niemals ein Fehler."

„Sie sind zu romantisch", sagte er.

„Ja, das bin ich. Auch wenn dieses Land, das ich besitze, keineswegs romantisch ist in diesen Zeiten."

„Ich werde auf die Flucht gehen. Ich muss mir ein sicheres Versteck suchen, bis ich Spanien verlassen und nach Amerika gehen kann."

Ricarda stand wie erstarrt. Verzweiflung und Euphorie rangen in ihrem Innern. Er wollte sie, vielleicht liebte er sie sogar, so wie sie ihn liebte, aber es war seine ehrenvolle Pflicht, sie nicht in Gefahr zu bringen. Dann ermahnte sich Ricarda, an die Macht der wahren Liebe zu denken, an das Schicksal zweier füreinander bestimmter Seelen. Sie liebte ihn vom ersten Augenblick, an jenem Abend im Schloss der Herzogin, und sie wusste, dass er sie ebenso leiden-

schaftlich liebte – selbst jetzt konnte sie es in seinen Augen lesen. Sicher konnte ein einzelner Mann wie Franco, so einflussreich er auch sein mochte, sich nicht zwischen sie drängen. Die Liebe, das wusste Ricarda, würde immer einen Weg finden. „Ich werde Ihnen nicht Lebewohl sagen, wo wir doch gerade erst am Anfang stehen."
Er lächelte leicht. „Habe ich denn vom Lebewohl gesprochen? Ich kann Ihnen nicht Lebewohl sagen, Ricarda. Vielleicht ist es das, was mich so erschreckt."
„Mich erschreckt es nicht", gab Ricarda leise zurück, wieder völlig obenauf.
Seine Augen verdunkelten sich, und er zog sie noch einmal in seine Arme. Dieser Kuss war atemberaubend, so intensiv, dass sie auf die Knie auf die Steinfliesen sanken, wo sie einander umklammert hielten, bis eine knarrende Tür im Obergeschoss sie wieder zur Besinnung brachte.

Kapitel 6

*La Verdad, Juli 1998*

Im Morgengrauen schleppte sie sich aus der Dusche und betrachtete ihr Gesicht im Badezimmerspiegel.
Nicht so gut, entschied sie, während sie in ihre eigenen schläfrigen Augen sah. Missmutig strich sie sich über die Wangen. Sie hatte Hautpflege nie für Luxus oder Zeitverschwendung gehalten. Das war schlicht etwas, das sie routinemäßig tat, genau wie jeden Morgen die Pferde zu versorgen.
Carmela hatte in der letzten Zeit die grundsätzlichsten Dinge vernachlässigt, fand sie, und zupfte an den Stirnfransen. Es zeigte sich, und es wurde Zeit, etwas dagegen zu unternehmen. Nachdem sie ein Handtuch um ihre feuchten Haare geschlungen hatte, öffnete sie den Spiegelschrank. Der nächste Kosmetiksalon war etliche Kilometer entfernt. Doch es gab Zeiten, da musste man die Dinge eben selbst in die Hand nehmen, sagte Carmela sich, während sie eine Algenmaske auflegte.
Sie spülte gerade die Hände ab, als sie schnelles, hohes Bellen hörte. Dieser Hund will sein Frühstück, dachte Carmela trocken. In ihrem Frotteebademantel mit dem zerschlissenen Saum, ein kariertes Handtuch um ihre Haare geschlungen, ging sie nach unten, um sich um Rambo zu kümmern. Laura war bereits unterwegs zur Schule. Carmela erreichte den untersten Treppenabsatz, als ein Klopfen an der Tür den putzigen West Highland Terrier in Hektik ausbrechen ließ.
„Reg dich ab, Rambo", befahl sie und klemmte ihn unter einen Arm. „Bestimmt ist das Laura, weil Seño-

rita wieder mal etwas vergessen hat." Rambo senkte den Kopf und knurrte, als sie die Haustür öffnen wollte. Doch die klemmte. Fluchend setzte Carmela den Hund ab und zerrte mit beiden Händen.

Plötzlich flog sie auf, der Schwung ließ Carmela ein paar Schritte zurücktaumeln. Der Hund jagte durch die nächste Pforte, schob seinen Kopf um den Holzrahmen herum und knurrte, als meinte er es todernst. Enrique starrte auf Carmela, die keuchend in der Diele stand. Sie stieß den Atem aus und fragte sich, was als Nächstes passieren konnte.

„Ich dachte immer, das Landleben wäre friedlich."

Enrique hakte grinsend seine Daumen in die Taschen seiner Jeans. „Nicht unbedingt. Habe ich dich geweckt?"

„Sehr witzig. Ich bin schon eine ganze Weile auf", antwortete sie leichthin.

„Mhm." Sein Blick wanderte über ihre Beine, die sich unter dem kurzen Bademantel zeigten, bevor er sich auf den in der Tür kauernden Rambo richtete. „Der kann einem ja Angst einflößen."

Carmela blickte auf den Terrier, dem drohende Laute aus der Kehle rollten, der aber trotzdem sorgfältig auf Abstand achtete.

„Lauras Liebling."

„Wie heißt er?"

Carmela warf dem sich duckenden Vierbeiner einen trockenen Blick zu. „Rambo."

Enrique sah zu, wie der kleine Hund hinter der Wand verschwand. „Sehr passend. Willst du ihn als Wachhund ausbilden?"

„Ich werde ihm beibringen, wie man besserwisserische Mannsbilder anfällt."

Sie hob die Hand, um sich durch die Haare zu streichen – eine alte Gewohnheit –, und stieß auf das Handtuch.

„O nein", murmelte Carmela, als Enriques Grinsen breiter wurde. „Oh, verdammt!" Sie drehte sich um und jagte zur Treppe. „Nur einen Moment."

Zehn Minuten später kam sie völlig gefasst wieder nach unten. Ihr Haar war zu einem strengen Knoten im Nacken zusammengebunden. Auf ihrem Gesicht hatte sie eine leicht getönte Tagescreme aufgetragen. Sie hatte das Erstbeste angezogen, was ihr in ihrem Zimmer in die Hände gefallen war. Die engen schwarzen Jeans bildeten einen interessanten Kontrast zu dem weiten grauen Sweatshirt. Enrique saß auf der untersten Stufe und versetzte einen feigen Terrier in Ekstase, indem er ihm den Bauch kraulte. Carmela blickte stirnrunzelnd auf Enriques Kopf herunter.

„Du hättest kein Wort gesagt, nicht wahr?"

Er kraulte weiterhin den Vierbeiner, ohne sich die Mühe zu machen, aufzublicken. „Worüber?"

Carmela kniff die Augen zusammen und verschränkte ihre Arme. „Nichts. Wolltest du etwas mit mir besprechen?"

„Willst du immer noch einen gesonderten Corral?"

„Ja, selbstverständlich", antwortete sie unfreundlich. „Es gehört nicht zu meinen Gewohnheiten, ständig meine Meinung zu ändern."

„Fein. Dann werden wir den Bereich der neuen Koppel heute Nachmittag einzäunen." Er stand auf und sah sie an, während der Hund erwartungsvoll vor seinen Füßen saß.

„Sonst noch was?" Carmela neigte den Kopf und trat näher. „Oder ist das alles, Chef?" Enrique erkannte eine Herausforderung, wenn er eine hörte. Impulsiv legte er seine Hand auf ihr Haar. Sie zuckte nicht zusammen und zog sich auch nicht zurück, sondern hielt ganz still.

„Schönes Haar", murmelte er. „Sehr hübsch. Du kümmerst dich darum, Carmela. Ich kümmere mich um deine Koppel."

Damit ließ er sie so zurück, wie sie war – die Arme verschränkt, den Kopf zurückgelegt, die Augen erstaunt geweitet.

Vor dem Abladen des Wallachs ging Carmela zu Enrique. Sie gingen zusammen zum Stall, wo sich wenig später auch ein Pferdepfleger einfand. Die Ankunft des Pferdes hatte ihn neugierig gemacht.

Das Fell des Wallachs war feucht vom Schweiß der Aufregung und seine bebenden Nüstern weit geöffnet. „Schönes Pferd", sagte der Pferdepfleger, als Carmela ihn vom Hänger führte.

Enrique nickte. Carmela hatte Mühe, den Wallach am Strick zu halten. Sie führte ihn im Kreis, bis er sich etwas beruhigt hatte, und brachte ihn dann in einen gesonderten Stall. Er war fast leer. Nur noch ein alter Wallach und ein Kabardiner standen in den beiden hinteren Boxen.

„Ist der Besitzer nicht anwesend?", fragte Enrique interessiert.

„Nein. Er vertraut mir, da er mir bereits in der Vergangenheit zwei seiner Tiere in Behandlung gegeben hatte." Carmela tätschelte seinen Hals. „Ja, ist ja gut, mein Junge. Wir werden dich jetzt schön trocken reiben, und dann gehen wir zur Koppel und schauen mal, was wir dir Gutes tun können."

„Wie heißt er?" Enrique beobachte Carmela aufmerksam. Er fühlte etwas Unbehagen, als er sah, wie zutraulich Carmela mit diesem kranken Pferd umging.
„Er heißt Eliot."
„Hättest du was dagegen, wenn ich nachher auf der Koppel anwesend bin?"
„Nein. Solange du hinter dem Zaun bleibst."
„Einverstanden. Ich werde nur zuschauen. Es interessiert mich, wie du mit … nun ja, verstörten Pferden arbeitest."

Carmela trocknete Eliot vorsichtig ab, redete beruhigend auf ihn ein und sah sich um. Ein Pferdepfleger putzte Acado, Vaters Lieblingspferd. Laura war mit Laluna beschäftigt.

„Hier ist man ja richtig fleißig!", sagte Carmela.

Laura lächelte zuerst ihrer Mutter zu und dann Enrique.

„Ist doch bei uns so üblich", warf ihr Laura über Lalunas Rücken zu.

„Was machen deine Hausaufgaben?"
„Ist nicht viel, hat bis heute Abend Zeit."
„Ich werde dich daran erinnern."
Laura nickte nur.

Carmela zog den Anbindestrick über Eliots Ohren und führte ihn langsam aus der Box. Sie spähte zu Enrique hinüber. Er unterhielt sich mit einem Arbeiter über die Stiere, die für den Stierkampf auszuwählen waren. Und sie sprachen über die Aufteilung der Crew. „Okay, bis später!", rief Enrique und wandte sich Carmela zu. „Auf geht's. Bin schon gespannt."

Sie verließen den Stall, und Carmela ging langsam neben Eliot in den Corral. Enrique schloss das Gatter hinter ihr und stützte beide Unterarme auf die oberste Holzbohle.

Carmela fing mit ihrem üblichen Programm an, das Pferd einige Runden galoppieren zu lassen. Dann sah sie Eliot zu, wie er sich im Sand wälzte. Sein pechschwarzes Fell war grau, als er sich in einer Staubwolke auf die Hufe stemmte und schüttelte. Carmela ging langsam auf ihn zu und streichelte ihn. Sie spürte, wie der Wallach eine Verbindung zu ihr herstellte. „Du bist ein intelligentes und misstrauisches Pferd", sagte Carmela. „Du bist getäuscht worden, und ich werde dir das Vertrauen wiedergeben." Carmelas Stimme hatte diesen lang gezogenen, dunklen Klang. Die Ohren des Pferdes schoben sich langsam nach vorn. Carmelas Tonfall wurde sanft, einschmeichelnd, es war die Stimme, die sie für Opus hatte, für die übrigen Pferde, mit denen sie arbeitete, es war die Stimme, die Eliot heute aus dem Transporter gelockt hatte. Nun stellte sich Carmela vor den Wallach. Eliot streckte den Kopf weit vor und atmete den Geruch dieser Fremden ein. Carmela bemerkte an ihm keine Spur von Angst mehr. Er ließ seine Ohren spielen. Er war entspannt. „Komm nur, Junge. Komm zu mir."

Eliot reckte den Kopf nach ihr. Carmela trat einen halben Schritt zurück, und der Wallach folgte ihr.

Ein ganzer Schritt rückwärts. Eliot zauderte, scharrte, warf einen prüfenden Blick auf seine Umgebung, dann konzentrierte er sich wieder auf Carmela. „Komm, mein Junge, komm zu mir."

Das Pferd schnaubte, scheute halbherzig mit kaum erhobenen Vorderläufen, aber seine Augen waren beständig auf Carmela gerichtet. Dann stand er still, am ganzen Leibe zitternd vor Spannung über dieses unerklärliche, nie da gewesene Ereignis; und der Wallach, das erkannte Carmela, fühlte nicht den

Wunsch zu kämpfen, sondern vielmehr Vertrauen. Das Trauma war beseitigt.

Sie gab Enrique ein Zeichen, dass er die Koppel betreten sollte. Carmela trat neben ihn und sah ihm tief in die Augen. „Jetzt bist du dran. Gewöhn ihn an einen Reiter."

Eliot scharrte ungeduldig mit dem Huf auf dem Sandboden. Carmela ruckte ein bisschen an dem Strick, bis der Wallach sich beruhigte.

Er beobachtete, wie Carmela, Laura und an ihrer Seite José Sánchez über den Sand gingen, schließlich den Bohlenzaun erreichten, der das Trainingsareal umgrenzte, und die Unterarme auf die oberste Stange stützten. Enrique lehnte sich ohne Sattel nach vorn. „Das war haarig, aber wir machen das schon. Die drei werden eine hübsche Vorstellung kriegen. Vergiss sie einfach. Ich bin ja da." Ein leichter Schenkeldruck, und der Wallach setzte sich in Bewegung. Zuerst ritt Enrique ihn in einem kleinen Kreis, in sicherer Entfernung von den Zuschauern. Allmählich weitete er den Durchmesser des Kreises aus. Er sprach auf den Wallach ein und beruhigte ihn, bis er die Gestalten jenseits des Areals kaum mehr beachtete, und dann ließ er ihn zunächst, versuchshalber, eine Volte traben, die gut gelang. Er wechselte darauf von Mitteltrab in gestreckten Trab, und das Pferd war geschmeidig und konzentriert unter ihm. Er legte die Schenkel fester an das Pferd. Und aus leicht scheinendem fließenden Trab vollzog sich mühelos die Wandlung zu den kurzen, hohen, anmutigen Bewegungen einer Piaffe, in der das Pferd unter sich tritt, gesammelt, ganz auf den Wunsch des Reiters eingestellt.

„Schön." Enrique brauchte nicht nach den Gestalten da am Zaun zu blicken, um ihrer Anerkennung, ja ihrer Bewunderung sicher zu sein. „Jetzt werden wir noch ein kleines Extra dazugeben", murmelte er, lenkte Eliot in die Mitte der Bahn. Enrique verlagerte sein Gewicht, und es schien, als spiele er mit seiner Mähne. Der Wallach hob sich scheinbar schwerelos in eine vollendete Levade. Und verharrte in dieser Position sekundenlang unter seinem Reiter, bis dieser seine Mähne losließ, gleichzeitig die Schenkel fester nahm – und aus der graziösen Levade wurde eine kriegerisch anmutende Kapriole.

„Wunderbar, Señor, wunderbar hast du das gemacht – wunderbar, und das vor Zuschauern! Vielleicht gar nicht schlecht, dass sie da sind, da gewöhnst du dich gleich wieder ein bisschen an Fremde – na, haben dir die da drüben was getan? Haben sie nicht. Du hattest keine Angst vor ihnen, musstest du ja auch wirklich nicht. Und so wie die da – so sind eigentlich alle, die zusehen. Das wirst du lernen – wieder lernen –, wenn du vor großem Publikum arbeitest." Der Wallach schnaubte. Sein Fell war jetzt trocken. In der Konzentration auf die Arbeit hatte er seine Angst vergessen. Er war entspannt: Sein Reiter war zufrieden mit ihm; er wusste, er hatte seine Sache gut gemacht. „Jetzt", sagte die Stimme über ihm, „jetzt noch ein kleiner Galopp, um dich zu lockern, dann Trockenreiten – und Box. Also los!" Die Stimme war auffordernd, und er fiel auf den intensiven Schenkeldruck seines Reiters in einen zunächst zögernden, dann mehr und mehr raumgreifenden Galopp entlang des Geheges. Enrique klopfte anerkennend seinen Hals. „Wunderbar, wunderbar. Wollen wir jetzt langsam Feierabend machen? Feierabend."

Der Wallach fiel auf das vertraute Wort hin in leichten Trab und kam dann zum Stehen. „Schön. Sehr fein. Nun noch ein paar Runden im Schritt."

Danach schnoberte er in den Sand, sein Körper wurde lang und entspannt, die Schritte wurden nachlässig wie die eines weidenden Pferdes.

Aus der Entfernung konnte Enrique gerade noch hören, was da drüben am Zaun gesprochen wurde.

„Wunderbar", sagte ein Pferdepfleger, der sich zu ihnen gesellte, an Carmela gewandt. „Du sagtest doch, dieses Pferd sei völlig verstört gewesen, als es gebracht wurde. Und jetzt – jetzt! Es ist wieder ein perfektes Reitpferd!"

„Solange Enrique auf ihm sitzt. Er gewinnt schnell das Vertrauen verstörter Pferde, ich weiß nicht, wie er's macht, er scheint sie irgendwie zu verstehen, so wie du, Carmela, und du dann weißt, wie du sie behandeln musst. – Aber es kostet noch mal so viel Zeit, wie er braucht, diese Tiere unter ihm reitbar zu machen, um sie dazu zu bringen, auch unter einem anderen gut zu gehen", sagte José Sánchez.

„Es ist einen Versuch wert", sagte Carmela entschlossen. „Gott!" Sie schwieg einen Augenblick, und ihre Augen wanderten verloren über den sandigen Boden, hoben sich schließlich von den trockenen, schmalen Fesseln Eliots bis zu der glatten Stirn und dem dunklen Haar seines Reiters. „Du weißt es ja, Vater, es geht mir darum, das Pferd im Ganzen zu heilen. Aber so, wie es jetzt ist, ist es für den Anfang ein großer Erfolg. Er lässt sich anfassen und reiten."

„Ja, ja, ich weiß, ein Jammer, wenn er morgen wieder in seinen alten Zustand verfallen würde." José tätschelte Carmelas Hand.

„Ich glaube, er hat die größten Blockaden abgebaut, und morgen werden wir noch ein kleines Update machen, und dann kann ihn sein Besitzer wieder abholen lassen." Carmela fühlte sich entspannt.

„Enrique könnte es, mit dir gemeinsam, denke ich. Das sagte ich dir ja schon am Anfang." José lachte wohl wissend.

„Ja, jetzt, wo ich ihn beobachtet habe, denke ich das auch. Und du glaubst, er wird sich mit dieser Arbeit zufriedengeben?"

„Das müssen wir ihn selbst fragen, Liebes. Ich denke, er wird es tun. Pferde liebt er über alles. Ich sagte ja schon, er kann manchmal furchtbar eigensinnig sein."

Laura mischte sich mit einem Lächeln ein und sagte: „Ich mag diesen Mann. Es gefällt mir, wie er mit den Pferden umgeht. Ich glaube, der gibt nicht so leicht auf." Sie sah ihre Mutter an. „Wie du. Du gibst auch nie auf. Wenn du dich festgebissen hast, arbeitest du immer weiter. Jedes Pferd, und sei es noch so verstört, hast du wieder hingekriegt."

Carmela war von dem Kompliment ihrer Tochter geschmeichelt. Ja, es stimmte. Pferde waren die Liebe ihres Lebens, und was für ein unverschämtes Glück war es, dass die Arbeit mit ihnen ihr den Lebensunterhalt für sie und Laura sicherte. Spezialisiert, wie sie auf Pferde war, auf ihre typischen Krankheiten und Anfälligkeiten und auf ihre Psychosen und Neurosen, hoffte sie, dass die Arbeit mit ihnen genügend Geld einbringen würde, um auch in schwierigen Zeiten die Finca finanziell am Leben zu halten. Was ihr fehlte, war ein Diplom, das sie in einem Rahmen hinter Glas an die Wand hängen konnte. Aber das würde sie auch noch bekommen, und wenn es vom spanischen König persönlich ausgestellt wurde. Carmela lächelte vor sich hin.

Die Pferde wieherten leise, als Enrique den dunklen Stall betrat. Er drückte auf den ersten Schalter, und die Hälfte der Leuchtstoffröhren erhellte das Gebäude. Einige Hengste scharrten unruhig in ihren Boxen, während draußen der Wind um die Ecke pfiff. Eliot schob den Kopf über das Gatter und schnaubte.
„Ja, ja, ich freue mich auch, dich zu sehen." Enrique zog den Apfel aus der Tasche, den er aus der Küche stibitzt hatte, und ging zur Box des Wallachs. Er schob sich den Hut in den Nacken und hob den Kopf, sodass er dem lebhaften Pferd in die Augen schauen konnte. „Antonia backt zwar gerade einen Kuchen, aber ich glaube, auf einen Apfel kann sie verzichten." Er öffnete die flache Hand und fügte hinzu: „Und wenn nicht, dann wissen wir beide, dass sie mich bei lebendigem Leibe rösten wird. Wegen des Diebstahls." Weiche Lippen suchten den Apfel in seiner Handfläche. „Ein Grund mehr, Freundschaft zu schließen, nicht wahr?"
Das Pferd warf den Kopf hin und her. In seinen dunklen Augen funkelte immer noch eine Wildheit, die kein Mensch jemals würde zähmen können. Noch nicht einmal ein Enrique Zafón.
„Das habe ich mir gedacht."
Enrique rieb die breite Stirn des Wallachs und ließ den Blick über die gegenüberliegenden Kabinen schweifen. „Ich komm morgen wieder und verabschiede mich von dir."
Seine Schritte hallten auf dem Betonboden zwischen den Boxen. Er lächelte, denn er liebte diese Pferde. Ein kühler Luftzug strömte in den Stall, als die Tür

knarrend geöffnet wurde. Carmela trat ein. Ihr Haar war vom Wind zerzaust.

„Dachte ich mir doch, dass ich dich hier finde", grüßte sie und ging auf ihn zu. „Das hast du heute Nachmittag ganz toll gemacht mit Eliot. Respekt."

„Bist du hergekommen, um mir das zu sagen?", meinte er spöttisch.

„Eigentlich wollte ich nur mal sehen, wie es Eliot geht."

„Uns beiden geht es gut. Warum sollte es uns schlecht gehen?" Seine Mundwinkel kräuselten sich zu einem Grinsen.

Carmela schenkte Enrique ein zuckersüßes Lächeln. „Ich wollte mich vergewissern, ob Eliot morgen wieder zurückkann." Sie tätschelte den Pferdehals. „Na, siehst du, mein Großer", sagte sie, „war doch gar nicht so schlimm."

Enrique schien davon überzeugt zu sein, dass sie ihm nicht lange würde widerstehen können, und Carmela musste zugeben, dass er in diesem so uralten Spiel der Geschlechter eindeutig die Oberhand hatte. Sie musste nicht nur gegen ihn, sondern auch gegen sich selbst ankämpfen, gegen ihre sexuellen Reaktionen, die plötzlich zum Leben erwacht waren. Körperlich fühlte sie sich magisch zu ihm hingezogen; mental wollte sie keine Affäre, wollte keine erotischen Verwicklungen. Sie war alleine stark und überlebensfähig. Nein, eine Liebesbeziehung brächte nur Komplikationen. Nicht nur das, seine Selbstgefälligkeit ging ihr gewaltig gegen den Strich. Er war so sicher, sie früher oder später rumzukriegen, dass er es nicht mal zu verbergen versuchte. Seine Haltung zeigte sich in jedem unverschämten Grinsen, in dem sündigen Funkeln in seinen dunklen Augen. Ihr Widerstand war eine Herausforderung für ihn, doch genauso seine Selbstgefälligkeit für sie. Ja, ihr weiblicher Stolz hatte sich sofort auf eine längere Belagerung eingestellt und entsprechende Vorkehrungen getroffen. Alles an ihm schien zu sagen: „Dich krieg ich", und ihre instinktive Antwort darauf war ein trotziges „Ach ja?".

„Ich denke schon. Eliot macht einen entspannten Eindruck." Enrique lächelte.

Die Situation wurde Carmela zu brenzlig. „Gehst du mit ins Haus?", fragte sie tonlos. „Die anderen haben bestimmt bereits gegessen. Mal sehen, was sie uns übrig gelassen haben."

„Ist gut. Duschen und umziehen. Halbe Stunde?" Carmela nickte und verschwand als Erste.

„Tortilla?"
„Wunderbar."
„Also ehrlich, weshalb bist du wirklich hier?", fragte sie. „Ich dachte, du arbeitest für die Domingos. Die haben doch viel bessere Pferde als wir."

„Das ist richtig. Aber sie haben mich hinausgeworfen. Ziemlich plötzlich."

„Weshalb?"
Er zögerte.
„Weil ich ... ähm ... eine Affäre mit einer verheirateten Frau hatte."

„Klingt ein wenig altmodisch, nicht? Das dürfte sich ja wohl kaum darauf auswirken, wie du reitest."

„Dem Alten gefiel es nicht."

Carmela kramte in ihrem Gedächtnis nach den Klatschgeschichten. Hatte Zafón nicht mit der Tochter der Domingos zusammengelebt ...?

„Verstehe", meinte Carmela. „Und dann hast du meinen Vater getroffen?"

Sie versuchte ihren anschwellenden Zorn zu unterdrücken. Wie konnte er nur? „Er sagte, wenn es mich hier herunter verschlägt, solle ich mich mit ihm in Verbindung setzen", sagte Enrique ungezwungen.

Carmela empfand das als Schlag in die Magengrube. Ihr Vater hatte also nicht spontan gehandelt, sondern das Ganze von langer Hand geplant.

Die Tortilla wurde trocken in ihrem Mund, und sie spülte sie hastig mit einem Schluck Wein hinunter. „Er hat mir nie etwas davon gesagt. Hat er mich überhaupt erwähnt?", fragte sie.

Enrique sah sie überrascht an. „Dich?"

„Was hat er gesagt?"

„Hm, na ja, was alle sagen."

„Und das wäre?" Carmela stählte sich, denn sie wusste, gleich würde er von ihren schwierigen Anfängen als Pferdeheilerin reden. Und davon, dass sie nach dem Tod ihres Mannes niemals mehr eine Beziehung eingegangen war.

Enrique suchte offenbar nach Worten.

„Man sagt, äh, dass du, äh ..." Er ließ seinen Blick durch die Küche schweifen, als suche er nach einer Eingebung. „Man sagt, dass du sehr tüchtig bist", schloss er.

„Tüchtig?"

„Na, du weißt schon, eben stark und praktisch." Er begann sich zu winden. „Du hast mich gefragt."

„Ich sehe es förmlich vor mir, auf meinem Grabstein: ‚Hier ruht Carmela Fernández. Sie war sehr tüchtig.' Großartig. Ist das alles?"

Niemand würde ihre Schwester Savanna je als „tüchtig" bezeichnen, dachte sie, oder ihren Bruder Marco. Nicht etwa weil die beiden nicht tüchtig gewesen wären, sondern weil es aufregendere Bezeichnungen für sie gab.

Enrique wirkte amüsiert und nahm sich noch eine Scheibe Weizenbrot. „Die Leute fragen sich, warum du nicht wieder geheiratet hast."

Carmela war überrascht. Im ersten Augenblick wusste sie nicht, was sie darauf erwidern sollte.

„Ich sehe eigentlich keine Notwendigkeit, mich unmittelbar nach dem Tod meines Mannes in die nächste Beziehung zu stürzen", sagte sie schließlich. „Außerdem habe ich eine Tochter, die in ihrem Leben keine Reihe von ‚Onkeln' braucht. Es ist erst …" Carmela brach ab.

Enriques Blick traf sich mit ihrem.

„ … drei Jahre her", sagte er. „Vor drei Jahren ist Leon Fernández gestorben. In demselben Jahr, als ich die Königliche Hofreitschule verließ. Ich erinnere mich genau, wie ich davon gelesen habe. Tut mir leid."

„Das kann doch noch nicht so lange her sein", sagte Carmela, obwohl das Datum tief in ihr Herz eingemeißelt war. Mit lautem Gekratze auf dem Teller warf sie ihre Tortilla in den Mülleimer und stellte das schmutzige Geschirr in die Spülmaschine. Sie hatte das Gefühl, dass er jede ihrer Bewegungen beobachtete.

„Obst?"

Er nahm sich eine Orange und neigte den Kopf zur Seite. Auch wenn sein Gesicht von Erschöpfung gezeichnet war, leuchteten seine Augen unter den dunklen Brauen wie von innen heraus.

Ihm entgeht nichts, ging es ihr durch den Kopf.

Sie holte tief Luft.

„Weshalb ich nicht wieder geheiratet habe, geht niemanden etwas an", sagte sie und biss sich wütend eine eingerissene Ecke vom Daumennagel ab. Dann füllte sie ihr Glas auf und mahnte sich zur Höflichkeit.

Das kam nur daher, weil ihr alles wehtat. Jede Faser ihres Körpers tat ihr weh. Leon war nicht mehr da. Sein Tod hatte eine unermessliche Lücke gerissen, ebenso unermesslich wie die Schuld und die Wut, die sie empfand.

„Nein", stimmte er ihr gelassen zu. „Das geht niemanden etwas an." Er blickte sie unverwandt an, und sie fühlte sich befangen.

„Was ist los?", fragte sie. „Habe ich Tortillareste im Gesicht?"

Lachend schüttelte er den Kopf. „Nein, ich dachte nur gerade, dass du sehr tapfer bist."

„Offensichtlich nicht tapfer genug", erwiderte sie in scharfem Ton. „Sonst hätte mein Vater keinen Verwalter einzustellen brauchen", legte sie nach und sah ihn mit durchdringendem Blick an.

„Danke für die Tortilla."

Enrique zuckte nur mit den Schultern und verließ den Raum.

Mit einem Mann zusammenzuarbeiten war schwierig. Nein, sie musste das umformulieren: Sie lebte in einer Welt, in der Männer und Frauen gleich waren. Doch es war anders, mit einem Mann zusammenzuarbeiten, der in ihrem Alter war und ungefähr ihre Erfahrung besaß. Ihr Vater war älter und außerdem der Eigentümer. Bei den übrigen männlichen Wesen hatte es sich um Arbeiter gehandelt, die ihr mit Respekt begegnet waren. Theoretisch könnte nun sie das Sagen haben. Doch Enrique hatte seinen eigenen Kopf, und immer wenn sie aneinanderrasselten, spürte Carmela, wie ihr das Blut heiß zu Kopf stieg und wie sie vom Hals bis zu den Haarwurzeln errötete. Die passende Antwort fiel ihr immer erst drei Stunden später ein. Unentwegt grübelte sie darüber nach, ob Enriques Verhalten möglicherweise einen Übergriff auf ihre Autorität darstellte.

Kapitel 7

*La Verdad, Mai 1939*

Das Kind litt an der Morbus Krupp genannten Krankheit mit ganz plötzlichen Anfällen von Atemnot und Keuchhusten, einem trockenen, hundeartigen Bellen, dem ein verzweifeltes Ringen nach Atem folgte. Das einzige Mittel dagegen waren Dampfinhalationen, bis sich der Atemkrampf wieder löste.

Doktor Ayala, der als bester Kinderarzt Andalusiens galt, untersuchte Elena und befand sie in jeder Hinsicht für in Ordnung.

„Machen Sie sich wegen des Krupps nicht allzu viele Sorgen, Doña Alfaro", erklärte er. „Weder ich noch Sie können irgendetwas über das hinaus tun, was Sie ohnehin tun. Ich verspreche Ihnen, unsere junge Dame hier wird mit der Zeit diesem Zustand ganz von selbst entwachsen. Es gibt eine Theorie, wonach diese Krankheit durch einen zu kurzen Hals des Babys verursacht wird. Sobald sich das ausgewachsen hat – und das tut es mit dem fortschreitenden Wachstum automatisch – , erledigt sich das mit den Anfällen ganz von selbst. Bis dahin lassen Sie einfach stets drei Tage lang nach jedem Anfall ständig einen kochenden Wasserkessel in ihrem Zimmer. Und rufen Sie mich jederzeit, wenn Sie mich brauchen."

Er ahnte bereits, dass Elena ihrer Mutter Tage und Nächte voller quälender Sorgen bereiten würde. Im Stillen fragte er sich, ob Doña Alfaro mit den gewaltigen Schwierigkeiten, die auf ihren Schultern lasteten, fertigwerden würde. Diese bemerkenswerte Frau hatte wirklich genug Sorgen mit den ständigen Anfällen ihres kranken Kindes.

Ricarda schlief im ersten Jahr nach dem Auftreten der Krankheit kaum jemals länger als eine oder zwei Stunden ohne Unterbrechung. Ständig wachte sie nachts auf, um besorgt auf Elenas Atem zu lauschen, und fühlte sich erst imstande, in das leere Ehebett zurückzukehren, wenn sie mindestens eine halbe Stunde lang am Bett des Kindes seinen Schlaf bewacht hatte. Trotz der Krankheit wuchs Elena zu einer seltenen und unübersehbaren Schönheit heran – einer Schönheit, die schon von Anfang an gar nichts Kindliches an sich hatte. So außergewöhnlich diese Schönheit war, so wenig Anlass hatte Ricarda, sich endlich zu entspannen, nach wie vor war ihr Kind durch diesen plötzlich auftretenden keuchenden Husten gefährdet.

Pablo sah Ricarda entsetzt an, löste sich aus der Umarmung und stand auf. „Was war das?" „Meine Tochter Elena. Durch ihre Krankheit wacht sie oft nachts auf."

Pablo gab ihr erleichtert die Hand und half ihr beim Aufstehen. „Ich muss nach ihr sehen, und Sie rühren sich nicht von der Stelle."

Als Ricarda die Treppe nach oben kam, sah sie bereits ihre Tochter im Türrahmen stehen. „Was ist denn, mein kleiner Schatz? Hat dich dein Husten wieder geweckt? Komm, Mami wird dir etwas Balsam auf die Brust tun, und dann kannst du wieder schlafen."

Elena nickte und machte dabei ein ernstes Gesicht.

Ricarda nahm die Emulsion, die sie selbst hergestellt hatte, und rieb ihre Tochter damit ein. Dann deckte sie die Kleine zu und drückte ihr einen Kuss aufs Haar und dann auf die Wange. „Kann ich zu dir ins Bett?" Elena fragte das mit hoffnungsvoller Miene, und Ricarda schlug lächelnd die Decke zurück.

„Wenn du möchtest. Nur Mami kommt erst später nach. Ich habe noch viel zu tun."

Elena stand auf und folgte ihrer Mutter in deren Schlafzimmer. Dort erzählte Ricarda ihrer Tochter eine kleine Geschichte, bis Elena eingeschlafen war, nachdem sie noch einmal die Augen geöffnet und ihrer Mutter zugelächelt hatte.

Nun konnte Ricarda sich ihrem geheimen Besuch widmen. Als sie die Treppe herunterkam, stand Pablo noch immer an der gleichen Stelle im Zimmer.

Ricarda ging mit ihm zum anderen Ende des Wohnzimmers.

Sie öffnete eine Tür, die aussah, als gehöre sie zu einem Schrank, und trat in den verborgenen Korridor, die geheime Welt des ehemaligen Klosters.

Sie zündete zwei Kerzen an und machte Pablo ein Zeichen, ihr zu folgen. Es schien, als stiegen sie in eine Unterwelt. Pablo blieb nach einigen Schritten kurz stehen, sah hinter sich und hätte nicht einmal ungefähr sagen können, in welcher Richtung der Eingang war. Die riesige Größe der Katakomben hier unten hatte ihm die Sprache verschlagen. Er fröstelte leicht und folgte Ricarda, die auf die Mauer deutete, während sie auf eine bestimmte Stelle drückte, die sich in nichts von irgendeiner anderen unterschied, außer dass dort ein kaum sichtbarer Kratzer war. Wie durch Zauberhand öffnete sich die Mauer. Ein verborgenes Scharnier mit einem Metallschloss kam zum Vorschein. Ricarda suchte aus ihrem Bund einen kleinen Schlüssel heraus und öffnete mit ihm das Schloss und damit eine massive Kalksteintür, hinter der absolut rabenschwarze Dunkelheit herrschte. Sie ging voraus und zündete mit ihrer Kerze andere in mehreren Laternen an. Vor ihnen lag das Dormitorium, in dem zwei Feldbetten standen.

„Hier können Sie bleiben. Niemand wird es bemerken."

Die schwache Beleuchtung verhinderte, dass Pablo in die Tiefen ihrer Augen blicken konnte, aber das leichte, langsame Flattern ihrer Augenlider unter den aufwärtsstrebenden Brauenbögen, wenn sie sprach, verlieh allem eine geheimnisvolle Bedeutung. Sie war, seit sie sich das letzte Mal gesehen hatten, nach wie vor in keiner Weise gezähmt, sondern schien jetzt das Gefäß für eine erstaunliche geistige Unabhängigkeit, Freiheit und Haltung zu sein, die mit dazu beitrugen, dass Ricarda in ihrem totalen Mangel an Konventionalität etwas Außergewöhnliches, Adeliges besaß. Auch in ihrem Gespräch im Wohnzimmer fiel Pablo Ricardas lebhafte, unbeengte Intelligenz auf, die ihr eine innere Leichtigkeit und Harmonie verlieh.

„Wer sind Sie eigentlich?", hörte er sich plötzlich fragen.

„Was meinen Sie damit?", sagte Ricarda, obschon sie oder zumindest das pulsierende Blut in ihren Adern sehr gut wusste, was er meinte.

„Sie sind jemand anderes. Sie sind in Wirklichkeit eine andere Frau als die bekannte Witwe der Finca La Verdad. Sagen Sie mir, wer Sie wirklich sind."

Ricarda bedachte ihre Antwort, während sie ihm das Feldbett zurecht machte.

Dieser Mann, dieser Fremde, ungeachtet dessen, was sie über seinen Mut, seine Ruhe und Ausdauer wusste, dieser zumindest fast fremde Pablo Zafón weckte eine

Furchtlosigkeit in ihr und ein seltsam intensives Bedürfnis – nahezu Hunger –, mit ihm über sich zu sprechen. Sie verspürte fast eine Art Zwang, sich seinem Drängen zu ergeben. Sie wusste plötzlich, dass sie ihm vertraute – so sehr sogar, dass es sie fast erschreckte. Sie kannte ihn doch kaum, wusste nichts von ihm. Aber da war schließlich dieser gemeinsame Abend in jenem Ballsaal, und der schien jetzt ganz von selbst ein so starkes Band zwischen ihnen zu sein, schien ihn ihr so vertraut zu machen, dass es keinen Sinn mehr machte, sich hinter einer Identität zu verbergen. „Ich bin nur die Freundin der Herzogin. Ich stamme nicht aus diesem Milieu, und deshalb rümpft man über mich die Nase. Außerdem bin ich eine Pferdeheilerin." Der Hauch eines Lächelns huschte über ihr Gesicht.

„Eine Pferdeheilerin." Er sah sie an und verspürte einen kaum bezähmbaren Zwang, in ihr Haar zu fassen, es zu lösen und es ihr aus der Stirn zu streichen, um zu sehen, wie sie morgens beim Erwachen aussähe.

„Augenblick mal, Don Zafón, Sie nehmen mich nicht ernst, nicht wahr?"

„Aber selbstverständlich."

„Nun, ich glaube es nicht", meinte Ricarda nach einer längeren Pause. An ihrem Hals war deutlich das Pulsieren ihrer Schlagader zu erkennen.

„Ich schwöre es, ich nehme Sie ernst", bekräftigte er, „und das wissen Sie auch ganz genau. Kommen Sie, geben Sie mir Ihre Hand, ich möchte sie halten."

„Warum wollen Sie meine Hand halten?" Ihre Lippen öffneten sich etwas, ihre Augen waren fast geschlossen. Eine Welle von Gefühl brandete über sie hinweg und raubte ihr fast den Atem, lähmte sie geradezu, während sie darauf wartete, dass er weitersprach. Er hatte sie völlig überrascht mit seiner Direktheit, seiner offenen Eindringlichkeit. So etwas hatte sie nicht mehr gespürt, seit sie ... Ja, seit wann eigentlich nicht mehr? Sie konnte sich nicht mehr erinnern. Ricarda fühlte nur einen schwindelnden Taumel über sich kommen, der die Klostermauern zurückweichen ließ wie den verlöschenden Hintergrund in einem dunklen Theater.

„Das wissen Sie ganz genau. Ganz genau, Doña Ricarda."

„Sie sind nicht schlecht im Kommandieren", sagte Ricarda mit dem letzten Rest von Widerstand, den sie noch besaß.

„Sie haben viel Zeit, sich daran zu gewöhnen."

„Wie lange?", flüsterte sie.

„Das ganze Leben", sagte er, während er ihre zitternden Hände nahm und sie an seine Lippen führte. „Ich verspreche Ihnen ein ganzes Leben."

# Kapitel 8

*La Verdad, August 1998*

Der Tisch war in der Küche gedeckt. Auf dem schneeweißen Tischtuch standen Tonschüsseln, gefüllt mit köstlichen kalten Suppen, der berühmten gazpacho. Hart gekochte Eier lagen auf rustikalen Holztellern, mit Weinblättern dekoriert, Oliven, schwarze und grüne, türmten sich in Schalen, und dazu ein Manchego-Käse und dunkler Schinken.

Carmela, Laura, José, Enrique und Antonia saßen bei Tisch und genossen die Kühle, die im Haus herrschte. Draußen nahm die Hitze zu, die Tage waren unerträglich heiß, die Nächte stickig.

„Ich bin so stolz auf dich." Er beugte sich zu seiner Tochter hinab und strich ihr sanft über das Gesicht. „Dies ist dein Tag, Carmela Fernández, und ich hoffe, dass du ihn dir durch nichts verderben lässt."

„Nein, es ist unser Tag. Denn ich hätte niemals auch nur einen Gedanken daran verschwendet, dass man mir mit so vielen Briefen und Geschenken für meine Arbeit dankt. Du, padre, hast immer an mich geglaubt. Und dass außerhalb von Spanien über mich in den Medien berichtet wird, hätte ich mir nie erträumt."

„Dann teilen wir uns das Vergnügen, wenn auch nur für einen Augenblick." Einen Moment lang bekam José keine Luft, fühlte sich schwindlig und erhitzt. Er meinte, ein leichtes Klicken hinter den Augen zu spüren, doch schon war es vorbei. Luft, dachte er. Er brauchte nur ein wenig Luft. „Mir wäre nach einem kleinen Ausritt. Ich würde gern ein bisschen Seeluft atmen. Kommst du mit?"

„Natürlich." Sofort erhob Carmela sich. „Aber draußen ist es brütend heiß, und es weht ein starker Wind. Bist du sicher, dass du ausgerechnet heute an den Atlantik willst?"

„Es ist mir wirklich ein Bedürfnis." Er griff nach seiner ärmellosen Jacke, zog seine Reitstiefel an und wandte sich seiner Tochter zu. Er hatte das Gefühl, als würden sich die bunten Mosaikkacheln im Flur vor seinen Augen drehen. Reumütig dachte er, dass er offenbar ein wenig angetrunken war. Aber warum auch nicht. Schließlich hatte er heute allen Grund dazu. „Morgen Abend geben wir dem Erfolg meiner Tochter zu Ehren ein Fest. Mit gutem Essen, feinen Getränken und schöner Musik. Ich hoffe, dass jeder unserer Leute erscheinen wird."

Carmela wartete, bis sie mit ihm draußen in der Mittagshitze stand. „Ein Fest? Padre, du weißt doch, dass wir genug zu tun haben."

„Noch bin ich ja wohl der Herr auf meinem eigenen Land und Gut." Genau wie seine Tochter, wenn sie trotzig war, reckte er das Kinn. „Ich sage, dass es bei uns ein Fest geben wird, Carmela. Basta! Lass uns losreiten."

„Also gut." Hatte José Sánchez erst einmal einen Entschluss gefasst, war es zwecklos, dass man noch länger über die Sache sprach. Er besaß einen Starrsinn, für den sie geradezu dankbar war, denn ohne ihn wäre sie nie soweit, wie sie heute war. Sie hätte die Gabe ihrer Großmutter, das Gelernte und Erträumte, niemals in die Tat umgesetzt. Nach dem Tod ihres Mannes war sie wie gelähmt, und ihr Vater war es, der sie aufgebaut hatte, ihr neuen Lebensmut geschenkt hatte.

„Erzähl mir von deinem nächsten Patienten."

„Tja, ein Hengst, der seinen Besitzer ständig abwirft. Ein Araber. Ein sehr edles Tier. Ich hoffe, dass ich das an einem Nachmittag hinkriege und er nicht länger bei uns bleiben muss als nötig. Ich bin guter Dinge, denn ich sehe den Behandlungsverlauf bereits vor mir. Der erscheint mir sehr positiv." Sie sah das Tier so deutlich vor ihrem geistigen Auge wie die Hand, mit der sie die Situation beschrieb.

„Du siehst wunderbare Sachen in deinem Kopf."

„Es ist leicht, sie dort zu sehen." Sie lächelte. „Die Schwierigkeit besteht darin, dafür zu sorgen, es in die Tat umzusetzen."

„Du wirst es schaffen." Er verstummte und tätschelte ihr liebevoll die Hand.

Sie ritten die schmale, gewundene Straße in Richtung des Atlantiks. Vom Westen her segelten, vom Wind gelenkt, kleine weiße Wölkchen herein.

Die Straße machte eine erneute Biegung, doch dann verlief sie gerade. Am Straßenrand stand ein Marienschrein. Das Gesicht der Jungfrau war ernst, ihre Arme waren ausgebreitet wie zum herzlichen Empfang derer, zu deren Trost sie hier draußen in der Hitze stand.

José Sánchez stieß einen leisen Seufzer aus, und Carmela sah ihn an. Er erschien ihr ein wenig blass und angespannt.

„Du wirkst müde, padre. Bist du sicher, dass wir nicht wieder umkehren sollen?"

„Nein, nein." Er zog seinen Hut tiefer in die Stirn. „Ich möchte das Meer sehen. Es ist bestimmt ganz ruhig und sanft."

„Bestimmt."

Hinter der Marienstatue wurde aus der Straße ein schmaler Weg, sodass man mit keinem Auto zum Strand gelangen konnte. Dieses Nadelöhr kannte Carmela im Schlaf. Zum Glück gehörten dieser Teil sowie der Strand zu ihrem Besitz, dachte Carmela. Sonst würden hier schon längst Bettenburgen stehen. Eine grauenvolle Vorstellung.

„Weißt du, was ich mir überlegt habe, padre?"

„Was?"

„Wenn ich weiterhin so viele Aufträge bekomme, könnte ich mir eine Halle für den Winter leisten. Dann wäre ich noch unabhängiger. Aber so ein Bau kostet natürlich einiges."

„Ich werde das Finanzielle übernehmen."

„Nein, nicht schon wieder." In diesem Punkt war sie hart. „Ich danke dir für das liebe Angebot, aber das muss ich alleine schaffen."

Seine Miene erhitzte sich, und er sah mit gerunzelter Stirn zum Himmel empor. „Ich frage dich, wozu ist ein Vater da, wenn nicht, um seinen Kindern zu geben, wenn es ihnen an etwas fehlt? Du interessierst dich weder für modische Kleider noch für wertvollen Schmuck, wenn du also eine eigene Reithalle haben willst, dann kriegst du sie auch."

„Allerdings", erwiderte sie, „lasse ich sie von meinem eigenen Geld erbauen. Das sage ich ganz im Ernst. Es ist nicht dein Geld, was ich will, sondern dein Vertrauen in mich."

„Du hast mir das, was ich dir in deinem Leben gegeben habe, bereits zehnfach zurückgezahlt." Sie ritten im leichten Galopp. „Ich bin ein reicher Mann, Carmela. Ich habe drei Kinder, eine Enkelin, jedes von ihnen ein Edelstein. Obgleich ein Vater nicht mehr verlangen kann, habe ich auch einen schönen, soliden

Landbesitz und Menschen, auf die ich mich verlassen kann."

Carmela bemerkte, dass er ihre Mutter offenbar nicht als einen seiner Reichtümer betrachtete.

„Außerdem wartet immer noch der Schatz am Ende des Regenbogens auf dich."

„Genau." Wieder verstummte er. Sie kamen an alten, dachlosen und verlassenen Steinhütten vorbei. José erinnerte sich, dass, als er damals auf die Finca gekommen war, einige Arbeiter mit ihren Familien hier gewohnt hatten. Außerdem war hinter ein paar knorrigen Pinienbäumen der nun ungehindert der Witterung ausgesetzte Wachturm Torre de San Jacinto zu sehen. Dieser war aus dem 16. Jahrhundert, um die Küstenlinie vor den Angriffen von Korsaren und Berber-Piraten zu beschützen. Mit seinem Sohn Marco hatte er oft dort gespielt. Statt traurig und einsam wirkte dieser Turm wunderschön auf José. In seine Nase drang der Geruch des Meeres. Es hatte eine Zeit gegeben, da hatte er davon geträumt, es zu überqueren, um nach Amerika zu gehen.

Es hatte eine Zeit gegeben, da hatte er von vielen Dingen geträumt, um die Vergangenheit zu vergessen. Bis er begriffen hatte, dass er seinen Traum im wirklichen Leben lebte. Bei dem Gedanken besserte sich schlagartig Josés Laune.

„Wie sieht's aus, Carmela? Segeln wir rüber nach Arizona und lassen uns das Westernreiten beibringen?", fragte er und lachte dabei.

„Nur wenn du mich die Pferde auswählen lässt."

Er grinste vergnügt, doch als sie am Ende des Pfades ankamen, von wo aus man über Dünengras und Steine an den Rand der Böschung ging und über den blau schimmernden Atlantik in Richtung Amerika sah, überkam ihn das Gefühl, vor ihm liege noch eine wichtige Aufgabe.

Sie stiegen von den Pferden ab, banden sie an einem Baum fest und traten in die leichte Brise hinaus, hakten einander unter und schwankten wie zwei Betrunkene lachend los.

„Es ist ein Wahnsinn, um die Mittagszeit bei dieser Hitze hierherzukommen."

„Ja, aber ein schöner Wahnsinn. Spür doch den kräftigen Wind, Carmela! Spür ihn. Es ist, als wolle er uns von hier bis nach Sevilla tragen. Erinnerst du dich noch an unseren Ausflug dorthin?"

Carmela nickte und lachte. „Wir haben einem Jongleur zugesehen, der bunte Bälle durch die Luft wirbeln ließ. Ich war so begeistert, dass ich mir hinterher selbst das Jonglieren beigebracht habe."

Josés Lachen hallte fast so laut wie das Möwengeschrei, das gegen die Felsen schlug.

„Himmel, die Unmengen von Orangen, die dabei Druckstellen bekommen haben. Wir haben wochenlang nichts anderes mehr als Apfelsinenkuchen und -aufläufe zu essen gekriegt. Antonia kann sich bestimmt auch noch daran erinnern."

„Ich dachte, ich könnte mit meiner neuen Kunst auf dem Pferd balancieren, und sah mich schon vor einem riesigen Publikum auftreten."

„Und du warst nachher so enttäuscht, weil du feststellen musstest, wie viel Aufopferung es bedeutet hätte."

Endlich hatte er wieder Farbe im Gesicht, und in seine Augen war das alte Leuchten zurückgekehrt. Willig ging sie mit ihm über die unebene Grasfläche, wobei ihr der aufgewirbelte Sand in die Wangen zu beißen schien. Dann standen sie am Rand des mächtigen Atlantiks, der seine Wogen, die nicht immer so sanft waren wie heute, gegen die Felsen schleuderte. Im Herbst krachte das Wasser gegen die natürliche Wand, wurde zurückgepeitscht und ließ Dutzende sich aus den Spalten ergießende Wasserfälle zurück. Über ihren Köpfen trieben schreiende Möwen im Wind, und ihre Rufe hallten wieder und wieder über das Donnern der Wellen hinweg. Heute dagegen war alles friedlich und still. Carmela fragte sich, ob ihr Vater so oft an diese Stelle kam, weil die Verschmelzung von See und Stein in seinen Augen ebenso sehr das Symbol der Ehe wie das des Verlustes war.

„Du denkst immer noch viel an sie?"

„Was?" Er löste seinen Blick von Meer und Himmel und sah seine Tochter an.

„Du vermisst Mutter sehr?", wiederholte sie. „Hast du nach ihrem Tod jemals versucht, eine andere Frau kennenzulernen?"

„Sie war meine Ehefrau und die Mutter meiner Kinder", war seine schlichte Erwiderung. Sie vergrub ihr Gesicht an seinem Hemd, sog Trost aus seinem Duft. Sie konnte ihm nicht sagen, dass sie Angst hatte, nie mehr so bedingungslos lieben zu können, wie sie Lauras Vater geliebt hatte.

„Deine Mutter war ein liebenswerter Mensch. Sie war manchmal eine Träumerin, und wir hatten auch unsere schwierigen Zeiten."

Etwas in seiner Stimme ließ sie aufblicken und in sein Gesicht sehen. „Es gab einmal jemand anderen, nicht wahr?"

Wie eine in Honig getauchte Klinge war die Erinnerung schmerzlich und süß zugleich. José blickte erneut aufs Meer hinaus, als könne er über den Atlantik sehen und fände die vielen Antworten, unausgesprochene Worte und Erklärungen, was einst fast die Familie zerstört hätte. Es wäre in diesem Augenblick zu kompliziert gewesen, es seiner Tochter zu erklären. „Ich sage dir eins zum Thema starke Gefühle. Wenn die Liebe kommt, wenn der Pfeil dein Herz durchbohrt, dann kommst du einfach nicht dagegen an. Selbst das Blut, das du deshalb vergießt, schmerzt dich nicht. Also sag niemals nie zu dir, Carmela. Ich möchte, dass du das bekommst, was dich glücklich macht. Auch Leon hätte es gewollt."

Carmela wollte es nicht sagen, doch es rutschte ihr so heraus. „Ich glaube, dass es einen Gott gibt, der Gefallen daran findet, einen Mann für den Rest seines Lebens dafür zu bestrafen, dass er einmal einen Fehler begangen hat."

„Einen Fehler." Mit gerunzelter Stirn schob sich José den Hut von der Stirn. „Meine Ehe war kein Fehler, Carmela, und ich möchte, dass du das nie wieder sagst. Wegen dieser Ehe seid ihr, du, Marco und Savanna, auf der Welt. Ein Fehler – nein, mir kommt es eher wie ein Wunder vor. Wenn ich daran denke, wie mein Leben ohne euch drei verlaufen wäre, frage ich mich unweigerlich, wo stünde ich dann jetzt? Ein Mann knapp über siebzig und allein. Ganz allein."

„Das meinte ich nicht." Carmela sah ihn warmherzig an. „Die andere. Hast du sie mehr geliebt als Mutter?"

José gab ihr keine Antwort, umfasste ihr Gesicht und sah sie eindringlich an. „Ich danke Gott jeden Tag meines Lebens dafür, dass mir deine Mutter begegnet ist und dass wir etwas geschaffen haben, das bleibt, wenn ich gehe. Von allen Dingen, die ich je getan oder gelassen habe, waren du und deine Geschwister mein erster und einziger Erfolg. Und jetzt will ich nichts mehr von Fehlern oder Unglück hören, ist das klar?"

„Ich liebe dich, José Sánchez."

Seine Miene wurde weich. „Ich weiß. Ich fürchte, du liebst mich sogar zu sehr, was ich allerdings nicht bedauern kann."

Wieder verspürte er ein Drängen, als flüsterte ihm der Wind ins Ohr, er hätte nur noch wenig Zeit. „Es gibt da etwas, um das ich dich bitten möchte, Carmela."

„Was?"

Er musterte ihr Gesicht und fuhr mit seinen Fingern ihre Züge nach. Als verspürte er mit einem Mal das Bedürfnis, sie sich so genau einzuprägen, dass er sie niemals mehr vergaß. Das kantige, trotzige Kinn, die sanft gerundeten Wangen und die Augen, die so braun und rastlos waren wie ein stürmischer Atlantik im Winter.

„Du bist stark, Carmela. Hart und stark, aber mit einem weichen Herzen unter all dem Stahl. Gott weiß, dass du clever bist. Ich verstehe nichts von all den Dingen, die du weißt, und ebenso wenig verstehe ich, wie sie dir in den Kopf gekommen sind. Meine Kleine, du bist mein leuchtender Stern, so wie Laura meine aufblühende Rose ist. Ich möchte, dass jede von euch dorthin geht, wohin ihr Traum sie führt. Das wünsche ich mir mehr, als ich es sagen kann. Und wenn ihr eure Träume verfolgt, verfolgt ihr sie ebenso sehr für mich wie für euch selbst."

Das Rauschen der Wellen in seinen Ohren wurde leiser, und das spiegelnde Sonnenlicht in seinen Augen wurde matt. Carmelas Gesicht verschwamm, und dann verblasste es.

„Was ist los?" Alarmiert umklammerte sie seinen Arm. Er war so grau wie der Himmel bei einem Unwetter, und mit einem Mal wirkte er entsetzlich alt. „Bist du krank, padre? Komm, ich bringe dich zurück."

„Nein." Aus Gründen, die er nicht wusste, war es unbedingt erforderlich, dass er hier, an der äußersten Spitze seines Heimatlandes, stehen blieb und das, was er begonnen hatte, beendete.

„Es ist alles in Ordnung. Ein leichtes Stechen, mehr nicht."

„Du frierst." In der Tat fühlte sich sein drahtiger Körper unter ihren Händen wie ein Sack eisiger Knochen an.

„Hör mir zu." Sein Ton wurde vehement. „Lass dich durch nichts davon abhalten, deinen Weg zu gehen und das, was du tun musst, zu tun. Drück der Welt deinen Stempel auf, und zwar so fest, dass er nicht mehr auszuradieren ist. Aber ..."

„Padre!" Panik wallte in ihr auf, als er schwankte und in die Knie ging. „O Gott, padre, was ist los? Dein Herz?"

Nein, nicht sein Herz, dachte er durch einen Nebel verschwommener Schmerzen hindurch, da er sein hartes, schnelles Pochen laut und deutlich vernahm. Aber gleichzeitig hatte er das Gefühl, dass in seinem Inneren etwas zerbarst und ihm entglitt. „Verbittere nicht, Carmela. Versprich es mir. Verliere niemals, was in dir steckt. Du wirst dich um deine Tochter kümmern. Und um Enrique. Versprich es mir."

„Du musst aufstehen." Sie zerrte an ihm herum, da es ihr schien, als könne sie nur auf diese Weise ihre Angst bekämpfen. „Hörst du mich, padre? Du musst aufstehen."

„Versprich es mir."

„Ja, ich verspreche es. Ich schwöre bei Gott, dass ich mich um die beiden kümmern werde, allezeit." Der Schweiß lief ihr aus allen Poren, und brennende Tränen rannen über ihr Gesicht.

„Ich brauche einen Priester", keuchte er.

„Nein, nein, du musst nur aus dieser Hitze raus." Während sie sprach, wusste sie, dass es eine Lüge war. Egal, wie fest sie ihn umklammert hielt, sein Innerstes glitt davon. „Lass mich nicht einfach zurück. Nicht einfach so." Verzweifelt blickte sie über die Landschaft und die ausgetretenen Pfade, über die Jahr um Jahr die Alfaros mit ihren Pferden ritten, um auf das Meer hinauszusehen. Es war niemand da, sodass sie auch nicht um Hilfe schrie. „Versuch es, padre, los, versuch aufzustehen. Ich bring dich zu deinem Pferd und alarmiere den Arzt." José Sánchez lehnte seinen Kopf an ihre Schulter und stieß einen erstickten Seufzer aus. Er spürte keine Schmerzen mehr, sondern fühlte sich vollkommen taub.

Er murmelte etwas.

„Was?" Sie beugte sich zu ihm hinab. „Was hast du gesagt?" Seine Stimme klang belegt und undeutlich. Carmela konnte ihn nicht verstehen.

„Carmela", sagte er, „Enri…", dann verstummte er. „Nein." Wie um ihn vor dem aufkommenden Wind zu schützen, dessen heiße Luft er nicht länger empfand, schlang sie die Arme um ihn und wiegte ihn schluchzend hin und her.

Kapitel 9

*August 1939*

Die kleine Elena schlief tief und fest. Ricarda zündete in der Laterne die Kerze an und ging zu der Tür hinter der Bücherwand. Jedes Mal hatte sie das Gefühl, als stiege sie in eine Unterwelt. Sie ging durch einen riesigen Raum, der in einzelne Gewölbe unterteilt war, die von dicken Säulen gestützt wurden. Die Luft roch feucht. Dann erreichte sie die geheime Kammer, die Kerze in der Laterne wirkte wie ein Stecknadelkopf in der Finsternis, dessen Decke im Dunkel verborgen blieb.

Es waren jetzt fast vierzehn Wochen vergangen, seit Ricarda Pablo in der Klosterruine versteckt hielt. Francos Ziel seiner Herrschaft war zunächst der Sieg über die spanische Republik. Dabei ging er gegen politische Gegner, wie Künstler, die offen ihre Meinung kundtaten, mit äußerster Härte vor. Pablo Zafón wusste von Folter und Ermordung. Auch er stand auf der Liste der sogenannten politischen Säuberung.

Jeden Abend, nachdem sie ihre Tochter zu Bett gebracht hatte und auf der Finca Stille eingekehrt war, ging sie zu Pablo. Sie brachte ihm Proviant und frische Kleidung zum Wechseln.

Als sie hereinkam, empfing Pablo sie mit einem erfreuten Lächeln. Ricarda mit ihrem verträumten, verlangenden Blick hatte nur Augen für ihren Liebsten.

Zwischen ihnen tobte ein ganzer Funkensturm.

Pablo griff nach ihr und zog sie an sich, umarmte sie ohne einen Kuss. Er hielt sie für einen langen Augenblick. „Ich liebe dich, Ricarda, aber ich werde fortgehen", sagte er.

Ricarda wich zurück, um ihm ins Gesicht zu sehen. „Das wäre ein schrecklicher Fehler. Es wäre ein fataler Fehler für uns beide."

„Ich habe bereits einen Fluchtplan. Ich werde versuchen, durch das Doñana-Gebiet den Fluss zu überqueren." Pablo ließ sie los und lief aufgeregt hin und her.

Ricarda starrte ihn an. „Aber das geht nicht. Du kannst nicht allein die Doñana durchqueren. Du kennst dich nicht aus. Das ist die reinste Wildnis." Ricarda musste schlucken. „Und den Weg über Sevilla kannst du wegen der vielen Armeekontrollen nicht nehmen. Du besitzt keinen Passierschein." Ricarda legte eine zitternde Hand an ihre Brust. Er durfte nicht fort. Sie konnte kaum atmen.

„Ricarda? Ist was?"

„Was soll schon sein. Du begibst dich freiwillig in Lebensgefahr." Ricarda hatte bereits von einer gemeinsamen Zukunft geträumt. Ein Neuanfang, der Anfang von etwas Großem und Wundervollem, von etwas unendlich Ergreifendem und Ewigem. Dann fand sie sich in seinen Armen wieder, und ihre Lippen verschmolzen.

Pablo löste seine Lippen von ihren. „Keine Angst, meine liebste Ricarda. Alles wird gut." Er küsste ihre Wange, ihre Stirn, ihre Nasenspitze und forderte dann wieder ihren Mund für sich. Diesmal beendete Ricarda den Kuss. „Du musst hierbleiben. Ich bekomme ein Kind. Dein Kind."

Der Ausdruck auf seinem Gesicht schnitt Ricarda ins Herz, er wechselte in rascher Folge von Überraschung zu Trauer und schließlich zu Freude. Er vergrub sein Gesicht in den Händen und weinte.

Danach war Pablo noch fester entschlossen zu fliehen. „Ich werde für dich und unser Kind und natürlich auch für Elena sorgen, wenn ich außer Landes bin. Wenn dieser Spuk vorbei ist, werde ich als freier Mann zurückkehren. Wir werden heiraten und eine glückliche Familie sein."

Ricarda lächelte mutig. „Du kannst aber nicht voraussehen, wie lange Franco an der Macht bleiben wird."

Er umarmte sie und streichelte über ihr Haar. „Eines Tages, wunderschöne Ricarda, wird dieser Wunsch in Erfüllung gehen."

Ricarda entzog sich ihm. „Pablo, das ist unmöglich. Es ist viel zu gefährlich."

„Ich habe mich entschieden. Es ist ein riskantes Wagnis, aber ich kann nicht anders." Ricarda stand wie erstarrt. Er war nicht umzustimmen. Verzweiflung stieg auf in ihrem Innern. Sie liebte ihn vom ersten Augenblick an. Sie wusste, dass er sie ebenso leidenschaftlich liebte – selbst jetzt konnte sie es in seinen Augen lesen. Die Liebe, das wusste Ricarda, würde immer einen Weg finden.

Kapitel 10

*La Verdad, August 1998*

Laura spielte mit Rambos lockigen Ohren, während sie auf ihre Schulfreundin Sophia wartete. Den ganzen Tag über hatte sie einfach nicht glauben können, dass es noch eine Welt da draußen gab. Dass Lehren erteilt und Pferde geritten werden mussten und dass jeder andere seinen Aufgaben nachging, ohne zu merken, dass sich vieles verändert hatte. Hier im Eingangsbereich, wo die Stiefel ihres Großvaters vor dem alten Dielenschrank standen und sein Hut auf der Ablage lag, machte alles einen völlig normalen Eindruck. Doch das täuschte. Wie üblich herrschte reges Treiben auf dem Hof, Angestellte sperrten bestürzt den Mund auf und drängten Carmela ihre Hilfsbereitschaft auf. Antonia brach immer wieder in Tränen aus, wodurch Laura Schuldgefühle bekam. Sie meinte, sie hätte die Pflicht zu weinen, doch irgendwie ging es nicht. In ihrem Leben gähnte ein riesiges Loch, und sie hatte das Gefühl, als sei es ständig da gewesen, nur verdeckt. Plötzlich klaffte dieser Furcht einflößende Riss weit vor ihr auf.

Laura dachte nicht oft an ihren Vater – sie war fast acht Jahre alt, als er starb. Wäre er hier, würde er sich doch sicher um sie kümmern? Und Carmela. Ihre sonst so tüchtige, geschäftige Mutter, die auf alles eine Antwort hatte, ließ sich auf dem Grundstück umhertreiben wie ein Gespenst. Nur ihre Mutter hatte wenigstens Enrique, der sie tröstete, und wen hatte sie? Gelegentlich klingelte das Telefon, und wenn Laura in Josés Arbeitszimmer ging und den Hörer abnahm, spürte sie deutlich die Gegenwart ihres

Großvaters. Den Geruch nach altem Mann und Pferd – so als könnte er jeden Augenblick das Zimmer betreten und das Gespräch übernehmen. Sein Schreibtisch war mit Briefen und Ordnern überhäuft, der Terminkalender war aufgeschlagen.

Laura wanderte in die Eingangshalle und sah in den Spiegel mit dem vergoldeten Rahmen über dem Kamin. Wem ähnelte sie? Ihrer Mutter, ihrem Vater, Großvater oder vielleicht auch Savanna?

Wie jeder in dieser Familie war Laura mit dem Wissen aufgewachsen, dass die Rollenverteilung der drei Geschwister jeweils wenige Jahre nach ihrer Geburt feststand wie in Stein gemeißelt, und zwar von ihrer Urgroßmutter Ricarda, der Herrscherin.

Savanna galt als ehrgeizig und egozentrisch, aber auch als brillant. Marco war gut aussehend, rebellisch und, wie man sagte, auch skrupellos. Nur leider hatte er sein Talent vergeudet, da er nie lange bei der Sache bleiben konnte. Carmela schien diejenige zu sein, die am wenigsten Probleme machte, die Nette und Warmherzige, die sich immer um alle kümmerte. Ihre Mutter dachte grundsätzlich das Beste von jedem, konnte jedoch auch erbittert kämpfen, sobald es um Pferde ging.

Carmela kam in die Eingangshalle.

„Ich kann mich nicht daran erinnern …"

„Da kommt ein Auto", unterbrach Laura ihre Mutter. Sie rannte ans Fenster. „Sophia ist da." Sie lief aus dem Haus und begrüßte ihre Freundin stürmisch. Dann rannte Laura wieder zurück, die Treppe hinauf und nahm ihren Rucksack. Mit ihrer Last von Trauer und Enttäuschung sehnte sie sich danach, für so lange wie möglich von hier wegzukommen.

Als sie wieder herunterkam, warf sie ihrer Mutter einen kurzen Blick zu. Sollte sie doch lieber bei ihr bleiben? Vielleicht brauchte ihre Mutter sie. Plötzlich hatte sie den sehnlichen Wunsch, sich in Carmelas vertraute, starke Arme zu werfen. Aber das ging nicht, wenn ihre Freundin Sophia zusah.

Dann winkte ihr ihre Mutter nach.

„Bis in zwei Tagen. Bleibt nicht allzu lange auf."

Carmela ging es gut. Das redete sie sich ständig ein. Ihr ging es immer gut. Sie wurde mit allem fertig. Selbstverständlich brauchte sie Laura nicht. Sie winkte dem Auto nach. Und wie sie ihre Tochter jetzt bräuchte.

Ohne Laura erschien es auf La Verdad kalt und leer. In dem tiefen Schweigen regte sich die beunruhigende Erinnerung an den Sommer, in dem Leon zu Tode gekommen war. Seine Gesichtszüge waren fast verblasst, doch Carmela spürte das vertraute Gespenst des Leids, das wie der schwache Duft eines Parfums in der Luft hing. Es war, als wäre er zurückgekehrt, um José auf seiner letzten Reise an die Hand zu nehmen.

Später an diesem Abend, als das Tageslicht allmählich verlosch, saß Carmela in der Küche und nippte an ihrem Rotwein. Sie fühlte sich zu benommen, um denken zu können.

Dann stand Enrique hinter ihr.

Carmela konnte sich vor Müdigkeit und Trauer kaum noch auf den Beinen halten, doch das war schließlich nicht Enriques Schuld, sagte sie sich und streckte die Hand nach ihm aus. Er setzte sich neben sie und legte einen Arm um ihre Schulter.

Sie barg das Gesicht an seiner Schulter und schmiegte sich an ihn. Carmela wusste nicht mehr, wie ihr geschah. Die ganze Zeit hatte sie ihre Trauer tief in sich verborgen getragen, doch nun kam sie mit Gewalt heraus. Sie weinte, wie sie noch nie geweint hatte, krampfhaft und heftig, sie meinte, niemals mehr aufhören zu können.

Enrique hielt sie fest, ließ sie nicht los, und Carmela presste ihr Gesicht an seine Brust, während es sie schüttelte. Sie merkte kaum, wie er sie fester umschlang, sie spürte nicht seine Hand, die beruhigend über ihr Haar strich.

Erst nach schier endloser Zeit wurde Carmela ruhiger. Enrique hielt sie nach wie vor in seinen Armen, während Carmelas Schluchzen erschöpft verebbte.

Lange herrschte Schweigen. Enrique streichelte sanft Carmelas Haar. Dann atmete er tief durch.

„Es tut mir so leid um José."

„Danke", flüsterte Carmela. Sie hob den Kopf. „So ist nun mal das Leben. Wir kommen auf die Welt, um zu sterben."

Enrique betrachtete sie voller Mitgefühl. „Es muss schlimm für dich gewesen sein." Carmela schloss die Augen. „Er wollte mir noch etwas sagen, aber ich habe ihn nicht verstanden. Und das macht mich …"

Ihre Stimme brach, und Enrique drückte sie noch fester an sich.

Er wirkte so vertraut, sein Körper bot Wärme, und sein Griff vermittelte Geborgenheit. Enrique beugte seinen Kopf zu ihr herunter.

„Carmela?" Seine Stimme war leise.

Carmela blickte auf. Sie sah seine dunklen Augen warm auf ihr liegen. Mit einem Mal war sie wieder da, die Spannung zwischen ihnen, fast greifbar. Abrupt stand sie auf. „Gute Nacht, Enrique."

Carmela unternahm wie jeden Morgen ihren Spaziergang.

Das vertraute Vogelgezwitscher und der Duft nach feuchtem Laub wirkten tröstlich auf sie. Herbststimmung lag in der klaren, frischen Luft, obwohl es Hochsommer war. Sie benutzte den Weg, der durch den Olivenhain führte. Das Sonnenlicht fiel schräg durch die Bäume, und hin und wieder hörte sie das leise Aufplumpsen einiger Oliven auf dem Boden. Ein paar davon hob sie auf und steckte sie in die Tasche. Eine steckte sie sich in den Mund und erfreute sich an dem unreifen bitteren Geschmack.

Carmela liebte diese Gegend von ganzem Herzen, und plötzlich kam es ihr zum ersten Mal in den Sinn, dass sie all das verlieren könnte. Doch bestimmt hatte José ihr die Finca und die Pferde überlassen, damit sie seine Arbeit fortsetzen konnte, auch wenn alles andere an Savanna und Marco ging.

Seine Arbeit und Großmutters Arbeit fortsetzen. In ihrem Kopf machte sich eine leise Stimme bemerkbar und fragte nach ihrer eigenen Arbeit.

Das ist meine Arbeit, sagte sie zu der Stimme und bemerkte mit einiger Überraschung, dass sie in irgendeiner Form Enrique nicht trauen konnte. Irgendetwas hatte dieser Mann an sich, das einem das Gefühl gab, man sei ihm eine Erklärung schuldig.

Sie wollte nicht so in sich gekehrt sein und versuchte, diese Stimmung abzuschütteln. Doch der Wind raschelte durch die Blätter und flüsterte ihr weitere Fragen zu.

Wo stehst du eigentlich in all dem, Carmela? Wer bist du?

Sie zog die Strickjacke enger um sich und sah in die Ferne.

Sie war Carmela Fernández. Witwe von Leon Fernández. José Sánchez' Tochter. Lauras Mutter.

Doch Leon und José waren fort, und Laura würde in zwei Jahren kein Kind mehr sein.

Sei du selbst, Carmela, sagte sie sich. Werde dir deiner Stärken bewusst. Immer vorwärts und schau nie zurück. Einen Schritt nach dem anderen. Mit Sicherheit fallen dir noch mehr Klischees ein, die auf deine Lage zutreffen, schlussfolgerte sie leicht amüsiert.

Ortega, Großmutters Pferd, stand an der äußersten Ecke der Weide. Seine behaarten Lippen streiften die Oliven, die sie ihm anbot, doch er weigerte sich, sie anzunehmen. Stattdessen schnappte Medina sie sich und versuchte, noch weitere aus ihrer Tasche zu holen. Sanft schob sie ihn weg. Medina war ein gieriges Fohlen, das bei seinem regelmäßigen Bemühen, ihre Taschen zu durchwühlen, schon einmal knirschend ihr Mobiltelefon zermahlt hatte.

Auf dem Rückweg zum Haus drehte sie sich noch mal nach Ortega um. Das alte Pferd wirkte traurig.

Als sie den Kiesweg hinaufging, bog ein Cabriolet um die Ecke und fuhr hinter ihr her. Carmela blieb stehen. Sie hatte beinahe vergessen, dass Savanna kommen wollte. Der sündhaft teure Roadster passte nicht zu dem Hintergrund der Olivenplantage, Weiden und Pferdekoppeln.

Die Autotür sprang auf, und in einem Wirbel kostspielig aussehenden Reisegepäcks kam eine dünne Frau herausgestürzt. Es war, als wäre ein außerirdisches Wesen von der Avenue des Champs-Élysées hier gelandet. „Savanna", rief Carmela und war froh, dass ihre Schwester gekommen war. „Ich kann es immer noch nicht glauben, dass er tot ist."

Verglichen mit Carmelas athletischem Körper fühlte Savanna sich so zart und zerbrechlich an, als könnte man sie mit einer zu festen Umarmung leicht zerquetschen. Ihre Schlüsselbeine standen hervor wie Kleiderbügel. Sonst lag über ihrer Haut immer ein Schimmer von Wohlstand und Privilegiertheit, doch nun wirkte diese wie Pergamentpapier.

„Savanna, du bist so dünn."

„Was redest du denn da? Ich esse wie ein Scheunendrescher."

„Komm rein." Carmela spürte sogleich erneut die Spannung, die zwischen ihr und ihrer Schwester immer wieder herrschte.

„Bist du okay?", fragte sie Carmela.

Carmela nickte. „Und du?" Sie schaltete die Kaffeemaschine ein.

„Ich kann es einfach nicht fassen. Ich hätte lieber einen Brandy." Savanna stand auf und ging ins Wohnzimmer und kam wenig später mit einem gefüllten Glas zurück. „Hat sich Marco bereits bei dir gemeldet?"

Carmela schüttelte den Kopf.

„Ich weiß im Moment auch nicht, wo er sich aufhält. Ich habe ihm eine Nachricht geschickt." Savanna nahm rasch einen Schluck und sah ihre Schwester mitfühlend an.

„Wenn wir das Erbe aufgeteilt haben, gehen wir beide richtig shoppen." Sie zeigte auf die geflickte Jeans von ihrer kleinen Schwester, und Carmela glaubte, sie hätte ein arglistiges Aufblitzen in Savannas Augen gesehen.

„Savanna! Du ..." Carmela zügelte sich. Die alte Geschichte aus ihrer Kindheit: Immer wenn Savanna etwas Hübsches zum Anziehen bekommen hatte, zog sie es einmal an und warf es dann weg, nur um zu zeigen, dass ihr nichts daran lag.

„Meine Designerjeans sind dir ja leider zu klein, sonst hätte ich dir meine ausrangierten gegeben."

Carmela sprang abrupt auf, um ihren Ärger zu verbergen. Savanna war auf Streit aus. Sie provozierte ihn förmlich. Carmela hatte nicht die Absicht, darauf einzugehen.

„Komm, Savanna, lass uns dein Gepäck auf dein Zimmer bringen."

Die Schwestern lächelten einander zu und waren beide überrascht, dass sie ihre Präsenz plötzlich als Trost empfanden.

Die beiden Schwestern trafen sich nach einer Stunde erneut auf der Veranda. Carmela schenkte Kaffee aus, als Enrique die Treppe hinaufkam.

Unwillkürlich hob Savanna die Hand, um ihren langen geflochtenen Zopf über die Schulter zu legen.

„Seit wann gehen denn die Arbeiter hier in diesem Haus ein und aus? Das sind ja ganz neue Sitten."

Dann ließ sie ihr samtiges „Medienlachen" erklingen, wie Carmela es heimlich nannte, das leicht künstlich klang. „Ich bin Savanna Estefan." Sie senkte ihre Stimme noch einen Ton tiefer. „Carmelas Schwester. Sie müssen ..."

Offenbar kannte er sie nicht aus dem Fernsehen. „Sehr erfreut", sagte er förmlich, stelzte in seinem Reitergang über die Holzpaneelen und streckte ihr die Hand entgegen. „Ich bin Enrique Zafón." Weitere Erklärungen fügte er nicht hinzu.

Savanna bedachte ihn mit einer leichten Drehung ihres Kopfes und einem raschen Seitenblick, in dem das Versprechen von Spaß lag.

Nicht doch, Savanna, dachte Carmela unwillkürlich. Lass es einfach.

„Möchtest du eine Tasse Kaffee mit uns trinken, bevor du wieder an deine Arbeit gehst, Enrique?", fragte Carmela.

„Oder wie wäre es mit einem Glas Brandy?", schlug Savanna vor.

Enrique ging auf keinen der beiden Vorschläge ein. „Die Leute fangen an, Fragen zu stellen. Sie wollen wissen, wie es weitergeht. Was soll ich ihnen sagen?"

„Nun, alles geht normal weiter", antwortete Carmela und spürte einen Anflug von Furcht, den sie jedoch sogleich unterdrückte.

„Nicht unbedingt", sagte Savanna. „Wir wissen ja selbst nicht, wie es weitergeht, stimmt doch? Noch waren wir nicht beim Notar, und wir müssen auf Marco warten."

„Trotzdem werde ich jedem, der fragt, zunächst einmal sagen, dass alles weiterläuft wie gewohnt", sagte Enrique mit fester Stimme. „Dann habt ihr drei Zeit zu entscheiden, was ihr tun wollt."

Zwischen Savannas Brauen tauchte eine missbilligende Falte auf.

„Kann ich noch etwas für dich tun?", fragte Enrique kurz angebunden.

„Du könntest dich um Lauras Pferd kümmern. Sie muss am Nachmittag in der Schule bleiben und wird wohl heute keine Zeit mehr haben, es auszureiten."

Savanna wurde unruhig. Sie konnte es nicht ausstehen, dass sich jegliche Unterhaltung, seit sie sich zurückerinnern konnte, grundsätzlich um Pferde drehte. Ihr Vater war tot, und sie war seit langer Zeit mal wieder hier. Und Carmela und Enrique kümmerten sich anscheinend nur um Pferde und ihre Nichte. Sie musste an das Testament denken und hielt kurz den Atem an – aus Furcht, was wohl drinstehen mochte.

Sie streckte sich mit einem vorgetäuschten Gähnen und stellte zufrieden fest, dass Enrique seinen Blick über ihren Körper gleiten ließ. Allerdings ohne offensichtliches Interesse. Was fand er nur an ihrer kleinen unscheinbaren Schwester? Sie war immer zweckmäßig gekleidet, sonnengebräunt und topfit, doch stets, wie Savanna fand, unattraktiv.

„Ach, noch etwas, Acado scheint ein bisschen erkältet zu sein. Wir sollten überlegen, ob wir den Tierarzt kommen lassen, bevor er andere Pferde ansteckt."

„Ich werde es mit Akupunktur versuchen", sagte Enrique. „Nicht mit Nadeln, sondern indem ich mit einer leichten Massage ein paar Akupressurpunkte anrege."

Carmela war drauf und dran, ihm zu sagen, er solle tun, was er wolle, zog es dann aber vor, zu schweigen.

„Außerdem gibt es eine Methode, eine bestimmte Mischung aus ätherischen Ölen in einem kleinen Gefäß im Stall zu platzieren", fuhr Enrique fort. „Ich habe die Feststellung gemacht, dass die Luftwege der Tiere dadurch frei bleiben."

„Er ist zurzeit nicht in der Box", gab Carmela zurück. „Es sei denn, du willst dein Gefäß über das Gatter an der Weide hängen. Ich würde ihn mit Eukalyptusöl einreiben."

Sofort bekam sie Schuldgefühle, weil sie ihre Ungeduld an Enrique ausgelassen hatte. Doch er war bereits die Treppe hinuntergegangen; nur das Echo seiner Reitstiefel hallte noch auf den Holzstufen nach.

„Warum kuschst du vor ihm? Das wird nicht gut gehen mit euch beiden. Das kann ich dir bereits prophezeien."

Carmela war sich nicht sicher, ob Enrique sie wütender machte oder Savanna. Dann kam sie zu dem Schluss, dass sie ihre Schwester eher zum Teufel jagen würde als ihn.

„Ich habe nicht gekuscht", sagte sie verärgert. „Ich brauche seine Hilfe hier auf der Finca, und er tut mir persönlich gut. Mehr ist da nicht."

Savanna starrte sie an. „Du bist verknallt", krähte sie. „Du würdest dir doch von niemandem etwas über Pferde sagen lassen. Schon gar nicht von einem Mann. Soweit ich mich erinnere, besaß nur Großmutter Ricarda die Option."

Carmela war wütend. „Was redest du denn da, Savanna? Du beurteilst die Leute ständig nach deinen eigenen Maßstäben. Hier geht es nicht um Emanzipation, sondern nur darum, was richtig ist."

„Grundsätzlich geht immer alles um Frauen und Männer. Leon und Vater sind tot, und nun beugst du dich einem anderen Mann."

„Ich beuge mich Enrique nicht", zischte Carmela. „In meiner Welt geht es um Tiere und nicht um die Gleichberechtigung der Frau. In deiner Medienwelt haben Männer vielleicht immer noch die Macht inne, und Frauen müssen willig sein oder ihnen in den Hintern kriechen. Das gab es hier auf der Finca nicht und wird es auch niemals geben. Und was mich betrifft, ist Enrique genau der Mann, den ich brauche; als guter Freund und als Mitarbeiter."

„Das hat man ja gerade gesehen. Er ist aber immer noch ein Vaquero", konterte Savanna.

„Aber was schert es mich, bleib so naiv, wie du bist, und träum weiter."

„Savanna." Carmela legte die Hand auf den Arm ihrer Schwester. „Komm, lass uns nicht streiten. Wir haben wichtigere Dinge zu besprechen."

Savanna nickte nur.

„Die Beerdigung. Ich denke, wir sollten sie gemeinsam organisieren. Meinst du nicht, Savanna?", schlug Carmela vor und spürte, dass ihr Mund vor Spannung trocken wurde. Savanna stand, ohne ein Wort zu sagen, auf, ging ins Haus und kam mit einem gefüllten Brandyglas zurück. Ihr Gesichtsausdruck war hart.

„Unser Vater hat nie irgendetwas von dem, was ich oder Marco taten, anerkannt. Nie hat er uns gelobt oder war stolz auf uns gewesen. Nichts, was wir getan haben, war je gut genug. Er hat mich nicht einmal zur Kenntnis genommen. Außerdem ist er schuld an Mutters Tod. Also erwarte keine Tränen oder Trauer von mir."

„Nichts ist wahr von dem, was du sagst", rief Carmela. „Er war nicht schuld an Mutters Tod."

„So! Er ist schuldig. Und du bist die Einzige, die es nicht wahrhaben will."

„Savanna, bitte …"

„Du und er hattet die gleichen Interessen an Pferden", sagte Savanna hitzig. „Er hat nie akzeptiert, dass Marco und mir dies egal war."

„Er hat es irgendwann eingesehen, glaub mir. Er war auch sehr stolz auf euch beide. Er hat keine Nachrichtensendung mit dir verpasst. Alle Fotos von Marco, die Vater in Zeitschriften entdeckte, hat er ausgeschnitten und in ein Album geklebt."

Savanna wehrte ab. „Es ist gut. Du hast recht, lass uns nicht streiten. Nicht jetzt."

„Du hast recht, große Schwester, wir sollten uns nicht streiten." Carmela versuchte, zu lächeln und sich eine Anekdote einfallen zu lassen, um der Unterhaltung die Schärfe zu nehmen.

## Kapitel 11

*September 1939*

In den vergangenen Tagen hatten Ricarda schreckliche Ängste gepeinigt und etwas, das vielleicht eine grässliche Vorahnung war – dass etwas Entsetzliches geschehen würde. Dass ihr schlimmster Albtraum bald Wirklichkeit werden sollte. Dass sie Pablo und ihr ungeborenes Kind verlieren würde, einfach alles.

Es war Mittagszeit, und die Siesta begann. Langsam stieg Ricarda die Treppe hinunter zu den Katakomben und unterdrückte ihr Zittern. Mit rasendem Herzen öffnete sie langsam die Tür. Pablo war nicht da. Ricarda schaute in jede Ecke. Nichts.

Pablo. Sie merkte, dass sie fast keinen Ton herausbrachte, und versuchte, ihre trockenen Lippen zu befeuchten. Vielleicht war er nur kurz durch den geheimen Tunnel nach draußen gegangen und würde bald wieder zurückkehren. Vielleicht. An eine andere Version wollte und durfte sie nicht denken. Sie musste wieder nach oben, bevor Elena oder jemand anderes sie vermisste.

Ricarda begann auf und ab zu gehen und sah nervös auf die Uhr auf dem Kaminsims. Es war fast drei Uhr nachmittags. Sie versuchte sich einzureden, dass alles in Ordnung war, versuchte, sich nicht zu fürchten. Aber hinter ihren Schläfen pochte ein scheußlicher Schmerz – und nichts war in Ordnung.

Sie hatte um Pablo Angst, denn sie wusste nicht, wo er steckte. Schmerz fuhr ihr mit solcher Macht durch den Kopf, dass sie aufschrie und sich setzen musste.

Gegen Abend vernahm Ricarda das Geräusch eines Autos in der Auffahrt. Beunruhigt stand sie auf und ging ans Fenster. Die Wachmannschaft hatte den strikten Befehl, das Tor nicht zu öffnen, es sei denn, Ricarda gab die Anweisung. Sie erwartete niemanden. Sie sah, wie Salvatore auf das Tor zuging. Dann hörte Ricarda Stimmen. Als die Männer aus dem Wagen stiegen, sah sie, dass einer von ihnen Oberst Rodriguez war, der Kommandeur der in Jerez stationierten Truppen. Er war schon einige Male auf der Finca gewesen. Nun verstand auch Ricarda, wieso Salvatore ihn durchgelassen hatte. Heutzutage wagte niemand in Andalusien, einem Kommandeur den Einlass zu verwehren.

Er kam auf das Haus zu, und Ricarda, die in Sorge um Pablo war, öffnete die Tür.

Sie führte den Oberst ins Wohnzimmer. „Was führt Sie auf meine Finca?" „Es handelt sich um eine etwas heikle Angelegenheit, und ich dachte, es wäre besser, Sie hier aufzusuchen, statt zu uns ins Hauptquartier zu kommen." Er lächelte liebenswürdig, und Ricarda hatte den Eindruck, dass er etwas im Schilde führte und sie mit seiner charmanten Art um den Finger wickeln wollte. Nicht mit Ricarda Alfaro. Ricarda nahm ein Glas und füllte es mit Brandy, während er auf sie einredete.

„Wir haben unruhige Zeiten hier in Spanien, aber die Armee ist, Gott sei Dank, Herr der Lage. Oh, vielen Dank, Doña Alfaro ..."

Er nahm den Brandy.

„Bitte, setzen Sie sich", forderte Ricarda ihn auf und bot ihm eine Zigarette an. Sie wartete, bis er sie angezündet und den ersten Schluck genommen hatte, den er genießerisch auf der Zunge zergehen ließ. Ricarda hatte kein gutes Gefühl. Die Angst, die in ihr hochstieg, schnürte ihr die Kehle zu. Irgendwie musste er etwas herausgefunden haben. Aber wie? Sie wusste, er war aus einem bestimmten Grund hier, und es würde nicht mehr lange dauern und sie würde es erfahren. Sie ging in die Offensive und wandte sich an den Oberst. „Nun, Sie haben immer noch nicht den Grund Ihres Besuches genannt."

Er sah sie durchdringend an, stellte das Brandyglas auf den Tisch, drückte seine Zigarette aus und beugte sich nach vorn.

„Es wurde der Verdacht gehegt, dass Sie, Doña Alfaro, einen Verräter auf Ihrer Finca versteckt gehalten hätten. Sein Name lautet Pablo Zafón."

Der kalte Angstschweiß stand Ricarda auf der Stirn. Pablos Leben hing in diesem Moment einzig und allein von ihr ab.

„Ich weiß nicht, von wem Sie sprechen. Und versteckt? Nein. Ich fürchte, Oberst, dass es sich um einen Irrtum handelt. Ich bin eine Patriotin, Oberst, und werde meinem Land in diesen schweren Stunden niemals schaden wollen. Abgesehen davon habe ich volles Vertrauen in das Franco-Regime, und ich bin überzeugt, dass es unser Land weiterbringen wird."

Er hüstelte. „Ihre Gefühle ehren Sie, Doña Alfaro, und ich kann Ihre Einstellung nur zu gut verstehen …"

Sie nickte. „Natürlich können Sie das. Und doch werde ich das Gefühl nicht los, dass ich für einen Mann wie Sie nur eine Belastung bin, weil Sie mich vor solchen Landesverrätern wie diesem …" Ricarda sah ihn fragend an.

„Zafón, Doña Alfaro. Pablo Zafón", bekräftigte der Oberst.

Sie nickte. „... beschützen sollen", beendete sie ihren Satz, und ihr wurde schlecht.

„Wenn wir nicht fähig wären, unsere Anhänger auch innerhalb Spaniens zu schützen, dann hätten wir bereits verloren."

„Sie haben vollkommen recht." Dieses verlogene Gespräch fing an, Ricarda auf die Nerven zu gehen.

„Nun, Oberst Rodriguez, Sie sprachen vorhin in der Vergangenheitsform. Haben Sie denn diesen Verräter verhaften können?" Ricarda dachte bei diesen Worten, dass sie gleich in Ohnmacht fallen würde.

„Als wir ihn aufgespürt hatten, wollte er sich durch einen erneuten Fluchtversuch der Verhaftung entziehen. Wir mussten ihn erschießen, da er versucht hatte, durch das Sumpfgebiet in der Doñana zu entkommen."

Ricarda konnte ihr Zittern nur mit schierer Willenskraft unterdrücken. „Und der Grund Ihres Besuches?"

„Doña Alfaro, ich würde Sie bitten, mich hinauszubegleiten und sich den Toten anzusehen." Der Oberst stand auf. „Es ist nur eine Formsache, da der Flüchtige in der Nähe Ihrer Finca gefunden wurde."

Ricarda nickte stumm. Den ihr erschossen habt, dachte sie und folgte ihm. Was sie zu sehen bekam, überstieg ihre Kräfte. Ihr geliebter Pablo lag auf einem Pritschenwagen wie ein erlegtes Wild. Ricarda schloss kurz die Augen, um sich zu sammeln. Nur nicht zusammenbrechen. Denk an deine Kinder.

„Es tut mir leid, Oberst Rodriguez. Ich kenne diesen Mann nicht."

Als der Oberst mit seinen Leuten die Finca verlassen hatte, lief Ricarda sofort ins Haus. Im Korridor lehnte sich Ricarda gegen die Wand, tränenüberströmt. Ihr geliebter Pablo war tot. Warum musste er sich in diese Todesgefahr bringen? Warum? Sein Kind, das sie unter ihrem Herzen trug, würde seinen Vater niemals kennenlernen. Und niemand würde je erfahren, wer der Erzeuger war.

Der Tag danach schien sich endlos hinzuziehen. Die Anstrengung, so zu tun, als ginge alles seinen gewohnten Gang, war jedem, der auf der Finca arbeitete, anzumerken. Die Atmosphäre war mit Nervosität geladen. Die Neuigkeit von der tödlichen Verfolgung eines Franco-Gegners hatte sich in Windeseile herumgesprochen. Alle hatten Angst, dass man sie als Mitwisser verhaften könnte. Nur keiner wusste, um wen es sich bei dem Toten handeln könnte.

Als Ricarda alle Arbeiter zusammenkommen ließ, fragte sie sich, wer etwas gewusst hatte. Würde sie es jemals erfahren? Alle schienen sie anzustarren, als sei sie ein ungebetener Gast – oder eine gefallene Frau. Weder zögerte Ricarda, noch verzog sie eine Miene. Sie ging weiter auf die Vaqueros zu. Sie hielt den Kopf so hoch erhoben, wie sie konnte, ihre Wangen waren flammend heiß, und sie hoffte, man würde sie nicht im Stich lassen.

„Was den Vorfall von gestern angeht: Dieser Oberst Rodriguez wollte von mir wissen, ob ich den Flüchtigen, der gestern im Doñana-Gebiet erschossen wurde, kannte. Weder kannte ich ihn, noch sagte man mir, wer dieser Mann war." Ricarda erstickte ihren Aufschrei. Sie war den Tränen nah.

„Die Guardia Civil wird von Zeit zu Zeit hier auftauchen und uns den Mob, der vor einigen Tagen die Nachbarfinca in Brand gesetzt hatte, vom Halse halten. Keiner braucht sich vor irgendetwas zu fürchten."

Einige gemurmelte Proteste wurden laut. Bis sich einer meldete: „Und Sie meinen, der Pöbel sei nicht bewaffnet?"

„Ich kann niemanden zwingen, hierzubleiben. Es gibt keinen sicheren Platz in Andalusien. Ich bleibe hier", sagte Ricarda mit fester Stimme.

„Wir auch", kam es im Chor zurück, und Ricarda ging durch die Menge und bedankte sich bei jedem Einzelnen.

Kapitel 12

Auch wenn es José Sánchez' Beerdigungstag war, musste die Routinearbeit erledigt werden. Carmela, Laura und Enrique – mit Unterstützung von einem neuen Pferdepfleger, der begeistert war, dass er zum Team der Finca La Verdad gehörte – waren allesamt um sieben auf den Beinen, misteten aus, maßen das Futter ab und bewegten die Pferde. Es lag etwas Bleiernes in der Luft.

Carmela setzte sich auf einen Heuballen, stützte den Kopf in die Hände und seufzte.

Ein Schatten fiel auf den Boden. „Wenn es noch irgendetwas zu tun gibt, kann ich das übernehmen", bot Enrique an, der im Eingangstor stand.

„Ich komme zurecht, danke", sagte sie matt, mühte sich hoch und hob mehrere Eimer auf. „Bin gleich fertig."

Er räusperte sich. „Ich … ähm … das heißt, ich meine …"

Carmela wünschte, er würde den Weg frei geben. Sie kam nicht an ihm vorbei, aber sie war spät dran. Sie musste sich bald fertig machen für die Beerdigung.

„Ich … nun …"

Seit sie Enrique kannte, hatte sie nie dieses unbeholfene Stottern erlebt. Es war untypisch für ihn. Einen Augenblick blieb ihr das Herz fast stehen. Angenommen, er wollte ihr mitteilen, er müsse sie verlassen, weil seine Zukunft hier auf der Finca zu unsicher schien.

„Was ist?" Die Sorge ließ ihren Ton schärfer klingen.

„Geht es dir wirklich gut? Ich mache mir Gedanken, dass dieser Tag zu viel für dich wird."

„Es geht mir gut", sagte sie zum hundertsten Mal an diesem Tag. Sie war Carmela, die sich um alle anderen kümmerte. Sie wollte nicht, dass andere sich um sie kümmerten.

Carmela hatte nicht damit gerechnet, dass so viele Menschen kommen würden. Man hätte annehmen können, dass es sich um die Feria del Caballo, das Fest der Pferde, handelte, wenn sich nicht in den Gesichtern Kummer und Trauer spiegeln würden. Freunde, Reitschüler, Nachbarn und Geschäftspartner, mit denen José Sánchez in seinem Leben in Berührung gekommen war. Carmela war gerührt, und sie bemerkte, dass Enrique unmittelbar hinter ihr stand. Sie schniefte und versuchte, die aufsteigenden Tränen zurückzudrängen. Sie wollte nicht, dass man sie weinen sah.

Die Leute standen in der Kirche in den Seitengängen und drängten sich im hinteren Bereich. Die schweren Doppeltüren mussten aufgeschoben werden, damit auch diejenigen etwas hören konnten, die nicht mehr hineinpassten.

Carmela konnte es sich nicht verkneifen, sich umzudrehen und nach ihrem Bruder Marco Ausschau zu halten. Sicher würde er kommen.

„Es ist so furchtbar", murmelte Laura mit ängstlicher Stimme. „Es ist schrecklich, dass er nicht mehr da ist. Ich will das nicht." Carmela nahm tröstend ihre Hand, als sie hinter dem Sarg entlanggingen. Dieses kleine Wesen war alles, was für sie zählte.

„Wir sind alle traurig, dass Abuelo gestorben ist. Aber wir zwei können sein Andenken am Leben erhalten. Jedes Mal, wenn wir auf einem Pferd reiten, ist es so, als wäre er noch hier. Ganz bestimmt", flüsterte Carmela ihrer Tochter zu. Sie hätte Laura die Sterne vom Firmament versprochen, um sie zu trösten.

Carmela spürte, wie ihr wieder die Tränen kamen, und wischte sie schnell mit der Hand ab. Sie schluckte.

Nach der Beisetzung versammelten sich alle noch einmal auf der Finca – ein schier endloser Strom von Trauergästen, deren Worte von Beileid und ungläubigem Entsetzen sich unablässig wiederholten.

Nur einer aus José Sánchez' engster Umgebung war nicht dabei gewesen. Sein Sohn Marco.

Am Morgen nach der Beerdigung kam Carmela nur mit großer Mühe aus den Federn. Jede Bewegung fiel ihr so schwer, dass sie vor Erschöpfung am liebsten gleich wieder ins Bett gesunken wäre.

Müde zog sie ihre Reithosen an und merkte, dass das Teil ziemlich locker saß. Sie hatte viel abgenommen in der kurzen Zeit. Dann ging sie zu den Ställen, um bei den morgendlichen Routinearbeiten zu helfen. In den Pflanzenkübeln auf dem Hof schwankten die letzten verblühten Geranien im Wind, und die Schwalben stießen wie kleine indigoblau-weiße Flugzeuge im Sturzflug herab.

Carmela fühlte sich unwohl. Irgendwie stimmte anscheinend nichts mehr. In der einen Minute war es ihr zu kalt, und im nächsten Moment zog sie sich schwitzend den Pulli über den Kopf. Sie seufzte und atmete den scharfen Ammoniakgeruch der Ställe ein. Enrique stellte soeben einen Plan auf, wer welches Pferd reiten sollte.

„Carmela, Laura, Toni und Luis", sagte er, „ihr könnt heute Morgen auf Escada, Bizra, Dante und Falko ausreiten. Kommt der junge Pferdepfleger heute? Ich möchte, dass Kaschmir heute Nachmittag bewegt wird. Falls er nicht auftaucht, müsstest du das in die Hand nehmen, Laura."

Carmela ließ alles geduldig über sich ergehen und erledigte ihre Aufgaben, doch ihre Füße waren schwer, als steckten sie in Zementstiefeln. Escada zickte herum, wie Stuten ebenso sind, legte die Ohren an und warf ihr einen bösen Blick zu. Carmela war viel zu müde und zu abgelenkt, um überhaupt darauf zu achten.

Sie schleppte den Sattel zu der Stelle, an der Escada angebunden war, und Escada drehte ihr die Kruppe zu.

„Nanu. Ich mag es nicht, wenn ein Pferd so unhöflich ist."

Die Stute zog die Oberlippe zurück und schlug unwillig mit dem Schweif. „Und ich mag es nicht, wenn man mich ignoriert", war offenbar ihre Antwort.

Einer nach dem anderen preschten sie vom Hof: Enrique, Laura, Toni und dann Carmela. Escada gefiel es überhaupt nicht, die Letzte zu sein. Sie riss Carmela mehrmals die Zügel aus der Hand. Die Stute sprang nach vorn, und Carmela musste ihr klarmachen, wer das Sagen hatte.

„Du gehorchst mir kein bisschen", murmelte Carmela.

Sie bogen von dem Zufahrtsweg ab und folgten einem schmalen Pfad, auf dem die wilden Früchte – gelbe Mispeln, Himbeeren und wilde Erdbeeren – an den Beinen der Reiter und am Fell der Pferde entlangstriffen. Einst hatten auch diese Gewächse zu den

Obstplantagen gehört. Da sich die kommerzielle Ernte jedoch als zu umständlich erwiesen hatte, waren sie nun zu wuchernden Büschen und Hecken verwildert, die in jedem noch so kleinen Winkel überlebten.

Schließlich erreichten die Reiter die Pinien und hohen Hecken, die das offene Feld säumten. Kaum hatten sie diese umrundet, galoppierten sie auf Enriques Kommando langsam am Rand des Stoppelfeldes – die aufgehende Sonne im Rücken.

Escada war scheinbar entschlossen loszupreschen, zog und zerrte wild an ihren Zügeln. Bevor Carmela das Tier wieder richtig unter Kontrolle hatte, tauchte plötzlich ein hoppelndes Kaninchen vor ihnen auf, kreuzte ihren Pfad und verschwand in der Hecke.

Die Stute warf sich ruckartig zur Seite. Noch während Carmela über die Pferdeschulter in einen Brombeerstrauch geschleudert wurde, dachte sie: Das geschieht mit Absicht und nicht, weil Escada sich erschreckt hat.

Vage bekam sie mit, dass Enrique von Falko absprang, Escada einfing und Laura und Toni die beiden Pferde übergab. Danach eilte er sofort zu ihr und kniete sich neben sie. „Carmela!" Sanft fasste er sie an die Schulter. „Carmela! Carmela?"

Zittrig setzte sie sich auf, und er half ihr aus dem dichten Dornengestrüpp. „Mir geht es gut. Ganz bestimmt."

„Wo hast du dich verletzt?" Sein Gesicht befand sich sehr nah an ihrem.

„Ich bin überhaupt nicht verletzt!" Carmela verbiss sich die Tränen. „Du brauchst mich nur hochzuziehen. Escada hat genau auf den Brombeerbusch gezielt. Wirklich. Sie hat es darauf angelegt, mich abzuwerfen."

Er fasste ihr rechtes Handgelenk und bewegte ihren Arm vorsichtig hinauf und hinunter. Dann tat er dasselbe mit ihrem linken Arm.

„Nichts gebrochen." Sie zeigte ihm ihre Hände, die mit Kratzern übersät waren.

„Autsch", sagte er. „Das muss wehtun. Warum trägst du keine Handschuhe?"

„Die habe ich vergessen", murmelte Carmela. In Wirklichkeit hatte sie sie in der Küche liegen lassen und nicht über genug Energie verfügt, um zurückzugehen und sie zu holen.

Sanft berührte er ihr Gesicht. „Eine ordentliche Schramme hast du da."

„Das ist schon okay."

„Wie viele Finger?", fragte Enrique und hielt die Hand hoch.

„Drei", sagte Carmela. „Und ich weiß, dass heute Freitag ist. Frag mich nicht, welche Mode man im kommenden Winter trägt oder wie viel Pferdestärken ein Ferrari hat, denn das hätte ich dir auch vor dem Sturz nicht beantworten können."

Über Enriques Lippen huschte ein Lächeln. „Also gut. Was hast du heute gefrühstückt?" Einen Moment lang hatte Carmela eine völlige Leere im Kopf. Vielleicht habe ich doch eine Gehirnerschütterung, dachte sie. Sie rieb sich das Gesicht mit den Händen, und ihr fiel ein, dass sie heute noch gar nichts gegessen hatte. „Ähm ... Ich habe noch nicht gefrühstückt."

„Hm", machte er. „Keine gute Idee, mit leerem Magen zu reiten. Du hattest nicht genug Kraft, um mit Escada umzugehen. Oder nicht genug Konzentration."

„Das war das Kaninchen. Komm, ich gehe zurück und zeige es dir."

„Ich denke, wir kehren lieber wieder um", sagte Enrique. „Ich habe dich beobachtet. Wahrscheinlich hast du dich noch nicht richtig von deinem Erschöpfungszustand erholt. Und bis es soweit ist, solltest du nicht reiten, finde ich!"

„Wirklich, mir geht es gut. Ich habe mich nur ein bisschen schwach gefühlt. Wirf mich aufs Pferd."

Er betrachtete sie aufmerksam. „Du lässt dir wirklich von niemandem etwas sagen."

„Hast du etwas anderes erwartet?"

„Nein."

„Warum dann dieses Wort zum Sonntag?" Sie saß wieder auf. Als aber ihr Herzschlag langsamer wurde, spürte sie, wie das Blut durch ihre Hände pulsierte und das Stechen noch intensivierte. Es war dumm von ihr gewesen, sich die Handschuhe nicht zu holen, Enriques Besorgnis aber wärmte sie von innen, und das Gefühl seiner Hände auf den ihren hatte Empfindungen in ihr ausgelöst, die ihr guttaten.

Carmela hatte gleichgültig zugehört. Sie fragte sich selbst, ob etwas mit ihr nicht stimmte. Sie rückte sich im Sattel zurecht und zuckte ständig zusammen. Da sah sie Enriques besorgten Blick, und der Funke der Verständigung sprang über. Er konnte bis in ihre Seele sehen, dachte sie. Da war sie sich ganz sicher.

Als sie auf dem Rückweg mit Escada das Feld verlassen hatte, sackte der durch den Sturz erhöhte Adrenalinspiegel wieder ab. Was blieb, waren ein Bluterguss am Schienbein, Schmerzen in ihrem Hinterteil, Risse und Kratzer, ein schmerzender Ellenbogen und ein steifer Nacken. Zurück im Stall, hievte sie Escadas Sattel auf den Sattelbock und fühlte sich müder denn je.

Neben dem Sattel befand sich eine Reihe von Haken, über denen sich immer bergeweise Jacken verschiedenster Machart aus erdfarbenen und dunkelgrünen Stoffen türmten. Mit dem Gesicht kam sie an die kratzige alte Tweedjacke ihres Vaters, die noch nach ihm roch. Erst in diesem Augenblick erfasste sie die Tatsache in ihrer gesamten Tragweite: Er kam nicht mehr zurück. Nie wieder.

Sie betastete die Jacke und barg ihr Gesicht darin. Sie brach in Tränen aus und brauchte eine Weile, bis sie sich wieder beruhigte. Carmela spürte, wie eine Hand sanft ihre Schulter berührte.

„Wenn man trauert", sagte eine leise Stimme, „erscheint einem das Dunkel wirklich sehr düster. Die Zeit heilt."

Sie drehte sich zu ihm um. Enrique zog Carmela an sich und hielt sie fest in den Armen, als wäre sie ein Kind.

„Er war so … stolz auf dich …"

Carmela gewann allmählich ihre Fassung wieder. „Tut mir leid."

„Es braucht dir nicht leidzutun. Der Schmerz wird immer wieder die Oberhand gewinnen." Enrique ging mit ihr gemeinsam zum Haus. Carmela starrte abwechselnd auf ihre Beine und wunderte sich, wie selbstverständlich und automatisch sie einen Schritt vor den anderen setzte. Wo sie doch nur den Wunsch hatte, sich völlig aufzulösen.

## Kapitel 13

„Was zum Teufel machst du da?"
Carmela, auf allen vieren, blickte nicht nach oben. „Nach was sieht es denn aus, Bruderherz?" Vor ihr stand ein hochgewachsener, gut aussehender Mann. Marcos Gesicht war nicht mehr das des unbeschwerten Jungen von damals, eher das eines Draufgängers, dem man sein ausschweifendes Leben ansah. Seine markanten Züge passten zu der Strenge seiner schwarzen Augen, dem weißen Hemd und den Designerjeans.

Carmela trug ein T-Shirt und Jeans, beides ausgewaschen und jetzt leicht feucht von Schweiß. Ihre Hände waren schmutzig, und ihr Haar hatte sie auf dem Kopf zu einem unordentlichen Knoten geschlungen. Größer konnte der Kontrast zwischen Bruder und Schwester kaum sein, dachte sie. Seine Augen fixierten sie auf eine intensive Art, die früher oft einschüchternd gewirkt hatte.

„Carmela, hast du dir schon mal überlegt, wie du weitermachen willst?"

„Was meinst du mit ‚weitermachen', Marco?" Ihre Stimme war leise und heiser, als wäre sie soeben aufgewacht.

Marco strich sich mit den Fingern einer Hand durch seine sorgfältig gepflegten Haare. Er verlagerte sein Gewicht von einem Fuß auf den anderen.

„Morgen ist die Testamentseröffnung."

Diesmal drehte Carmela ihren Kopf und blickte ihn ernst an.

Sie ließ sich nach hinten auf die Fersen sinken, blies sich eine Haarsträhne aus den Augen und sah zu dem Mann hoch, der gelangweilt auf sie herunterblickte. Sie verspürte ein wenig Zuneigung und ein wenig Ärger. „Marco, dein Vater ist vor einer Woche beerdigt worden. Warum warst du nicht da?"

„Hatte Wichtigeres zu tun. Außerdem, er hatte nichts mehr davon, ob ich nun da war oder nicht."

„Ich nehme an, morgen hast du Zeit. Schämst du dich denn nicht?"

„Nein", setzte er an, mehr genervt als beleidigt. „Wie kann man nur auf Händen und Knien in der Erde herumwühlen?", versuchte er das Thema zu wechseln.

„Mir gefällt es", antwortete sie schlicht.

Carmela wusste, dass es ihrem Bruder lieber gewesen wäre, wenn sie getobt oder geschrien hätte. Den Gefallen tat sie ihm nicht. Und wartete geduldig, was er ihr zu sagen hatte.

„Carmela, ich verstehe nur zu gut, wieso du sauer auf mich bist. Aber sieh mal, Savanna hatte Verständnis."

„Mmh." Carmela rutschte auf den Knien und zupfte die Blütenblätter der Geranien zurecht, die sie einpflanzte. Carmela fand, dass die Pflanzen ein wenig mitgenommen aussahen. „Gibst du mir bitte die Gießkanne?"

„Du hörst mir nicht zu."

„Doch, das tue ich." Sie reckte sich und nahm sich selbst die Gießkanne. „Was soll ich dazu sagen?"

Ohne Pause versuchte Marco die nächste Methode. „Ich wusste gar nicht, dass dieses Vorlesen von Testamenten tatsächlich noch üblich ist", begann er erneut und sah zu, wie sie die Blumen begoss.

„Ich auch nicht. Ich dachte, man kriegt einfach einen Brief vom Testamentsverwalter oder irgend so was", warf Carmela ein. Zu viel Wasser, befand sie, als die übersättigten Blumen die Köpfe hängen ließen. Sie musste sich in Zukunft mehr um diese Kleinigkeiten kümmern. „Marco, anstatt mich hier vollzuquatschen und zu versuchen, aus mir etwas herauszukriegen, was ich selber noch nicht weiß, könntest du zu mir herunterkommen und mir helfen."

„Helfen?" Seine Stimme klang so betroffen, als hätte sie vorgeschlagen, er solle besten Champagner mit Leitungswasser verdünnen. Carmela lachte leise.

„Gib mir diese Steige mit Petunien." Sie rammte den kleinen Spaten wieder in den Boden und kämpfte gegen den steinigen Untergrund. „Gärtnern würde dir guttun. Es würde dich wieder mit der Muttererde in Berührung bringen."

„Ich habe nicht die Absicht, die Muttererde mit meinen bloßen Händen zu berühren." Diesmal lachte sie und wandte ihr Gesicht dem Himmel zu. Nein, ein solarbeheizter, chlorierter Pool und das Grün eines Golfplatzes war wohl das Äußerste, was Marco als Natur an sich herankommen lassen würde. Ihre Schwester Savanna war auch nicht viel näher herangekommen, seit sie von hier fortgegangen war.

Ob wir je wirklich wissen, wohin wir gehören, dachte Carmela, wenn wir nicht das Glück haben, unseren ganz persönlichen Flecken Erde durch Zufall zu entdecken? Sie wusste, dass das hier ihr Zuhause war.

Carmela drückte die Erde um die Petunien an und ließ sich nach hinten sinken. Die Blumen sahen etwas lebendiger aus als die Geranien. Vielleicht bekam sie allmählich den Dreh raus.

„Was denkst du?"

„Dass ich kein Interesse daran habe, am Wochenende den Großgrundbesitzer zu spielen."

„Ich meinte die Blumen." Sie klopfte im Aufstehen mit ihren Händen über die Jeans. „Das verlangt auch niemand von dir. Es ist dein Zuhause."

„Carmela, wie kannst du hier leben?", explodierte Marco. Er fuhr sich nervös durch sein dichtes schwarzes Haar. „Warum willst du hier leben? Diese Gegend ist weit und breit öde und nicht einmal attraktiv."

„Warum? Weil es nicht an jeder Ecke einen Golfklub oder ein Shoppingcenter gibt?" Um ihre Worte abzumildern, schob sie eine Hand unter Marcos Arm. „Komm, lass uns auf dein Zimmer gehen. Du wirst doch bestimmt hier übernachten wollen?"

„Ich werde hier nicht schlafen. Ich habe mir ein Zimmer im gleichen Hotel wie Savanna gebucht, die am späten Abend anreisen wird."

„Warum bist du dann überhaupt gekommen?", fragte Carmela.

„Ich wollte mich mal umsehen, wie es heute hier ausschaut." Gelangweilt drehte er sich in alle Himmelsrichtungen. „Wie ich sehe, hat sich nichts verändert. Du kannst morgen Pläne von dem Anwesen mitbringen."

„Ich kann dir nicht ganz folgen, Marco."

„Nein? Ich spreche von Investoren, die uns viel Geld bieten werden, wenn wir an sie verkaufen."

„Verkaufen?"

„Verkaufen", wiederholte Marco mit fester Stimme. „Wie sollten wir sonst alles aufteilen, da ich davon ausgehe, dass er uns zu gleichen Teilen bedacht hat."

„Kann sein", erwiderte Carmela gedankenverloren.

„Du wirst zweifellos mit dem Reiten irgendwo anders weitermachen wollen. Eigentlich müsstest du über den Vorschlag erleichtert sein, wenn du nichts mehr in dieser Größenordnung bewältigen musst. Savanna und ich wissen auch, dass du eine viel stärkere emotionale Bindung zu diesem Besitz hast als wir beide." Sein Lächeln wirkte triumphierend, da er sich seiner Sache sicher schien.

„Ich habe vielmehr den Eindruck, dass du wütend auf unseren Vater bist. Das hast du mit deiner Abwesenheit auf der Beerdigung gezeigt."

„Das ist absoluter Unsinn."

„Du solltest bleiben, um mit mir die Finca zu führen. Hier gehörst du hin." Nun war es heraus. Carmela hatte vorgehabt, das zu sagen, aber erst nach der Testamentseröffnung. Vor allem hatte sie es nicht in so einem wütenden Ton sagen wollen.

Marco wurde plötzlich blass. „Ich bin nicht zurückgekommen", sagt er. „Ich werde auch nicht den Retter spielen."

„Ich brauche niemanden, der mich rettet. Womöglich tue ich dir leid. Die arme kleine Schwester, die ihren Mann früh verloren hat und nie von zu Hause weggekommen ist, während du ein berühmter Fotograf bist und die gesamte Welt bereist hast."

„Was? Was redest du da überhaupt? Der einzige Mensch, dem du leidtust, bist du selbst." Marco schnaubte nachdrücklich.

„Wirfst du mir jetzt vor, dass ich mich selbst bemitleide?"

„Nein. Ich werfe dir vor, dass du den Tatsachen nicht ins Auge siehst. Der Alte ist tot, und gewisse Dinge werden sich ändern. Dieser Wahrheit musst du dich endlich stellen, Carmela."

„Glaubst du etwa, ich wüsste das nicht?" Carmela hielt ihre Tränen zurück.

„Dann ist ja alles in Butter. Bis morgen, Schwesterherz. Vergiss die Pläne nicht." Marco drehte sich auf dem Absatz um, und bevor Carmela reagieren konnte, sah sie nur noch, wie der Mercedes zu wenden begann und in einer Staubwolke verschwand.

Carmela hatte plötzlich das Gefühl, als befänden sich ihre Geschwister auf einem persönlichen Feldzug gegen sie, obwohl keiner von ihnen wusste, was in diesem Testament stehen würde. War sie paranoid? Überarbeitet? Der Druck, dem sie täglich ausgesetzt war – die Finca, die Pferde, ihre Trauer –, hatte körperlich wie seelisch seinen Tribut gefordert. Sie schüttelte den Kopf. Vielleicht entsprang alles einzig und allein einer überreizten Fantasie? Dennoch hatte sie das beunruhigende Gefühl, dass in ihrem Leben augenblicklich nichts so war, wie es auf den ersten Blick zu sein schien. Es war, als hielte ihr jemand einen Schleier vor die Augen, durch den sie die Welt nur in unscharfen Konturen wahrnahm.

## Kapitel 14

Die Hitze hatte zugenommen, die Tage waren unerträglich heiß und die Nächte stickig. Arturo Corso saß trotz seines hohen Alters in seiner kleinen Kanzlei in Jerez de la Frontera. Er wollte die Juristerei nie ganz aufgeben und hatte ein kleines Büro in derselben Straße, wo die Bank lag, die er so lange geleitet hatte.

Nachdem er Carmela, Savanna und Marco zu den bereitgestellten Stühlen vor seinem Schreibtisch geleitet hatte, setzte er sich hinter diesen und begann zu sprechen. Er brauchte sich nicht mehr mit Formalitäten und Beileidsbezeugungen aufzuhalten, da er nach dem Begräbnis ihres Vaters schon mit allen dreien einzeln geredet hatte.

„Liebe Anwesende, ich hätte nie gedacht, diese Situation erleben zu müssen. Niemals hätte ich gedacht, Ihren Vater zu überleben. Nachdem es nun einmal so ist, möchte ich, ehe ich es vorlese, erklären, dass ich dieses Testament selbst nicht billige. Ich finde selbst fabrizierte – ‚hausgemachte', wie ich sie zu nennen pflege – Testamente grundsätzlich nicht gut, mögen sie nun legal sein oder nicht. Ich habe ihnen nie getraut."

Savanna biss sich angesichts dieser umständlichen Erläuterungen ungeduldig auf die Lippen und wippte heftig mit ihrem übergeschlagenen Bein. Marco rang nervös die Hände in seinem Schoß und blies sich hektisch das Haar aus dem Gesicht. Allein Carmela saß da wie zu Eis erstarrt.

„Ich habe Ihrem Vater oft erklärt", fuhr Arturo Corso fort, „dass es besser gewesen wäre, sein Testament von einem Notar erstellen und auch in dessen Kanzlei aufbewahren zu lassen. Doch er wollte in diesem Punkt nichts hören."

Marco sah Savanna mit einem Blick an, der deutlich machte, dass er sich nur noch mit äußerster Not beherrschen konnte. Arturo Corso ignorierte das einfach und fuhr auf seine würdevolle Weise unbeirrt fort.

„Das vorliegende Testament ist indessen, wie ich Ihnen ausdrücklich versichern darf, trotz meiner Einwände absolut legal und gültig in dieser handschriftlichen Form. Es ist geschrieben worden vor zwei Jahren, am 21. Mai 1996, und ich war dabei die ganze Zeit zugegen. Obwohl es keine zwingende gesetzliche Vorschrift ist, bestand ich ausdrücklich darauf, dass auch meine Sekretärin als Zeugin anwesend war und außerdem der gegenwärtige Direktor der Bank. Nach meinem Wissen existiert kein anderes Testament als dieses."

Er schob seine Brille etwas nach unten und blickte über ihre Ränder hinweg alle drei nacheinander an. Savannas und Marcos unverhohlene Ungeduld und ihr Überdruss entgingen ihm nicht. Er wartete trotzdem ein paar Augenblicke, ehe er fortfuhr; nach wie vor langsam und getragen, mit fester Stimme, um ganz klarzumachen, dass er die Absicht hatte, sich unter allen Umständen völlig unmissverständlich auszudrücken.

„Also, meine Herrschaften. Es gibt hier zunächst einige Verfügungen über eine Bargeldzuwendung an Antonia Domínguez, die seit vielen Jahren für die Familie den Haushalt führt, und einen Fonds für alle Vaqueros, die ihr Leben lang für Ihren Vater arbeiteten. Es handelt sich um sehr großzügige Beträge, was allerdings angesichts der langjährigen Verbundenheit dieser Leute mit Ihrer Finca und Familie so überraschend nicht ist. Andererseits fällt keine dieser Zuwendungen, auf die Hinterlassenschaft insgesamt gesehen, besonders ins Gewicht. Ich werde Ihnen dies alles nachher noch im Einzelnen vorlesen."

Er fuhr fort: „Sie interessiert jetzt, wie ich sicherlich richtig vermute, in erster Linie, welche Hauptverfügungen über das Vermögen Ihres Vaters getroffen sind. Dies betrifft das Vermögenskonto auf der Bank von Sevilla und die viertausend Hektar Land, die bekannt sind als die Alfaro-Sánchez-Finca."

Noch einmal musterte er unter seinen faltigen Augenlidern hervor alle drei Anwesenden langsam und eingehend. Lediglich Carmela erwiderte seinen Blick freundlich. Sie wusste gut, dass ihr Vater Arturo Corso immer als seinen vertrauenswürdigsten Freund betrachtet hatte. Auch wenn er dies hier trocken und geschäftsmäßig hinter sich brachte, war doch unübersehbar, dass ihm José Sánchez' unerwarteter Tod wirklich auch persönlich naheging. Er begann vorzulesen.

„Ich, José Sánchez, vermache das Geld auf dem Konto der Bank von Sevilla einem Fonds, aus dem die Unterhaltskosten für den Familiensitz, die Finca La Verdad, bestritten werden sollen. Meine Tochter Carmela Ricarda Fernández soll über die Verwendung des Geldes entscheiden.

Die Finca La Verdad vermache ich mit allem, was zu ihr gehört, mit dem ganzen Gebiet der Auffahrt von der Straße bis zur Finca, mit allen sie umgebenden Feldern, Olivenhainen, Ställen, Außengebäuden und den Hallen, allein und ohne Auflagen und Einschränkungen meiner Tochter Carmela Fernández, geborene Sánchez. Die Finca La Verdad war immer ihr Zuhause, und ich weiß, dass keines meiner anderen Kinder, Savanna und Marco, sie als das ansieht."

„Das ist nicht anständig!", platzte Savanna wütend heraus. „Wie kann er einfach so tun, als wüsste er genau, dass ich nicht daran interessiert bin, ein Heim in Andalusien zu haben? Oder auch Marco? Das ist in höchstem Maße unfair!"

„Savanna, dürfte ich Sie ersuchen", sagte Arturo Corso streng, „Ihre Kommentare vorerst noch zurückzustellen?"

„Es ist eine Schande, und ich denke gar nicht daran …"

„Halt den Mund, Savanna", ermahnte sie nun auch Marco.

„Ich fahre fort", erklärte Arturo Corso.

„Ich vermache allen Grund und Boden, der bekannt ist unter dem Namen Alfaro-Sánchez-Finca, zu gleichen Teilen meinen drei Kindern Carmela Fernández, geborene Alfaro-Sánchez, Savanna Estefan, geborene Alfaro-Sánchez, und Marco Alfaro-Sánchez. Ich hoffe, glaube und vertraue darauf, dass meine drei Kinder imstande sind, mit diesem Erbe richtig umzugehen."

Der alte Herr legte das Testament auf seinen Schreibtisch und blickte auf. Die drei Geschwister warteten geduldig, dass er weitersprechen würde. Er musterte sie wieder gelassen der Reihe nach. Dann sagte er: „Das ist alles."

„Was denn, alles?", fragte Marco misstrauisch. „Einfach so? Sonst nichts weiter?"

„Nichts weiter", bekräftigte Corso. „Abgesehen von den Verfügungen, von denen ich vorhin kurz sprach, haben Sie damit den gesamten Inhalt des Letzten Willens Ihres Vaters José Sánchez vernommen. Als er dies seinerzeit niederschrieb, erklärte er mir, er sei damit nach bestem Wissen und Gewissen fair zu seinen Kindern gewesen, und alles Übrige sei allein deren Sache. Ich erlaube mir, die Hoffnung auszusprechen, dass Sie tatsächlich diesem Wunsch gerecht werden mögen. Jetzt werde ich Ihnen noch die Hinterlassenschaftsverfügungen für das Personal im Einzelnen vorlesen."

Doch Savanna sprang abrupt auf, einen Ausdruck von Triumph im Gesicht, dem ihr Zorn darüber, dass Carmela allein die Finca erben sollte, gewichen war. Jetzt, da sie wusste, dass ihr ein Drittel des ganzen Landes gehören würde, sprudelten ihr die Worte herrisch aus dem Mund: „Wenn Sie das mir und meinem Bruder noch einmal brieflich mitteilen und bestätigen würden, Don Arturo Corso. Wir sind beide in Eile, und die Details dieser Zuwendungen sind gewiss im Moment nicht so wichtig."

Marco war ebenfalls aufgestanden. Ohne weitere Umstände gingen beide gemeinsam zur Tür. „Augenblick noch!", erklärte Arturo Corso scharf. „Sie kommen beide hierher zurück und setzen sich wieder. Ich bin noch keineswegs fertig!"

Savanna fuhr herum. „Ist es gesetzlich vorgeschrieben, dass wir uns die Einzelheiten dieser Zuwendungen hier ausdrücklich anhören müssen?"

„Nein, aber es hat auch gar nichts damit zu tun. Ich habe Ihnen noch eine weitere Mitteilung zu machen, damit Ihnen klar ist, in welcher Situation Sie sich nun befinden. Bei Testamenten, die wie das Ihres Vaters – auch in diesem Punkt übrigens entgegen meinem ausdrücklichen Rat – ohne Benennung eines Testamentsvollstreckers erstellt worden sind, muss möglichst rasch ein vorläufiger ernannt werden, bis ein endgültiger bestellt ist."

„Wieso das?", fragte Marco.

„Die Alfaro-Sánchez-Finca ist ein laufender Geschäftsbetrieb. Es muss ein Verwalter da sein, um sicherzustellen, dass sämtliche Verpflichtungen eingehalten werden. Beispielsweise arbeiten auf dem Landsitz Dutzende von Personen, deren Löhne zu bezahlen sind. Es gibt regelmäßige wöchentliche oder monatliche Verpflichtungen, die beglichen werden müssen. Vergessen Sie nicht, ich war jahrzehntelang der Bankier Ihrer Familie, und mein Gedächtnis ist noch immer intakt."

„Und wer ernennt diesen Verwalter?", fragte Carmela leicht verwirrt, als ihr bewusst wurde, dass es in der Tat Tausende Einzelheiten beim Betrieb der Finca gab, an die sie bisher niemals auch nur gedacht hatte.

„Das oberste Gericht von Sevilla", antwortete der greise Arturo Corso. „Nach den Gepflogenheiten vermutlich jemand aus der Vermögensabteilung einer Bank, die in Gutsverwaltungen Erfahrungen besitzt. Lucas Pérez beispielsweise."

„Sie meinen, irgendein völlig Fremder von einer Bank?", fragte Carmela.

„Richtig. Es sei denn, natürlich, jemand von Ihnen selbst beantragt, Testamentsvollstrecker zu werden, und die anderen beiden stimmen zu."

Carmela brauchte nur einen ganz kurzen Blick auf Savanna und Marco zu werfen, um deren Antwort auf einen solchen Vorschlag zu wissen: Nein, natürlich.

Sie schüttelten also alle drei die Köpfe.

„Ich denke, dass Sie damit eine kluge Entscheidung getroffen haben. Es ist eine schwierige Aufgabe. Natürlich hat der vorläufige Verwalter nicht das Recht, irgendetwas aus der Hinterlassenschaft zu veräußern. Sie müssen sich hinsichtlich seiner Person alle drei einig sein. Es geht dabei zunächst ohnehin nur um eine kurze Frist." Er setzte sich zurück. „Jetzt dürfen Sie sich nach Ihrem Belieben entfernen."

„Carmela", sagte Savanna nicht ohne Sarkasmus, „ich hoffe, es macht dir nichts aus, wenn wir diese Nacht auf deinem Besitz verbringen. Wir sind dir gleich morgen früh samt Sack und Pack aus den Augen. Nicht wahr, Marco?"

„Was soll denn das, Savanna!", rief Carmela. „Selbstverständlich könnt ihr jetzt und immer auf der Finca sein, solange ihr wollt! Das weißt du doch ganz genau!"

„Nicht im Traum, meine Liebe! Im Monte Conquero in Huelva wohnt es sich ohnehin sehr viel komfortabler, bis diese Verwaltergeschichte geklärt ist."

Bruder und Schwester stürmten davon, während kurze, hastige Bemerkungen zwischen ihnen hin- und herflogen. Carmela war froh, dass sie für sie nicht zu verstehen waren. Sie saß noch immer da, peinlich berührt. Es war ja kein Zweifel, dass Arturo Corso so steinalt nun auch wieder nicht war, um nicht genau bemerkt zu haben, wie ihre Augen zu glühen begonnen hatten, begehrlich, gierig, fast unverhohlen habsüchtig.

„Nun, Carmela. Sie scheinen nicht in solcher Eile zu sein wie Ihre Geschwister. Ich bin froh darüber. Es gibt einige Dinge, die ich gerne noch ausgesprochen hätte. Worte der Erfahrung, wenn Sie so wollen, von denen ich das Gefühl habe, dass ich sie nicht länger für mich behalten sollte."

„Mich interessiert die Stimme der Erfahrung durchaus", sagte Carmela ernsthaft. Savanna und Marco hatten Arturo Corso nicht einmal für seine Bemühungen gedankt.

„Ich hoffe, Sie und Ihre Geschwister sind sich auch der Verpflichtungen dieses Erbes bewusst", sagte Corso. „Ich bedaure, dass sie meinten, so rasch forteilen zu müssen. Zwar kenne ich sie schon, seit sie kleine Kinder waren, aber natürlich nur oberflächlich. Eure Mutter und vor allem eure Großmutter Doña Ricarda kannte ich gut. Sie und die Herzogin de Herrera und mein Vater waren gut befreundet. Unter diesen Umständen, meine ich, hätte es ihnen schon gut gestanden, noch ein paar Minuten hierzubleiben."

„Ich bin sicher, sie haben es im Grunde nicht so gemeint", sagte Carmela. „Aber Savanna hat wohl die Sache mit der Finca etwas aus der Fassung gebracht."

„Das mag wohl sein. Ein Drittel des Alfaro-Sánchez-Landsitzes ist immerhin auch ein fürstliches Erbe. Mein Eindruck war eher, dass sie es sehr eilig hatten, sich ohne Sie zu beraten." Er musterte Carmela scharf.

„Wie früher", erklärte sie angewidert.

„Glauben Sie mir, Carmela, dass es dieses Testament überhaupt gibt, liegt nur daran, dass ich ständig dazu drängte. Ihr Vater war ein Mann, der seine eigene Sterblichkeit nicht wahrhaben wollte. Deshalb hat er es auch stets rundweg abgelehnt, über einen Verkauf der Finca auch nur nachzudenken. Schon weil ihm der Gedanke, eines Tages sei sie nicht mehr ganz in seiner Verfügungsgewalt, absolut unerträglich war. Dieses Testament ist im Eiltempo gemacht worden, von einem Mann, der diese unangenehme Aufgabe so schnell wie möglich hinter sich bringen wollte. Es geht von der schlichten Annahme aus, Sie und Ihre Geschwister würden sich schon gemeinsam darauf einigen, was denn nun geschehen und wie die Aufteilung des Erbes reibungslos vor sich gehen solle."

„Was das Einigen angeht", sagte Carmela, „haben wir wenig Übung. Ich nehme an, Sie haben das bemerkt."

„Es war mir klar", nickte Corso, „dass dieser Fall eintreten könnte." Er sah sie offen an. „Ich weiß, dass Ihre Schwester und Ihr Bruder kein wirkliches Interesse an der Finca haben, außer dem, sie so rasch wie möglich zu versilbern."

„Aber ...", begann Carmela und brach ab. Ihre Gedanken waren verwirrt, sie fand keine Worte mehr.

„Ja?", forschte Arturo Corso.

„Das klingt geradeso, als sei die Finca bereits verkauft! So schnell, so einfach ...!" Sie schnippte mit den Fingern dazu. „Ihr ganzes Leben lang haben mein Vater und die Generationen davor ebendies zu verhindern versucht! Und jetzt mit einem Schlag soll alles anders werden. Weg mit dem Ballast, vergessen und vorbei. Es ist so – das klingt so – herzlos ... so ... als hätten alle überhaupt nicht gelebt ..., als sei das jetzt, wo José nicht mehr da ist, alles völlig uninteressant."

Sie hatte bisher, das wurde ihr klar, während sie sprach, die Tatsache, dass er tot war, noch gar nicht richtig verarbeitet. Sie hatte noch überhaupt keine Zeit gehabt, ihn wirklich zu betrauern, wie ihre Tochter Laura. Für diesen anwesenden klugen, alten Mann hier war es bereits eine feststehende Tatsache, dass die Finca ihrer Familie nun in die Hände beliebiger Investoren kam. José Sánchez würde sich im Grabe umdrehen. Kein Wunder, dass er sich mit Händen und Füßen gegen ein Testament gewehrt hatte.

Es fiel ihr etwas ein. „Wie ist das, könnte statt eines solchen Verwalters von der Bank nicht auch der jetzige Verwalter meines Vaters, Enrique Zafón, bestellt werden? Wäre das nicht logisch?"

„Ich weiß es nicht, Carmela. Das hängt ganz allein vom Gericht ab. Auch von der Zustimmung Ihrer Geschwister. Selbstverständlich von ihm selbst. Er muss natürlich damit einverstanden sein. Wie auch immer, es geht, wie gesagt, ohnehin nur um die erste Zeit. Die eigentliche Aufgabe des Gerichts ist es, den endgültigen Verwalter zu finden, den sogenannten bevollmächtigten Testamentsvollstrecker, der also auch über den Verkauf und die Aufteilung des Nachlasses verhandeln kann. Das Gericht wird sich bemühen, das schnellstmöglich zu entscheiden, innerhalb von acht Wochen oder drei Monaten."

„Und wenn ich meine Geschwister ausbezahle?" Carmela sah den Anwalt zuversichtlich an.

„Liebe Carmela, auch wenn Sie über ein so großes Vermögen verfügen würden, nur einmal angenommen ... Da die Erbschaftssteuer bis zu zweiundachtzig Prozent betragen kann, würde Sie das in den Ruin treiben."

„Warum hat mein Vater die Finca nicht gleich dem Staat vermacht, als Erweiterung des Naturparks Coto de Doñana oder so etwas? Wäre das nicht wirklich das Gescheiteste gewesen, verflixt noch mal?", entrang es sich Carmela aus tiefstem Herzen.

Arturo Corso hob überrascht den Kopf. Er überdachte das eine Weile.

„Das hätte natürlich zweifellos eine Menge Probleme gelöst. Aber auch bedeutet, seine Kinder zu enterben. Das tun nur wenige, und dann nur mit sehr guten Gründen." „Hätte er es nur getan!"

Corso gestattete sich ein kleines Lächeln. „Carmela, meine Liebe, wenn ich Ihnen einen guten Rat geben darf?"

„Ja?"

„Nehmen Sie sich einen Anwalt. Einen sehr guten."

Carmela fuhr von Arturo Corsos Büro direkt zur Finca. Sie ging nicht gleich ins Haus, sondern zu dem Nebengebäude direkt bei den Ställen, wo sich Enriques Büro befand. Sie klopfte an die Tür, und eine Stimme bat sie herein. Sie sah ihn nur an und legte direkt los.

„Weißt du, Enrique", sagte Carmela, „ich kriege das einfach nicht in meinen Kopf. Ich versuche es andauernd, aber es geht nicht. Ich habe genau verstanden, was Arturo Corso gesagt hat, aber mein Gehirn weigert sich, es zu begreifen. Mir brummt buchstäblich der Schädel."

Sie ließ sich auf den Stuhl vor Enriques Schreibtisch fallen und wirkte verloren und verlassen. Sie erzählte ihm alles und ließ keine Einzelheit aus. Danach liefen ihr stumme Tränen über die Wangen.

Enrique stand auf, zog sie zu sich hoch und strich ihr sanft die Tränen fort. „Du hast einen schlimmen Nachmittag hinter dir", sagte er. „Es dauert seine Zeit, bis man sich von so einer Nachricht wieder erholt."

„Weißt du, heute war mir, als … hätte ich padre ein zweites Mal verloren. Als mir klar wurde, dass der Verkauf der Finca nur noch eine Frage der Zeit ist … ich habe mir bisher noch nie solche Gedanken gemacht. Ich ertrage diese Gedanken an die Zukunft so wenig wie mein Vater. Als meine Mutter, meine Großmutter und mein Mann starben, musste ich glauben, er sei unsterblich, weil ich, falls auch er plötzlich nicht mehr da gewesen wäre, den Halt verloren hätte." Ihre Stimme war völlig tonlos.

Enrique streichelte ihr Haar und hörte ihr zu.

„Noch vor wenigen Wochen war ich irgendwie überzeugt davon, dass er gleichsam unsterblich sei. Alles, was er tat, bestärkte mich nur darin, machte ihn nur noch unvergänglicher. Er glaubte das ebenso fest wie ich."

„Ich kann es gut nachvollziehen, mein Liebling."

„Wenn du dir mal überlegst", sagte sie, „dass er sein Testament bei einem so uralten Mann wie Arturo Corso hinterlegt! Vermutlich war das seine Art, sein Testament zu machen, ohne es vor sich selbst zuzugeben." Sie sprach mehr mit sich selbst als mit Enrique.

„Wahrscheinlich", sagte Enrique, „hat er ganz unbewusst gehofft, dass sein Testament im Sinn der Erhaltung vollstreckt wird. So, wie du ihn mir schilderst, scheint dieser Arturo Corso ja wirklich ein sehr vernünftiger Mann zu sein."

„Ja, das ist er. Er hat mir geraten, mir einen Anwalt zu nehmen. Aber wozu brauche ich wirklich einen?"

„Du bist eine Erbin. Jede Erbin braucht einen Anwalt."

„Wozu?"

Carmela stellte sich absichtlich naiv. Sie musste sich selbst eingestehen, dass sie einen Anwalt brauchte, und das bedeutete für sie gleichzeitig, sich einzugestehen, dass sie Verantwortung übernehmen und Entscheidungen treffen musste. Ganz allein.

Enrique sah sie an, und Carmela wusste, dass er ihre Gedanken erahnen konnte. Er beugte sich zu ihr und nahm ihre Hände in seine.

„Carmela, ich meine das sehr ernst. Ich gehe jede Wette ein, dass Savanna und Marco als Erstes mit ihren Anwälten telefoniert haben."

„Glaubst du das wirklich?"

„Hör zu, Carmela, ich weiß, du willst nicht daran denken. Aber du hast nun einmal soeben ein Drittel von über tausend Hektar Land geerbt plus die Gebäude. Die anderen beiden Drittel gehören deiner Schwester und deinem Bruder. Hast du noch nie etwas von einer Sache gehört, die man ‚die eigenen Interessen wahrnehmen' nennt? Es gibt Anwälte, die sich auf Erbschaftsauseinandersetzung und Grundstücksrecht spezialisieren. So oder so, du brauchst in der Tat einen Anwalt! Und zwar für den Rest deines Lebens."

„Aber Enrique!"

„Doch, glaube mir! Tut mir leid, wenn ich zu direkt bin, aber wirklich, Carmela, du kannst es dir jetzt nicht leisten, naiv zu sein. Denke bitte daran, ich bin auch ein hartgesottener Geschäftsmann, wenn ich nicht gerade Vaquero spiele." Er grinste.

„Auch hartherzig?"

„Wenn es sein muss. Aber nur dann."

Carmela wechselte das Thema. Sie wollte nichts mehr von Anwälten hören.

Doch sie war emotional immer noch bei ihrem Vater. Sie legte ihren Kopf an seine Brust. „Du vermisst ihn auch, nicht wahr?" Ihre Stimme war fast nur noch ein Flüstern.

„Es war mir selbst nicht klar, wie sehr. Ich glaube, wir sind uns in diesen paar Monaten schon näher gekommen, als ich es je einer väterlichen Figur war. Manchmal sprachen wir ganze Nächte hindurch. Ich werde ihn für den ganzen Rest meines Lebens vermissen, Carmela. Schmerzlich vermissen."

Carmela legte ihm die Hand auf die Schulter, und sie verharrten eine Weile in gemeinsamer Trauer. Dann riss sie sich mit Gewalt von der tödlichen Traurigkeit der Erinnerungen los. Wenn sie jetzt zu heulen anfing, dachte sie, konnte sie womöglich überhaupt nicht mehr damit aufhören.

Sie sagte: „Hör mal zu, Enrique. Arturo Corso hat mir erklärt, das Gericht müsse einen vorläufigen Verwalter bestellen, der die Geschäfte der Finca so lange weiterführen kann, bis ein endgültiger Testamentsvollstrecker gefunden und ernannt ist. Wärst du damit einverstanden, diesen Job zu übernehmen? Ich weiß, das ist eine ganze Menge. Es würde dich noch mehr an den Schreibtisch fesseln, aber es läge mir wirklich sehr viel daran."

„Aber selbstverständlich. Ich will gern alles tun, was dir helfen kann. Wer bestellt mich und wie?"

„Es scheint, ich kann dem Gericht vorschlagen, dich zu ernennen."

„Na gut, dann mach das mal. Und vergiss nicht, Carmela: ein Anwalt!" „Schon gut, ich mach es ja."

Für Carmela in ihrem grenzenlosen Kummer strahlte Enrique so viel Güte aus, dass sie sich augenblicklich umsorgt und beschützt fühlte. Das unerwartete Erlebnis von Trost und Mitgefühl trieb ihr die Tränen in die Augen, und sie musste sie heftig unterdrücken. Sie wäre noch gerne bei ihm geblieben, aber es gab noch Dinge mit Savanna und Marco zu regeln. Dann noch der Anwalt.

Sie ging zum Haus. Als sie eintrat und den ganz unerwarteten Uhrenschlag hörte, zog sich ihr Magen zu einem Krampf zusammen. Fast hätte sie laut aufgeschrien. Noch war der Geruch von José Sánchez' Pfeifentabak in der Luft. Ihr wurde schlagartig klar, dass er nicht mehr da war und nie mehr da sein würde. Nicht jetzt aus seinem Zimmer kam und sie zur Begrüßung küsste, nachdem er ihre Schritte und Rufe gehört hatte.

Carmela ging entschlossen hinein. Sie musste das alles hinter sich lassen, solange die wichtigen Dinge nicht erledigt waren, wie sehr es sie auch drängte, sich der Erinnerung an seinen grauhaarigen Kopf und sein bedächtiges, liebevolles Lächeln hinzugeben.

In seinem Schreibtischsessel rekelte sich genüsslich Marco. Er hatte seine Füße mit den Eidechsenlederstiefeln auf die Schreibtischplatte gelegt und hielt ein Glas in der Hand. In dem alten braunen Ledersessel saß Savanna, die Beine auf Yoga-Art unter sich gezogen, die flachen Ballerinas auf dem Boden neben dem Sessel, auch sie mit einem Glas in der Hand.

„Ich hoffe, du hast nichts dagegen, Carmela", sagte Marco kalt. „Ich dachte, einen kleinen Brandy würdest du uns wohl gönnen."

„Tut euch keinen Zwang an", sagte Carmela leichthin. Sie zog sich einen anderen Sessel heran und schenkte sich selbst einen Drink ein. Sie war fest entschlossen, sich von Marco auf keinen Fall provozieren zu lassen.

„Weißt du, Schwesterherz", sagte Marco, „alleine schon der Zustand von diesem alten Kasten hier wird dich auf Dauer in den Wahnsinn treiben. Wenn ich du wäre, würde ich ohnehin, bevor ich was anrühren würde, erst mal von einem Gutachter gründlich prüfen lassen, ob sich eine Sanierung überhaupt noch lohnt."

„Ich habe keine Renovierungsabsichten, Marco."

„Musst du doch. Hier ist doch seit Jahren nichts gemacht worden. Seit unsere Mutter starb, nicht. Schau dir nur einmal diese Sessel an. Das Leder ist völlig abgeschabt, brüchig."

„Mir gefällt es so."

„Bitte, ich will dir ja nicht dreinreden", sagte Marco achselzuckend.

„Was willst du mit dem ganzen Haus überhaupt machen?", wollte Savanna wissen. „Du willst doch nicht ernsthaft hierbleiben, oder?"

„Ich will schon. Ich muss mir über so vieles Gedanken machen. Ich hatte so wenig Ahnung wie ihr, dass ich es bekommen würde. Bestimmt war Laura der Grund."

„Na ja, es ist ja klar, dass Vater wollte, dass du Laura genauso beeinflusst und dieses Gestüt hier weiterpäppelst", sagte Marco. „Wie er so schön schrieb: ‚Es ist dein und Lauras Zuhause.'"

Carmela ignorierte den letzten Satz. „Hört mal zu, lasst uns über diese Verwalterangelegenheit reden."

„Ich dachte, das Gericht macht das?", sagte Savanna.

„Sicher, es fällt die Entscheidung", sagte Carmela. „Ich habe eine Idee. Zum Glück für uns ist Enrique Zafón bereit, die Verwaltung der Finca zu übernehmen. Ich komme gerade von ihm. Er weiß bei Weitem mehr über die Führung des Betriebes, als irgendeiner von einer Bank wissen kann. Könnten wir uns darauf einigen, dass er damit betraut wird?"

„Also wirklich, Carmela, du musst uns für vollkommen blöd halten, oder? Ausgerechnet Enrique Zafón!", sagte Marco kampfeslustig.

„Marco, er ist nicht nur ein Vorarbeiter", sagte Carmela geduldig, „er ist viel mehr als ein normaler Verwalter. Er ist ein sehr seriöser und auch erfolgreicher Geschäftsmann. Das hier würde er nur gefälligkeitshalber machen."

„Für wen?"

„Für uns alle, Marco. Er würde uns garantieren, dass die Finca tipptopp weiterläuft, bis der endgültige Testamentsvollstrecker bestellt ist."

„Ich sehe hier in diesem Raum", sagte Marco langsam und böse, „zwei Frauen. Aber nur eine hat mit Enrique Zafón gevögelt und tut es immer noch."

„Wie war das?!"

„Und nach meiner Rechnung verleiht diese Tatsache dir einen unfairen Vorteil, Schwesterherz. Findest du das nicht auch, Savanna? Liebe Carmela, hattest du nicht schon genug unfaire Vorteile heute? Reicht das noch immer nicht? Zuerst gelingt es dir, uns um unseren Anteil am Familienvermögen zu bringen. Und jetzt scheinst du auch noch allen Ernstes zu glauben, du könntest uns deinen Liebhaber unterjubeln. Also wirklich."

„Er ist nicht mein Liebhaber. Und was glaubst du wohl, würde er tun?", sagte Carmela hitzig.

„Die Buchführung zu seinen Gunsten fälschen? Die Stiere versilbern? Mich um die Ecke bringen?"

„All das und noch hundert andere Dinge, die du nicht erwähnt hast." Marco goss sich Brandy nach.

„Ich habe doch die paar Tage, an denen ich hier war, mitbekommen", meldete sich nun auch Savanna, „wie du diesen Kerl im Griff hast." Sie rümpfte verächtlich die Nase. „Du scheinst uns offenbar für leicht beschränkt zu halten, wie?"

„Nein", sagte Carmela und stand auf. „Ich halte Marco vielmehr für total beschränkt. Und dich für unglaublich eifersüchtig. Wollet ihr nicht die Nacht im Hotel verbringen, ihr zwei?"

## Kapitel 15

*Juni 1940*

Ricarda lehnte sich vor, sie war so aufgeregt, dass sie sich kaum beherrschen konnte. Das Schloss der Herzogin war vor ihr aufgetaucht, am Ende der Straße. Anfang Dezember war sie mit Elena hierhergekommen, um sich hier mit ihrer Freundin Luisa Isabel auf die Geburt ihres zweiten Kindes vorzubereiten. Es war jetzt vier Monate her, seit sie nicht mehr hier war. Der Chauffeur der Herzogin bewegte das Auto geschickt auf das imposante Anwesen mit seinen maurischen Türmchen und eindrucksvollen Säulen zu. Ricarda setzte sich wieder in die Polster des Rücksitzes zurück, rang die Hände im Schoß und strahlte. Sie hatte ihren Sohn und Luisa Isabel so lange nicht gesehen, und sie konnte es kaum noch erwarten!

Der Wagen hielt auf dem gepflasterten Vorplatz. Ricarda konnte nicht darauf warten, dass der Diener ihr die Tür öffnete, und stieß sie selbst auf. Als sie heraustrat, erschien er, um ihr zu helfen. Ricarda war jetzt rundlicher, seit sie im Februar ihren Sohn geboren hatte. Sie war, so dachte sie wehmütig, eine plumpe Matrone geworden. Endlich würde sie ihren Sohn wiedersehen. Ihr Herz klopfte heftig. Sie war ungeduldig und erwartungsvoll, ihn wieder in ihren Armen zu halten. Sie vermisste den Kleinen so – vermisste ihn fast verzweifelt. Sie hatte keinen anderen Ausweg gesehen, als ihn ihrer Freundin zu überlassen, damit er unbeschadet aufwachsen konnte. Sie als Mutter einer vierjährigen Tochter und Kriegswitwe, mit einem unehelichen Kind, noch dazu von einem Widerstandskämpfer. Lebensgefährlich. Niemand würde je auf die Idee kommen, dass es ihr Sohn war, dafür hatte Luisa Isabel mit ihren politischen und gesellschaftlichen Beziehungen gesorgt.

Ricarda ging an einem funkelnden neuen Packard-Automobil vorbei und dachte wieder an Luisa Isabel und daran, wie herrlich ihr Wiedersehen sein würde. Auf ihr Klopfen hin öffnete der Butler, den sie sehr gut kannte und breit anlächelte.

„Buenos días, Ramon."

„Doña Alfaro!" Der kleine, kahlköpfige Mann strahlte zurück.

„Ich muss sagen, es ist wirklich schön, dass Sie wieder da sind!"

„Es ist herrlich", sagte Ricarda, der plötzlich zum Weinen zumute war. In diesem Moment stürmten so viele Erinnerungen auf sie ein – wie sie Luisa Isabel kennengelernt hatte, als sie ihr ein krankes Pferd auf die Finca gebracht hatte. Der Abend, an dem sie Pablo zum ersten Mal begegnet war. Sein grausamer Tod und die Geburt Pablo juniors. Von den Gefühlen überwältigt und mit neuem Bewusstsein dafür, dass ihre Liebschaft mit Pablo so eng mit ihrer Freundschaft zu Luisa Isabel verbunden war, sah sie sich in der Eingangshalle um und stellte fest, dass sich nichts verändert hatte.

„Ich werde Sie bei der Duquesa ankündigen", sagte Ramon. „Möchten Sie inzwischen im Salon Platz nehmen?"

„Ich kenne den Weg." Lächelnd ging Ricarda in den Salon mit den purpurroten Wänden und der Stuckdecke.

Luisa Isabel kam eilig den Flur entlang. „Ricarda!" Ihr Gesicht hellte sich auf.

„Luisa Isabel!" Ricarda lächelte, während ihre liebste Freundin auf sie zukam. Sie erwartete eine Umarmung. Zu ihrer Überraschung streckte die Herzogin zwar beide Arme aus, ergriff aber Ricardas Hände und küsste sie auf die Wange.

„Wie schön, dass du da bist", sagte Luisa Isabel.

Ricarda sah sie befremdet an. Luisa Isabel hatte sich verändert, und Ricarda konnte nicht ohne Weiteres sagen, woran das lag. Die Herzogin hatte Ricardas Finger sinken lassen. Ricarda drückte sie leicht in ihren Rock. „Du hast mir so gefehlt, liebste Freundin", sagte sie. „Du siehst großartig aus, Luisa Isabel." Das stimmte in der Tat. Sie war hübscher als je zuvor. Ihre helle Haut strahlte förmlich.

Luisa Isabel lächelte und errötete zart. „Wir haben uns so viel zu erzählen."

„Wir geht es dem Kleinen?" Ricarda fragte sich im gleichen Moment, ob er schliefe.

„Sehr gut. Nun erzähl mir, wie es dir geht", sagte Luisa Isabel leise, während sie sich nebeneinander auf einem samtbezogenen Sofa niederließen.

Ricarda berührte Luisa Isabels Hand. „Mir und Elena geht es gut. Auf der Finca ist alles in Ordnung." Sie wurde ungeduldig. „Werde ich Pablo zu sehen bekommen?" Ricarda hatte die Stimme zu einem Flüstern gesenkt.

„Er ist ein Wonneproppen. Ach, Ricarda, ich bin sehr froh, dass du ihn mir überlassen hast." Ricarda schüttelte den Kopf. „Luisa Isabel, ich habe immer noch ein schlechtes Gewissen. Ich mache mir jeden Tag Vorwürfe, was für eine Rabenmutter ich doch bin."

„Du bist keine Rabenmutter. Du hattest keine Wahl. Außerdem hast du ja noch Elena." Die Herzogin nahm ihre Hand. „Ich wünschte, du würdest mir endlich erzählen, wer dieser unvergleichliche Mann war! Ich gebe zu, ich habe mir den Kopf darüber zerbrochen, immer wieder, um zu erraten, wer es wohl sein könnte. Etwa ein verheirateter Mann?"

Ricarda zögerte und wäre fast mit der Wahrheit herausgeplatzt, wie sie so gern wollte. Aber die Anwandlung von Leichtsinn verflog, und sie tätschelte Luisa Isabels Hand. „Eines Tages wirst du die Wahrheit von mir erfahren. Aber wegen der politischen Lage und wegen Pablo ist es im Augenblick das Beste, wenn ich seine Identität nicht preisgebe. Irgendwann. Versprochen."

Die Herzogin zog scharf die Brauen zusammen. „Du traust mir nicht."

Ricarda seufzte. „Ich weiß, wie unmöglich das für dich klingt. Es wäre zu gefährlich, und ich möchte weder dich noch den Kleinen gefährden." Ricarda verzog das Gesicht beim Klang dieser Worte. Niemand wusste, wer Pablo juniors Vater war. Auch die Öffentlichkeit wusste nichts vom Tod des berühmten Pianisten Pablo Zafón. Ricarda hatte seit dem Abend ständig mit gebannter Aufmerksamkeit die politischen Situationsberichte im Radio verfolgt. Sie hatte jeden Tag die Zeitung gelesen. Nichts. Die öffentliche Version lautete, Pablo Zafón sei nach Amerika geflohen.

Die Herzogin blieb ruhig und sah ihre Freundin mitfühlend an. „Ich kann dich verstehen, und ich bin sehr gerührt über deine Besorgnis." „Du verstehst es wirklich?" Ricarda klang verzweifelt.

Luisa Isabel strich ihr sanft über die Hand. „Ja, ich verstehe dich."

In dem Moment schob Ricarda das Gefühl beiseite, denn sie wollte ihr Wiedersehen mit ihrem Kind und ihrer Freundin genießen. Alles würde gut werden. Irgendwann. „Herzogin. Doña Alfaro." Pablos Amme trat zu ihr, das eingewickelte Baby auf dem Arm. Sie machte einen Knicks und wartete auf Anweisungen der Herzogin.

Luisa Isabel streckte die Arme nach dem weißen Bündel aus. „Geben Sie ihn mir."

Die Amme reichte ihn ihr und verließ den Raum.

„Lass mich ihn bitte halten", flüsterte Ricarda, überwältigt von Traurigkeit. Sie war so erdrückend, als sollte sie ihren Sohn niemals wiedersehen. Aber das war ja absurd. Sie würde eine Spazierfahrt mit Luisa Isabel machen und zum Abendessen wieder bei ihrer Tochter sein. Mit tränenverschleierten Augen drückte Ricarda ihren Sohn an ihre Brust. Sie wiegte ihn in den Armen und betrachtete das engelsgleiche Gesichtchen ihres schlafenden Kindes. Sie konnte schon Anzeichen dafür erkennen, dass er seinem Vater sehr ähnlich sehen würde. Wie glücklich sie das machte.

Impulsiv küsste sie die Wange des Kleinen. Er wachte auf und lächelte sie schläfrig an. Seine Augen waren strahlend schön. Er hatte wunderschöne schwarze Locken.

„Lass ihn mich noch etwas herumtragen", bat Ricarda ihre Freundin.

„Natürlich. Solange du möchtest. Später muss ich dir noch etwas erzählen. Ich verschwinde nur kurz. Bin gleich wieder da, meine liebste Ricarda."

„Danke", flüsterte sie und ging, nachdem die Herzogin das Zimmer verlassen hatte, darin von einem Ende zum anderen. Sie konnte einfach nicht ihre Augen von diesem wunderschönen Wesen abwenden. Sie stieß an den Schreibtisch, und ihr Blick fiel auf eine kleine vergoldete Schere. Ricarda kam ein Gedanke, und sie konnte diesem nicht widerstehen. Sie legte den Jungen behutsam auf den Sekretär, nahm die Schere und schnitt ihm eine Locke ab. „Das ist ein Erinnerungsstück an dich, mein kleiner Liebling", flüsterte sie. Sie nahm ihn wieder in ihre Arme und beschloss, ihn beim nächsten Mal zu zeichnen.

Schließlich kam die Herzogin zurück, gefolgt von der Amme. Ricarda gab ihr wehmütig das Baby zurück. In dem Moment fühlte Ricarda Panik aufwallen. Sie musste mit aller Gewalt ihre Tränen zurückhalten.

Ramon erschien mit einem Dienstmädchen, das einen Servierwagen mit Pralinen, Kuchenteilchen und Tee hereinschob.

„Danke, Ramon", rief Ricarda. „Woher wussten Sie nur, dass ich am Verhungern bin?"

Er grinste von Ohr zu Ohr. „Sie hatten schon immer einen gesunden Appetit, Doña Alfaro. Sehen Sie, ich habe Ihnen etwas ganz Besonderes gebracht – Orangentörtchen und schwarzen Tee mit Milch."

Gleich darauf waren die Dienstboten wieder verschwunden. „Nun fang schon an zu erzählen, Luisa Isabel! Welche Neuigkeiten hast du zu berichten?", fragte Ricarda ungeduldig.

„Kannst du dich noch daran erinnern, als du vor deiner Schwangerschaft hier auf dem Ball gewesen warst?"

„Natürlich." Ricarda wurde schwindlig bei diesem Gedanken.

„Weißt du noch, im Gegensatz zu dir war ich scheu und zurückhaltend, als wir uns auf deiner Finca kennengelernt haben."

Ricarda lächelte, denn Luisa Isabels Wangen waren gerötet vor Aufregung.

„Du wirst doch deinem Ehemann nicht untreu werden?" Impulsiv drückte Ricarda ihre Freundin an sich. Luisa Isabel wich nicht zurück, aber sie erwiderte die Umarmung nicht. Verstört sah Ricarda sie an.

Die Herzogin lächelte mit gesenktem Blick. „Nur in Gedanken. Na ja, nicht nur. Wir hatten eine stürmische Affäre, und ich wollte mit ihm durchbrennen. Die politische Situation zwang ihn, das Land zu verlassen."

„Wie bitte?" Ricarda war nicht sicher, ob sie richtig gehört hatte. Luisa Isabel sah sie mit leuchtenden Augen an und drückte fest ihre Hände. „Ich bin in diesen Mann verliebt, seit ich ihn das erste Mal gesehen habe. Ein fantastischer Mann, ein Mann mit Eleganz, Charme und umwerfendem Aussehen!"

„Aber Luisa Isabel – warum hast du mir das nicht schon früher erzählt!", rief Ricarda amüsiert.

Luisa Isabel zuckte mit den Schultern und lächelte heimlich. „Ich muss ihn erst wiederfinden. Er soll in Amerika untergetaucht sein. Und niemand wird mich daran hindern, ihn zu suchen."

„Jetzt spann mich doch nicht so auf die Folter! Wer ist dieser wundervolle Unbekannte, der dein Herz erobert hat?"

Die Herzogin lachte. „Er ist in der Tat ein wundervoller Mann, Ricarda, und ich glaube, das findest du auch, denn du hast ihn auf dem Ball kurz kennengelernt. Es ist der Pianist Pablo Zafón. Das war auch der Grund, warum ich mich so freute, als du mir sagtest, du würdest deinen Sohn gern Pablo nennen." Die Worte sprudelten nur so aus ihr heraus. „Und was ich noch nicht erwähnt habe, ich werde den kleinen Pablo mitnehmen auf meine große Reise nach Amerika." Luisa Isabel strahlte über das ganze Gesicht. „Ich kann es kaum erwarten, diesen fantastischen Mann wiederzusehen."

Ricarda schnappte nach Luft.

Ihr Herz verkrampfte sich und wurde schwer wie ein Stein. Sie sah und wusste, dass dies der Anfang vom Ende war.

Kapitel 16

*September 1998*

Es war ein Morgen der unerwarteten Ereignisse. Savanna hatte bereits in aller Früh angerufen, um sich zu vergewissern, dass es ihr gut ging. Laura hatte verschlafen und musste ständig ermahnt werden, sich zu beeilen, damit sie nicht zu spät zur Schule kam. Als sie weg war, hörte Carmela, wie Antonia einen Wutausbruch nach dem anderen bekam. Erst war die Waschmaschine defekt, dann setzte die Spülmaschine die komplette Küche unter Wasser. Mehrmals hatte sie nun schon vergeblich versucht, sich für die unvermeidliche Zusammenkunft mit ihren Geschwistern anzukleiden. Hoffentlich würde dieser Tag gut ausgehen. Da so viel auf dem Spiel stand.

Sie hatten dem Vorschlag, dass Enrique bis auf Weiteres die Leitung übernehmen sollte, nur zugestimmt, wenn Carmela mit ihnen und einem interessierten Investor zusammenkam, um sich dessen Projekt anzuhören.

Savanna und Marco hatten sich im Nobelhotel Sallés in Malaga eingemietet, da Carmela darauf bestanden hatte, sich auf neutralem Terrain zu treffen. Zu ihrer Trauer kam das Unbehagen über den drängenden und vielleicht auch unausweichlichen Verkauf des Landes hinzu. Ganz zu schweigen von dem Bewusstsein, dass auch das vertraute Leben auf der Finca hier eventuell nur noch der Erinnerung angehören würde, auf jeden Fall aber nicht so fortdauern konnte wie bisher.

Sie hatte sich nicht zu der Entscheidung durchringen können, überhaupt über so etwas wie ein neues Zuhause nachzudenken. Carmela war emotional und physisch nicht imstande, sich jetzt auch nur einen Tag von der Finca zu entfernen, als fürchtete sie, das ganze Anwesen verschwände womöglich wie eine Fata Morgana, sobald sie ihm den Rücken kehrte.

Sie fuhr mit ihrem Wagen zum Bahnhof nach Jerez de la Frontera. Carmela wollte mit dem Zug dorthin fahren, um in den zwei Stunden ihre Gedanken zu sortieren.

Der Zug fuhr mit einer Viertelstunde Verspätung in den Bahnhof ein. Carmela, die schon ungeduldig auf dem Bahnsteig auf und ab gegangen war, stieg ein und kämpfte sich von Abteil zu Abteil. Erleichtert setzte sie sich auf ihren reservierten Platz. Sie steckte sich eine Strähne ihres Haares hinters Ohr und versuchte sich zu entspannen.

Der Mann auf der Seite gegenüber bewunderte ihre natürliche Schönheit. Dieser Mund, der fast schon zu großzügig war, das markante Kinn, die betonten Wangenknochen. Ihre Augen, groß und rund und eine Schattierung dunkler als ihr Haar, sorgten für den endgültigen lebendigen Funken. Es war kein atemberaubendes Gesicht. Das sagte man sich, während man noch nach dem Grund suchte, weshalb es einem den Atem raubte. Dieses Profil nahm einen gefangen. Diese Frau nahm einen gefangen. Sie schien so zu sein, wie sie wirkte. Interessant. Interessiert.

Er wäre kein Mann, hätte er nicht ihre Figur bemerkt. Sie grüßte freundlich und sah dann aus dem Fenster.

Jeder, der ihn beobachtete, hätte geschworen, er sei völlig in den Stapel Akten vertieft. Doch er hatte die Frau nicht aus den Augen gelassen. Nach einer halben Stunde hatte er seine Papiere wieder in seinem Aktenkoffer verstaut. Er musste ein Gespräch mit ihr beginnen, das war die einzige Chance.

Der Schaffner bat um die Fahrkarten und starrte sie an.

„Ist was nicht in Ordnung?"

Der Schaffner räusperte sich. „Entschuldigung. Sind Sie nicht José Sánchez' Tochter, Carmela Fernández, die berühmte Pferdeheilerin?"

Carmela dachte in dem Moment aus allen Wolken fallen zu müssen. „Ja, die bin ich." Sie lächelte ihn an, während der Schaffner, dem man den Stolz auf seine Entdeckung ansehen konnte, ihre Fahrkarte kontrollierte. Er wünschte ihr und Carmelas Gegenüber eine „Gute Reise".

Sie sah den Mann auf der anderen Seite an und strich sich wieder eine Strähne hinters Ohr. „Tut mir leid", hörte sie sich sagen. Wofür entschuldigte sie sich eigentlich? „Ist mir noch nie passiert. Ich meine, dass man mich in der Öffentlichkeit erkennt." Das Krächzen in ihrer Stimme schockierte sie. Wo war der gewohnte melodische Klang geblieben? Warum stammelte sie so? Der Mann musste sie für eine Närrin halten. Und warum verspürte sie nicht den geringsten Drang, einfach den Mund zu halten?

Stattdessen blickte sie unverwandt in die dunkelsten Augen, umgeben von den schwärzesten Wimpern, die sie je gesehen hatte. Die Nase war gerade und schmal, der Mund großzügig und voll, die Lippen gefährlich nahe daran, sinnlich zu sein. Das Kinn stark, entschlossen, männlich eben, aber ein Grübchen auf der rechten Wange, nahe bei diesem faszinierenden Mund, bewahrte es davor, hart zu wirken.

„Es braucht Ihnen nicht leidzutun. Ist schon okay."

Er lächelte dieses hinreißende, vertrauenerweckende Lächeln, das zum Markenzeichen für ihn und zum Gefahrensignal für seine Gegner geworden war.

Ihm fiel auf, dass sie leicht zitterte vor Anspannung. Für einen verrückten Moment stellte er sich vor, wie es sein musste, sie erschauernd vor Leidenschaft unter sich zu spüren. Dieser Gedanke erregte und beschämte ihn gleichzeitig. Es war offensichtlich, dass sie es nicht darauf anlegte, eine solche Reaktion in einem Mann hervorzurufen. Diese Lust war in seinem eigenen Kopf entstanden, aber sie war unleugbar da. Doch da war nicht nur pure Lust. Er verspürte den Drang, sie in seinen Armen zu halten. Nicht um sie zu beherrschen, sondern um sie zu beschützen. Ein sehr männlicher Wunsch. Einer, den er nie zuvor, bei keiner anderen Frau, gehabt hatte.

Etwas von diesen ursprünglichen, wilden Gefühlen musste wohl in seinen Augen zu erkennen gewesen sein, denn sie versuchte sich von ihrem Blickkontakt zu lösen, indem sie kurz zur Seite sah.

„Ich bin Lazaro Martínez", sagte er, um sich vorzustellen und auch um diese seltsame Atmosphäre zu überspielen, die plötzlich zwischen ihnen entstanden war.

„Ich bin Carmela Fernández."

Mit zusammengekniffenen Augen, schief gelegtem Kopf und einem ironischen Grinsen im Gesicht sah er sie konzentriert an. „Carmela Fernández, die Pferdeheilerin, von der alle Zeitungen berichten." Er schlug sich theatralisch mit der flachen Hand an die Stirn.

„Natürlich. Ich fühle mich geehrt, eine solche Persönlichkeit kennenzulernen."

Carmela fing an zu lachen. Es klang melodisch, tief, und sie fühlte, wie sie sich entspannte. „Keine Berühmtheit", winkte sie schnell ab. „Aber vielleicht sind Sie ja ein Prominenter, und ich sitze Ihnen ahnungslos gegenüber."

Er gluckste vergnügt und senkte den Kopf, fast wie ein kleiner Junge. „Da muss ich Sie leider enttäuschen. Ich bin nur ein ganz normaler Paragrafenreiter."

„Haben Sie Kinder?", fragte Carmela und fühlte sich pudelwohl. So ein unverfängliches Gespräch, und das noch mit einem fremden Mann, hatte sie noch nie geführt. Sie blickte ihm ins Gesicht und stellte fest, dass er sie durchdringend musterte.

„Ich habe nicht einmal die Aussicht auf eine Ehefrau", sagte er. „Keine Kinder", schob er nach.

Sie schluckte und drehte hastig den Kopf zur Seite.

„Und Sie haben Kinder?"

„Ja, eine elfjährige Tochter." Damit war das Thema beendet.

Durch den Lautsprecher ertönte die Ansage, dass der Zug in den Bahnhof von Malaga einfahre und hier Endstation sei. Carmela und Lazaro hörten die weiteren Informationen, ohne die Worte zu verstehen. Sie sahen einander nicht an, aber das war auch nicht nötig. Die Nähe des anderen war fast greifbar.

Carmela sah aus dem Fenster, und ihre Gedanken schlugen Purzelbaum. Dieser Mann wirkte so vertrauenswürdig. Angesichts seines Berufs hätte man erwarten sollen, dass Lazaro Martínez sich konservativ kleidete. Doch er trug eine beigefarbene Hose und ein Hemd mit einer geschmackvoll gestreiften Krawatte und einen dunkelblauen Blazer.

Gab es einen Makel an ihm? Einen winzigen Fehler? Bis jetzt hatte Carmela nichts gefunden. „Wie lange bleiben Sie in Malaga?", hörte sie ihn plötzlich fragen.

„Ich ... weiß noch nicht. Das hängt von verschiedenen Dingen ab."

Carmela krümmte sich innerlich. Das hier war gefährlich. Er kam ihr zu nahe. Er war zu attraktiv, zu anziehend. Es musste jetzt enden, bevor etwas anfing, was nicht sein durfte.

„Señora Fernández." Er wirkte verlegen. „Ich möchte offen zu Ihnen sein. Wir werden uns in einer halben Stunde wiedersehen."

Carmela starrte ihn an, und ihr zog es den Magen zusammen. Dann wollte sie anfangen zu lachen, doch Lazaro sprach in einem ernsten Ton weiter: „Ich werde bei Ihrer Besprechung mit dem Investor anwesend sein als dessen juristischer Berater."

Hätte Lazaro Martínez eine Pistole aus der Tasche gezogen und Carmela bedroht, sie hätte nicht erschütterter sein können. Sprachlos saß sie da und starrte ihn an. „Das kann nicht sein", flüsterte sie.

Er schüttelte nur den Kopf, mehr nicht.

„Aber Ihr Name steht nicht in den Unterlagen." Verzweifelt versuchte sie, bei klarem Verstand zu bleiben.

„Ich bin für diesen Anwalt eingesprungen, da er einen Autounfall hatte."

Carmela sah aus dem Fenster und bemerkte gar nicht, dass der Zug bereits angehalten hatte. Sie schaute auf die vielen Menschen, die gehetzt über den Bahnsteig liefen. Was für ein Luftschloss hatte sie sich da gebaut? Einen freundlichen Menschen für einen Tag kennenzulernen, der einem für diese Zeit gutgetan hatte. Und nun war es eingestürzt. Ärger gewann nun die Oberhand über Enttäuschung.

„Nun, Señor Martínez. Sie hatten vor, mich auszufragen, um besser vorbereitet dort anzukommen. Nur mehr, als Sie eh schon wussten, haben Sie nicht erfahren. So ein Pech für Sie."

„Señora Fernández ..."

„Sagen Sie mir eins, geben Sie sich bei jedem juristischen Anliegen so wenig Mühe?"

„Ich bitte Sie", er fuhr sich nervös durch sein Haar. „Ich wusste nicht, wer Sie sind, bis der Schaffner Ihren Namen aussprach. Ich schwöre Ihnen, dass ich es vorher nicht wusste." Carmela stand abrupt auf. „Auch wenn ich Sie lieber zum Teufel jagen würde, bin ich Ihnen dankbar, dass Sie uns für später jegliche Peinlichkeit erspart haben."

Carmela nahm ihr Handgepäck und ihre Handtasche, bevor sie in den Gang trat.

Lazaro folgte ihr. Vor dem Bahnhofsgebäude holte er sie ein und blieb vor ihr stehen.

„Carmela ..." Er wirkte aufgeregt. „Entschuldigung, Señora Fernández. Ich möchte mich nicht so von Ihnen verabschieden. Können wir mal den Anwalt sein lassen, und Sie sehen mich als eine Zugbekanntschaft, die später mit Ihnen irgendwo eine Tasse Kaffee trinken geht?"

„Das ist nicht Ihr Ernst!"

„Ich will Sie mit dieser Einladung nicht beleidigen, ich möchte nur ..." Er fuhr sich durchs Haar. „Sie sind nicht der Typ Frau, der Männerbekanntschaften in einem Zug schließt oder irgendwo anders. Sie haben so etwas Lebensbejahendes an sich. Ich möchte ein wenig Zeit mit Ihnen verbringen, Sie besser kennenlernen."

Carmela fiel auf, dass er nervöser war als sie.

„Finden Sie mich vielleicht abstoßend oder aufdringlich?" Er machte große Augen.

„Nein!" Die Heftigkeit ihrer Antwort erschreckte sie, und er lächelte.

„Eine Tasse Kaffee, ja? Bitte!"

Wie hätte sie diesem Grübchen widerstehen sollen, diesem wunderbaren Lächeln? Doch Carmela Fernández musste es.

„Es geht nicht." Sie wandte den Blick ab, sah, ohne etwas zu erkennen, über die wartenden Autos. „Es gibt einen Grund, warum ich nicht mit Ihnen gehen kann, Martínez."

„Weil ich der Gegenpartei vorübergehend angehöre?"

„Nein!" Sie schüttelte den Kopf. Sie sprach so leise, dass er sich zu ihr herüberbeugen musste, um sie zu verstehen. „Ich werde heiraten."

Carmela ging um ihn herum, riss die Wagentür auf und flüchtete sich ins Innere des Taxis.

## Kapitel 17

Das große Hotel Sallés im Herzen der Altstadt von Malaga. Carmela hatte in einer Zeitschrift gelesen, dass es sich eines „besonderen Stils" rühmte. Was immer das auch heißen mag, dachte sie in der Marmorlobby und den gigantischen Aufenthaltsräumen, die mit Antiquitäten und sehr modernen Möbel eingerichtet waren. Es wirkte viel zu aufdringlich, und alles war dreimal zu groß. Carmela war geradezu wütend, als sie die breiten, endlos langen, mit teuren Teppichen ausgelegten Korridore entlangging, auf der Suche nach der Suite von Savanna und Marco.

Sie fuhr mit dem Aufzug und merkte, dass ihre Wut in Wahrheit natürlich weniger diesem wenn auch prätentiösen Hotel hier galt als vielmehr dem Umstand, dass sie Savanna, Marco und Lazaro Martínez gegenübertreten musste. Nach dem letzten Telefonat am Morgen mit Savanna hatte sie sich zusammengenommen und beschlossen, das unerfreuliche Treffen so rasch wie möglich hinter sich zu bringen. Sie hatte sich im Spiegel gemustert und versucht, sich mit den kritischen Augen ihrer Schwester zu sehen. Ohne Make-up, mit strubbeligem Haar sah sie tatsächlich eher aus wie eine Streunerin, verwegen, sonnenverbrannt und ungekämmt. Mit ihren abgetragenen Jeans, dem verschossenen Baumwollhemd, ihrer Arbeitskluft. Sie hatte nur das schwarze Kostüm, das sie auf der Beerdigung getragen hatte. Carmela hatte dieses Ensemble eher widerwillig hervorgeholt und angezogen. Es ging ihr gewaltig gegen den Strich, sich auch nur damit befassen zu müssen, welchen Eindruck sie wohl auf ihre Geschwister machen würde; aber ihr war klar, dass es nun einmal unumgänglich war.

So hatte sie ihr wirres Haar gebändigt, glatt gebürstet und mit einem schwarzen Samtband aufgeknotet und sich aufs Sorgfältigste mit ihrem Make-up beschäftigt, um sich mindestens ein Jahrzehnt älter und eleganter zu machen. Und härter.

Ihre Gedanken schweiften ab zu dem Mann, den sie heute getroffen hatte. Der fast schüchtern zu ihr gesagt hatte: Ich möchte einfach ein wenig Zeit mit Ihnen verbringen, Sie besser kennenlernen. Dem sie daraufhin hatte antworten müssen: Ich werde heiraten. Was natürlich nicht stimmte. Welch eine Schnapsidee, gerade Enrique für eine Notlüge zu wählen. Wie peinlich. Aber Lazaro Martínez war in jeder Hinsicht zu gefährlich für sie. Erstens war er, wenn auch nur stellvertretend, der Anwalt des Gegners. Zweitens: sein Mund, neben dem ein tiefes Grübchen saß. Drittens: Es waren Lazaros Augen gewesen, dunkel und samten, die ihr nicht nur bis in ihre Seele schauen konnten, sondern sie auch gewärmt hatten.

Der Aufzug hielt im obersten Stockwerk an. Sie klopfte an die Tür, und Marco öffnete ihr. Mitten im Raum saßen Savanna, Lazaro Martínez und ein Mann, den sie nicht kannte.

Sie blieb stirnrunzelnd stehen, während sich die zwei Männer erhoben, ohne dass Savanna irgendetwas zu ihnen gesagt hätte. Carmela war froh, dass sie sich Mühe mit ihrer Aufmachung gegeben hatte, die ihre Gefühle tief im Herzen verbarg.

Endlich, während sie wartend an Ort und Stelle verharrte, bequemte auch Savanna sich, aufzustehen und mit den beiden Männern zu ihr zu kommen, um sie ihr vorzustellen.

„Hallo, Carmela", sagte sie mit ihrer routinierten Freundlichkeit. „Du siehst wunderbar aus."

„Danke", antwortete Carmela kühl. Zu ihrer Verblüffung griff Marco sie an den Oberarmen und küsste sie, wie flüchtig auch immer, auf die Wange. Als sei nie etwas zwischen ihnen vorgefallen, vor allem nicht beim letzten Mal.

„Señora Fernández, ich freue mich, dass Sie es einrichten konnten." Carlos Duenas, der sich gleich vorstellte, hörte sich sehr selbstsicher und ehrgeizig an.

„Sehr erfreut", sagte Carmela förmlich und gab ihm mit dem absoluten Mindestmaß konventioneller Höflichkeit die Hand.

Als Lazaro Martínez Carmelas Hand ergriff, wagte sie es endlich, ihn anzusehen. Sein Blick war warm und strahlte gleichzeitig Sehnsucht aus. Sie konnte nur hoffen, dass keiner der anderen Anwesenden es bemerkte. Umso schockierter war sie, als sie ihn sagen hörte: „Señora Fernández, ich freue mich, Sie wiederzusehen."

Carmela konnte ihr Entsetzen gerade noch in ein „Hola, Señor Martínez!" umwandeln.

„Ihr kennt euch?" Savanna fragte, was Marco und Carlos Duenas beschäftigte.

„Ja", bestätigte Lazaro leichthin. „Wir saßen heute Morgen im gleichen Zug und haben uns während der Fahrt bekannt gemacht."

Carmela bewunderte die Leichtigkeit, mit der Lazaro diese unangenehme Situation gemeistert hatte, obwohl sie seine Offenheit für leichtsinnig hielt. Was mochten die anderen in diesem Zimmer denken? Würde es negative Auswirkungen haben, weil sie jetzt wussten, dass Lazaro Martínez und sie sich bereits vor dem Termin gekannt hatten? Anscheinend nicht. Duenas rollte seine Pläne auf dem Tisch aus. Savanna und ihr Bruder blätterten interessiert in einem Prospekt.

„Setz dich doch", sagte Marco, legte die Broschüre zur Seite, nahm sie am Arm und führte sie zu der Sitzgruppe, wo Savanna sie mit einem freundlichen Lächeln ansah.

Carmela lehnte dankend einen Kaffee ab. Dann setzte sie sich auf den einzigen vorhandenen Stuhl, wo man nicht in weichen Polstern tief versank, und hielt sich steif und aufrecht, ohne die Rückenlehne zu berühren, wie eine Lady bei einem zehnminütigen Höflichkeitsbesuch. Lazaros und ihr Blick trafen sich und ließen einander nicht mehr los. Gegen diese gewaltige Anziehungskraft waren sie beide machtlos. Der Augenkontakt brach ab, als Marco sie fragte: „Wie geht es auf der Finca?"

„Nicht anders als vor zwei Wochen. Ich gehe davon aus, dass Sie es waren, Señor Duenas, der mit einem Sportflugzeug das Anwesen überflog und inspizierte."

„Hat man Ihnen das berichtet?", sagte Carlos Duenas und schien leicht amüsiert zu sein.

„Man hat mir nicht nur davon berichtet. Ich habe mit meinen eigenen Augen gesehen, dass Sie auch teilweise sehr tief geflogen sind und der ohrenbetäubende Lärm die Pferde in Panik versetzt hatte." Während Carmela an den Tag zurückdachte, kam Wut in ihr auf. Sie hatte es von der Veranda aus beobachtet und war sofort zu den Ställen gelaufen. Die Luft war erfüllt gewesen von dem ängstlichen Wiehern der Pferde und dem Donnern ihrer Hufe gegen die Boxen. Carmela, Enrique und zwei Stallburschen, die zu dieser späten Abendstunde noch Dienst taten, versuchten ihr Bestes, die in Panik geratenen Tiere zu beruhigen.

Die Pferde draußen auf der Koppel waren ebenso verängstigt wie die Tiere in den Boxen, aber sie hatten genug Bewegungsfreiheit.

„Ich dachte einfach", fuhr Carlos Duenas fort, „aus der Luft könne man den besten Überblick über die Finca gewinnen. Vor allem kurz vor Sonnenuntergang." Es war ihm offenbar wirklich nicht peinlich. Ganz zu schweigen von dem, was er damit angerichtet hatte. Carmela gefiel außerdem seine joviale, dämonische, allzu aalglatte Erscheinung kein bisschen.

„Wenn Sie es noch nicht getan haben, sollten Sie es auch mal machen. Es ergibt ein ganz anderes Panorama als vom Boden aus."

Carmela machte sich erst gar nicht die Mühe, ihm zu antworten, sondern wartete schweigend ab; mit hochgerecktem Kinn, die Beine übereinandergeschlagen, die Arme verschränkt, an allen vorbeiblickend – eine sehr bewusst kalkulierte Körpersprache.

„Carmela", meldete sich Savanna, „wie du weißt, haben dein Bruder und ich vor, unseren Anteil zu verkaufen."

„Das habe ich schon verstanden, Savanna", antwortete Carmela. „Was ich aber nicht verstehen kann, ist diese Eile. Es ist erst wenige Wochen her, dass Vater tot ist."

„Mein Beileid", meldete sich nun Lazaro mit ruhiger Stimme zu Wort, „und ich kann Ihre Einwände verstehen, Señora Fernández." Er hielt den Kopf etwas geneigt, sprach langsam und deutlich, und es gelang ihm mühelos, durch seine Beileidsbekundung, sein Verständnis für Carmelas Verlust, auf die Notwendigkeit zu zielen, nun zu den geschäftlichen Dingen zu kommen. „Es geht Señor Duenas darum", fuhr er fort, „einen wichtigen Vorteil zu wahren, vorausgesetzt,

Sie finden alle drei zu einer Übereinkunft hinsichtlich der Zukunft der Finca, und dies ohne jede Zeitvergeudung."

„Gibt es denn eine Zukunft?"

Schon seltsam, dachte Carmela, wie so eine gewisse Stimmlage einem Vertrauen einflößen konnte. Dieser Martínez hatte etwas durch und durch Charismatisches an sich.

„Sehen Sie, Señora Fernández", erklärte er, „solange der von Ihnen ernannte Verwalter noch da ist, bestimmen immer noch Sie allein über das Schicksal der Finca." Er beugte sich jetzt vor und konzentrierte sich ganz auf Carmela.

„Sie, Ihre Schwester und Ihr Bruder können, wenn Sie sich einig sind, bei Gericht beantragen, den Verwalter zu übergehen. Dann den Verkauf des Anwesens an einen von Ihnen selbst und direkt ausgesuchten Käufer, in den Sie alle drei Vertrauen haben, beschließen …"

„Oder an Señor Duenas verkaufen", fiel Carmela ihm verärgert ins Wort. „Ich habe es begriffen."

„Señor Martínez", warf Carlos Duenas hastig ein, als er bemerkte, wie Carmelas Gesicht sich verschloss und deutliche Ablehnung erkennen ließ. „Ehe wir in irgendwelche Einzelheiten gehen, wäre es doch vielleicht ganz sinnvoll, Señora Fernández ein Bild davon zu vermitteln, wie denn das Land der Finca entwickelt werden soll. Natürlich wird dies sie vor allem interessieren, bevor sie überhaupt Überlegungen über ihre Entscheidung anstellt."

„Selbstverständlich, Señor Duenas, ja."

„Sehen Sie, Señora Fernández, Ihre Finca ist ja nicht einfach irgendein Stück Land an einem beliebigen Ort. Das Konzept sieht vor, es in den exklusivsten, spektakulärsten, großartigsten Freizeitpark in ganz Spanien zu verwandeln. Das ist nicht nur so dahingesagt, sondern wörtlich gemeint."

„Ach ja?", sagte Carmela nur. Wie lange, überlegte sie, würde sie dieses Geschwätz wohl noch ertragen können? Sie gab sich selbst gleich die Antwort: bis sie genau wusste, was dieser Geschäftemacher im Sinn hatte. Ganz egal, wie gleichgültig oder aber enthusiastisch sie dafür tun musste! Sie versuchte Lazaro Martínez nicht zu beachten, aber es war fast unmöglich. Er beteiligte sich nicht an den ausschweifenden Darlegungen des Investors, saß zurückgelehnt da und hörte konzentriert zu. Carmela wünschte, sie wüsste, was er dachte.

„Stellen Sie es sich nur einmal vor! Die ganze Finca ein riesiger Freizeitpark, ein spanischer Juwel, so einzigartig und unübertroffen wie Disneyland Paris – nur mit dem Unterschied, dass er doppelt so groß wäre. Was mir vorschwebt, ist ein Gigant in diesem Sektor."

„Exklusiv, spektakulär, sagen Sie?", fragte Carmela scheinbar interessiert. Von diesem Typ würde sie, dachte Carmela, nicht einmal eine Eintrittskarte für das Champions-League-Halbfinale Real Madrid gegen FC Barcelona kaufen. Nicht einmal eine in der ersten Reihe, Mitteltribüne.

„Exklusiv", bestätigte Duenas sofort eifrig, „jenseits aller Ihrer Vorstellungskraft!"

„Und was ist mit der Sicherheit?"

„Da bin ich richtig erleichtert, dass es Ihnen vor allem um die Sicherheit geht. Kompliment, sehr weitblickend, Señora Fernández."

„Vielen Dank."

„Kurzum", erklärte Carlos Duenas mit Enthusiasmus, „Sicherheit steht an erster Stelle. Ansonsten nur das Beste vom Besten!"

„Sie haben noch nichts von Hotels erwähnt. Ich gehe davon aus, im gehobenen Segment?" Carmela sah, wie Lazaro Martínez sich ein schmunzelndes Lächeln nicht verkneifen konnte. Das machte ihr Mut, Duenas noch mehr aus der Reserve zu locken. Sie bemerkte auch, dass Schwester und Bruder vor Wut kochten, weil die Kleine mit ihrer Dickköpfigkeit es zu weit treiben und das Projekt gefährden könnte.

„Die Hotels, natürlich, Señora Fernández! Mehrere kleine Hotels und ein Luxushotel, direkt am Strand!"

„Klingt einleuchtend." Carmela betonte ihren Satz schärfer, doch niemand außer Lazaro Martínez schien es wahrzunehmen.

„Ja, ich glaube wirklich, dass ich mich bemüht habe, an alles zu denken."

Carmela wollte noch einen Kommentar loswerden, doch der Anwalt kam ihr zuvor und wechselte das Thema. „Kommen wir noch kurz zum Finanziellen."

„Das ist doch das Wichtigste, nicht wahr?" In Carmelas Stimme war eine gewisse Provokation unüberhörbar.

Ohne sich auch nur im Geringsten provozieren zu lassen, fuhr Martínez fort: „Sie dürfen sicher sein, sollten auch Sie sich für den Verkauf Ihres Anteils entscheiden, dass Sie um Ihr Geld weder zu bangen brauchen noch darauf warten müssen."

„Interessant", sagte Carmela.

„Also, Carmela, was meinst du?", fragte Marco eifrig.

Savanna war nicht minder euphorisch: „Das ist doch ein guter Deal. Die Chance."

„Ich weiß nicht recht, Savanna. Das könnte ich nun wirklich nicht behaupten. Ach nein. Wie kann ich das auch beurteilen, in meiner Verfassung? Weißt du, ich verspüre nämlich im Augenblick gerade einen fast unbezähmbaren Brechreiz. Am Ende kotze ich noch diesen ganzen teuren Teppich hier voll." Sie warf Savanna und Marco einen unmissverständlichen Blick zu.

Carmela stand auf, ging rasch zur Tür, drehte sich dort noch einmal um. „Bevor wir erneut zusammenkommen", erklärte sie allen, „muss ich mich mit meinem Anwalt beraten."

Kapitel 18

*Juni 1940*

Ihr war schlecht. Ricarda schlang die Arme um sich und fürchtete sich davor, ihrer Übelkeit nachzugeben, während der Wagen die Straße entlangfuhr.

Es ging ihr nicht schnell genug. Mit ihrer behandschuhten Faust klopfte sie an die Rücklehne des Chauffeurs. „Fahren Sie schneller", schrie sie.

„Wie Sie wünschen, Doña Alfaro."

Ricarda befahl sich, ruhig ein- und auszuatmen. Da musste ein Missverständnis vorliegen, dachte sie, während sie sich auf dem samtbezogenen Sitz hin- und herbewegte.

Abrupt schloss sie die Augen, die sich mit Tränen füllten. Hatte sie nicht gewusst, dass Pablo, wäre er noch am Leben, sich nie zu ihr bekannt hätte? Eine Regimeanhängerin, wenn auch nur nach außen hin, und ein Rebell. Es wäre nie gut gegangen. Aber mit Luisa Isabel genauso wenig. Die katholische Kirche hätte eine Scheidung ihrer Freundin sowie eine erneute Heirat niemals akzeptiert. Ricarda war sich sicher, dass diese angebliche Affäre mit Pablo nur in der Fantasie der Herzogin existierte. Sie wollte sich wichtigmachen, wollte sie beeindrucken. Luisa Isabel lief einem Phantom nach, und sie konnte sie nicht aufhalten, auch wenn sie ihr die ganze Wahrheit gestehen würde. Das konnte alles nicht wahr sein!

Tränen liefen ihr über die Wangen, und sie hatte Schmerzen in der Brust. Das Ganze war Wahnsinn – ein riesiger, schrecklicher Irrsinn.

Sie öffnete die Augen und tupfte sie mit den Fingerspitzen ab. Zwei Bilder befanden sich in ihrem Kopf.

Das eine war Pablos schönes Gesicht, seine Augen waren von zärtlicher Liebe für sie erfüllt. Das andere war Luisa Isabels Gesicht, mit strahlenden Augen – und sie war so schön wie nie zuvor. Hätte das Gesicht genauso ausgesehen, wenn sie ihrer Freundin die ganze Wahrheit gestanden hätte? Nein.

Ricarda presste die Hände vor den Mund, um einen Aufschrei zu ersticken. Das war ja entsetzlich. Nicht auszudenken, wenn sie ihre Freundin bereits damals ins Vertrauen gezogen hätte. Was wäre mit dem kleinen Pablo geschehen? Niemals hätte Luisa Isabel das Kind in ihre Obhut genommen, wenn sie gewusst hätte, wer der Vater war und dass er bereits tot war. Niemals durfte sie es erfahren. Das war unmöglich. Ricarda rief sich ihr Intermezzo in Erinnerung, das über ein Jahr her war, und die Leidenschaft und Liebe, die sie unter Lebensgefahr geteilt hatten. Es war vorbei, und jetzt zählte nur noch das Wohl ihres Sohnes. Ganz gleich, wie bitter die Entscheidung ausfallen würde.

Ricarda war so aufgewühlt gewesen, als Luisa Isabel ihr von der Affäre mit Pablo erzählt hatte. Obwohl sie das Spiel durchschaut hatte, drehte sich alles in ihrem Kopf.

Der Wagen wurde langsamer. Ricarda wurde überwältigt von ihren Gefühlen, und sie stand kurz davor, wieder an den Sitz zu hämmern und den Chauffeur anzuschreien, warum er es wagte, Schritttempo zu fahren, als sie bemerkte, dass sie in die Auffahrt zur Finca eingebogen waren. Sie sah, wie ihr Elena aufgeregt entgegenlief. Sie fühlte sich entsetzlich.

Als sie ihre kleine Tochter in die Arme nahm, tat ihr das Herz weh. Sie konnte an nichts anderes denken, als dass sie ihre Elena niemals so lieben würde wie den kleinen Pablo.

Was geschieht mit mir, dachte Ricarda entsetzt, dass ich jetzt schon diese unfairen Unterschiede mache? Beide waren schließlich ihre Kinder. Ihre ganze Liebe gehörte nur einem Kind. Dem Kind, das sie nicht großziehen durfte. O heilige María, was geschieht mit mir?

„Doña Ricarda. Gut, dass Sie wieder da sind. Zwei Pferde sind erkrankt. Ich hoffe nicht, dass wir eine Epidemie bekommen werden."

Ricarda kam zu sich und sah ihren Vorarbeiter an.

„Ist Ihnen nicht gut?", fragte Salvatore Díez.

Ricarda suchte mit zitternden Fingern in ihrer Handtasche nach einem Taschentuch. Ihr war schwindlig, aber sie musste jetzt alle Sinne beieinanderhaben, das wusste sie. Die Finca und die Pferde gingen vor. „Haben Sie den Tierarzt benachrichtigt?"

„Ja. Er wird noch im Laufe des Abends hier sein."

Auf der Finca herrschte heillose Aufregung.

Auf dem erleuchteten Hof rannten der Tierarzt, Arbeiter und Stallburschen mit Wassereimern, Handtüchern, Decken und Kompressen zwischen Haus und Ställen hin und her.

„Wie sieht es aus?", fragte Ricarda mit besorgter Miene.

„Noch leben beide Pferde", sagte Salvatore und sah sie an. „Wenn irgendjemand in der Lage ist, die Tiere zu beruhigen, dann Sie, Doña Ricarda."

Sie ging auf den Tierarzt zu. „Klären Sie mich auf."

„Bei Ihrem Andalusier haben wir vorhin sehr hohes Fieber gemessen, und der Stute geht es ähnlich schlecht."

„Kann ich zu ihm?" Ricarda unterdrückte mühsam ein Schluchzen. Sie hastete zusammen mit dem Arzt über den Hof in den Stall, in dem man die beiden kranken Tiere isoliert hatte.

„Ist es nicht möglich, dass Sie sich irren?"

„Ich fürchte nicht." Der Tierarzt schüttelte den Kopf. „Ein klarer Fall von Influenza. Noch dazu die schlimmste, die mir seit Langem untergekommen ist. Hochinfektiös, wie alle Grippeformen. Wir können noch nicht endgültig sagen, wie viele Tiere sich angesteckt haben. Ich glaube, in Anbetracht der Schwere der beiden akuten Fälle können wir innerhalb der nächsten Stunden mit den ersten Symptomen rechnen, sollte die Krankheit tatsächlich auf andere Pferde übergegriffen haben." „Aber wie konnte das passieren? Die Tiere wurden alle geimpft."

Der Tierarzt sah sie mitfühlend an. Doña Ricarda Alfaros Existenz stand auf dem Spiel. „Das ist ja gerade das Tückische daran. Es könnte ein noch unbekanntes Virus sein. Die Ansteckung kann sich ausbreiten wie ein Flächenbrand."

„Aber sie ist doch nicht tödlich, oder?", fragte Ricarda besorgt, während sie die Tür zum Quarantänestall entriegelte.

„Normalerweise nicht", meinte der Tierarzt und folgte ihr. „Wie ich schon sagte, wir haben es hier mit einer besonders aggressiven Form zu tun. Das ist mir noch nie untergekommen." Ricarda sah zu dem Andalusier, der zitternd und schweißüberströmt in einer Ecke der Box lag. Er war zu schwach, um den Kopf zu heben, aber beim Klang von Ricardas Stimme schielte er mit trüben Augen zu ihr herüber. Sie erstarrte. Das entkräftet im Stroh liegende Pferd erschien ihr so winzig und hilflos, als habe es das Virus nicht nur seiner Kraft, sondern auch seiner Größe beraubt.

„Mein armer Kerl." Ricarda kniete sich neben ihm nieder und legte ihre Hand an seinen Hals. Selbst durch ihr Kleid hindurch spürte sie die Hitze des Fiebers. Verzweifelt sah Ricarda in Richtung Holzdecke. Dieses Pferd war ihr besonders ans Herz gewachsen. Abanto, ihr Lieblingspferd.

Der Andalusierhengst war der mit Abstand profitabelste Deckhengst auf ihrer Finca. Ihn zu verlieren wäre ein schwerer Schlag für die Zucht. Falls sich darüber hinaus noch weitere Hengste angesteckt hatten, konnte das für die Finca das Aus bedeuten.

Der Tierarzt sah sie an. Er wusste, was man hinter vorgehaltener Hand darüber sprach, dass Doña Ricarda magische Hände hätte, ganz besonders für Pferde. Eine Heilerin, wie die Einheimischen sie nannten. Es hatte ihn nie gekümmert, da Doña Ricarda sich nie in seine Arbeit eingemischt hatte.

„Das Einzige, was wir aus meiner Sicht tun können, ist, die beiden zu kühlen, ihnen möglichst viel Ruhe zu geben und sie von den anderen Tieren fernzuhalten."

Ricarda warf dem Arzt einen flehenden Blick zu.

„Ich werde morgen in aller Frühe wieder hier sein", sagte er mit einem Seitenblick auf Salvatore, der hinzugekommen war.

Salvatore wachte über den Gesundheitszustand der anderen Tiere. Wie der Tierarzt auch ihm erklärt hatte, war bei einer virulenten Form wie dieser das Auftreten der ersten Symptome innerhalb weniger Stunden zu erwarten, und Salvatore beobachtete ängstlich jedes Anzeichen von Unwohlsein bei seinen Schützlingen. Ricarda sah er nur, wie sie sich abwechselnd den beiden kranken Pferden widmete.

Die Stallburschen verbrachten die Nacht damit, für ständigen Nachschub an nassen Handtüchern zu sorgen, wenn ihre Chefin dies verlangte.

Als der Morgen graute, konnten sie alle aufatmen. Wie durch ein Wunder hatte sich keines der übrigen Tiere angesteckt. Die Stute hatte sich in eine Ecke des Stalls zurückgezogen und schien zu dösen. Abanto stand wieder auf den Beinen.

„Ich bin unsagbar glücklich", sagte Ricarda zu Salvatore und lächelte.

Tief in ihrem Innern empfand sie ein bisschen Stolz, denn sie wusste, dass sie mit ihrer Heilkunst daran beteiligt gewesen war. Das Gestern zählte nicht mehr, hier waren Pferde, denen sie in der schlimmsten Stunde geholfen hatte, für die sie nach vorn blickte.

Ricarda begriff auf einmal, wie viel Glück im Unglück ihr dieses Bewusstsein vermittelte.

## Kapitel 19

*September 1998*

Ihr Hauptschwerpunkt wäre das Heilen von Pferden; die Leute würden ihre Tiere zu ihr bringen. Selbst Enrique sagte, dass er nie jemanden gesehen hatte, der ein verängstigtes oder auch bockiges Pferd besser beruhigen konnte als sie.
Jawohl, sie besaß die natürliche Gabe und hatte durchaus Chancen auf Erfolg. Zum ersten Mal in ihrem Leben würde sie für sich allein verantwortlich sein, alleine leben, dachte sie auf der Rückfahrt nach Jerez de la Frontera.
Sie hielt mit ihrem Wagen direkt bei den Ställen. Sie musste erst ihre Pferde begrüßen. Bei den Tieren, dachte sie, als sie durch den Boxengang schritt, war sie so entspannt, wie sie es in Gegenwart von Menschen nie sein konnte. Denn den Pferden war es egal, wie sie aussah, was sie sagte. Die Rösser reagierten auf ihre sanfte leichte Hand, auf ihre ganz besondere Stimme, mit der Carmela zu ihnen sprach. Reagierten auf die Liebe und Fürsorge, die sie ihnen entgegenbrachte. Auf einem Pferd fühlte sie sich nie unbeholfen. Seit ihrer Kindheit passte sich ihr Körper immer dem Rhythmus des majestätischen Tieres unter ihr an, und sie verschmolz mit seiner Stärke und Grazie. Ihr Vater hatte gesagt, dass niemand so eine gute Figur beim Reiten mache wie sie, nicht einmal Enrique, und der ritt, als ob er im Sattel geboren wäre. Sie würde um diese Finca kämpfen, koste es, was es wolle. Sie würde dieses Land niemals aufgeben. Niemals.

Großmutters Liebling Ortega fühlte ihre Unruhe, als sie ihn streichelte. Das war bei Pferden so, und er begann nervös herumzutänzeln. Carmela lenkte ihre Gedanken in die Gegenwart zurück und versuchte, den Hengst zu beruhigen. Sie klopfte ihm den Hals und murmelte freundlichen Unsinn, doch ihre Gedanken wanderten wieder zu dem Meeting im Hotel, zur Sturheit ihrer Geschwister, die nicht begreifen wollten, was sie aus Geldgier zu zerstören bereit waren. Trotz der Hitze rannen ihr kalte Schauder über den Rücken, und erneut hatte sie das Gefühl, gleich in Tränen ausbrechen zu müssen.

Nein, dachte sie, während sie zum Haus ging, schon der Gedanke, dies hier alles aufgeben zu müssen, ist einfach unerträglich.

Die alte Standuhr in der Diele gongte leise. Carmela warf einen Blick auf ihre Armbanduhr und sah, dass bereits Abendessenszeit war und sie noch nicht einmal umgezogen war. Niemand hatte bis jetzt ihre Ankunft bemerkt. Sie sprang schnell unter die Dusche. Zog sich eine Bluse und frische Jeans an.

„Tut mir leid, dass ich zu spät bin", sagte sie, als sie die Küche betrat, ging zu Laura und gab ihr einen Kuss und küsste Enrique zur Begrüßung auf die Wange.

„Seit wann bist du wieder da?", fragte Enrique. „Ich habe dich nicht reinkommen hören." Er blickte sie mit zusammengekniffenen Augen an, so wie früher immer, als sie noch fast jeden Tag miteinander gerungen hatten.

„Seit circa halb acht, glaube ich." Sie hatte nicht auf die Zeit geachtet, weil sie noch so durcheinander gewesen war. „Ich bin gleich nach oben gegangen, weil ich noch duschen wollte vor dem Abendessen."

Nach dem Essen sagte Enrique zu Carmela: „Falls du nicht zu müde bist, möchte ich noch über eine Investition mit dir sprechen, die mir im Kopf herumgeht. Du hast ja bestimmt auch noch einiges zu berichten."

„Ja, sicher", sagte sie, und sie erhoben sich gemeinsam.

Im Arbeitszimmer nahmen sie die gewohnten Plätze ein: Enrique am Schreibtisch, dem Platz, der noch vor gar nicht so langer Zeit der ihres Vaters gewesen war, Carmela in einem Ohrenbackensessel. Sie war innerlich so aufgewühlt, als ob auf einmal alles durcheinandergeraten und irgendwie umgedreht worden wäre. In den letzten paar Stunden hatte sie einige wesentliche Einblicke in ihren Charakter gewonnen. Nichts Spektakuläres, aber doch kleine Erleuchtungen, die ihr das Gefühl gaben, schärfere Augen zu besitzen als vorher; ja, die Dinge waren eigentlich nie so gewesen, wie sie sie immer gesehen hatte. Enrique begann von seiner Idee zu erzählen. Sie hörte ihm kaum zu, denn es schien ihn nicht zu interessieren, was sich bei diesem Treffen in Malaga abgespielt hatte. Heute hatte sie erkannt, dass es möglich war, dass jemand sie um ihrer selbst willen mochte, wie es ihr Lazaro gezeigt hatte. Sie war mit diesem Duenas und ihren Geschwistern fertiggeworden, hatte sich nicht einschüchtern lassen. Außerdem hatte sie eine Entscheidung für ihr weiteres Leben gefällt. Als Kind war sie ein Spielball zwischen ihrem Vater und ihrer Großmutter gewesen, dem Willen und der Willkür Erwachsener ausgeliefert. Auch während der letzten fünfzehn Jahre hatte sie das Leben an sich vorbeiziehen lassen, von ihrem sicheren Zufluchtsort aus zugeschaut, wo ihr niemand wehtun konnte. Doch jetzt, nach diesem heutigen Tag, war sie die Herrin über ihr Leben; sie musste sich keinem mehr beugen, konnte ihre eigenen Entscheidungen treffen, ihre eigenen Regeln befolgen. Das Machtgefühl, das sie dabei durchdrang, war schwindelerregend und beängstigend, doch die freudige Erregung ließ sich ebenso wenig leugnen.

„Und wie war es bei dir in Malaga?", fragte Enrique gerade.

Carmela kam zurück aus ihren Gedankengängen. „Sehr informativ."

„Na? Gute Nachrichten? Schlechte, neutrale?"

„Von allem ein bisschen. Ich habe die Wahl, sehr reich zu werden, wenn ich mich meinen Geschwistern anschließe. Oder die nächsten zwei Jahrzehnte hier zu sitzen wie die Spinne im Netz und die spanische Anwaltschaft finanziell kräftig zu unterstützen. Ich bin noch am Überlegen."

„Das hört sich nicht besonders siegessicher an."

„Ich werde mir morgen einen Termin bei Arturo Corso nehmen."

Stille senkte sich über den Raum, nur die alte Standuhr tickte unverdrossen weiter. „Komm schon, Carmela", meinte Enrique. „Erzähl mir alles von Anfang an."

Sie erzählte ihm alles, ließ nichts aus. Als sie fertig war, lehnte Carmela sich ermattet in dem Ledersessel zurück. „Das war mein heutiger Tag. Ich werde einen Weg finden, das kannst du mir glauben."

„Daran habe ich nie gezweifelt."

Carmelas Blick traf den von Enrique. „Du hältst mich für übergeschnappt, richtig?"

„Ich würde sagen, hör dir erst einmal an, zu was dir der alte Corso rät. Dann sehen wir weiter." Er holte tief Luft und ließ beim Ausatmen den Kopf in den Nacken fallen. Ein Ausdruck tiefster Zufriedenheit lag auf seinen Zügen, was Carmela erstaunte, sie aber auch nicht deuten konnte.

Die Nacht darauf lag Carmela wach im Bett, und die Ziffern schwirrten ihr durch den Kopf. Zwischen den verschiedenen Schätzungen von La Verdad gab es riesige Unterschiede. Zuerst hatte sie sich überlegt, wie sie an eine Hypothek kommen könnte, um Savanna und Marco auszubezahlen. Sie musste ständig an das Gespräch mit Arturo Corso am Morgen denken: „Das klingt alles völlig unanfechtbar, so wie Sie es mir schildern, liebe Carmela."
Sie starrte an die Decke ihres Schlafzimmers. Carmela versuchte, das Gespräch mit Arturo Corso zu verdrängen, damit sie endlich einschlafen konnte. Die Gedanken kamen immer wieder zurück, es beschäftigte sie zu sehr, was der erfahrene alte Mann ihr erzählt hatte. Sein Fazit, dass sie am Ende eben doch gezwungen sein würde, dem Verkauf der Finca zuzustimmen, wollte Carmela partout nicht aus dem Kopf. Es erschien ihr immer unannehmbarer und verdrängte alles andere, was Corso sonst noch gesagt hatte. Carmela dachte mit Grauen an die Zukunft und fiel in einen unruhigen Schlaf.
Sie war in einem Traum gefangen, obwohl sie irgendwo tief im Inneren wusste, dass es nur ein Traum war. Überall waren Sterne im tiefblauen Kosmos. Zahllose wirbelnde Nebel, rote Giganten, weiße Zwerge. Der Polarstern, hell am Himmel im Norden, winkte ihr zu und flüsterte ihren Namen. Rief sie. Komm heim.
War ihr Heim nicht gefährdet? Carmela warf sich im Bett herum und bekam nur am Rande mit, dass sie sich nach etwas ausstreckte. Selbst in ihrem Traum

spürte sie die Sehnsucht, den großen, leeren Abgrund in ihrer Seele. Ein dunkles Nichts, das danach schrie, gefüllt zu werden. Da, oben auf dem höchsten Felsen, hob sich eine schwarze Figur von der Unendlichkeit der Sterne ab, eine Gestalt auf dem Gipfel. Eine Frau. Sie winkte. Forderte Carmela auf, näher zu kommen.

Carmela kam näher, fliegend, wie es schien, auf den Flügeln der Nachtluft. Mühelos glitt sie näher und näher, bis sie den Felsen beinahe erreicht hatte. Unten konnte sie die Finca und die Pferde sehen, schlafende Riesen, die sich unter einer Decke von Bäumen umarmten. Immer näher kam sie, bis sie direkt vor der Frau auf dem Gipfel schwebte.

Jetzt erst konnte Carmela das Gesicht erkennen, blass im trüben Sternenlicht. Das dunkle dünne Haar vom Wind zurückgeweht. Die dunklen Augen. Großmutter Ricardas Gesicht. „Du wirst es schaffen", murmelte die Stimme, die kaum lauter war als ein Flüstern in der kühlen Nachtluft. „Vergangenheit, Gegenwart und Zukunft. Es ist alles eine Einheit, alles eins. Wir sind eins."

Dann gab die Kraft, die sie über die Felsen getragen hatte, nach, und Carmela begann zu fallen.

Keuchend fuhr sie hoch. Der Traum war so real gewesen, dass sie sich verwirrt im Zimmer umsah und darüber staunte, dass sie unversehrt in ihrem Bett lag. Das Mondlicht strömte sanft durch die Fensterscheiben und breitete sich über ihrem Bett und auf dem Boden aus. Carmela setzte sich auf und stellte die Füße auf den gefliesten Fußboden. Seine Kühle tat ihr gut, brachte sie in die Realität zurück.

Trotzdem, sie konnte das Gefühl nicht abschütteln, dass der Traum etwas zu bedeuten hatte. Ihr jüngeres

Ich, oben auf dem Gipfel. Was hatte Ricarda noch gesagt? Sie überlegte und versuchte, sich zu erinnern, versuchte, die flüchtigen Bilder festzuhalten, die außerhalb ihrer Reichweite zu tanzen schienen. Etwas über Vergangenheit, Gegenwart und Zukunft als eine Einheit. „Du schaffst es. Wir sind eins."

Plötzlich kam Carmela ein Gedanke, eine Idee, die sie mehr erzittern ließ als die Nachtluft, die durch das offene Fenster strömte, und die kalten Platten unter ihren Füßen. Wollte ihr Ricarda etwas mitteilen? Wollte sie sie auffordern, die drei Einheiten zusammenzuführen? Sie, ihre Enkelin?

Großmutter Ricarda.

Nicht einen Augenblick lang glaubte sie, dass ihre Großmutter tatsächlich mit einer Nachricht aus der anderen Welt zu ihr gekommen war. Mit den Toten Kontakt aufzunehmen, das taten Wahrsager und Leute in spiritistischen Sitzungen. Das hier war anders. Es war ein Traum, und Träume kamen aus dem Unterbewusstsein. Was versuchte es ihr zu sagen?

Die Antwort kam wohlformuliert aus ihrem Geist: Sie hatte die ganze Zeit recht gehabt. Irgendwie hielt Großmutter Ricarda den Schlüssel zu ihren Fragen über ihre Familie, ihre Vergangenheit, ihre eigene Identität in Händen.

Diese Erkenntnis hatte sie unerwartet getroffen, wie die erste Sturzfahrt bei der Achterbahn. Ihr Magen flatterte einen Augenblick, dann entwich alle Luft aus ihren Lungen.

Sie musste nach etwas suchen. Aber nach was? Und wo?

Die Stimme aus dem Traum sprach erneut zu ihr: „Du schaffst es. Wir sind eins."

Wenn sie und Ricarda sich tatsächlich so ähnlich waren, wie alle immer behaupteten, dann bestand die Möglichkeit, dass sie vielleicht herausfinden konnte, wie die Finca zu retten war.

Kapitel 20

Als Carmela am nächsten Morgen die Küche betrat, musterte sie Antonia mit einem besorgten Blick. Carmela hatte Make-up aufgelegt, um die dunklen Ringe unter ihren Augen zu kaschieren, aber Antonia, der nichts in diesem Hause entging, bemerkte ihre Bemühungen sofort.

„Du hattest keine schöne Nacht, oder?", fragte sie mitleidig. „Hast du überhaupt geschlafen?" Carmela schüttelte den Kopf und achtete darauf, keine Emotionen zu zeigen, weil sie nicht wollte, dass Antonia sie weiter ausfragte.

Sie nahm ihre Tasse Kaffee und ging ins Wohnzimmer. Sie musste ständig an den Traum denken. Sie sah auf den Schaukelstuhl, der direkt vor dem großen Bücherregal stand.

Ein Geräusch hinter der Tür ließ Carmela zusammenfahren. Als sie sich umwandte, lehnte Enrique am Türrahmen.

„Du solltest dich nicht heranschleichen", fuhr Carmela ihn an. „Du hast mich erschreckt."

„Ich habe mich nicht angeschlichen", gab Enrique kurz angebunden zurück. „Ich dachte, da du unmissverständlich zu verstehen gegeben hast, dass du dich mehr um die Pferde kümmern würdest, wäre es an der Zeit, dass du ein wenig mithilfst." Er hob den Arm und sah bedeutungsvoll auf seine Seamaster.

Die Uhr auf dem Kaminsims schlug acht.

„Fütterungszeit", sagte Carmela. „Ich habe gar nicht gemerkt, wie spät es ist. Ich ... natürlich helfe ich dir."

Enrique rührte sich nicht. „Was machst du eigentlich da?"

„Ich dachte daran, wie schön es wäre, mal wieder ein Buch zu lesen", erwiderte Carmela. „So." Enrique drehte sich auf dem Absatz um und verschwand.

Der Mann hat recht, dachte sie auf dem Weg durch den Flur. Sie musste sich mehr um den Tagesablauf bei den Pferden kümmern. Schuldgefühle nagten an ihr. An diesem Morgen war sie so mit ihrem inneren Zwiespalt und Großmutters Traum beschäftigt gewesen, dass sie über nichts anderes hatte nachdenken können. Sie würde sich wieder mehr der Arbeit auf der Finca widmen.

Kaum hatte Carmela diesen Vorsatz gefasst, wurde sie von einem Läuten an der Tür abgelenkt.

„Ich gehe schon!", rief sie in Richtung Küche zu Antonia. Sie riss die Tür auf, und ein Junge in blauen Jeans stand davor, das Gesicht verborgen hinter einem riesigen Strauß weißer Anemonen mit grünen Ziergräsern.

„Eine Lieferung für Carmela Fernández."

„Das bin ich."

Er drückte Carmela den Strauß in die Arme und hielt ihr ein Klemmbrett hin. „Unterschreiben Sie bitte hier." Er deutete auf eine freie Stelle auf dem Formular.

Ein wenig unbeholfen kritzelte Carmela ihren Namen.

„Danke."

Der Junge machte keine Anstalten zu gehen. Ein Trinkgeld. Natürlich, er erwartete ein Trinkgeld. Sie rief nach Antonia. „Bringst du mir bitte ein paar Peseten?"

Antonia drückte dem Jungen etwas Kleingeld in die Hand. „Vielen Dank und einen schönen Tag noch." Er lief zum Wagen zurück.

Antonia stieß die Tür mit dem Fuß zu und ging hinter Carmela her. Die brachte die Blumen ins Wohnzimmer. „Bevor du fragst, ich weiß selbst nicht, von wem die sind."

„So schöne Anemonen. Du scheinst ja jemanden schwer beeindruckt zu haben." Antonia grinste.

„Was meinst du damit?"

„Na, diese Blumenart soll dir sagen: ‚Du bist klasse – du bist einmalig', und steht für Attraktivität und magische Anziehungskraft." Antonia betrachtete den Strauß voller Bewunderung, „Carmela, Carmela ...", und hob den Zeigefinger.

„Antonia, hast du nichts zu tun?"

Antonia zuckte die Achseln und ging kopfschüttelnd in die Küche. Carmela stellte die Vase mit den Blumen auf die Kommode und suchte die Karte. Für eine Kämpfernatur, die viel Eindruck hinterlassen hat. Sollten Sie mal einen Anwalt brauchen, stehe ich gerne zur Verfügung. Herzliche Grüße L. M.

Sie starrte die Karte an und berührte die frischen Blütenblätter einer der Blumen. Ein geschmackvoller Strauß. Carmela unterdrückte einen Anflug von Zorn. Eigentlich sollte sie sich geschmeichelt fühlen, doch stattdessen war sie irritiert. Für eine Kämpfernatur. Wirklich, sehr witzig.

Warum musst du dich, Martínez, wieder in meine Gedanken schleichen und Unruhe stiften?, dachte Carmela verstimmt und steckte die Visitenkarte, die er der Karte beigelegt hatte, in ihre Jeanstasche.

Lazaro Martínez trug keine Schuld, das wusste sie. Es war eine nette Geste, auch wenn dieses schöne Bouquet – oder fünfzig Rosen – den Schmerz und die Verwirrung, die sie heute Nacht erlebt hatte, nicht auch nur annähernd lindern konnte. Er wusste nicht, dass sie im Traum mit ihrer Großmutter gesprochen hatte. Er würde es auch nie erfahren, da sie ihn nie wiedersehen würde. Und doch wäre es schön, mit ihm über alles zu reden. Denn er würde versuchen, da war sich Carmela ganz sicher, die Tiefen ihrer Seele zu erforschen. Hör auf damit. Schluss jetzt, ermahnte sie sich selbst.

Enrique kam ins Wohnzimmer und blieb hinter ihr stehen. „Wer war dieser junge Mann, der wie ein Geisteskranker vom Hof gefahren ist?" Er erblickte die Blumen und trat neben Carmela. „Von einem Verehrer, nehme ich an?" Seine Kiefermuskeln waren angespannt. Carmela starrte ihn an und sah, dass er wirklich wütend war.

„Das hier ist nicht das, was du denkst", begann sie unsicher.

„Nein?", kam es kalt und grimmig zurück. Sie bekam eine Seite von ihm zu sehen, die sie zuvor erst einmal zu spüren bekommen hatte – als sie sich kennengelernt hatten.

Enrique nahm die Karte, die neben der Vase lag. „Du bist eine Kämpfernatur und hast großen Eindruck hinterlassen. Auf welche Weise denn?"

„Jetzt werde bitte nicht geschmacklos."

„Was denn? Ein Verehrer schickt dir Blumen und steht zu deiner Verfügung. Bestimmt vierundzwanzig Stunden." Enriques Stimme wurde lauter.

„Hör bitte auf, so einen Unsinn zu reden. Es war alles so, wie ich es dir erzählt habe. Da war nichts."

„Aha." Enrique steigerte sich in seinen Zorn. Das konnte Carmela erkennen.
„Ich denke, er hat sich einen Scherz erlaubt."
„Einen Scherz. Der Herr Anwalt. Nur einen Scherz."
„In Ordnung. Ich werde sie zurückschicken. Bist du dann zufrieden?"
Sein Blick bohrte sich in ihren. Es herrschte sekundenlanges Schweigen. Carmela sah ihm nach, als er mit wütenden Schritten das Wohnzimmer verließ. Ohne die Tür hinter sich zu schließen, stampfte er aus dem Haus.
Sie ging zum Fenster, sah, wie er in Richtung der Ställe ging. Sie war so aufgewühlt, dass sie das Gefühl hatte, sie müsste in Tränen ausbrechen. Carmela hatte Enrique noch nie so erlebt. Gar nicht auszudenken, was da noch in ihm entflammen konnte. Sie war wütend auf ihn. Was bildete er sich eigentlich ein? Sie nahm die Visitenkarte aus ihrer Jeans und beschloss, sich wenigstens telefonisch zu bedanken. Sie ging in ihr Arbeitszimmer und nahm den Hörer ab, wählte die Nummer und wartete, bis sich jemand meldete. Zu ihrer Überraschung war Lazaro Martínez selbst am Apparat.
„Hier ist Carmela Fernández. Ich wollte mich bedanken und ..." Sie hatte plötzlich einen Kloß im Hals.
„Haben Sie die Blumen bekommen?", fragte die männliche Stimme.
„Ja, sie sind gerade angekommen." Carmela räusperte sich. „Sie sind wunderschön, Señor Martínez. Ich danke Ihnen."
„Gern geschehen. Und nennen Sie mich bitte Lazaro. Wie gesagt, wenn Sie mal einen Anwalt brauchen ..."
„Die Visitenkarte hätte genügt."
„Aber die Verpackung hat Ihnen doch gefallen?"

Carmela musste lachen. Es war so angenehm, mit diesem Mann zu sprechen. Sie fühlte sich sofort leicht und beschwingt.

„Natürlich hat mir die Verpackung gefallen. Es war wirklich eine schöne Geste von Ihnen", erwiderte Carmela. Sie stieß einen Seufzer aus und wechselte das Thema. „Wie geht es Ihnen?" Sie wusste, dass es besser gewesen wäre, wenn sie aufgelegt hätte. Aber seine Stimme tat ihr so gut.

„Alles in Ordnung. Ich habe heute einen großen Fall bekommen, und so konnte ich mich von Duenas ganz trennen. Dieses Mandat hier ist zu vielschichtig, um noch weiter als Vertretung für Duenas zu arbeiten. Aber warum erzähl ich Ihnen so etwas Langweiliges?"

„Es ist Ihr Beruf. Sie müssen Entscheidung treffen …" Carmela glaubte zu sehen, wie Lazaro am anderen Ende der Leitung die Stirn runzelte.

„Carmela, stimmt was nicht?", fragte er. „Habe ich Sie mit meinen Blumen in Schwierigkeiten gebracht?" Seine Stimme war sanft, sein Tonfall mitfühlend.

Carmela zögerte. „Ein wenig."

„Das tut mir ehrlich leid. Wie kann ich das wieder gutmachen? Soll ich mit Ihrem Verlobten reden?"

„Um Himmels willen, nein. Ich denke, es ist besser, wir …"

„Bitte nicht, Carmela. Verlangen Sie nicht von mir, dass ich die platonische Verbindung zu Ihnen aufgeben soll."

„Lazaro, ich verlange es nicht von Ihnen, ich bitte Sie darum." „Besser kennenlernen, mehr nicht."

Da war er wieder, der Zaubersatz. Carmela starrte auf die Blumen. Für den Bruchteil einer Sekunde wäre sie beinahe das Risiko eingegangen, ihm alles zu erzählen – von dem Traum, in dem ihre Großmutter mit ihr sprach. Dass sie vermutete, dass es ein Familiengeheimnis gab, alles. Beinahe hätte sie ihm davon erzählt und von den unbeantworteten Fragen, die sie in Bezug auf die Vergangenheit und sich selbst quälten. Um herauszufinden, ob er sie immer noch näher kennenlernen wollte, wenn er um ihre Unsicherheiten, ihre Angst wüsste. Sie zögerte, und der Augenblick ging genauso schnell vorüber, wie er gekommen war.

„Wann ist denn der Termin für die Hochzeit?" Die Frage riss Carmela in die Realität zurück. Sie erstarrte.

„Es wird …", stammelte sie, „es wird keine Hochzeit geben. Es stand nie zur Debatte. Ich habe es nur so dahingesagt. Er ist auch nicht mein Lebensgefährte. Er ist nur ein Freund." Sekundenlang herrschte Schweigen.

„Carmela, sind Sie noch dran?"

„Ja, ich bin noch da." Sie atmete hörbar aus. „Aber ich muss jetzt wieder auf die Koppel zu einem meiner Patienten. Noch mal vielen Dank für die Blumen, Lazaro." Carmela sprach schnell, dann legte sie den Hörer auf, bevor er noch etwas sagen konnte.

Mit gesenktem Kopf ging Carmela am späten Abend den Kiespfad entlang, in der Hand ihre Handschuhe. Sie trug ein altes ausgebleichtes T-Shirt und Jeansshorts. Das Haar hatte sie zu einem buschigen Knoten hochgesteckt, der aussah, als würde er sich jeden Moment auflösen. Die Hitze hing den ganzen Tag über der Finca. Von ferne ertönte ein leises Donnergrollen, und Carmela blickte in den schwarzen Nachthimmel hinauf, als auf einmal eine frische Brise über sie hinwegstrich, die das Kommen von Regen ankündigte. Endlich nach all der drückenden Schwüle schien das Wetter ernst zu machen.

Carmela ging am Wohnzimmer vorbei. Sie zögerte einen Augenblick. Die Tür war offen, und drinnen brannte Licht.

Sie sah Enrique, der es sich auf einem der Sessel bequem gemacht hatte, ein Glas Brandy in der Hand. Er starrte auf den Kamin und saß mit dem Rücken zu ihr.

Sein Kopf fuhr herum. „Du auch?", fragte er trocken. Der linke Mundwinkel zitterte leicht. Seine schwarzen Augen blickten fragend.

Carmela fuhr sich mit der Zunge über die Lippen. Ihr Puls beschleunigte sich von ganz allein, als sie auf die Blumenvase blickte. Sie hatte schon die Arme vor der Brust verschränkt. „Was sollte dieses Theater heute Morgen?"

Plötzlich sah Carmela Verständnis in seinen Augen. Er stand auf, ging zu der Kommode, die als Bar diente, und schenkte ihr einen Brandy ein. Carmela nahm ihn dankbar entgegen.

„Empfindest du etwas für diesen Anwalt?", fragte er, nachdem sie einen tiefen Schluck getrunken hatte.

„Nein, Enrique, das tue ich nicht. Es war eben nur eine nette Geste von ihm. Ich habe dir doch alles erzählt, wie dieser Tag abgelaufen ist. Ich habe dir nichts verheimlicht."

Sein Kiefer spannte sich. „Denkt er auch so?"

„Ich glaube schon." Sie rieb sich den Nacken und streckte ihr Kreuz durch.

„Wirst du ihn vergessen?"

„Ach, Enrique, bitte. Ich bin fertig. Es war heute ein anstrengender Tag. Was geht dich das eigentlich an? Wir sind nicht verheiratet oder in einer Beziehung. Wir arbeiten zusammen.

Das ist alles. Ich frage dich doch auch nicht, wo du deine Freizeit verbringst ..." Plötzlich hielt sie inne. Seit wann musste sie sich vor ihm für ihre Gefühle rechtfertigen? Soweit kam es noch!

„Du bist übermüdet und überfordert mit der ganzen Erbschaftsstreiterei", stellte Enrique nüchtern fest. Er hielt seinen Brandy in der Hand, und Carmela merkte, dass seine Fingerknöchel weiß wurden.

Sie überlegte, wie einfach es wäre, einen Schritt zu machen und ihren Kopf an seine breite Brust zu legen. Es wäre schön, wieder von ihm im Arm gehalten zu werden.

Dann wurde ihr klar, dass sie sich nur etwas vormachte. Irgendetwas hatte sich in ihrer Beziehung zu Enrique verändert, und das nicht erst seit heute. Trotzdem wollte sie nur eine Umarmung, selbst wenn dieses Gefühl in ihr aufstieg, dass sie ihm nicht mehr richtig vertrauen konnte. Was war passiert?

Sie sah ihm in die Augen. Etwas darin verdunkelte sich. Enrique wandte sich ab und ging zum Sessel, wo er sich mit dem Rücken zu ihr niederließ.

Sie zwang sich, tief und gleichmäßig zu atmen, ging um den Sessel herum und setzte sich neben ihn auf eine Armlehne. Er sagte nichts. Sie nippte an ihrem Drink und sagte schließlich:

„Soll ich dich alleine lassen?"

„Nein. Ist schon okay." Sein Lächeln wirkte aufgesetzt.

Carmela betrachtete eingehend ihr Glas. „Ist wieder alles in Ordnung? Können wir wieder Frieden schließen?"

Ihre Blicke trafen sich, und sie sah, dass seine dunklen Augen sich förmlich an ihr festsaugten. „Eigentlich nicht."

„Gut." Carmela starrte in ihren Brandy. „Fangen wir wieder von vorne an. So lange, bis du mir glaubst."

Enrique studierte gründlich seinen Drink, vielleicht, um ihrem Blick auszuweichen. „Wenn du meinst."

„Es ist nichts und es war nie etwas zwischen mir und diesem Anwalt." Sie sah ihn ernst an.

„Das glaube ich dir nicht."

Sie fuhr zusammen und verschüttete etwas Brandy. „Du stellst mich als Lügnerin hin?"

„Nein, so habe ich es nicht gemeint. Es fällt mir nur schwer … Du bist eine Frau, die schon lange alleine lebt …"

„Ja, ja, ich weiß, wie man mich beschreibt: verstaubt, schwer zugänglich und langweilig." Seine Augen wanderten von ihrem Gesicht zu ihren nackten Armen, ihren Händen; dann senkte er sie.

Carmela wusste nicht, was dieser Blick bedeuten sollte. Ihr T-Shirt war nicht weiter aufregend, und aufreizend sah sie ganz bestimmt nicht aus.

Enrique setzte sich zurecht. „Was bedeutet dieser Mann für dich?", fragte er schließlich vorsichtig.

Carmela spürte, wie der Brandy ihr zu Kopf stieg. Sie stellte das Glas ab. „Er bedeutet mir nichts. Und wenn schon. Ich bin eine Heilerin, und er ist Akademiker. Das sagt doch alles." „Er hat einen Grund, warum er dich umgarnt", gab er gedehnt zurück. Er packte ihre Schulter. Seine Augen blitzten. „Verstehst du nicht, was ich dir sagen will? Er benutzt dich. Er heuchelt dir was vor, nur um an sein Ziel zu gelangen. Du bist nur Mittel zum Zweck. Er will dich dazu bringen, dass du an den Investor verkaufst. Nur darum geht es und nicht um dich."

Plötzlich waren sie nur noch Zentimeter voneinander entfernt. Sie wusste nicht, wer sich bewegt hatte, sie oder er. Er war zornig. War er wütend auf sie oder auf Lazaro? Carmela wagte nicht zu fragen.

Er ließ die Hände sinken und wandte fluchend die Augen ab. „Du hast recht. Es geht mich nichts an", sagte er grob.

Seine offenen, deutlichen Worte trafen Carmela wie ein Keulenschlag. Die Wirkung war so heftig, dass sie einen Augenblick lang nicht mehr atmen konnte. Als sie wieder Luft bekam, war es ein schnelles, ruckartiges Schnappen. „Wie geht es jetzt weiter?"

Enrique wich ihrem Blick aus. „Ich weiß es nicht." Dann sagte er abrupt: „Wir sollten ins Bett gehen."

„Enrique", sagte Carmela langsam. Misstrauen machte sich in ihr breit. Gleichzeitig spürte sie eine Sehnsucht, sich mit ihm zu versöhnen.

Er starrte sie immer noch an. Sein Kiefer arbeitete.

Sie verlangte nach ihm, wollte mit ihm schlafen. Er konnte tun mit ihr, was er wollte, konnte sie nehmen, gleich hier, auf dem Teppich vor dem Kamin, wie auch immer. Sie waren beide angetrunken, sie auf jeden Fall, und es war sehr spät, die Nacht draußen war schwarz und nebelverhangen. Niemand würde es bemerken. Es war einige Zeit her. Sie brauchte es, brauchte einen Mann. Enrique in seinem lässigen Hemd. Die Muskeln seiner Oberschenkel schienen die Jeans sprengen zu wollen. Er rührte sich nicht. Er sprach nicht einmal.

Carmela drehte sich um und kippte ein Drittel ihres Brandys herunter.

Dann wandte sie sich ihm wieder zu. „Du machst es mir nicht gerade leicht." Sie räusperte sich. „Sollen wir nach oben gehen?"

„Wir beide, nach oben?"

Carmela konnte es nicht fassen. Er spielte mit ihr, ließ sie zappeln. Er wusste genau, was sie meinte. Er war ja kein Idiot – auch wenn er sich wie einer benahm.

„Soll das heißen, du willst mich nicht?", fragte sie und versuchte zu lächeln, ungerührt darüber hinwegzugehen. Nur es gelang ihr nicht.

Enrique starrte sie an, ließ die Hände in seinen Hosentaschen verschwinden. „Weißt du überhaupt, was du da machst?", fragte er barsch.

Sie wich einen Schritt zurück. „Ich glaube schon. Ich bin eine erwachsene Frau …"

Er fiel ihr ins Wort. „Du bist ein Nervenbündel, eine Landmine, ein Paket Dynamit." Er starrte sie an.

Carmela wurde klar, dass er sie tatsächlich zurückwies, und sie wich weiter zurück, enttäuscht, verletzt und verwirrt. „Du willst mich nicht?"

„Du willst jemanden anderen."

Carmela war zu verblüfft, um ihm die passende Antwort zu geben. „Nein", flüsterte sie und fürchtete, er könnte recht haben. „Du irrst dich."

„Ich mag dich, Carmela", sagte er grimmig. „Ich bin aber auch ein sehr guter Menschenkenner. Du bist nicht leichtfertig. Und du bist nicht der Typ Frau für einen One-Night-Stand. Doch lässt mich der Gedanke nicht los, dass du …"

„O Gott", sagte Carmela, der sich der Magen umdrehte. „Ich hab mich total zum Narren gemacht! Vor meinem eigenen Angestellten." Sie brachte ein jämmerliches Lächeln zustande. „Gute Nacht."

„Nein, Carmela, warte. Das hast du nicht …"

Carmela blieb nicht stehen, und sie hörte nicht auf ihn. Sie rannte hinaus.

Carmela stolperte bei ihrer hastigen Flucht auf der Treppe. Sie hatte schon den oberen Treppenansatz erreicht, als sie merkte, dass er direkt hinter ihr war. Er ergriff ihre Hand und hielt sie fest.

„Carmela", sagte er. „Bleib stehen."

Sie war wie versteinert. Carmela hielt ihm den Rücken zugewandt, hatte Angst, ihn anzusehen. Sie war tiefer getroffen, als sie sich eingestehen wollte. Die letzten Monate hatten sie völlig aus der Bahn geworfen. Sie sprach mit ihrer toten Großmutter. Und ihr vertrauter Freund war meilenweit außerhalb ihrer Reichweite. Was hatte sie denn nur? Was passierte mit ihr?

Er drehte sie zu sich um. „Lass uns den Abend nicht so beenden", sagte er rau.

Sie war sich der wenigen Zentimeter bewusst, die sie trennten, seiner Hände, selbst der Hitze, die von seinem kräftigen Körper ausging.

Keiner von beiden sagte ein Wort. Keiner rührte sich. Dann verzog er das Gesicht und ließ die Hände von ihren Schultern sinken. „Ich bin nicht gut in so was", sagte er.

Carmela sah ihm in die Augen. Ihr Herz schlug langsam und donnernd. Sie fuhr sich über die Lippen. „Was soll das bedeuten?"

„Das bedeutet, dass ich nun mal nicht gern zugebe, dass ich mich albern benommen habe. Du hast so viel Schlimmes durchgemacht, und jetzt bist du davon besessen, die Finca zu retten. Das macht mir Sorgen."

Die Sorge stand in seinen dunklen Augen. Carmelas Herz machte einen Salto, während es dahinschmolz und die Spannung in ihr weiter wuchs. „Ich bin nicht besessen", flüsterte sie. „Es ist mein Zuhause, das auf dem Spiel steht. Laura und ich, wir gehören hierher,

Enrique. Wenn irgendwer das verstehen kann, dann sicher du. Und dein Verhalten mir gegenüber ist unbegründet."

Er starrte sie nur an.

Carmela spürte seinen Zwiespalt. Im nächsten Moment würde er entweder einen sicheren Abstand zwischen sie legen oder näher kommen. Ohne darüber nachzudenken, lehnte sie sich an ihn, schloss die Augen und legte die Wange an seine Brust.

Sein Körper war stark, hart und männlich. Sie lauschte mit geschlossenen Augen seinem regelmäßigen Herzschlag, spürte, wie Enrique zu beben begann und wie in ihr selbst alle Schranken brachen und sie überwältigten. Es nahm ihr den Atem. Da war ein Drängen, das sich in ihr aufbaute.

Enrique reagierte im Bruchteil eines Augenblicks. Seine Arme schlangen sich fest um sie. „Du fühlst dich so gut an", flüsterte er.

Carmela hatte seine Worte kaum wahrgenommen, als er mit einer Hand ihr Gesicht anhob, und sie hoffte, sein Mund würde sich auf ihren senken.

„Schlaf gut."

Carmelas Wecker piepste beharrlich, lästig. Sie schlug auf ihn ein und wollte wieder einschlafen, sie war so erschöpft – aber sofort füllten Erinnerungen an den gestrigen Abend ihr Denken, und sie war hellwach. Es gab kein Entrinnen vor ihren Schuldgefühlen – Schuld, weil sie sich Enrique so schamlos angeboten hatte. Von jetzt an würde er sie nur noch verachten, und sie konnte es ihm nicht verübeln. Sie hatte mit dem Feuer gespielt, und wenn sie sich die Finger verbrannt hatte, dann war das allein ihre Schuld. Es war vorbei, noch bevor es angefangen hatte. Carmela tastete nach dem Wecker und schaute darauf. Sie erinnerte sich jetzt, dass sie ihn gestellt hatte, weil Enrique um acht Uhr in Jerez de la Frontera geschäftlich zum Frühstück verabredet war. Jetzt war es sechs.

Um neun würde sie mit Laura nach Sevilla aufbrechen.

Vor dem Spiegel über der Kommode blieb sie stehen und presste die Hand auf ihre Lippen. Ihre Augen wurden feucht. Ihre Ängste – und ihr Misstrauen – waren keineswegs unbegründet. Sie hatte immer noch Sorge, alles zu verlieren. Aber schlimmer war, dass sie sich zu Enrique auf eine magische Weise hingezogen fühlte. „O Gott. Was mach ich bloß?", fragte sie ihr Spiegelbild.

Die Antwort kam auf der Stelle. Bring die Wahrheit ans Licht. Das war Ricardas Stimme in ihrem Kopf, und sie klang so beängstigend laut und deutlich.

Carmela sah sich um, aber Ricarda war nirgends zu entdecken – Gott sei Dank. Sie war auf einmal nervös. Es war, als nehme ihre Großmutter Verbindung mit Carmela auf einer Ebene auf, die sie nicht verstand. Ihre Besessenheit von diesem Rätsel irritierte sie immer mehr. Carmela hörte ein Geräusch von unten. Sie zögerte. Wenn er gegangen war, ohne sich auch nur zu verabschieden, wäre sie sowohl erleichtert als auch enttäuscht gewesen. Wenn er da unten war, würde ein Teil von ihr sich freuen – der andere ganz und gar nicht. Carmela hatte die Wahl zwischen Regen und Traufe. Auf bloßen Füßen ging sie langsam die Treppe hinunter.

Er war in der Küche und telefonierte auf seinem Handy. Die Kaffeemaschine lief. Das kräftige Aroma erfüllte den Raum.

Er brach mitten im Satz ab, als er sie sah. Ihre Blicke trafen sich.

Enrique lächelte sie an und sagte: „Okay. Danke. Bis dann." Er klappte das Telefon zu und betrachtete sie liebevoll.

„Guten Morgen", sagte Carmela vorsichtig.

Er lächelte immer noch. „Guten Morgen."

Enrique sah sie an. Sie ging hinüber zur Küchentheke und schenkte, mit dem Rücken zu ihm, zwei Tassen Kaffee ein. „Ich hab nicht vergessen, dass du sehr guten Kaffee kochst." Sie wollte zurücklächeln, aber sie war jetzt wieder bei Sinnen und durfte sich das nicht erlauben. „Geht es dir gut? Oder hast du einen Brummschädel vom Brandy?"

Carmela fühlte, wie ihr die Hitze in die Wangen stieg, als sie sich zu ihm umdrehte. „Sehe ich so aus?" Sie klang sehr ruhig. Sie hatte keine Ahnung, wie sie es schaffte, so ungerührt zu wirken.

Er nahm die Augen nicht von ihren. Nur sein Lächeln erlosch. „Du siehst ein bisschen mitgenommen aus."

Einige Augenblicke des peinlichsten Schweigens in Carmelas ganzem Leben senkten sich zwischen sie. Carmela hörte einen der Hunde bellen, wie ein Traktor angelassen wurde und Wasser in die Spüle tropfte.

Endlich sagte er: „Ich muss los. Ich hab was Wichtiges im Büro vergessen, sonst könnte ich wenigstens noch mit dir in Ruhe einen Kaffee trinken."

„Ist schon gut", sagte Carmela und umklammere ihre heiße Tasse mit beiden Händen. Es war albern, aber sie war enttäuscht. Doch wollte ein Teil von ihr, dass er ging. Damit sie darüber nachdenken konnte, was sie jetzt tun sollte – über ihn, über sich selbst.

Er kam auf sie zu und blieb dann stehen. Ein weiterer schweigender Augenblick verging, während er sie nur forschend betrachtete. „Ich ruf dich nachher an", sagte er schließlich und legte seine Hand auf ihren Arm.

Carmela schauderte. Sie wich zurück.

„Carmela?"

„Okay", sagte Carmela. Sie erzählte ihm nicht, dass sie später nicht zu Hause sein würde – sondern mit Laura in Sevilla.

Ohne ein weiteres Wort verließ er die Küche. Carmela sah ihm nach.

Als die Vordertür mit einem Krachen hinter ihm ins Schloss gefallen war, sank Carmela langsam auf einen Stuhl. Ein Spiel, in dem es vielleicht nur Verlierer gibt, dachte sie.

Es hatte keinen Sinn, darüber nachzugrübeln, was geschehen war. Nur eins wusste sie mit Bestimmtheit. Die Schwierigkeiten würden anhalten.

Wenn sie aufhören könnte, über Enrique nachzugrübeln, dann würde sie das tun, aber im Moment war der Gedanke an ihn einfach übermächtig.

Mit dem Kaffee in der Hand ging Carmela hinauf, um zu duschen, sich anzuziehen und Laura zu wecken.

## Kapitel 21

Im Traum öffnete Carmela die Augen. Sie lag auf dem alten Ledersofa zu Hause im Arbeitszimmer. Ihr Vater – wieder ein junger Mann – schritt durchs Zimmer. Carmela roch seine polierten Stiefel und hörte seine festen Schritte. Draußen vor dem Fenster breitete eine alte Korkeiche in der Dämmerung ihre ausladenden Zweige aus.

Vielleicht bin ich tot, dachte sie und wollte sich aufsetzen. Wie durch einen Schleier aus Schwindel und Übelkeit sah sie die vertrauten Papierberge im Zimmer, die Pferdezeichnungen ihrer Großmutter und das gerahmte Foto ihrer Mutter Elena auf dem Kaminsims.

Ricardas Gesicht stand plötzlich deutlich vor ihr. Großmutters Augen waren weit aufgerissen, ihre olivfarbene Haut blass. Das lange Haar fiel in einem langen geflochtenen Zopf über den Rücken. Dann war Ricardas Gesicht wieder verschwunden. Carmela sah nur noch Wände aus großen grauschwarzen Steinbrocken, die so dicht vor ihr aufragten, dass sie die Hand ausstrecken, einen Stein berühren und die raue, unbehauene Oberfläche spüren konnte. Sie sah ein quadratisches Gebilde aus Stein. Es musste sich um eine Kammer in der Klosterruine handeln. Sie bewegte sich in einem geheimen Raum. Es war feucht, eisig und düster. Ich muss hier raus, dachte Carmela panisch. Wenn sie versuchte aufzustehen, sanken ihre Finger auf den kalten Boden. Wenn sie hinunterschaute, sah sie ein Bett, einen Stuhl, einen Tisch und eine Gaslampe. Wenn Carmela aufblickte, sah sie die undurchdringlichen Mauern. Ein Schrei erfüllte die steinerne Zelle. Er klang beinahe unmenschlich und ging ihr durch Mark und Bein.

Ricardas Schrei?

Carmela fuhr hoch.

Während ihr verwirrter Verstand langsam aus dem surrealen Traum in Vaters ehemaliges Arbeitszimmer zurückkehrte, hörte sie immer noch den entsetzlichen Schrei in sich widerhallen.

Ein Schrei voller Schmerz und Verzweiflung.

Carmela merkte, dass ihre Finger sich nicht auf die kalten Bodenplatten, sondern in den Lederbezug des Sofas krallten. Ihr Blick schweifte rasch von dem Sofa über den Schreibtisch zu den Pferdezeichnungen und dem Foto auf dem Kamin. Sie war in ihrem Haus.

Carmela schnappte nach Luft. Das war der schlimmste Traum, den sie je gehabt hatte. Er war so entsetzlich real gewesen, aber schließlich doch nur ein Traum.

Weiter nichts.

Immer noch konnte sie Ricardas Gesicht ganz deutlich vor sich sehen. Niemals würde sie den verzweifelten, schmerzlichen Ausdruck vergessen können.

„Es war nur ein Traum", murmelte Carmela und schlang die Arme um ihre Brust. Unsicher kam sie auf die Beine und blickte ins Zimmer. Großmutter erschien nirgends, auch nicht als Geist.

„Was zum Teufel ist denn los? Du siehst aus, als wärst du einem Gespenst begegnet", sagte Enrique, der am Schreibtisch lehnte und auf sie hinabsah. Er war gerade ins Zimmer gekommen und hatte sie in diesem Zustand vorgefunden. Carmela hatte sich aufgesetzt und starrte auf den Teppich.

„Vielleicht stimmt das auch", erwiderte Carmela bibbernd und mit einem ungutem Gefühl.

„Diese Kammer. Sie muss es in Wirklichkeit geben." Sie konnte nicht klar denken. „Ich muss sie finden."

Er schaute sie fragend an, und sie musste sich ihm kurz zuwenden. „Ich hatte Kopfschmerzen, habe mich etwas hingelegt und von diesem Raum geträumt", erklärte sie heiser. „Er muss existieren. Nur wo?"

Enrique sah sie weiterhin verständnislos an. „Okay. Kannst du mir das vielleicht näher erklären?"

Carmela verschränkte beschützend die Arme vor der Brust. Ihr Herz raste in einem alarmierenden Tempo. „Ich hatte einen Traum, und der war so real", sagte sie leise. „Von Ricarda. Ich habe diese Kammer in der Ruine gesehen."

„Ich werde dir helfen, sie zu suchen, Carmela", sagte Enrique nach einer kurzen Pause. „Ich gebe es zu. Du hast mich jetzt neugierig gemacht, was das alles zu bedeuten hat." Ihre Blicke trafen sich. Enrique schaute als Erster weg. Carmela verstand nicht, warum. „Ich werde versuchen, Pläne aufzutreiben", sagte er rasch.

Sie runzelte die Stirn.

„Es gibt bestimmt einen Plan von der Aufteilung des Klosters. Lass uns trotzdem zur Ruine gehen. Vielleicht finden wir ja deinen geheimen Raum." Er grinste.

Carmela machte sich nicht die Mühe, ihm zu antworten. Sie war ganz sicher, dass sie von einem kleinen Saal geträumt hatte. Völlig aus dem Nichts heraus durchzuckte sie ein höchst unwillkommener Gedanke. Er war nicht ehrlich zu ihr. Irgendetwas war nicht in Ordnung. Er log sie an. Carmela spürte es genau.

Die Klosterruine erhob sich vor einer Kulisse von dürren, verkrüppelten Bäumen. Der Boden unter ihren Füßen war uneben. Überall kamen unter dem wuchernden Gras große Steine zum Vorschein. Außerdem musste sie sich einen Weg durch wild wachsende Sträucher bahnen oder sie umgehen. Enrique tauchte an ihrer Seite auf, während Carmela auf die Ruine zustapfte.

„Als Kind habe ich hier mit meinen Geschwistern gespielt. Nichts hat sich seitdem verändert." Carmela war sich bewusst, dass er sie die ganze Zeit anschaute, während sie über das Feld hinter dem alten Gemäuer gingen. Sie sah zu ihm auf. „Es ist riesig, nicht wahr?"

„Ja. Es ist unglaublich, wie gut manche Teile noch erhalten sind."

Carmela nickte und schluckte, denn ihr Mund war trocken. Sie kletterte über einen Haufen Steine und ging um den Turm herum. Alle vier Wände standen noch. Die Fenster waren nicht größer als Schießscharten, und an der Stelle, wo einmal die Tür gewesen war, klaffte nur noch ein Loch.

Carmela ging hinein. Der unangenehme modrige Geruch schlug ihr entgegen. Die Luft veränderte sich. Es war kalt und feucht.

Durch die sechs hohen Bogenfenster des Refektoriums blickte man nicht auf die Gebäude, sondern auf Felder, Orangenbäume und die Ebene.

Carmela sah Bilder ihrer Mutter vor ihrem geistigen Auge aufsteigen. Die Erinnerungen verhedderten sich immer wieder und verschwanden, und Carmela bekam nur kurze Momente zu fassen – Elenas ausgestreckte Arme, den Geruch ihrer Haut, die Szene, als ihre Mutter während eines Asthmaanfalls nach Luft gerungen und Savanna geweint hatte. Bildete sie sich das alles nur ein? Oder musste sie beharrlicher diese Puzzleteile zusammensetzen?

Das alles war dreißig Jahre her, und damals war sie noch klein gewesen. Es ist ein einschneidendes Erlebnis, wenn man seine Mutter verliert. Carmela hatte es in dieser Zeit nicht verstanden; wenn eine Tür aufging, wartete sie immer darauf, dass ihre Mutter hereinkam.

Deshalb waren all ihre Erinnerungen an diesen ersten Sommer in der Abtei für sie schwer zugänglich. Sie waren so klar und bunt wie die Abbildungen auf Spielkarten, aber sobald Carmela sie sich genauer ansehen wollte, bekam sie Angst. Sie hatte dann das Gefühl, dass sie nicht vollständig waren, dass der Zauberkünstler, der sie ausgeteilt hatte, noch welche im Ärmel verborgen hielt.

„Die Mönche, die früher hier lebten, sind noch da", erklärte sie Enrique. „Sie wandern durch die oberen Korridore, verweilen auf der Treppe; ihre Rosenkränze klappern, und ihre Kutten rascheln. Wenn man an ihnen vorbeigeht, betrachten sie einen, geduldig und bleich, als seien sie sicher, dass man ihnen bald Gesellschaft leisten würde. Sie sind seit hundert Jahren tot – aber das hält sie nicht davon ab, hier umherzustreifen."

„Warum ruhen sie nicht in Frieden, wie Tote das tun sollen?" Enrique sah sie an.

Carmela zuckte mit den Schultern.

„Ach, Carmela", sagte Enrique. „Hör auf damit. Es gibt kein Jenseits. Keinen Himmel, keine Hölle, keine Unterwelt, keine Dämonen oder Geister. Und schon gar nicht durchsichtige Mönche."

Ein Hauch eines Lächelns trat auf ihr Gesicht.

Sie suchten gemeinsam jeden Winkel der Ruine ab, fanden aber nichts, was dem Raum in Carmelas Traum nur annähernd ähnelte. Carmela fühlte sich eigenartig, enttäuscht. Sie war ganz durcheinander, ihre Nerven lagen blank, und es fiel ihr schwer, zu erklären, was genau sie eigentlich fühlte. Sie wusste nur, dass sie besorgt, nervös und ängstlich war.

Atemlos und mit pochendem Herzen berührte Carmela einen harten Mauerbrocken. Er war roh und unbehauen.

Sie starrte darauf. Das Gefühl des Déjà-vu war überwältigend. Sie hatte letzte Nacht von genau diesem Moment geträumt, aber in ihrem Traum hatten Verwirrung und Verzweiflung geherrscht – und Großmutter Ricarda war da gewesen.

„Was machst du da?"

Enriques Stimme kam aus weiter Ferne. Carmela konnte Ricarda wieder sehen, ihr faltiges, verzerrtes Gesicht, ihre riesigen schwarzen Augen, und dann hörte sie ihre Stimme … zu viel auf dem Spiel steht …

Carmela rang nach Luft und schloss die Augen, ihr war schwindlig.

Sofort ergriff Enrique von hinten ihren Arm und stützte sie. Dankbar lehnte sie sich an seine Brust. „Ist dir nicht gut?"

Sie konnte nicht antworten. Als der Schwindel nachließ, blieb Ricardas Erscheinung ihr lebhaft vor Augen. Nun erkannte sie deutlich, dass ihre Augen Carmela um Hilfe anflehten. Sie konnte sie fast wieder hören: Du musst die Finca retten, bitte, nur du kannst dies … Aber Carmela dachte, dass sie sich die Stimme diesmal nur einbildete – sich vielleicht alles nur einbildete.

Plötzlich schienen sich die Säulen des Kirchenschiffs zu bewegen. Sie neigten sich zueinander, als wollten sie immer näher an sie heranrücken.

Carmela schüttelte den Kopf, um klarer zu sehen. Sie halluzinierte, weil der Traum sie so furchtbar aufgeregt hatte und weil sie sehr erschöpft war.

Sie riss sich von Enrique los. Sie sah ihn nicht einmal mehr und kniete sich hin, um den Mauerbrocken auf dem Boden zu berühren.

Abrupt stand Carmela auf, und sie sah ihre Großmutter, die so ein Mauerstück in der Hand hielt. Keuchend, panisch, um etwas damit zu verschließen.

„Diese Puzzleteile lassen sich einfach nicht zusammenfügen", rief Carmela plötzlich, und bevor Enrique etwas tun konnte, war sie an ihm vorbeigeeilt, hinaus an die frische Luft. Was passierte mit ihr? Es war doch nur ein blöder Traum gewesen! Ihr Herz sagte ihr etwas anderes. Ricarda wollte ihr irgendetwas sagen, was mit der Finca und mit ihr zu tun hatte. Was war hier irgendwann einmal geschehen? Carmela merkte, dass sich auf ihren Wangen Tränen mit dem Regen vermischten.

„Carmela?" Enriques Hand schloss sich fest um ihren Oberarm. Carmela zuckte bei seiner Berührung zurück. Sie stand ihm gegenüber, ohne ihn zu sehen. Denn vor sich sah sie Ricarda, verzweifelt, flehend und mahnend. Es war Ricarda, die ihren Arm packte.

„Carmela." Das klang wie ein Peitschenschlag.

Es war nur ein Traum, sagte sich Carmela, aber ihr war schlecht. Sie wurde sich bewusst, dass Enrique sie schüttelte. Ihre Haare fielen ihr ins Gesicht. Sie holte tief Luft. Gott sei Dank konnte er nicht sehen, dass sie weinte. Endlich schaute sie ihn an und fuhr zurück, weil er sie so eindringlich betrachtete. Sie wollte dieses Erlebnis nicht mit ihm teilen, noch nicht und vielleicht nie.

Sie riss sich los, immer noch keuchend. Das Zittern hatte nachgelassen, sie bekam wieder Luft, und als sie zu den Säulen des Mittelschiffs hochschaute, standen sie da wie eh und je, solider Stein, bewegungslos.

„Carmela, was ist los mit dir?"

Seine Stimme war unglaublich sanft und warm. Carmela wurde klar, dass sie im Augenblick völlig außer sich und sehr, sehr verletzlich war. Langsam drehte sie sich zu ihm um. Was würde er tun, fragte sie sich, wenn sie zu ihm ginge, sich an ihn schmiegte und den Kopf an seine Schulter legte? „Ich kann jetzt nicht darüber reden."

„Wie du meinst." Er zögerte und sah sie immer noch durchdringend an. „Lass uns zurückgehen. Arbeit wartet auf uns."

Carmela nickte und folgte ihm zurück zu den Pferdeställen.

„Du bist da drinnen so weiß geworden, dass ich dachte, du fällst in Ohnmacht." Er betrachtete sie immer noch besorgt, als sie an der Rückseite der Ställe ankamen. „Es hat ausgesehen, als wärst du in Trance oder sonst einem seltsamen Zustand. Ich habe dich angesprochen. Du hast mich gar nicht gehört." Er starrte sie an. „Du warst gar nicht da, sondern weiß Gott wo." Carmela überlegte sich ihre Antwort gut. „Mich hat es, wie in meiner Kindheit bereits, vor den Ruinen gegraust", gestand sie. „Das Gemäuer hat mir immer schon Angst gemacht. Ich habe dir doch gesagt, dass ich letzte Nacht davon geträumt habe." Sie zögerte. „Ich habe dich gehört." Langsam hob sie den Blick. Sie sahen sich in die Augen. „Nur deine Stimme klang soweit weg."

Ein endloser Augenblick verstrich. „Vielleicht sollten wir bei unserer Suche nach dem geheimen Raum eine Pause einlegen. Du hast in letzter Zeit viel Stress gehabt. Du wirst noch krank …"

„Nein!" Ihr Schrei war laut und spitz. Obwohl sie sich jetzt davor fürchtete, was als Nächstes kommen mochte, was sie alles herausfinden würde – sie konnte die Suche nach der Vergangenheit nicht aufgeben. Ricarda hatte ein Geheimnis, das mit der Klosterruine und der Finca zusammenhing. Carmela fühlte sich verpflichtet, das ans Licht zu bringen.

Kapitel 22

In den vergangenen Tagen war Carmela in vielen Punkten unsicher gewesen, vor allem in Bezug auf ihre Freundschaft zu Enrique. Die Herausforderung, sich mit ihrer zögerlichen Einstellung zum Verkauf der Finca und einigen persönlichen Selbstzweifeln auseinanderzusetzen, verblasste im Vergleich zu der Spannung, die in ihrer Beziehung zu Enrique herrschte. Die jetzt wie ein Eisberg über ihrer Seele lauerte und drohte sie für immer zu versenken.
Wie im Nebel begab sie sich ins Wohnzimmer und ließ sich in den Schaukelstuhl in der Nähe des Fensters sinken. Sie musste darüber nachdenken. Es hatte zu regnen angefangen, und ihre Gedanken begannen sich im Rhythmus mit den Tropfen zu bewegen, die an den Fensterscheiben herunterliefen und auf das Fensterbrett tropften.
War die Familiengeschichte wie ein Fluss, sodass ein Fehler oder ein Trauma oder eine Schicksalswendung seine Richtung verändern und den Flusslauf bergab auf einen unerwarteten und zerstörerischen Kurs lenken konnte? Diese Frage verfolgte Carmela, vor allem jetzt, nachdem sie sicher war, dass es ein Familiengeheimnis gab.
Carmela zog die Beine an und legte den Kopf auf die Knie. Heiße Tränen flossen aus ihren Augen und durchtränkten ihre Jeans. Ein Klumpen bildete sich in ihrer Kehle, und vergeblich versuchte sie, ihn hinunterzuschlucken. Alle lang begrabenen Emotionen drängten nun an die Oberfläche, und auf einmal war sie wieder das kleine Kind, das verloren in einer gro-

ßen Welt vor sich hin trieb. Sie sehnte sich nach ihrem Vater, der sie trösten und beschützen würde, nach ihrer Mutter, die ihr zuhören und sie verstehen würde.

Ein Bild kam ihr in den Sinn – ein Bild von sich selbst, müde und ausgelaugt nach einer Heilungstherapie. Wie sie von der Koppel kam und in der Ferne das alte Haus erblickte. Zuhause. Auf der überdachten Veranda saß eine faltige, grauhaarige Frau und sah in die untergehende Sonne. Sie wartete. Beobachtete. Schwieg über etwas.

Carmela konnte nur sehen, was sich unmittelbar vor ihr befand. Nur diesen kleinen Zeitabschnitt, diesen Augenblick der Gegenwart. Sie kannte die Vergangenheit nicht, wusste nicht, was die Zukunft bringen würde. Niemand wusste das. Sie verlor den Kontakt zur Realität. Sie konnte sich ja selbst nicht die Antwort geben, nach was sie eigentlich suchte. Sie sollte vielleicht vernünftig werden und aufgeben. Wäre ein Neuanfang nicht besser für sie alle? Laura würde sich schnell an die neue Situation gewöhnen. Für sie und Enrique wäre es ein Neubeginn für ihre Zusammenarbeit, ohne Altlasten, die letzte Chance.

Ein Poltern ließ sie hochfahren. Carmela hob den Kopf und zwang sich, die Augen zu öffnen. Sie war im Schaukelstuhl eingedöst. Was war die Ursache für diesen Lärm gewesen? Sie sah sich um und entdeckte Amigo, den Rücken ihr zugewandt, auf dem dritten Regal eines der Bücherschränke. Sein hinteres Bein hing vom Rand herunter, und sein Schwanz wedelte hektisch hin und her. Unter ihm auf dem Boden lag ein halbes Dutzend Bücher. Eine Pfote steckte hinter den übrigen Büchern, und er stieß dieses leise, fauchende Miau aus, das die Entdeckung einer möglichen Beute signalisierte.

„Amigo, runter da!", befahl Carmela.
Er achtete nicht auf sie. Rambo rannte ins Zimmer und jagte Amigo mit lautem Gebell hinterher. Der Kater schlug mit der Pfote nach dem Hund, der ständig gegen den Schrank sprang, wodurch noch mehrere Bände hinunterflogen. Seufzend stand Carmela auf, wollte Amigo vom Bücherregal herunterholen, als der in die heruntergefallenen Bücher sprang und sich erneut eine Jagd mit Rambo quer durchs Zimmer lieferte. Fauchend verließ der Kater das Zimmer, und Rambo, der sich nicht geschlagen geben wollte, folgte ihm mit tosendem Gebell.
Carmela hob die Bücher auf und fing an, sie wieder ins Regal zu stellen. Dabei bemerkte sie, dass die Bücherwand verschoben war. Sie ging zur Seite und sah, dass dies eine Tür war. Durch die Tiere musste ein Mechanismus in Gang gesetzt worden sein, der diese öffnete. Carmela hielt den Atem an, als sie sie weiter aufmachte und eine erneute Pforte mit einem Schloss vor sich sah. Diesen Riegel, den hatte sie doch in ihrem Traum gesehen und dieses schwere massive Holzportal. Carmela bewegte den Riegel nach außen, und sie sprang auf. Ihr kam ein modriger Geruch entgegen, und sie sah, dass es stockdunkel war. Sie holte eine Taschenlampe aus der Kommode.
Carmela stieg die Treppe hinab und folgte dem dunklen Gang, der ihr ellenlang vorkam. In welchem Teil des Klosters war sie hier? Wo würde dieser Gang sie hinführen? Plötzlich stand sie vor einer Tür, die sich mühelos öffnen ließ.
Carmela schaute sich neugierig um. Ein schmales Bett mit vier kurzen Bettpfosten an der einen Wand. Auf dem Nachttisch eine Gaslampe. Sie konnte es kaum glauben: Das war die Kammer aus ihrem

Traum. Das Herz schlug ihr bis zum Hals. Sie war auf ein ganz wichtiges Puzzleteil gestoßen.

Carmela ließ ihren Blick durch das Zimmer schweifen. An der gegenüberliegenden Wand stand ein Tisch mit einem Spiegel darauf. Während diese beiden Möbelstücke, ebenso wie das Bett, bestimmt mindestens hundert Jahre alt waren, galt das nicht für die Gegenstände, die sich sonst noch im Raum befanden.

Hier in diesem Raum stieß man noch überall auf die Überbleibsel von Großmutters vielen kurzlebigen Selbstfindungsversuchen: die Objektive aus ihrer Fotophase, die klapprige Schreibmaschine, auf der sie Kindergeschichten geschrieben hatte. Eingetrocknete Farben aus ihrer Aquarellzeit. Diese Phase war die letzte, und sie hatte am längsten angehalten. Carmela erinnerte sich, dass ihre Großmutter am liebsten mit Kohlestiften gezeichnet hatte, was man auch im ganzen Haus bewundern konnte.

Carmela stand hinter der offenen Tür der Zelle und ließ ihren Blick aufmerksam über jede Kleinigkeit in diesem Zimmer gleiten. Sie rechnete nicht wirklich damit, Großmutter Ricardas Tagebuch, wenn es eins gab, oder Briefe an diesem Ort zu finden. Aber es wäre der beste Platz gewesen, da niemand diesen Raum kannte. Sie zitterte vor Aufregung. Die Emotionen überrollten sie so heftig, dass sie keinen klaren Gedanken mehr fassen konnte. Sie atmete ein paarmal aus und ein. Carmela fühlte sich getrieben nachzusehen, und sie hatte keine Ahnung, wo sie sonst mit ihrer Suche beginnen sollte. Sie musste auf etwas stoßen, das ihr helfen würde, ein wenig Ordnung in das Chaos ihrer Gefühle zu bringen, die sie im Augenblick bestürmten.

Bitte, flehte sie im Stillen. Bitte lass mich etwas finden.

Sie folgte ihrer Intuition und erinnerte sich, wie sie mit Enrique jeden Winkel abgesucht hatte und sie ihre Großmutter vor ihrem geistigen Auge gesehen hatte. Ricarda hielt ein Mauerstück in ihrer Hand. Oder war es ein Stein gewesen? Sie wollte etwas damit verschließen. Carmela war sich ganz sicher und fuhr mit der Handfläche über die Steinmauern. Sachte, konzentriert und langsam. Plötzlich spürte sie eine Veränderung. Hier war eine Stelle, die sich von den übrigen Wänden deutlich unterschied. Auf Anhieb mit dem bloßen Auge nicht zu erkennen. Carmela hielt den Atem an und nahm den losen Stein aus der Wand heraus.

„Was ist denn das?"

Sie nahm das Buch in die Hand. Es war sehr alt, der Buchdeckel verbogen, die Seiten vergilbt und brüchig. Auf dem verblassten braunen Einband standen in goldenen Buchstaben die Worte: Manche Dinge können nicht vergeben werden. Manche Dinge sollten einfach begraben bleiben.

Carmela bemerkte, dass sie zitterte, aber ob vor Kälte oder Aufregung, konnte sie nicht sagen. Mit beiden Händen strich sie über den Ledereinband. Das hatte Carmela noch nie gesehen. Es war ein gebundenes Buch in Standardgröße, schätzte sie, es war eher ein Album als etwas anderes. Mit angehaltenem Atem schlug sie es schließlich auf.

Die ersten Seiten waren vergilbt. Auf dem Deckblatt stand in der verschnörkelten Handschrift, die Carmela so gut kannte, eine Inschrift, bei der ihr Herz einen Sprung tat: Vertraulich.

Mehrere Fotos waren etwas verrutscht und schauten hervor. Zwei junge Frauen strahlten in die Kamera. Carmela erkannte sie. Es waren ihre Großmutter Ricarda und die Herzogin Luisa Isabel. Carmela blätterte wahllos darin herum und fand einige alte vergilbte Zeitungsartikel und noch mehrere Fotografien.

Vor allem ein Foto zog ihre Aufmerksamkeit auf sich – es zeigte ein kleines Mädchen mit kurzen, lockigen Haaren und einem strahlenden Lächeln. Sie saß auf einem Pony. Die handschriftliche Überschrift lautete: Elena, mein Engel.

Sie blätterte weiter und schlug eine Seite auf mit der Überschrift: Lieblingspferd. Es war Ricardas Hengst Abanto. Von ihm hatte ihre Großmutter viel erzählt. Er sah Ortega sehr ähnlich, fand Carmela.

Die Zeitungsartikel berichteten von einem Regimegegner, einem Pianisten mit dem Namen Pablo Zafón.

Carmelas Augen hingen an den Worten. Eine seltsame Erregung machte sich in ihr breit, als wäre sie gerade durch eine Tür getreten und in der Zeit zurückgewandert.

„Die Vergangenheit", flüsterte sie. „Die Vergangenheit ist der Schlüssel zur Zukunft." Carmela wusste nicht so genau, was das bedeutete, aber sie hatte die Absicht, es herauszufinden.

Sie würde beginnen, indem sie so viel wie möglich über diese Zeit von 1939 in Erfahrung brachte.

Sie nahm das Album an sich und ging wieder zurück ins Wohnzimmer. Bevor sie die geheimnisvolle Tür verschloss, räumte Carmela wieder die Bücher in den Schrank, die wie vorhin auf dem Boden lagen. Sie fuhr mit der Hand die Holzmaserung nach, bis sie diese kleine Erhebung ertastete. Das war der Eingangsschlüssel. Sie schob das Regal in Richtung Wand, bis sie ein leichtes Knacken hörte. Jetzt war die Tür geschlossen. Dann drückte sie mit dem Daumen auf die Erhebung, und die Pforte sprang auf. Das erste Puzzleteil war verankert. Nachdem sie die restlichen Bücher ins Regal gestellt hatte, ging sie in die Küche, um sich eine Kleinigkeit zu essen zu machen. Bewaffnet mit einem Sandwich, einer Schachtel Kekse und einem Glas Eistee, ging sie in ihr Zimmer.

Sie nahm das Album in die Hände, betastete den verbogenen Einband, berührte die Seiten mit den niedergeschriebenen Erinnerungen. Als Carmela es erneut öffnete, drang ihr der nostalgische Geruch von Tinte und altem Papier in die Nase. Vor fast sechzig Jahren hatte ihre Großmutter dieses Buch zusammengestellt, hatte darin festgehalten, was in ihrem Leben wichtig gewesen war. Was Carmela etwas stutzig machte, war, dass es sich nur um einen kurzen Zeitraum handelte: 1939 – 1940. Was hatte Ricarda in dieser Zeit erlebt, was sie veranlasste, dieses Album anzulegen und es zu verstecken? Warum wusste sie nichts von diesem geheimen Raum? Und warum entdeckte ausgerechnet sie diese Sachen? Irgendein Faden, der sich durch die Zeit wand und sie miteinander verband?

Sie trank einen Schluck von ihrem Eistee, biss in ihr Sandwich und öffnete das Erinnerungsalbum.

Carmela hatte gar nicht gemerkt, dass sie den Atem anhielt, bis sie ihn plötzlich entweichen ließ und nach Luft schnappte. Zafón. Die Parallelen waren beunruhigend.

„Das ist Zufall", redete sie sich immer wieder ein. „Ein unglaublicher Zufall." Trotzdem richteten sich ihre Nackenhaare auf.

Carmela überflog alle Seiten mit Erinnerungen und Zeitungsausschnitten, die von einem gesellschaftlichen Ereignis der Saison berichteten: dem Ball auf dem Schloss der Herzogin in Rhonda.

Carmela biss sich auf die Lippe und zwang sich, ihre Gedanken im Zaum zu halten.

Sie schloss das Buch, behielt jedoch den Finger in der Seite, die sie gerade gelesen hatte, und starrte aus dem Fenster. Sie versuchte, die Emotionen zu identifizieren, die in ihr brannten. Neugier natürlich. Es war noch mehr. Vielleicht sogar Selbstfindung.

Draußen waren nichts als graue Wolken und unablässiger Regen zu sehen.

Carmelas Gedanken kehrten wieder zu dem Erinnerungsalbum und all ihren unbeantworteten Fragen zurück. Sie fand die Stelle in dem Buch, an der sie zu lesen aufgehört hatte, und blätterte weiter. Ganz abrupt endete das Erinnerungsalbum. Carmela blätterte die Seiten um, dann setzte sie sich in ihrem Sessel zurück und betrachtete die brüchigen, leeren Seiten. Unmöglich. Warum brach es einfach so ab? Carmela untersuchte jede einzelne Seite – ein Dutzend oder mehr, alle leer, bis sie wieder zum Einband kam. Nichts mehr.

Carmela schloss die Augen. Frustriert klappte sie das Buch zu und legte es mit der Vorderseite nach unten auf ihren Schoß.

Da entdeckte sie es. Die untere Ecke der Rückseite des Einbandes hatte einen Schlitz. Aus diesem ragte ein Stück Papier heraus. Vorsichtig trennte Carmela den steifen Deckel von dem Leder. Dazwischen lagen ein Dokument, eine Kohlezeichnung und ein kleines zusammengefaltetes Päckchen.

Carmela faltete das Papier auf und sah näher hin. Es war eine Haarlocke, weich und schwarz. Dann sah sie sich die Kohlezeichnung an. Es zeigte einen Säugling, und darunter stand: Pablo 1940. Es war eindeutig eine Zeichnung von Ricarda. Carmela sah vor ihrem geistigen Auge, wie ihre Großmutter mit gezücktem Stift von ihrem Skizzenblock aufschaute. Carmela warf in dieser geistigen Szene einen verstohlenen Blick auf die Seite, die eindrucksvoll aussah, ein Geflecht aus Schraffierungen und diesen Schatten, die Ricarda erzeugte, indem sie mit dem Daumen über das Blatt wischte. Aus diesen schwarz-weißen Mustern war dieses Bild entstanden. Pablo 1940.

Die Erkenntnis durchfuhr sie wie ein elektrischer Schlag. Wer war dieser kleine Pablo, und was ist aus ihm geworden? Sie blätterte wieder zu den Zeitungsartikeln. Ständig tauchte der Name Pablo Zafón auf.

Sie nahm das Dokument zur Hand und traute ihren Augen nicht. Es war eine Geburtsurkunde. Carmela starrte ungläubig auf die Worte, die vor ihren Augen verschwammen, und ihr Herz schlug so heftig, dass ihr davon schwindlig wurde.

„Pablo Zafón junior", stand darauf, „10. Januar 1940. Mutter Ricarda Alfaro – Vater unbekannt."

In der untersten Rubrik, mit der gleichen Handschrift versehen:

„Enrique Zafón. 21. Februar 1962. Mutter Mercedes del Riego – Vater Pablo Zafón." Enrique Zafón war nicht irgendein Fremder, der nur zufällig denselben Namen trug. Er war ihr Cousin.

Carmelas Magen krampfte sich zusammen. Enrique.

Wie unter Schock starrte Carmela reglos auf das Dokument. Sie konnte die Augen nicht von den beiden Namen abwenden. Sie bekam kaum noch Luft und keuchte schwer. Hier war der himmelschreiende Beweis dafür. Ihre Großmutter hatte einen unehelichen Sohn. Ihre Mutter Elena einen Stiefbruder, und Enrique war Carmelas Cousin. Und niemand sollte davon gewusst haben?

Carmela schloss die Augen, und als sie sie erneut öffnete, starrte sie auf die letzte Seite des Albums. Noch etwas anderes steckte zwischen der Pappe und dem Ledereinband. Ihre Finger ertasteten eine flache Erhebung an dem festen Einband des Buches, aber sie konnte die Seite nicht lösen.

Mit dem Album in der Hand ging sie zum Tisch und suchte in der Schublade herum, bis ihr ein Brieföffner aus Messing in die Hände fiel. Vorsichtig, damit sie das Buch nicht beschädigte, schob sie die Spitze des Brieföffners in den kleinen Schlitz an der Ecke und löste die Seite von dem Einband. Ein Briefumschlag fiel auf den Tisch.

Der Brief war von Carmelas Urgroßmutter Graciana Maria an deren Tochter Ricarda zu ihrem einundzwanzigsten Geburtstag gerichtet. Auf der Rückseite befand sich eine Gliederung nach Jahreszahlen. 1856 Graciana Juana an ihre Tochter Alba Maria, geboren 1835. 1876 gefolgt von Ana Isabel, geboren 1855. 1896 an Bernarda, geboren 1875. Dann folgten Graciana Maria 1913 sowie Ricarda 1935. Ihre Großmutter war somit die Letzte.

Außer dem Brief enthielt der Umschlag noch ein Schriftstück, das wie der Brief völlig mit Schimmelflecken übersät war. Das einfache Briefpapier war vom Alter vergilbt und von Feuchtigkeit zerstört.

Carmela versuchte den Brief zu lesen, aber das, was noch leserlich war, ergab keinen Sinn. Ihr Verstand weigerte sich zu verarbeiten, was ihre Augen sahen. Das zweite Papier sah aus wie eine Schatzkarte oder Landkarte. Was steckte dahinter?

## Kapitel 23

*La Verdad, 1940*

Ricarda mied die Katakomben. Es war zu schmerzvoll geworden. Sie konnte nachts keinen Schlaf finden, und sie hatte ihren herzhaften Appetit verloren. Sie fürchtete das Schlimmste – sie wusste nicht, was sie tun sollte.

Ricardas Augen füllten sich mit Tränen, als sie von Traurigkeit übermannt wurde. Sie war in den vergangenen Tagen ausgesprochen rührselig geworden – jede Kleinigkeit, jede Erinnerung, jedes Erlebnis, jeder Zweifel, jede Befürchtung reichte aus, sie zum Weinen zu bringen. Wie sie von dieser schrecklichen Situation zerrissen wurde. Sie wollte sich nicht mit Luisa Isabel überwerfen, sie wollte nicht mit ihr um die Vergangenheit, um einen Mann kämpfen, der tot und nur für ihre Freundin Luisa Isabel noch am Leben war.

Die Herzogin ließ sich nicht von ihrem Vorhaben abbringen, ihre heimliche Liebe zu suchen. Sie war mit dem kleinen Pablo auf dem Weg nach Amerika. Auf unbestimmte Zeit.

Ricarda würde ihren Sohn niemals wiedersehen. Diese Erkenntnis tat schrecklich weh. Salzige Tränen fielen.

Sie fürchtete sich jedes Mal aufzuwachen. Es war leichter, sich von ihren wirren, wirbelnden Gedanken davontragen zu lassen.

Manchmal konnte Ricarda ihren Pablo so deutlich sehen, dass sie meinte, bei ihm zu sein, und dachte, wenn sie nur die Kraft finden könne, die Hand nach ihm auszustrecken, dann könne sie ihn berühren. Sie sah ihn in Smokingjacke und Gamaschen auf dem Fest, als sie sich das erste Mal begegnet waren. Sie sah, wie er sie anlächelte und ihr diesen Blick schenkte, den Blick eines Mannes für eine Frau, die er liebte. Es war so lebendig und real. Ein Teil von Ricarda wusste, dass sie träumte. Sie wollte nicht, dass die Einbildung verschwand. Sie stellte sich vor, wie er sich zu ihr legte, wie die Matratze unter seinem Gewicht einsank, das Quietschen der Sprungfedern, wie er seinen Arm um ihre Taille legte. Ihre eigenen Hände an ihrem Nachthemd waren zu schmal, zu leicht, besaßen kein Gewicht. Sie spürte die weite Leere des Lakens neben sich, spürte das kalte Kissen. Hörte die Stille im Zimmer, in dem außer ihr niemand atmete. Sie stellte sich ihren Geliebten Pablo vor, wie er sie an seinen starken Körper zog, sie fest in die Arme nahm, sah sein verschlafenes Lächeln. Sie sah all die anderen Paare sich flüsternd unterhalten, Hand in Hand, Haut an Haut. Keiner würde sich mehr so an ihr erfreuen wie er. Ricarda wurde von einer so starken Sehnsucht gepackt, dass sie glaubte, ersticken zu müssen.

„Pablo", flüsterte sie in die Dunkelheit. Tränen sickerten unter ihren geschlossenen Lidern hervor.

„Pablo", rief sie, während ihre Hände vergebens versuchten, eine Sinfonie aus einem Körper hervorzulocken, der taub geworden zu sein schien.

Am nächsten Morgen brachte sie alles in die Kammer, was sie körperlich fähig war zu tragen und was sie an die Zeit mit Pablo Zafón erinnerte. Sie trug ihre Malutensilien und die Staffelei hinunter. Ricarda versteckte ihr Erinnerungsalbum, das für immer ihr Geheimnis wahren sollte, hinter einem losen Stein in der Wand.

Elena sah ihre Mutter mit traurigen Augen an. Ricarda nahm ihre Tochter auf den Arm. Plötzlich traf sie eine Erkenntnis wie ein Blitzschlag. Sie war so in ihrer Trauer und ihrem Selbstmitleid, in ihrem Elend gefangen gewesen, dass sie nicht nur die Geschäfte der Finca vernachlässigt, sondern auch als Mutter fast versagt hatte.

„Mama, lass mich bitte runter."

Ricarda war wie vor den Kopf geschlagen. Sie ließ sie zu Boden gleiten und musterte ihre Tochter, als sähe sie Elena zum ersten Mal. Elena hüpfte davon, um den großen Raum genauer zu erkunden. Dann fesselte ein Tunnelgang ihr Interesse.

Ricarda starrte ihr nach und sah ihr Leben vor ihrem inneren Auge vorbeiziehen, jeden herrlichen, schmerzlichen Augenblick. Sie fühlte sich, als wäre sie uralt, aber sie war noch nicht einmal dreißig – sie war immer noch jung. Eine junge Witwe mit einer kleinen Tochter, einem Sohn, der immer ihr Geheimnis bleiben würde, und einer riesigen Finca, die zu leiten ihre Aufgabe sein würde. Sie trug viel Verantwortung, und im vergangenen Jahr hatte sie ihre Verpflichtungen gegenüber der Familie und dem Anwesen sträflich vernachlässigt.

„Mama, Mama, schau", kicherte Elena fröhlich und zeigte in den dunklen Gang. Ricarda würde den Tunnelausgang zumauern lassen. Sie wusste, dass sie es nicht ertragen könnte, wenn ihrer Tochter etwas zustoßen würde.

„Ja, ich sehe ihn", sagte sie ruhig. Sie konnte ihre Zuneigung vielleicht nicht mehr so offen zeigen wie früher, aber es gab andere Wege, ihrer Tochter ihre

Liebe zu beweisen. „Elena, wir müssen jetzt ins Haus. Ich habe noch viel zu tun."

Zitternd und nervös verstand Ricarda nun, warum sie diesen Teil der Ruine nie mehr aufsuchen würde, und sie ging zu Elena, hob sie hoch und verließ eilig den geheimen Raum. Als sie die Tür verschlossen hatte und wieder im Wohnzimmer stand, fiel ihr das Atmen schon leichter, und sie setzte Elena wieder ab.

Die Pflicht rief. Ein furchtbar tröstlicher Gedanke, und daran klammerte Ricarda sich für den Rest ihres Lebens.

Kapitel 24

*La Verdad, 1998*

Carmela knipste die Lampe an, zog ein weißes Baumwollnachthemd über, das sie in einer Schublade der Kommode gefunden hatte, und legte sich mit Großmutter Ricardas Erinnerungsalbum ins Bett.
Carmela hielt inne. Wie seltsam es war, in der Zeit zurückgeworfen zu sein, ins Jahr 1939, und die Rolle ihrer Großmutter im Alter von fünfundzwanzig Jahren einzunehmen. Irgendwie spielte ihr Verstand ihr wohl einen Streich. Sie hatte sich so intensiv mit dem Erinnerungsalbum und der Zeichnung beschäftigt, dass ihr Unterbewusstsein ihr jetzt diesen so lebendigen Traum bescherte.
Denn es musste ein Traum sein. Es gab keine andere rationale Erklärung dafür. Doch war es so … so echt. Als wäre sie tatsächlich hier und würde Ricardas Rolle spielen.
Trotzdem glaubte sie, dass Träume, vor allem so realistische Träume wie dieser, ein Versuch des Unterbewussten waren, dem bewussten Verstand etwas mitzuteilen. Wenn sie sich ganz auf diese Erfahrung einließ, dann würde die notwendige Aufklärung vielleicht an die Oberfläche kommen. Vielleicht würde der Traum ihr sagen, was sie in ihrem Leben tun sollte. Carmela seufzte tief auf, öffnete das Album und begann die Zeitungsartikel zu lesen. Sie übersprang einige, die sie schon kannte, und überflog mehrere Wochen, in denen sie nur ganz normale Notizen fand: den Bericht über den Ball bei der Herzogin in Rhonda, Ricardas Sorge um die Finca, das Franco-Regime mit

seinen Machenschaften. Die Freude darüber, ihre Arbeiter und die Pferde durch die schwere Zeit geschleust zu haben und eine Tochter zu haben, an sie die Gabe des Heilens vielleicht weitergeben konnte. Nur es war nicht Elena, sondern sie, dachte Carmela.

Je mehr Carmela las, desto mehr wuchs ihre Überzeugung, dass ihre Großmutter alles getan hatte, um ein Geheimnis zu hüten. Carmela versuchte zu verstehen, warum Ricarda das Gefühl hatte, in dieser Angelegenheit keine Wahl zu haben, sich jemandem anvertrauen zu können. Die Wahrheit zu sagen hätte im schlimmsten Fall bedeuten können, dass sie vielleicht verloren hätte, was sie liebte, jene Menschen, die ihr wichtig waren.

Carmela klappte das Album zu und lehnte sich gegen das Kopfteil des Bettes. Ihre Augen brannten, und sie fuhr sich mit der Hand darüber. Sie war müde. Morgen würde sie weitermachen.

Sie steckte das Album in die Schublade ihres Nachttisches, deckte sich zu und knipste das Licht aus. Dann wurde sie von ihrer Erschöpfung übermannt und schlief ein.

Carmela schritt zum Hintereingang des Hauses, als auf einmal ein seltsamer Zauber sie ergriff. Träumerisch blickte sie sich um. Der Tag war so schön, wie sie lange keinen mehr gesehen hatte. Der Himmel strahlte tiefblau und wolkenlos, und in der Luft fehlte die übliche feuchte Schwüle. Die Hitze war so intensiv, dass sie das Gefühl hatte, von brennenden Fackeln umgeben zu sein. Die Bougainvilleen gaben ihren Duft frei.

Drunten hinter den Ställen sprangen die Pferde über die Koppel und warfen die Hälse voller Energie und Übermut zurück. Carmela hatte das Gefühl, über der

Szene zu schweben wie eine Feder im Wind. Von oben sah sie zu. Jemand war auf dem Hügel, lag mit ausgestreckten Armen im Gras. Ein Mann. Beobachtete vermutlich die Wolken.

Lächelnd kam sie näher, um ihn besser erkennen zu können. Es war Enrique.

Carmela konnte nichts weiter tun, als über ihm zu schweben und zu beobachten, wie eine junge Frau auf die Lichtung kam und dort stehen blieb. „Sprich mit mir!", rief Carmela, aber im Traum war ihre Stimme kaum lauter als ein Flüstern.

Carmela wollte aufwachen. Hier war etwas nicht in Ordnung, ganz und gar nicht in Ordnung, und sie wollte nicht davon träumen, sie wollte nichts davon wissen. Carmela schnappte nach Luft. Sie spürte den Atemzug in ihre eigenen Lungen eindringen, spürte kräftige Lippen, die sich auf ihre drückten. Doch als sie die Augen öffnete, war niemand im Zimmer. Was passierte mit ihr? Sie schaltete das Licht ein und sprang aus dem Bett. Vor dem Spiegel über der Kommode blieb sie stehen und presste ihre Hände auf die Wangen. Ihre Augen wurden feucht. Sie spürte es. Ihre Ängste – und ihr Misstrauen – waren keineswegs unbegründet. „O Gott. Was soll ich bloß machen?", fragte sie ihr Spiegelbild.

Die Antwort kam auf der Stelle. Bring die Wahrheit ans Licht. Das war Ricardas Stimme in ihrem Kopf, und sie klang so beängstigend laut und deutlich.

Carmela sah sich um, aber Ricarda war nirgends zu entdecken – Gott sei Dank. Sie war verbittert und nervös. Wenn sie diese Wahrheit kannte, würde sie auch die Wahrheit über Enrique erfahren. Sie betete, dass er nicht tiefer in die Geschichte verwickelt war, als dass er ihr Geld geben wollte, um ihre Geschwister auszubezahlen. Ihre Gedanken überschlugen sich. Plötzlich klangen ihr Großmutters Warnungen laut und deutlich in den Ohren. Da war ein Mann in ihrem Leben, dem sie nicht ausweichen konnte – dem sie nicht trauen konnte. Sie sah erneut die Szene auf dem Hügel. Enrique im Gras liegend und Ricarda in der Nähe. Die Erkenntnis leuchtete auf wie eine Stichflamme. Enrique hatte sie bisher nicht umgehen können. Nicht ihr Bruder Marco. Es war Enrique gewesen, der sie drängte, ihm zu helfen. Enrique, der ihr von Anfang an bei der Suche nach diesem geheimen Raum geholfen hatte. Enrique, der sich immer brennend für die Klosterruine interessiert hatte. Er wollte einen Plan besorgen. Hatte er diesen bereits, verschwieg er ihr irgendetwas?

„Nein", sagte sie bebend. Sie sank deprimiert auf das Bett. Morgen. Morgen würde sie klarer denken können, sagte sie sich. Morgen würde sie überlegen, was sie tun sollte.

Als sie gleich darauf einschlief, spukte Enrique in ihren Träumen herum, nicht Großmutter Ricarda.

Am nächsten Morgen ging Carmela direkt in Enriques Büro. Er war seit gestern geschäftlich in Sevilla und würde erst im Laufe des Vormittags wiederkommen.

Sie schaltete den Computer ein und durchforschte sämtliche Dateien. Sie sah wie gebannt auf den Bildschirm. Dann sah sie etwas, das sie erstarren ließ. In ihr bekämpften sich Angst und das Bedürfnis nach der Wahrheit. Und eine sehr reale Befürchtung. Enrique hinterging sie. Hier war der Beweis. Sie suchte in der Schublade nach einer leeren Diskette, schob sie in das Laufwerk und kopierte die Dokumente. Ihr wurde schlecht. Enrique hatte Vollmachten gefälscht mit ihrer Unterschrift und diese eingescannt, jederzeit abrufbar. Mit diesen Papieren konnte er sogar ihr Erbteil an ihre Geschwister verkaufen oder gleich an Duenas. Carmela zitterte. Hier war ein Plan, eine Bauskizze vom Kloster. Sie speicherte alles ab und folgte mit ihren Augen dem grünen Balken auf dem Monitor. Als wenn sie ihn durch ihren intensiven Blick beschleunigen könnte. „Jetzt mach schon", flüsterte sie vor sich hin. Plötzlich hörte sie eine Stimme im Gang. „Los, du lahme Kiste." Sie nahm die Diskette und steckte sie in ihre hintere Jeanstasche. Sie drückte auf die Escape-Taste und schaltete den Computer aus. „Ist der für mich?", fragte Enrique freundlich. Carmela hielt kurz die Luft an. Er bezog sich auf die große Steingutkanne auf dem Tisch neben Carmela, die Antonia für sie mit dampfend heißem Kaffee gefüllt hatte. Sie stand auf einem Korbtablett, zusammen mit kalter Milch, einer Zuckerdose und einer Karaffe mit Orangensaft.

Enrique gab ihr einen überschwänglichen Begrüßungskuss auf die Wange. Carmela fuhr sich über die Lippen, während er ihr Schweigen als Ja nahm und sich eine Tasse frisch gebrühten Kaffee einschenkte. Carmela fragte sich: Er war ein guter Schauspieler. Nur was bezweckte er mit seinem Vorhaben? Vielleicht hatte das auch alles keine Bedeutung, und sie hatte in der Eile die Dokumente falsch gewertet. Sie würde die Diskette unverbindlich an Lazaro Martínez schicken und hören, was er dazu zu sagen hatte. Ihr wurde unwohl bei diesem Gedanken. Sie wollte nicht an Enrique zweifeln. Sie konnte nicht anders. „Enrique? Kann ich dich was fragen?"

Er nippte an seinem Kaffee und sah sie mit seinen schwarzen Augen an. „Klar."

„Hast du die Pläne von der Klosterruine?"

Enrique ließ die Tasse sinken und hielt ihrem Blick stand, zögerte aber mit der Antwort.

„Nein. Es ist gar nicht so leicht, sie aufzutreiben", sagte er mit fester Stimme. „Ich hätte sie dir doch sofort gezeigt, damit wir mit unserer Suche fortfahren können."

Carmelas Herz klopfte noch heftiger. Hatte er da gezögert? Hatten seine Augen verräterisch aufgeblitzt? O Gott! Das Problem war, dass sie ihn als Mensch schätzen gelernt hatte, und er war ihr Cousin. Wenn sie nur objektiv sein könnte. Warum konnte sie ihm nicht einfach vertrauen?

Weil zu viel auf dem Spiel stand.

Carmela wurde vor Entsetzen steif wie ein Brett, denn die Stimme in ihrem Inneren hatte sich angehört wie Ricarda.

„Was ist, Carmela? Was hast du?"

Sie schaute ihn an, aber sie sah ihn nicht. „Ich bin furchtbar müde", sagte Carmela keuchend. Sie schob sich eine Strähne aus dem Gesicht. „Ich bin letzte Nacht schlecht eingeschlafen, zwischendurch immer wieder aufgewacht." Sie beschloss, ihm nichts von dem Traum, der geheimen Kammer und dem Album zu sagen. Sie würde es erst einmal für sich behalten. Vor allem die Geburtsurkunde hatte sie zu sehr aufgewühlt. Was schlimmer war, der Traum verfolgte sie immer noch und schien sich in die Realität zu wandeln.

„Du siehst erschöpft aus. Vielleicht solltest du heute mal ausspannen. Du wolltest doch immer mal ein Buch bis zum Ende lesen." Jetzt grinste er Carmela breit an, und das war der alte Enrique, wie sie ihn kannte. Sie stand auf.

„Was hast du eigentlich am Computer nachsehen wollen, das nicht so lange Zeit gehabt hätte, bis ich wieder da bin?" Er schaute sie abwartend an.

„Nichts Besonderes. Es ging um das neue Futter, das bereits Anzeichen von Pilzsporen zeigt. Ich wollte nach dem Datum sehen, wann es geliefert wurde und ob du schon neues bestellt hast", erklärte sie nervös.

„So, des Futtermittels wegen." Er hielt ihrem Blick stand.

Carmela studierte sein Gesicht, blickte ihm lange in die Augen und versuchte zu entscheiden, ob er ihr glaubte oder nicht. Sein Blick wirkte verschleiert, ausdruckslos.

„Du hast doch selbst vor ein paar Tagen gesagt, dass ich mich ebenfalls um solche Sachen kümmern soll, und …" Sie hielt inne. Sie wollte hinzufügen: „Ich habe Angst, dir zu vertrauen. Kannst du mir das verübeln?" Doch sie wagte es nicht, ihm ihre Gedanken und Gefühle ganz zu enthüllen.

Enrique wartete darauf, dass sie ihre Rede beendete. Carmela versuchte zu lächeln, doch es wollte ihr nicht gelingen. „Ich hätte warten sollen, bis du wieder da bist, und mit dir gemeinsam …"

Er fiel ihr ins Wort: „Du traust mir nicht. Du glaubst, dass ich hinter deinem Rücken unseriöse Geschäfte betreibe. Oder?"

Sie schaute ihn an und bemerkte seinen vorwurfsvollen Blick. „Ich weiß nicht, was ich denken soll", flüsterte sie schließlich. „Ich bin so verwirrt und unsicher." Nach kurzem Zögern fügte sie hinzu: „Die Angst, dies alles hier zu verlieren, bringt mich fast um den Verstand."

Er fuhr sich mit der Hand durch das lockige Haar; wirkte verärgert, aber auch mitfühlend.
„Ich schätze, ich verstehe schon, dass es dir in dieser Situation sehr schwerfällt, irgendjemanden zu trauen."
„Danke", flüsterte Carmela. „Ich werde nicht noch einmal ohne dich an diesem Computer etwas nachschauen." In ihrem Innern, vielleicht in ihrem Herzen, war sie erleichtert, auf eine alberne naive Weise glücklich darüber, dass sie diesen kleinen Streit beigelegt hatten. Enrique sah sie an. „Du bist unglaublich zäh und hartnäckig", sagte er schließlich, „und das gehört zu den Dingen, die mir an dir so gut gefallen. Ich erwarte nicht, dass du dich änderst." Endlich lächelte er.
Das Lächeln brachte seine schönen Augen zum Strahlen. Carmelas Herz raste. Er glaubte ihr nicht ganz – sie war nicht einmal sicher, ob sie dieses Spiel noch lange durchhalten würde. „Carmela."
Sie sah ihn an, als er mit fester, gebieterischer Stimme ihre Gedanken unterbrach.
„Du kannst mir vertrauen", sagte er. „Ich werde dir immer helfen."
Carmela nickte. Wie gern hätte sie ihm geglaubt. Nur das war endgültig vorbei.

Kapitel 25

Als Carmela am Vormittag das Büro von Enrique betrat, musterte er sie mit einem scharfen Blick. Sie hatte dunkle Ringe unter ihren Augen und war sehr blass.

„Du hattest eine unruhige Nacht, oder?", fragte er brüsk. „Hast du überhaupt geschlafen?" Sie schüttelte den Kopf.

Enrique klappte die Akte zu, die offen auf dem Schreibtisch lag, und ließ sie dabei nicht aus den Augen.

Carmela hielt den Atem an. Hatte er etwas bemerkt? Hatte sie gestern beim Kopieren der Dateien einen Fehler gemacht? Er wusste Bescheid. Carmela war sich sicher. Was würde sie ihm jetzt erzählen? Darüber hatte sie sich überhaupt keine Gedanken gemacht. Sie hatte spontan gehandelt, und das hatte sie jetzt davon.

Sie ging um den Schreibtisch herum und legte ihre Hände sanft auf seine Schultern. Enrique drückte auf die Escape-Taste und schaltete den Computer aus.

„Geh und zieh dich um", befahl er, legte seinen Kopf in den Nacken und sah sie an. Carmela ließ erleichtert die angehaltene Luft aus ihren Lungenflügeln entweichen. Er hatte nichts bemerkt.

„Steppweste und Stiefel", fuhr er fort. „Wir gehen reiten."

Das Wort „reiten" erfüllte sie urplötzlich mit Energie und Kraft. Trotz ihrer Erschöpfung klang ein Ausritt himmlisch. Ein Pferd unter sich fühlen, eine frische Brise im Gesicht, die Morgenluft einatmen! Keine anspruchsvollen Kunden, die ihre Pferde in wenigen Minuten wieder geheilt haben wollten, kein Zeitdruck, kein Gedanke an den Familienzwist. Doch dann fiel ihr ein, dass da doch ein Termin war, und sie seufzte. „Ich kann nicht. Ich muss ..."

„Vergiss bitte den ganzen Kram", unterbrach er sie. „Sag deine Termine ab. Du hast in letzter Zeit zu viel Stress gehabt. Heute wirst du nichts als ausspannen, das ist ein Befehl!" Er legte seine Hände auf ihre Schultern und schob sie zur Tür. „Das ist ein Befehl", wiederholte er streng.

Enrique hatte recht, ich muss mal abschalten, dachte sie, während sie ihre Stiefel anzog. Ihr Körper fühlte sich auf einmal viel leichter an. Ein ganzer Tag Urlaub, den sie mit Reiten verbringen durfte! Einfach himmlisch!

Enrique musste im Stall Bescheid gegeben haben, denn einer der Pferdepfleger erwartete sie bereits mit zwei gesattelten Pferden. Carmela warf ihm einen vorwurfsvollen Blick zu. Sie hatte sich immer selbst um ihr Pferd gekümmert, seit sie groß genug war, einen Sattel zu heben. „Ich hätte mich doch um alles gekümmert", protestierte sie.

Der junge Mann grinste sie an. „Klar! Ich dachte, ich erspare dir ein bisschen Zeit. Du reitest ohnehin in letzter Zeit viel zu wenig, da wollte ich dir ein paar Extraminuten verschaffen." Shalimar, ihr früheres Lieblingspferd, war mittlerweile dreizehn Jahre alt, und sie ritt ihn nur mehr auf einfachen Strecken. Der Hengst, den der Pferdepfleger ausgesucht hatte, war ein kräftiger Brauner, nicht gerade ein Ausbund an Geschwindigkeit, aber mit Beinen aus Eisen und einer gehörigen Portion Durchhaltevermögen. Enriques Pferd besaß, wie sie bemerkte, so ziemlich dieselben

Eigenschaften. Der Pfleger dachte offenbar, dass sie mehr als nur einen Spazierritt im Sinn hatten.

Enrique kam aus einer der Boxen, wo er nach einem temperamentvollen Jährling schaute, der sich bei einer Balgerei mit einem Artgenossen eine leichte Verletzung am Bein zugezogen hatte. „Deine Salbe wirkt noch immer Wunder", sagte er zu Carmela. „Die Verletzung sieht aus, als wäre sie eine Woche alt anstatt drei Tage."

Carmela nickte. „Ja, das sind Großmutter Ricardas Vermächtnisse. Wie zum Beispiel verschiedene Salben anrühren."

Er übernahm die Zügel, und sie schwangen sich in ihre Sättel. Carmela fühlte, wie sie eine Wandlung durchmachte, wie die alte Magie wieder über sie kam und sich ihre Muskeln automatisch an die Bewegungen anpassten. Instinktiv verschmolz ihr Körper vom ersten Schritt an mit dem Rhythmus des Pferdes; seine Kraft und Stärke gingen in ihre anmutigen, schlanken Glieder über.

Enrique hielt sein Pferd ein wenig hinter dem ihren, hauptsächlich, weil er ihr beim Reiten zusehen wollte, und das bereitete ihm wahrhaftig Genuss. Sie war die beste Reiterin, die er je gesehen hatte, Punktum. Auch er machte eine gute Figur und hätte sich mühelos für jede der beiden Disziplinen entscheiden können: Dressur oder Westernreiten – mit Erfolg! Carmela war besser. Selbst bei langsamem Tempo, so wie jetzt, wo sie bloß dahinschritt, passte sich ihr Körper wie selbstverständlich den Bewegungen des Pferdes an. Unglaublich geschmeidig schaukelte sie im Sattel vor ihm her.

Entschieden riss er sich zusammen, als er spürte, wie sich Hitze in seinen Lenden breitmachte, und er rückte seine Position zurecht. Jedes Mal, wenn sein Blick auf die Rundung ihres Hinterns fiel, dachte er daran, wie es sein würde, ihn zu berühren und zu streicheln. Er musste sofort seine Gedanken in eine andere Richtung lenken. Er hatte andere Pläne, und die duldeten keinen Aufschub. Ungeduldig wischte er sich den Schweiß von der Stirn und riss seinen Blick mühsam von den perfekten Bewegungen ihres Hinterteils los. Stattdessen schaute er die Bäume an, die Ohren seines Pferdes, alles außer ihr, bis sich seine Vernunft zurückmeldete und er wieder bequem sitzen konnte.

Sie sprachen nicht. Carmela war ohnehin meistens still, und jetzt schien sie vollkommen in ihrem Ausflug aufzugehen – da wollte er sie nicht stören.

Seit dem Moment, an dem er auf dem Landgut La Verdad angekommen war, hatte er nur dieses eine Ziel, dass die Finca eines Tages ihm ganz alleine gehören würde, auch wenn er über Leichen gehen musste. Seine Augen waren vertraut mit der gewaltigen Weite Andalusiens, mit den Bergketten am Horizont, dem endlosen blauen Himmel, den Kakteen und Dornenbüschen, Wolken, Staub und einer Luft, die so klar war, dass man mehrere Kilometer weit sehen konnte. Seine vorherige Umgebung bestand aus trockener, sengender Hitze, trockenen Flussbetten, die sich wie aus dem Nichts füllten, wenn weiter oben, ihren Quellen zu, Regen fiel.

Enrique hatte ganz vergessen, wie verflucht grün hier alles war. Das Grün wanderte in seine Augen, in seine Poren. In der Luft lag Schwüle. Laub- und Nadelbäume wisperten in einer Brise, die so leicht war, dass er sie kaum spürte, Wiesenblumen nickten mit ihren leuchtend bunten Köpfen, Vögel flogen auf und sangen, Insekten summten.

Da traf es ihn auf einmal mit aller Wucht bis tief in sein Inneres! Er hatte als Kind eine ehrliche Liebe zu Amerika entwickelt, als er dort aufwuchs. Er würde diesen Teil seines Lebens niemals aufgeben – aber das hier war seine Heimat. Hier lagen seine Wurzeln, generationentief, in der fruchtbaren Erde. Die Zafóns lebten schon immer in Spanien, und sein Großvater, der Pianist Pablo, und seine Großmutter Ricarda hatten etwas vermischt, das man Heimatverbundenheit nannte. Als er von seiner Herkunft erfahren hatte, verließ er, ohne Heimweh aufkommen zu lassen, Amerika. Unbeirrt konzentrierte er sich damals auf seine Zukunft und auf das, was ihm zustand. Sein Erbe. Er besaß die Macht, Carmela wehzutun. Denn Laura war ihre einzige Schwäche, das wusste er. Mit den zwei Geschwistern Savanna und Marco würde er schon fertigwerden, so geldgierig und undankbar sie auch sein mochten. Es gefiel ihm nicht, dass sie sich als Erben aufspielten und keinen verdammten Finger krumm machten. Carmela war die Verbindung zwischen ihnen allen, und wenn sie starb …

Er warf einen Blick auf die schlanke Gestalt, die vor ihm ritt. Laura war die Letzte der Alfaro-Sánchez, und mit ihr würde die Linie aussterben. Er musste handeln, schneller, als er es vorgehabt hatte.

Sie ritten stundenlang, dachten nicht einmal daran, zum Mittagessen zurückzukehren. Es gefiel Enrique nicht, dass Carmela sich in die Vergangenheit stürzte, um hinter das Familiengeheimnis zu kommen. Von jetzt an würde er dafür sorgen, dass sie, wenn sie wollte, jeden Tag Zeit für einen Ausritt hatte – und so die Suche zeitlich einschränken.

Plötzlich blickte Carmela auf, als ob sie die Intensität seiner Gedanken gespürt hätte. Ihre dunkelbraunen Augen richteten sich rätselhaft auf ihn. Sie zügelte ihr Pferd. Sie war erfrischt von dem Ritt. „Ich würde mir gerne ein wenig die Beine vertreten", sagte sie und stieg ab. „Du kannst weiterreiten, wenn du willst."

Beinahe hoffte sie, dass er das tat; es kostete Mühe, mit ihm allein zu sein, in so perfektem Einklang mit ihm zu reiten wie vor einigen Monaten. Allerdings war sie jetzt lockerer und daher nicht mehr so auf der Hut wie sonst. Bereits mehrmals hatte sie sich gerade noch bremsen können, eine neckische Bemerkung zu machen. Ohne ihn würde sie sich besser erholen.

Enrique stieg ebenfalls ab und ging neben ihr her. Carmela warf ihm einen Seitenblick zu und sah dann rasch wieder weg. Er hatte die Kiefer zusammengepresst und schaute starr geradeaus, als ob er es nicht ertragen könnte, sie anzusehen.

Verwirrt fragte sie sich, was sie wohl falsch gemacht hatte. Schweigend schritten sie dahin und führten die Pferde hinter sich her. Sie konnte überhaupt nichts falsch gemacht haben, beschwichtigte sie sich, wo sie doch kaum miteinander gesprochen hatten. Seine Verstimmung begriff sie nicht; aber sie war nicht mehr bereit, automatisch die Schuld auf sich zu nehmen, so wie am Anfang.

Unvermutet legte er die Hand auf ihren Arm und brachte sie zum Halten.

Die Pferde blieben stehen und tänzelten unruhig hin und her. Sie sah ihn fragend an und erstarrte. Seine schwarzen Augen glühten, doch das hatte nichts mit Leidenschaft zu tun; es war Zorn. Er stand sehr dicht vor ihr, so dicht, dass sie seinen Schweiß roch und sah, wie sich seine breite Brust unter den heftigen Atemzügen hob und senkte.

Die männliche Begierde, die er wellenförmig aussandte, brachte sie ins Wanken. Benommen fahndete sie nach ihrem Verstand, wich zurück, aber etwas in ihrem Innern reagierte wie von selbst. Er begehrte sie! Misstrauen hin oder her. Ein unglaubliches Glücksgefühl durchströmte sie mit flüssiger Wärme, das all die traurigen Jahre mit einem Schlag fortwischte. Carmela schlang das Führseil um einen Baum, wartete, bis Enrique sein Pferd angebunden hatte. Carmela flog vorwärts, wie von einer unsichtbaren Kette gezogen, stellte sich auf die Zehenspitzen, schlang die Arme um seinen Hals und reckte ihm ihren weichen Mund entgegen.

Er zögerte, doch nur für eine Sekunde, umfing sie und riss Carmela verzweifelt an sich. Enrique war wild, außer sich vor Lust, sein Kuss so besitzergreifend, dass er ihr wehtat, und mit den Armen drückte er ihr beinahe die Rippen ein.

Sie bekam keine Luft mehr; ihr wurde schwindlig, und sie fürchtete ohnmächtig zu werden. Abrupt löste er seinen Mund von ihrem. Sie sah ein tödliches Blitzen in seinen Augen. Sie erschrak.

„Nein!", fluchte er leise vor sich hin, legte die Hände an ihre Hüften und stieß sie von sich. „Verdammt noch mal, nein!"

Carmelas Schock war ein ebensolcher Schlag für sie wie sein Blick vorhin. Sie stolperte, weil ihr die Knie wegzuknicken drohten. Sie klammerte sich verzweifelt an die Mähne ihres Pferdes und überließ es dem großen Tier, ihr Gewicht zu stützen, während sie sich anlehnte. Mit kreidebleichem Gesicht starrte sie Enrique an. Ihr Magen krampfte sich zusammen, und

Übelkeit stieg in ihr auf. Himmel, sie hatte ihn missverstanden, hatte den Ausdruck auf seinem Gesicht falsch gedeutet. Er wollte sie überhaupt nicht, war bloß zornig über irgendetwas gewesen. Soeben hatte sie sich zum zweiten Mal zur Idiotin gemacht und wäre vor Scham am liebsten im Boden versunken.

„Es tut mir leid", stieß sie erstickt hervor und wich vor ihm zurück. Das gut trainierte Pferd machte es ihr nach. „Ich wollte nicht – ich weiß auch nicht, was in mich gefahren ist." Mit diesem Verzweiflungsschrei warf sie sich aufs Pferd und galoppierte davon.

Enrique rief ihr etwas hinterher, aber sie hielt nicht an. Tränen schossen ihr in die Augen, und sie beugte sich dicht über den Hals ihres Tieres. Sie glaubte nicht, ihm je wieder ins Gesicht sehen zu können, und wusste nicht, ob sie diese neuerliche Zurückweisung jemals überwinden konnte.

Carmela ritt nicht gleich zur Finca zurück. Sie wollte sich nur verstecken und Enrique nie wieder gegenübertreten. Sie fühlte sich innerlich ganz wund und zerrissen. Der Schmerz war so frisch und scharf, dass sie einfach niemandem begegnen wollte.

Selbstverständlich konnte sie ihm nicht ewig aus dem Weg gehen. Morgen würde sie irgendwie die Kraft aufbringen, ihn zu begrüßen und so zu tun, als ob nichts geschehen wäre. Dann wäre ihre Fassade wieder an ihrem Platz und ihr Panzer zurechtgerückt; vielleicht würden sich ein paar Risse bemerkbar machen, dort, wo sie ihn geflickt hatte. Sie würde durchhalten und weitermachen, für La Verdad!

Den Rest des Nachmittags trieb Carmela sich herum, machte an einem schattigen Platz am Guadalquivir halt, um ihr Pferd trinken und auf der saftigen Uferwiese grasen zu lassen. Sie setzte sich in den Schatten und versuchte, an gar nichts zu denken, ließ einfach die Zeit verrinnen. Alles lässt sich ertragen, wenn man einen Augenblick nach dem anderen hinnimmt und keine Gefühle aufkommen lässt. Das hatte sie in Ricardas Album gelesen.

In diesem Moment wurde ihr bewusst, dass sie es nicht länger hinausschieben konnte. Sie musste sich auf den Heimweg machen und bestieg zögernd ihr Pferd. Dann lenkte sie es zurück nach La Verdad.

Laura, die im Stall aushalf, erwartete sie bereits mit besorgter Miene.

„Mama, ist alles in Ordnung mit dir?", fragte sie. Enrique musste bei seiner Rückkehr in einer mörderischen Stimmung gewesen sein, aber Laura, die bereits die Probleme mitbekommen hatte, löcherte sie nicht. Ihre Mutter würde schon mit ihr reden, wenn sie wollte. „Ist wirklich alles okay?" Laura sah ihre Mutter mitfühlend an.

Carmela brachte ein tapferes Nicken zustande.

„Ich bin okay", sagte sie mit fester, wenn auch ein wenig heiserer Stimme. Sie hatte nicht geweint, aber an ihrer Stimme merkte man die Anspannung.

„Komm, ich kümmere mich um das Pferd." Laura nahm ihrer Mutter die Zügel aus der Hand. Carmela fühlte sich so niedergeschlagen, dass sie sich lediglich bei ihrer Tochter bedankte, bevor sie mit schweren Schritten zum Haus ging.

Sie entschloss sich, kurz in die Kammer hinabzusteigen. Vielleicht fand sie noch irgendetwas, was sie trösten konnte. Kaum hatte sie die Stufen nach unten erklommen, hörte sie von Weitem das Geräusch von Stiefelschritten. Carmelas Herz schlug so schnell, dass sie kaum Luft bekam.

Dann erkannte sie ihn. Sein Gesicht wirkte wie eine starre Maske.

„Was machst du hier? Wie bist du hier hereingekommen?"

„Du bist aber neugierig, mein Liebling."

„Warum hast du mir verheimlicht, dass du einen Plan von diesem Kloster besitzt?"

„Ich wollte dich etwas auf die Folter spannen und dir im Stillen dabei zusehen, was du noch so alles herausfindest."

„Ich habe genug herausgefunden, um …"

„Du hast gedacht, ich würde es nicht merken, dass du am Computer gewesen bist und Kopien gezogen hast, was?" Seine Augen blitzten vor Zorn. „Versuch erst gar nicht, es zu leugnen." „Ich habe dir misstraut, und das, wie man sieht, zu Recht." Sie musste schlucken. „Sag mir eins, Enrique. Was hättest du davon, wenn du mich tötest? Dass du dir alle Vollmachten gesichert hast, bedeutet noch lange nicht, dass du mein Erbteil bekommst."

„Warum sollte ich mir die Arbeit machen und dich umbringen, das tust du ganz allein." „Du willst es wie Selbstmord aussehen lassen?"

Enrique grinste böse und nickte. „Was du alles durchgemacht hast in letzter Zeit. Kein Wunder, dass du dir etwas antun wolltest. Und ich konnte es leider nicht verhindern und werde meine Rolle als trauernder Freund der Familie bestens spielen."

„Das bezweifle ich keine Sekunde." Carmelas Nerven waren zum Zerreißen gespannt. In einem schwindelerregenden Tanz wirbelten Bilder durch ihren Kopf, Bilder von ihr und Enrique als Freunde, als Gegner.

Ihr war schlecht. Sie wich vor Enrique zurück.

Er starrte sie an und blendete sie mit der Megalite-Stablampe. Carmela konnte sein Gesicht nicht mehr sehen. Sie bekam schreckliche Angst.

Das war es dann, dachte sie. Das war das Ende.

Carmela wich noch weiter zurück. Ein Albtraum wurde Wirklichkeit, dachte sie.

„Carmela." Er senkte die Lampe, und sie konnte plötzlich seine Augen sehen, verblasst und unnatürlich glänzend in der Dunkelheit im Geheimgang. „Du bist mutiger, als gut für dich ist, wie?"

Es hatte keinen Sinn, darauf zu antworten. Sie fragte sich, ob er sie nach den Beweisen durchsuchen würde, die sie aus seinen Unterlagen geklaut hatte, bevor er mit ihr tat, was immer er vorhaben mochte.

„Warum musstest du in der Vergangenheit herumwühlen? Musstest herausfinden, dass mein Vater ein Bastard war und ich erst vor nicht allzu langer Zeit erfahren habe, wo meine Wurzeln sind."

„Seit wann weißt du, dass wir verwandt sind? Wie hast du es erfahren?" Carmela hatte einen Kloß im Hals.

„Das sind mir zu viele Fragen auf einmal. Ich werde dir alles erzählen, bevor wir beide eine Reise antreten werden."

Carmela wollte ihm auf gar keinen Fall die Genugtuung geben, dass sie Todesangst hatte.

„Ich kann es kaum erwarten." Ihr gespieltes Grinsen erfror zu einer Grimasse.

„Dein Vater José und meine Mutter Mercedes hatten eine kurze heftige Affäre."

„Das glaube ich nicht. Padre war nie in Amerika."

„Halt den Mund." Er fuhr sich nervös durch die Haare.

„Meine Mutter war hier zu Besuch bei der Herzogin, bevor Luisa Isabel wenige Tage später verstarb. Dort hatte meine Mutter alles erfahren und durch einen Zufall deinen Vater kennengelernt."

Das war die andere Frau, die Vater am Strand kurz vor seinem Tod erwähnt hatte, dachte Carmela. Wenn die Liebe kommt, wenn der Pfeil dein Herz durchbohrt, dann kommst du einfach nicht dagegen an. Das waren seine Worte. Carmela hörte sie so deutlich, dass sie glaubte, ihr Vater würde neben ihr stehen.

„Was hatte die Herzogin deiner Mutter erzählt?" Carmela wurde wieder mutiger.

„Dass unsere Großmutter, dieses Früchtchen, ihr den Mann geraubt und zugelassen hatte, dass man ihn tötet."

„Unsinn. Die Herzogin war doch verheiratet."

„Ja, das war sie. Eine arrangierte Heirat, wie es damals so üblich war. Ihr Ehemann hat sie ihr eigenes Leben leben lassen, solange sie sich an die Regeln hielt. Er war auch damit einverstanden, dass sie die Pflegemutter spielte. Nur eine Adoption war von vornherein ausgeschlossen. Ein Bastard kann kein Erbe werden. Verstehst du?"

Wie sich das anhörte, unsere gemeinsame Großmutter, dachte Carmela, und ihr wurde übel.

„Nur ihre Liebe wurde von Pablo Zafón niemals erwidert. Die Herzogin hatte in Wunschträumen gelebt und Ricarda erzählt, dass sie die heimliche Geliebte wäre und ihn finden müsste. Doch Ricarda hatte sie durchschaut."

Carmela konnte nicht glauben, was sie da hörte. „Warum ist sie dann nach Amerika?"

„Weil sie von dem Tod meines Großvaters keine Ahnung hatte und dachte, er wäre nach Übersee geflohen. Nur Ricarda und das Franco-Regime kannten die Wahrheit."

„Was hat meinen Vater dazu veranlasst, mit dir in Verbindung zu treten? Oder bist du …" Carmela traute sich den Satz gar nicht auszusprechen.

„Dein Bruder?" Enrique sah sie abfällig an. „Nein. Dann wäre die Sache viel einfacher für mich gewesen."

„Ich kann dir immer noch nicht folgen. Wenn du nicht mein Halbbruder bist, sondern mein Cousin, wie war dann dein Plan, um an die Finca zu kommen?"

„Ich habe den alten José mit meinen Informationen erpresst. Du wirst es nicht glauben, der hatte ganz schön Manschetten davor, dass du, deine Geschwister und seine Enkelin etwas davon erfahren könntet. Um das zu verhindern, wollte er das Testament ändern."

„Und du wärst der große Gewinner gewesen. Pech nur, dass er so früh gestorben ist." Carmela hatte Tränen in den Augen. Das war zu viel für sie. Was würde er ihr noch erzählen? Es war kaum zu ertragen.

„Du bist wirklich sehr intelligent", sagte er grimmig und seufzte. Er ging auf sie zu. „Komm nicht näher, Enrique", warnte sie und trat zitternd noch einen Schritt zurück. Ihr Rücken stieß gegen die Wand. Verzweifelt schaute sie an ihm vorbei – aber sie wusste, dass sie niemals an ihm vorbeikommen würde.

Abrupt blieb er stehen. „Carmela. Du hättest doch nicht lügen müssen – auch wenn du dich an meinen Unterlagen vergriffen und sie auf Diskette gespeichert hast. Ich will es dir doch nur erklären. Aber nicht hier."

Carmela rang laut keuchend nach Luft. Schweiß rann ihr über die Schläfen und sammelte sich zwischen ihren Brüsten. Draußen krachte ein Donner. „Wo denn sonst, Enrique? Draußen am Strand? Wo mich eine Welle erfasst und in den Tod reißt? Das wäre verdammt praktisch, oder?", krächzte sie.

Der Lichtstrahl flatterte herum, und für einen Moment sah sie seine weit aufgerissenen Augen. „Hier wird dich keiner finden. Das ist zu riskant. Ein Selbstmord im Atlantik, die wilde Brandung, genau das Richtige", sagte er heftig.

Instinktiv witterte sie eine Falle. Dann wurde ihr klar, dass er gar keine Waffe hatte. Nur die Stablampe, die wiederum konnte man als Schlagwaffe benutzen. Mühsam schüttelte Carmela ihre Verwirrung ab. „Ich kann nicht glauben, dass ich dir überhaupt je vertraut habe." Ihre bitteren Worte hallten von den rauen Wänden wider.

„Vertrauen. Was heißt das schon."

„War deine Freundschaft zu mir wenigstens echt?"

Er antwortete nicht. Ein plötzliches, grausames Schweigen breitete sich zwischen ihnen aus, und er hatte die Lampe wieder erhoben, sodass sie sein Gesicht nicht erkennen konnte und er nur als unheimliche Silhouette vor ihr stand. Es war beängstigend. Nur das heftige Gewitter durchbrach die abendliche Stille.

„Carmela", begann er, als plötzlich von weit her Stimmen zu hören waren. Wie ein ferner Hall und noch ein Poltern. Ein wenig Hoffnung machte sich in Carmela breit. Enrique drehte sich nach dem Geräusch um. Carmela stand wie versteinert da. Jetzt konnte sie ihn mit der Gaslampe, die auf dem Tisch stand, erwischen. Er hatte ihr den Rücken zugewandt – das war ihre einzige Chance. Ihn außer Gefecht zu setzen – vielleicht sogar zu töten – und um ihr Leben zu laufen.

Sie konnte keinen Finger rühren. Konnte die Lampe nicht anheben.

„Wer zum Teufel ist das?", fragte Enrique plötzlich.

„Dein Komplize?", schlug Carmela sarkastisch vor, aber sie fühlte Panik – denn auch in seiner Stimme hatte sie Angst vernommen.

„Geh zurück", befahl er.

Carmela gehorchte nicht. Wieder ein Rufen. Sie erkannte Lauras Stimme. Vielleicht hatte sie die Polizei gerufen. Carmela schöpfte ein wenig Hoffnung.

Enrique drehte sich plötzlich zu ihr um und stand ganz dicht vor ihr. Carmela zuckte zusammen, ihr blieb das Herz fast stehen, als er einen Arm um sie warf und sie fast zu Boden riss. Carmela sah ihm in die Augen und dachte, das war es, er wird mich erwürgen, aber er drückte sie zurück an die Wand und machte seine Taschenlampe aus.

„Sei ganz still", hauchte er in ihr Ohr.

Sein Griff glich einem Schraubstock. Schock und Verwirrung hielten sie einigermaßen ruhig. Sie war schweißgebadet.

Gehörte Enrique jetzt zu den Guten oder zu den Bösen? Und wusste die Person da draußen, dass sie hier in der geheimen Kammer waren, nicht im Haus oder in den Ställen? Was, wenn es die Polizei war? Sollte sie um Hilfe schreien?

Als hätte er ihre Gedanken erraten, machte er warnend „Schscht" an ihrem Ohr. „Ich warne dich, keinen Mucks." Ihre Blicke trafen sich. Und Carmela nickte.

Wenn das ein Fehler war, würde sie es schon merken – und zwar bald.

Endlose Sekunden vergingen – eine grässliche Ewigkeit. Plötzlich wurde das Innere des Ganges von einer starken Taschenlampe erleuchtet, man konnte von Weitem die Lichtstrahlen erkennen.

Beim Klang von Lauras und Lazaro Martínez' Stimmen erschauerte Carmela. Einen Moment lang war sie völlig perplex. Und dann schrie sie: „Laura, hol Hilfe!"

Sein Griff um ihr Genick verstärkte sich, und sie zuckte zusammen. Carmela fing an zu zittern, bis auf einmal ein scharfer Schmerz in ihrem Kopf explodierte und wie aus weiter Ferne ein Schrei ertönte; dann umfing sie schwarze Nacht.

## Kapitel 26

Lazaro und Laura knieten bei Carmela nieder. Er presste sanft zwei Finger an ihre Halsschlagader. Lazaro wagte kaum zu atmen. Panik schwoll in ihm an wie ein Ballon und drohte ihn zu ersticken. Dann fühlte er ihren Puls unter seinen Fingern. Er war überraschend kräftig, und er atmete auf vor Erleichterung.

„Mami!", flüsterte Laura erstickt. „Ist sie tot?"

„Nein, sie lebt." Er wollte sagen, dass sie bloß eins über den Schädel bekommen hatte, doch ihr konnte mehr fehlen als das. Carmela hatte das Bewusstsein noch nicht wiedererlangt, und erneut wallte die Angst in ihm auf. Ungeduldig ließ Lazaro den Blick über Laura zu Antonia schweifen.

„Rufen Sie bitte den Notarzt und die Polizei." Antonia starrte ihn nur an und rührte sich nicht.

„Na los!", fuhr er sie an. Lazaro hörte, wie sie hysterisch den Gang entlanglief.

„Wo sind wir hier, Laura?", fragte er sie, um die Kleine etwas abzulenken.

„Wir sind hier in der Klosterruine. Diesen Raum habe ich aber noch nie gesehen. Und den Eingang kannte ich auch nicht."

„Weißt du, wer das gewesen sein könnte?", ächzte Lazaro und strich Carmela mit zitternden Fingern übers Gesicht.

„Ich glaube, es war Enrique. Sie müssen sich während des Ausritts gestritten haben." Laura liefen die Tränen über die Wangen.

„Enrique also", sagte Lazaro mit zugleich zornbebender und besorgter Stimme; auch seine Angst, die er nur mühsam unterdrückte, war deutlich daraus zu hören. Am liebsten hätte er Carmela in seine Arme genommen und nie mehr losgelassen; aber sein gesunder Menschenverstand sagte ihm, dass es besser wäre, sie nicht zu bewegen.

Sie blutete unaufhörlich. Der Fleck auf dem Steinboden vergrößerte sich zusehends. „Laura!", sagte er ernst. „Bitte geh und hole eine Decke und Handtücher."

Sie nickte und rannte los.

Wenige Minuten später war sie wieder zur Stelle. Stolpernd, weil sie sich in der Decke verfangen und gleichzeitig versucht hatte, die Handtücher aufzufalten. Sie reichte Lazaro das Gewünschte. Er wickelte Carmela behutsam ein, rollte das Handtuch zusammen und schob es so vorsichtig wie möglich unter ihren Hinterkopf, sodass sie weicher lag und auch die Blutung ein wenig gestoppt wurde.

„Wird sie wieder gesund?", fragte Laura mit zitternder Stimme. „Das hoffe ich", antwortete er grimmig. Eine Faust rammte sich in sein Herz.

Antonia, die hinter ihnen stand, hörte sofort auf zu heulen, wie eine Sirene, die abrupt abgestellt wird. Sie ging neben Laura in die Knie und nahm sie in die Arme. „Natürlich wird alles gut, ganz bestimmt", sagte sie wieder und wieder und strich Laura übers Haar.

Carmela regte sich und stöhnte leise. Sie versuchte, die Hand an den Kopf zu heben. Da sie jedoch weder die Kraft noch die Kontrolle besaß, fiel ihr Arm leblos auf den Teppich zurück. Lazaros Herz machte einen wilden Satz. Er ergriff ihre Hand und hielt sie ganz fest. „Carmela?"

Bei seinen Worten riss Laura sich von Antonia los und kroch hektisch näher. Auf ihrem Gesicht zeichneten sich sowohl Angst als auch Hoffnung ab.

Lazaro musste einen Kloß hinunterschlucken. „Carmela", flehte er und beugte sich über sie. Mühsam versuchte Carmela, sich auf ihn zu konzentrieren – sie blinzelte. „Wer sind Sie?", murmelte sie.

Vor lauter Herzklopfen bekam er kaum Luft. Er legte ihre Hand an seine Wange. „Ihr Anwalt."

„Das ... meine ... ich ... meine", lallte sie. Carmela holte wieder tief Luft. „Dein schwammiges Gesicht und die vielen Augen ..."

Laura schluckte die Tränen herunter; mit einem erstickten Lachen ergriff sie Carmelas andere Hand.

Carmela runzelte die Stirn. „Mein Kopf tut weh", verkündete sie mühsam und machte die Augen wieder zu. Sie sprach jetzt deutlicher. Wieder versuchte sie, sich an den Kopf zu greifen, aber sowohl Lazaro als auch Laura hielten eine Hand fest, und keiner von beiden schien sie loslassen zu wollen.

„Das muss er wohl", sagte Lazaro und zwang sich zur Ruhe. „Sie haben eine höllische Beule abgekriegt."

„Bin ich gestürzt?", flüsterte sie.

„Höchstwahrscheinlich", erwiderte Martínez, weil er sie nicht unnötig beunruhigen wollte, bevor er etwas Genaues wusste.

Carmela versuchte sich aufzusetzen. Lazaro drückte sie an der Schulter zurück. Es erschreckte ihn, wie leicht das ging. „O nein, das funktioniert nicht! Sie werden schön hier liegen bleiben, bis der Notarzt da ist und seine Anweisungen gibt."

„Mein Kopf tut weh", sagte sie fast aufsässig.

Es war im Hotel in Malaga, wo er zum letzten Mal diesen Ton bei ihr gehört hatte, dass er trotz seiner panischen Angst, die erst jetzt langsam nachließ, grinsen musste. „Ich weiß, Sie Kämpfernatur. Aufsetzen macht es aber nur noch schlimmer."

„Bleib ruhig liegen", flehte ihre Tochter sie an.

„Ich will aber aufstehen."

„Gleich. Lass erst den Arzt nach dir sehen", mischte sich Antonia ein.

Carmela stieß einen ungeduldigen Seufzer aus. „Na, meinetwegen." Noch bevor der Notarzt den Raum erreicht hatte, versuchte Carmela bereits wieder, sich aufzusetzen, und da wusste Lazaro, dass sie noch desorientiert war.

Laura, Antonia und Lazaro wurden sanft beiseitegeschoben, und drei Männer und eine Frau vom Notfalldienst scharten sich um Carmela. Lazaro Martínez wich zur Wand zurück. Laura klammerte sich zitternd an ihn, und er legte liebevoll den Arm um sie.

Die Polizei traf ein, und der zuständige Comisario begann sofort damit, die Angehörigen um sich zu sammeln und ein wenig beiseitezuführen. „Leute, wir wollen dem Notarzt nicht im Weg stehen, nicht wahr? Die kümmern sich schon um Señora Fernández." Sein stahlharter Blick fiel auf Lazaro. „Also, was ist hier vorgefallen?"

Lazaro berichtete ihm von der Diskette, die Carmela ihm per Post geschickt hatte. Diese Sache hatte ihm keine Ruhe gelassen, und da er sie den ganzen Tag nicht erreichen konnte, war er eben zur Finca herausgefahren. Laura hatte ihn ins Wohnzimmer geführt, und dabei entdeckten beide die geheime Tür. Als sie dem Gang folgten und in den Raum kamen, sahen sie

Carmela bereits auf dem Boden. Nur Enrique war verschwunden.

Zwei Polizisten kamen keuchend um die Ecke gerannt. „Hier ist ein Tunnel, der nach draußen führt. Der Ausgang war zugemauert, und jemand hat ihn wieder geöffnet", berichtete der Ältere der beiden. „Wir haben niemanden gefunden, und die Arbeiter gaben zu Protokoll, dass der Verwalter mit einem enormen Tempo die Finca mit dem Jeep verlassen hat", gab der andere preis.

„Bueno", meinte der Comisario energisch und blickte Lazaro direkt in die Augen. „Sind Sie sicher, dass es Enrique Zafón war?"

„Was heißt hier sicher? Gesehen haben wir drei ihn nicht hier unten. Wir haben nur Señora Fernández ohne Bewusstsein gefunden", antwortete Lazaro gepresst.

„Dann werden wir gleich eine Personenfahndung rausgeben", sagte der Comisario und winkte rasch einen Gehilfen herbei.

Der Polizist trat heran, und der Comisario wandte sich an ihn und gab ihm die Daten. Der Polizist nickte und verschwand.

Einer der Notärzte kam herbei. „Es sieht schlimmer aus, als es ist", sagte er, „aber ich möchte trotzdem, dass man sie im Krankenhaus gründlich durchcheckt; außerdem muss die Kopfwunde genäht werden. Sieht so aus, als hätte sie eine leichte Gehirnerschütterung davongetragen. Die werden sie wohl für vierundzwanzig Stunden zur Beobachtung dabehalten wollen."

„Darf ich mitkommen?", fragte Laura aufgeregt.

Lazaro blickte das junge, zitternde Mädchen an; vielleicht sollte er sie einfach auf den Arm nehmen und selbst ins Krankenhaus verfrachten, damit ein Arzt nach ihr schaute. Sie musste Lazaros Gedanken erraten haben, denn sie sah zu ihm auf und grinste. „Du brauchst dir keine Sorgen um mich zu machen", winkte sie ab. „Meine Mutter braucht Hilfe, nicht ich."

„Okay, wir fahren zusammen", sagte Lazaro und legte den Arm um Laura. Antonia machte sich auf den Weg zu Carmelas Zimmer, um die paar Sachen zusammenzupacken, die sie für einen kurzen Aufenthalt im Krankenhaus benötigen würde.

Laura und Lazaro kamen gerade zur Haustür, als man Carmela auf eine Transportbahre legte. Sie war jetzt bei vollem Bewusstsein. Mit geweiteten Augen blickte sie ihn an. Erst jetzt erkannte sie ihn und lächelte. Er nahm ihre kalten Finger in seine warme Hand. „Was soll das ganze Theater?", sagte sie ängstlich. „Wenn ich genäht werden muss, dann kann ich doch selbst zur Notaufnahme fahren. Ich will nicht in einem Krankenwagen hingebracht werden." „Du hast eine Gehirnerschütterung", erläuterte er und wechselte ins vertraute Du, „und kannst nicht fahren."

Seufzend gab sie nach. Er drückte tröstend ihre Hand. „Laura und ich kommen mit. Wir fahren hinterher."

Carmela protestierte nicht mehr, und Lazaro wünschte sich, sie täte es. Erneut überfiel ihn Mitleid. Rings um die blutigen Stellen war sie kreidebleich. Das krustige, fast schwarze Blut zog sich von der Kopfwunde in ihrem Haar über eine Gesichtshälfte und ihren Hals.

Antonia eilte mit einer kleinen Reisetasche herbei. Sie kam gerade rechtzeitig, um zu sehen, wie Carmelas Trage in den Notarztwagen geschoben wurde.

„Hier ist die Tasche", sagte sie zu Lazaro, der bereits Laura einsteigen ließ.

Der Comisario stand plötzlich neben ihm. „Es gab einen schweren Verkehrsunfall in Richtung Sevilla. Ein Jeep ist aus noch ungeklärter Ursache auf die Gegenfahrbahn geraten und mit einem Sattelschlepper frontal zusammengestoßen. Der Fahrer des Jeeps war auf der Stelle tot. Es könnte sich um Enrique Zafón handeln. Näheres wird die Obduktion zeigen", berichtete er. Die Ambulanz verließ die Finca. Lazaro warf einen Blick auf Laura; das Letzte, was die Kleine im Moment brauchen konnte, war auch noch eine Todesnachricht.

„Ich komm später ins Krankenhaus, um ein paar Fragen an Señora Fernández zu richten", fuhr der Comisario fort. „Inzwischen werde ich versuchen, mehr Details über den Verkehrsunfall und den Fahrer herauszubekommen."

„Tun Sie das", sagte Lazaro. Dann wandte er sich ab und stieg in seinen Wagen ein.

Es zog sich endlos hin, bis Carmela geröntgt, genäht und in ein Krankenzimmer verlegt worden war. Lazaro und Laura warteten ungeduldig im Gang, während eine Schwesternschülerin ihr beim Waschen und in ein frisches Nachthemd half.

Die Morgensonne schien bereits hell durchs Fenster, als Laura und Lazaro endlich zu Carmela durften. Sie lag im Bett, und ein weißes Mullpflaster bedeckte die Wunde. Sie war ziemlich blass, aber alles in allem bestand kein Grund zur Besorgnis.

Laura setzte sich vorsichtig auf die Bettkante. Lazaro nahm sich einen Stuhl. Carmela schob sich langsam höher. „Schaut nicht so besorgt. Es geht mir gut, hab bloß Kopfschmerzen." Bloß Kopfschmerzen, weil ihr der Bastard Zafón eins über den Schädel gehauen hat, dachte er grimmig und sah auf seine Hände. Sie dachte immer noch, sie wäre gestürzt, weil sie noch niemand aufgeklärt hatte.

„Lazaro Martínez, was machst du eigentlich hier?", fragte Carmela und blinzelte mit den Augen.

Gerade wollte Laura ihrer Mutter die Geschichte erzählen, als der Comisario hereinplatzte und sich auf den Stuhl neben Lazaro sinken ließ.

„Sie sehen schon viel besser aus, Señora Fernández", sagte der Comisario zu Carmela. „Wie fühlen Sie sich?"

„Ich glaube nicht, dass ich heute Abend Flamenco tanzen werde", sagte sie auf ihre ernste Art, und er lachte.

„Verständlich! Ich möchte Ihnen ein paar Fragen stellen, wenn Sie nichts dagegen haben." Carmela blickte ihn verblüfft an. „Aber bitte!"

„Woran können Sie sich in Bezug auf den vergangenen Abend noch erinnern?" „Als ich gestürzt bin? An nichts. Ich weiß nicht, wie es passiert ist."

Der Comisario warf Lazaro einen raschen Blick zu, und dieser schüttelte unmerklich den Kopf. Der Polizist räusperte sich.

„Also, die Sache ist die, Sie sind nicht gestürzt. Sieht so aus, als wollte Enrique Zafón Ihnen etwas antun. Ihnen nach dem Leben trachten, wie uns scheint."

Carmela war zuvor schon blass gewesen, doch nun wurde sie kalkweiß. Ihr Gesicht nahm einen angespannten, ängstlichen Ausdruck an. „Er wollte mich töten?"

„Sie können sich an überhaupt nichts mehr erinnern?", beharrte der Comisario, obwohl sein Blick kurz über die verschlungenen Hände flackerte. „Ich weiß, dass Sie im Moment ziemlich durcheinander sind; aber vielleicht haben Sie doch irgendeine kleine Erinnerung. Wir wollen die Sache der Reihe nach angehen. Was ist das Letzte, woran Sie sich erinnern?", fragte der Comisario.

„Wie Enrique wütend vor mir stand."

„Warum war er zornig, und was hat er gesagt?"

„Ich erinnere mich nicht", sagte sie. Die Anspannung in ihrem Gesicht war jetzt noch deutlicher.

Er seufzte und erhob sich. „Nun, das wird schon wieder. Eine Menge Leute wissen zunächst nicht mehr, was passierte, bevor sie eins über den Schädel bekamen – aber manchmal fällt es einem später wieder ein. Sie und Ihre Tochter müssen auf jeden Fall keine Angst mehr vor diesem Mann haben. Er ist bei einem Autounfall ums Leben gekommen."

Carmelas Gesicht nahm einen angespannten, entsetzten Ausdruck an. „Er ist tot?"

Der Comisario nickte stumm.

Carmela lag vollkommen bewegungslos da. Lazaro, der sie genau beobachtete, hatte den Eindruck, dass sie sich definitiv in sich selbst zurückzog, und das gefiel ihm ganz und gar nicht. Entschieden nahm er ihre Hand und drückte sie, um ihr zu sagen, dass sie nicht allein war. Laura tat das Gleiche.

Der Comisario verabschiedete sich und verließ das Zimmer.

Carmela ruhte den Rest des Tages, und Laura wich nicht von ihrer Seite. Lazaro dagegen war rastlos. Er durchquerte die Gänge des Krankenhauses und kam immer wieder herein, um zu sehen, wie es Carmela ging. Etwas an ihrem Verhalten störte ihn mehr und mehr. Sie war zu ruhig. Eigentlich hätte sie Grund gehabt, sich zu ängstigen oder zu trauern; doch sie zeigte keine Regung. Lag es an dem, was sie über Enriques falsches Spiel herausgefunden hatte, oder an etwas anderem, etwas, das mit dem gestrigen Anschlag zu tun hatte? Hatte sie am Ende gar keinen Gedächtnisverlust?

Seinem Blick wich sie aus, und wenn er mit ihr reden wollte, schob sie ihre Kopfschmerzen vor. Die Schwestern sahen regelmäßig nach ihr und meinten, es ginge ihr den Umständen entsprechend gut. Lazaro konnte sich nicht zusammenreimen, warum sie nichts sagte, nichts erklärte. Doch sie verschwieg ganz sicher etwas, und er war fest entschlossen dahinterzukommen. Nicht gleich, in ihrem labilen Zustand. Erst wenn sie wieder daheim war, würde er sich mit ihr intensiv unterhalten.

Am nächsten Abend warteten Lazaro und Laura darauf, Carmela mitzunehmen, sobald der Arzt seine Einwilligung erteilt hatte. Carmela sah viel besser aus als am Tag zuvor. Vierundzwanzig Stunden Ruhe hatten ihr gutgetan, selbst unter den gegebenen Umständen. Kurz nach acht Uhr tauchte der Doktor auf und überprüfte ihre Körperreaktionen; dann lächelte er und sagte, sie dürfe nach Hause. „Schonen Sie sich noch etwa eine Woche lang", sagte er, „dann kommen Sie noch mal zur Kontrolle."

Lazaro fuhr sie nach La Verdad, wobei er auf jede Unebenheit in der Fahrbahn achtete, um ihren Kopf nicht unnötig zu erschüttern. Jeder, der sie sah, kam herbei, um sie zu begrüßen. Dann wurde sie sofort ins Bett gesteckt, obwohl sie ein wenig maulte, sie säße lieber in ihrem Sessel. Antonia beharrte jedoch eisern auf Bettruhe. Laura und Antonia umsorgten und verwöhnten sie. Lazaro bekam ein Gästezimmer und wurde von den beiden selbst ernannten Krankenpflegerinnen gebeten, einige Tage zu bleiben.

Drei Tage später ging Lazaro nach dem Abendessen hinüber zu Carmela, die gedankenverloren vor dem Kaminfeuer saß. Es war nicht schwer zu erkennen, dass sie mit dem Ganzen, was geschehen war, alleine klarkommen wollte. Sie brütete auch jetzt noch finster vor sich hin und war ganz blass um die Nase.

Wenn er versuchen wollte herauszubekommen, was sie dachte oder fühlte, dann musste er sie aufmerksam studieren, musste auf jede noch so kleine Nuance ihres Gesichtsausdrucks und ihrer Körpersprache achten, bevor sie wieder hinter ihrem Schutzwall verschwand. Lazaro konnte sich gut vorstellen, dass sie so auch als kleines Mädchen ausgesehen haben musste, wenn sie sich ungerecht behandelt fühlte, aber sich das Heulen verkniff. Er hatte das Gefühl, vieles von ihr zu wissen, ohne dass ihm je irgendwer etwas erzählt hatte. Carmela selbst schon gar nicht. War sie immer schon so stolz gewesen, so verletzlich, abweisend, verschlossen, so beladen mit Erinnerungen? Er musste sie aus ihrem Kokon befreien.

„Soll ich dir einen Eistee bringen?", fragte er.

„Das ist sehr aufmerksam von dir. Aber nein, danke." Carmela blickte zu ihm auf, und Lazaro schien es, als nähme sie ihn erstmals an diesem Abend richtig wahr.

# Kapitel 27

Carmela hatte die ganze Nacht über ihre Entscheidungsmöglichkeiten nachgedacht. Sie konnte die Ausrede, sich nicht mehr zu erinnern, weiterspielen. Ihr Geheimnis für sich behalten, ihre Seele beschützen und in der Angst leben, dass die Wahrheit irgendwann ans Licht käme. Dass sie alles verlieren würde, auch die Menschen, die sie liebte. Oder sie konnte genau diesen Menschen soweit vertrauen, dass sie die Türen öffnete und sie hereinließ. Carmela erzählte ihnen alles, zumindest alles, was sie aus Ricardas Erinnerungsalbum wusste und was sie selbst in den Träumen und mit Enrique erlebt hatte. Mehr als eine Stunde lang saß sie mit ihrer Tochter Laura und Lazaro Martínez am Tisch, schüttete alles vor ihnen aus, ungesiebt und unzensiert. Carmela weinte, und Laura weinte mit ihr.

Als alles ausgesprochen war und die Tränen versiegt waren, fühlte Carmela sich erleichtert, als hätte sie ihre Seele befreit und nicht nur berichtet, was sie alles gefunden und entdeckt hatte. Die Freisetzung dieser aufgestauten Gefühle erschreckte sie ein wenig, aber schon bald merkte sie, dass sie keinen Grund hatte, Angst zu haben. Diese zwei Menschen hier verstanden sie.

„Siehst du denn nicht?", sagte Lazaro schließlich. „Deine Träume geben doch die Antworten – oder zumindest einen Teil der Antworten. Keiner von uns kann es allein schaffen, aber zusammen können wir etwas bewirken."

Carmela lächelte. Ihr Gesicht war vom Weinen ein wenig geschwollen. „Ich schätze, du warst erstaunt, mich hier vorzufinden", sagte Lazaro und lächelte. „Du hast mir doch die Diskette geschickt. Ich habe sie mir angesehen und wusste gleich, um was es sich handeln könnte."

Da Laura anwesend war, wollte Lazaro nicht mit der ganzen Geschichte rausrücken. Was alles hätte passieren können, wenn Enrique seine Pläne umgesetzt hätte. „Ich hatte ein ungutes Gefühl und habe den ganzen Tag versucht, dich zu erreichen. Dann bin ich auf dem schnellsten Weg hierhergekommen, und Laura hat mich regelrecht aus dem Wagen gezerrt." Er grinste und fuhr sanft mit dem Finger über Lauras Arm.

Laura lächelte schüchtern zurück.

„Ich muss schrecklich aussehen", jammerte Carmela auf einmal.

„Du hast immer noch ein wenig Ähnlichkeit mit dem Verlierer bei einer Schlägerei. Was meinst du, Laura, die neue Frisur steht deiner Mutter gut."

Laura fing an zu lachen und nickte. Endlich herrschte eine andere, fröhlichere Stimmung im Haus.

„Die Abschürfungen", fuhr Lazaro fort, „geben dir eine frische Farbe. Keine Sorge, schon bald wird dein schönes Gesicht wieder makellos sein. Allerdings könnte eine kleine Narbe auf der Stirn zurückbleiben. Das verleiht dir bestimmt ein noch interessanteres Aussehen." Carmela brachte zuerst keinen Ton heraus; ihre Kehle war wie zugeschnürt. „Ich … ich … ich bin nicht schön", protestierte sie. „Bin es nie gewesen."

Lazaro beugte sich vor und blickte ihr eindringlich in die Augen. „Für Laura und mich bist du wunderschön", widersprach er ihr ganz ernst. „Wirst es immer sein."

Carmela sah ihm ins Gesicht und bemerkte, dass er es ernst meinte. Tränen stiegen ihr in die Augen. „Danke, dass du hier bist", sagte sie.

„Gern geschehen", erwiderte er.

„Du musst doch bestimmt zurück in deine Kanzlei?"

Lazaro schüttelte den Kopf. „Muss ich nicht. So leicht wirst du mich nicht los. Ich bleibe hier, auch auf Antonias Befehl – zumindest, bis du wieder ganz gesund bist."

Carmela wollte ihm widersprechen, ihm sagen, es sei nicht notwendig, dass er noch länger blieb, doch auf einmal merkte sie, dass sie sich wünschte, dass er blieb.

Am Sonntagnachmittag lag Carmela auf der Couch im Wohnzimmer, umgeben von Laura und Lazaro. Amigo hatte es sich zu ihren Füßen gemütlich gemacht. Dumpfe Kopfschmerzen plagten Carmela noch immer, aber wenigstens war das entsetzliche Pochen nicht mehr da. Trotzdem fühlte sie sich noch immer ein wenig verwirrt. Beinahe erwartete sie, dass Enrique in den Raum stürmte oder Großmutter Ricarda im Türrahmen stand.

Es war Lazaro, nicht Enrique, der neben ihr saß und ihre Hand hielt. Es war Lazaro, nicht Enrique, der sie immer wieder mit Besorgnis ansah. Es waren Laura und Antonia, nicht Ricarda oder ihre Mutter, die sie umsorgten und ständig aufforderten, zu essen und literweise Tee zu trinken.

Sie war zurückgekommen. Zurück in die Realität. Zurück an den Ort, an den sie gehörte. Doch Carmela konnte das Gefühl einfach nicht abschütteln, dass ihre

Träume mit Ricarda so lebendig wie auch real gewesen waren. Keine von den Träumen, die einem entgleiten, wie einem Wasser durch die Finger rinnt. Carmela konnte sich immer noch an jeden der Träume bis ins Kleinste erinnern, als wäre es tatsächlich passiert. Sie durfte nicht aufgeben, die Puzzleteile waren noch nicht am richtigen Platz.

Carmela sah sich um. Lazaro schien sich in Jeans und T-Shirt viel wohler zu fühlen als in seinem feinen Anzug.

Laura hatte sich einen Sessel zu ihr ans Sofa gezogen und machte sich zerstreut an der Decke über Carmelas Füßen zu schaffen, was Amigo maßlos verärgerte. Sie wirkte sehr ernst.

Carmela schluckte den Kloß in ihrer Kehle herunter, überwältigt von einem Gefühl der Dankbarkeit. Diese zwei Menschen hatten ihr in der größten Gefahr zur Seite gestanden. Sie hatte mit Savanna und Marco telefoniert, aber beide kamen zu dem gleichen Resümee: Es sei ja alles gut gegangen und sie solle nach vorn blicken. Was natürlich ein kleiner Wink für den Verkauf der Finca sein sollte.

„Ich möchte mit euch über etwas sprechen", sagte sie schließlich. „Etwas Wichtiges, was ich bisher nicht habe sagen können."

Ihr Blick wanderte von Lazaro zu Laura. Keiner sagte ein Wort.

Lazaros Lippen verzogen sich zu einem kleinen Lächeln. „Du bist dir sicher, dass du jetzt dazu bereit bist?"

„Ja, das bin ich." Carmela wandte sich an Laura. „Könntest du hoch in mein Zimmer gehen und mir ein paar Sachen holen? In der mittleren Schublade meiner Kommode findest du ein altes braunes Buch, eine Art

Album, mit Zeitungsartikeln, Fotos und Dokumenten."

Laura stand auf. „Ich bin sofort wieder da."

Nachdem sie den Raum verlassen hatte, sah Lazaro sie an. „Hast du diese Sachen in diesem Raum gefunden?"

Sie nickte bloß.

Laura kehrte mit den gewünschten Dingen zurück und legte sie auf den Schoß ihrer Mutter.

„Was ist denn das für ein Album?", fragte sie, als sie sich wieder hinsetzte. „Es sieht sehr geheimnisvoll aus."

„Das ist es auch", antwortete Carmela. „Dazu kommen wir später. Zuerst muss ich euch etwas beichten."

Sie schlug den Deckel des Buches zurück, holte das erste Dokument zur Hand. Dann atmetet sie tief durch, biss sich auf die Lippe und nahm all ihren Mut zusammen.

„Wie ihr wisst, war ich in letzter Zeit nicht ganz ich selbst", begann sie. „Ich war beunruhigt und habe mich ziemlich zurückgezogen. Lazaro, du hast bei unserem Telefonat versucht aus mir herauszuholen, was mich belastet. Ich habe mich einfach nicht überwinden können, darüber zu sprechen." Sie schloss kurz die Augen. „Ich hatte Angst, dass du, Laura, und auch du, Lazaro, mich für übergeschnappt halten könntet."

„Ich habe dich lieb, Mami. Ich bin deine Tochter. Nichts, was du mir erzählst, würde daran etwas ändern."

Carmela lächelte, dann atmete sie tief aus. „Danke, mein Schatz. Vermutlich habe ich Angst gehabt, jemandem bedingungslos zu vertrauen."

Lazaro beugte sich vor. „Sprich weiter."

„Ich habe eine Geburtsurkunde gefunden. Es handelt sich dabei um Enriques Vater Pablo Zafón." Sie senkte den Blick, damit sie die anderen nicht ansehen musste. „Großmutter Ricarda ist die Mutter von Pablo Zafón. Und Enrique Zafón war mein Cousin."

Stille senkte sich auf den Raum, die nur von Amigos leisem Schnurren unterbrochen wurde. Carmela reichte Lazaro die Geburtsurkunde. „Hat Enrique das gewusst?"

Carmela nickte. „Er hatte alles von Anfang geplant und wollte an sein Erbe. Das Schlimme an der Sache ist, dass mein Vater es gewusst hatte. Er soll angeblich eine kurze Affäre mit Enriques Mutter gehabt haben, als diese zu Besuch bei Ricardas Freundin, der Herzogin, war. An dem Tag, als José starb, hat er noch versucht, mir etwas zu sagen. Ich glaube, seine letzten Worte waren: Enrique auch …"

„Was, Großvater soll das alles gewusst haben?", fragte Laura ungläubig.

„Es sieht so aus, als hätte Enrique deinen Großvater mit dieser Geschichte erpresst." Carmela strich über das Album ihrer Großmutter. „Mit diesem Erinnerungsalbum hat Ricarda mir geholfen, einige Antworten zu finden. Antworten, wie wir eventuell die Finca retten können." Carmela hob den Blick und sah ihre Tochter und Lazaro an. Sie rechnete mit Skepsis. Doch in ihren Augen entdeckte Carmela die Bereitschaft zu hören, was sie zu erzählen hatte, und diese Bereitschaft gab ihr die Kraft zum Weitermachen.

Sie würde diesen zwei Menschen alles erzählen, von den Träumen angefangen bis zu dem Auffinden dieses Albums und den geheimnisvollen Dokumenten.

## Kapitel 28

Carmela stand draußen bei den Ställen und zog die Stirn kraus. Wie viel Behördenkram ein Verkehrsunfall mit Todesfolge doch mit sich brachte. Besuche bei Beerdigungsinstituten, einem Steuerberater und einem Notar. Sie musste sich um einen neuen Verwalter kümmern. Auf die Hilfe ihrer Geschwister konnte sie nicht bauen. Im Gegenteil. Sie drängten Carmela immerzu, endlich zu verkaufen. Anscheinend nahm das überhaupt kein Ende. Außerdem gab es auf der Finca genug zu tun, und Carmela überließ einem der Arbeiter nur ungern dauernd die volle Verantwortung, da es immer irgendwelche Fragen oder andere Ansichten gab. Nicht, dass es einigen an Kompetenz gemangelt hätte – beileibe nicht –, aber sie hatte nun mal die Verantwortung. Enrique fehlte an allen Stellen.

Sie musste sich eingestehen, ohne Enrique schien die Aufgabe, eine Finca zu leiten, zu groß für sie zu sein. Carmela versuchte einfach nur, den Verlust und den Betrug von Enrique zu überleben. Nie zuvor hatte sie sich so verloren und hoffnungslos gefühlt.

Sie hatte es auf einmal satt, so zu tun, als ob. Sie hatte es satt, immer zuzudecken. Sie hatte die Fragen so über, auf die es keine Antworten gab, und die Offenbarungen, die nicht ins Licht führten, sondern in noch tiefere Dunkelheit hinein.

Carmela hätte so gerne geweint, aber nicht einmal das ging.

Carmela fuhr sich mit der Hand über die Augen. Die Wahrheit war unübersehbar, sie war unausweichlich.

„Willst du darüber reden?", fragte Lazaro mit weicher Stimme.

„Was gibt es da noch zu reden?" Carmela wollte nicht jammern. Sie hatte geglaubt, die tränenreichen Ausbrüche seien vorüber, ihre Tränen versiegt. Jetzt brachen sie heraus. Sie legte ihren Kopf an Lazaros Brust. Still weinte sie um die Vergangenheit. Um die Carmela, die es nicht mehr gab, die junge Witwe, die so naiv gewesen war, und einen zerrissenen, verletzten Mann, der das Geheimnis um sie beide kannte. Dem sie all ihre Liebe und ihr volles Vertrauen geschenkt hatte.

Sie würde aufgeben, ihr Drittel verkaufen, alles hinter sich lassen und irgendwo neu anfangen.

Ein paar Stunden später saß Carmela in einem weißen T-Shirt, ihrer üblichen Nachtwäsche, auf der Bettkante und starrte in den dunklen Raum. Sie wollte nicht schlafen, obwohl sie ziemlich fertig war. Tatsächlich hatte sie sich noch nie im Leben so müde gefühlt.

Laura und sie hatten schweigend zu Abend gegessen, jede in ihre eigenen Gedanken versunken, und hatten dabei immerhin eine Flasche Coca-Cola geleert. Sie hatten beide keinen Nachtisch gewollt und immer noch schweigend ihren Cappuccino getrunken, bevor sie sich Gute Nacht gesagt hatten und jede ihrer Wege gegangen war. Ihre Tochter vermisste Lazaro, das spürte Carmela.

Lazaro war wieder in seine Kanzlei zurück, und wann er wiederkommen würde, wer wusste das. Sie fand sein Verhalten mehr als eigenartig, es war so wechselhaft wie das Wetter. Oder war sie es in Wirklichkeit, die ihn an der langen Leine zappeln ließ? Und er sich nur verständlicherweise zurückzog. Sie konnte ihre Enttäuschung nicht leugnen.

Carmela seufzte, legte sich wieder hin und versuchte, an etwas anderes zu denken. Dabei schlief sie ein.

Laura stapfte am nächsten Abend, gefolgt von Rambo, die Treppe hinauf. Sie zog ihre Zimmertür etwas lauter hinter sich zu, als sie beabsichtigt hatte, und ließ sich aufs Bett fallen. Rambo sah sie an und nahm sorgfältig Maß. Erst lehnte er sich weit zurück auf die Hinterbeine, schnellte dann vor und war mit einem Satz neben ihr, wo er sich mit einem tiefen Seufzer gemütlich niederließ.

Laura streichelte ihm den Kopf und umarmte ihn. Er rollte sich zusammen und schlief im Nu ein. Einen Moment lang blickte sie ihn zärtlich an und nahm dann ihr Handy. „Neue Nachricht", stand auf dem Display.

„Bist du okay? Lazaro."

Laura war sich nicht sicher, wie sie sich fühlte, aber es war nett, dass jemand danach fragte. „Ja. Es ist alles in Ordnung." Sie zögerte kurz, bevor sie auf Senden drückte. „Nachricht gesendet." Laura ließ den Kopf aufs Kissen sinken und starrte zur Decke.

Sie wollte die herzliche, kräftige Umarmung ihrer Mutter spüren. Keiner war da, keiner hatte Zeit. Es herrschte seit Tagen pausenlos Hektik auf der Finca. Laura bekam auf einmal Angst, dass sie eines Tages nicht mehr miterleben durfte, wie die Pferde sie mit einem Nicken über ihrer Boxentür empfingen. Dass sie das Gurren und die schaurigen Schreie der Tiere aus der Doñana vermissen würde, wenn sie von hier fortziehen würden. Sie wünschte, Lazaro wäre hier, denn der Gedanke an ein Leben ohne ihn an der Seite ihrer Mutter machte Laura Angst. Ihr Handy vibrierte, und sie nahm es ans Ohr. „Ja?"

„Ist wirklich alles in Ordnung?" Lazaro klang besorgt.

„Ja. Nur meiner Mutter wächst so langsam alles über den Kopf."

„Bueno, Señorita. Ich werde nächstes Wochenende zu euch rauskommen. Versprochen. Überlege dir schon mal, was wir unternehmen könnten. Ich mache alles mit."

Laura kicherte. „Das klingt toll. Ich freue mich."

„Richte deiner Mutter liebe Grüße aus und schlaf schön, mein Engel. Hasta luego."

„Hasta luego."

Laura lief die Treppe hinab. „Mama! Ich soll dir liebe Grüße von Lazaro ausrichten."

Carmela, die gerade die Papiere auf dem Schreibtisch durchwühlte, hielt zerstreut inne. „Was ist los?"

„Ich habe kurz mit Lazaro telefoniert. Er lässt dich schön grüßen."

„Oh … ähm … ach so … O Gott, ich kann nicht mehr denken. Die Finca. Deine Hausaufgaben. Die Pferde, die meine Hilfe brauchen." Carmela war vor Kummer ganz grau im Gesicht, und Laura verspürte Gewissensbisse. Doch war ihre Mutter, seit sie sich von dem Überfall erholt hatte, viel zu beschäftigt, um ihr eine vernünftige Antwort zu geben.

„Sag ihm auch liebe Grüße von mir." Carmela griff sich an den Kopf und fing dann an, die Post zu öffnen. „Oh, was ist das alles für ein Durcheinander!"

Manchmal fragte Laura sich, ob ihre Mutter sich überhaupt etwas aus ihr machte oder ob sie tatsächlich nur an die Finca dachte. Ab und an betrachtete Carmela ihre Tochter wie durch einen Schleier von Erschöpfung, so als fragte sie sich, wer Laura eigentlich war und wo sie wohl herkam.

Das Telefon klingelte, und Laura ging zurück in ihr Zimmer.

Savanna war am anderen Ende der Leitung. Carmela hörte ihr einige Augenblicke zu.

„Ich will auf jeden Fall weitermachen", sagte Carmela. Was hatte sie da gesagt? Sie traute ihren eigenen Worten nicht. Gestern noch wollte sie verkaufen, wegziehen, alles hinter sich lassen. Sie fuhr sich mit der Hand über die Stirn.

„Ich setze die Arbeit der Familie Alfaro-Sánchez fort. Für Laura." Sie schloss die Augen. Sie war müde. Bleiern rauschte die Stimme ihrer Schwester durch ihre Gehörgänge.

Savanne seufzte in den Hörer. „Sei doch vernünftig", sagte sie. „Mit deinem Anteil an La Verdad kannst du irgendwo anders neu beginnen. Du kaufst dir einen kleinen Reiterhof und führst dort deine Arbeit fort – bei dem guten Ruf, den du hast. Damit hättest du gleich viel weniger Sorgen …"

„Ich werde die Pferde und unsere Stierzucht nicht verkaufen", sagte Carmela und öffnete die Augen.

„Das sind unsere Pferde und unsere Stiere", gab Savanna zurück.

„Dann packe Marco ins Auto und kommt hierher, um euch um eure Tiere zu kümmern. Denn, falls du das vergessen hast, heißt das: keine lackierten Fingernägel, keine Designerklamotten, kein Golfspielen. Sondern um sechs Uhr aufstehen, Mist auf den Schubkarren laden, Heuballen schleppen und soweiter." Carmelas Lethargie war plötzlich verflogen.

„Ach, Kleines, seit diesem unangenehmen Vorfall in Verbindung mit Enriques Tod bist du etwas dünnhäutig geworden." Savanna hielt inne und schlug einen beschwichtigenden Ton an. „Carmela, querida, entschuldige. Ich wollte nicht gefühllos klingen. Aber du musst doch zugeben, dass du es nicht schaffen wirst", sagte sie und rieb jetzt auch noch Salz in die Wunde.

Carmela hatte keine Lust mehr, sich länger mit ihrer Schwester in endlosen Diskussionen zu verlieren, die doch nichts brachten. Sie konnte förmlich spüren, wie Savanna auf der anderen Seite zuckte, weil sie verzweifelt versuchte, sich wieder in ein versöhnliches Gespräch einzuschalten.

„Lass uns ein anderes Mal telefonieren", sagte Carmela schnell. „Ich muss wieder nach dem Rechten sehen. Mach's gut, Savanna." Carmela verspürte starke Lust, zu schreien, das Gefühl ihrer Wut und ihrer Ohnmacht mit einem einzigen Schrei loszuwerden, sich von allen Emotionen, die sie seit Tagen quälten, zu befreien oder sich auf den Boden zu werfen und wild zu strampeln. Doch wie immer hatte sie sich sofort wieder unter Kontrolle und versuchte, wieder ruhig zu werden.

Am nächsten Morgen schlug Carmela den Weg über die Weiden ein und rief nach dem Hund. Rambo hatte soeben eine Hecke nach Kaninchen untersucht. Rasch tauchte er auf, wedelte Abbitte leistend mit dem Schwanz und senkte demütig den Kopf. Sorgfältig bahnte er sich seinen Weg durch das raue Gras und flitzte vor Carmela her.

Carmela seufzte. Savannas gestriger Anruf beschäftigte sie immer noch. „Vorfall" hatte sie den Mordversuch genannt, einen „unangenehmen Vorfall". Carmela konnte es immer noch nicht glauben, wie oberflächlich ihre Schwester doch war. Marco war genauso. Sie bemühte sich, dieses Gespräch auszublenden.

Da wurde ihr klar, sie konnte nicht aufhören, das Rätsel zu lösen. Es wartete regelrecht darauf, dass Carmela es zu packen bekam und ans Tageslicht zerrte. Sie musste weitermachen. Dieser Landstrich war ein Teil von ihr, jeder einzelne Zentimeter, angefangen von der staubigen Erde, die an den Schuhen haftete, bis hin zu den Olivenbäumen und den Korkeichen über ihrem Kopf. Sie liebte das kreuz und quer durch Wiesen und Felder führende Netz von geheimen Wegen, das nur ihre Familie kannte, die Agavenbäume, die in den Himmel wuchsen, und die Mohnblumen im Frühjahr, die sich zu weiten Feldern ausbreiteten. Dieser Besitz voller Kontraste, die seinen einmaligen Reiz bestimmten.

Sie folgte einem fast unsichtbaren Pfad an einer der Olivenplantagen entlang, während der Hund vor ihr hertrippelte, und lauschte dem leisen Rascheln der Natur, die sich auf die Nacht vorbereitete. Dann stand sie vor der Klosterruine.

In Carmelas Kopf herrschte das reinste Chaos.

Ihr Vater hatte ihr das Haus und die Tiere überlassen, damit sie seine Arbeit und die der Generationen vorher fortsetzen konnte, auch wenn der Rest an ihre Geschwister ging.

Diese Arbeit fortsetzen. In ihrem Kopf machte sich eine leise Stimme bemerkbar und fragte nach ihrer eigenen Arbeit.

Das ist meine Bestimmung, sagte sie zu der Stimme und bemerkte mit einiger Überraschung, dass sie in irgendeiner Form auf ihre eigene Stimme reagierte. Nein, sie wollte nicht mehr – konnte nicht mehr.

Sie wollte nicht so in sich gekehrt sein und versuchte, diese Stimmung abzuschütteln. Doch der Wind raschelte durch die Blätter und flüsterte ihr weitere Fragen zu.

Wo bist du eigentlich in all dem, Carmela Fernández? Wer bist du?

Rambo drückte sich fest an ihre Beine und hob die Schnauze zu ihr empor, als wollte er die Fragen des Windes wiederholen.

Sei nicht dumm, Carmela, sagte sie sich. Vorwärts und aufwärts. Einen Schritt nach dem anderen. Schau nicht zurück. Mit Sicherheit fallen dir noch mehr Klischees ein, die auf deine Lage zutreffen, schlussfolgerte sie leicht amüsiert. Ricarda hatte es geschafft, warum sollte sie es nicht auch schaffen? Eine Zukunft, dachte Carmela, die bereits Vergangenheit war, ein Leben, das längst vorüber war. Und doch spielte es noch eine Rolle, es hatte für Großmutter Ricarda eine Rolle gespielt, und jetzt spielte es für Carmela eine Rolle. Dieses Geheimnis war ihr Erbe. Mehr noch, es lag in ihrer Verantwortung, das Rätsel zu lösen.

Sie blickte zu dem Glockenturm empor und sah Ricarda vor sich. So deutlich. Die dunklen Augen und ein schwaches Lächeln erhellten das Gesicht ihrer Großmutter. „Carmela, mein Liebes!", flüsterte die altbekannte Stimme. „Du schaffst es. Wir sind eins."

Carmela nahm die faltige Hand ihrer Großmutter. Die Berührung schien Carmela Kraft zu verleihen. Dann wandte Ricarda sich ab, war verschwunden wie ein Nebel, wie ein Echo im Wind.

„Ich werde es schaffen", flüsterte Carmela. „Wir sind eins. Danke, Großmutter."

Kapitel 29

Sie saßen in der Küche. Carmela sah der kleinen, flinken Köchin bei der Arbeit zu. „Sag mal, Antonia", fragte sie, „hast du je von meiner Urgroßmutter Graciana Maria gehört?"

„Wie sollte ich, Carmela?" Antonia blickte sie leicht verwundert aus zusammengekniffenen Augen heraus an. Sie hatte es doch gewusst, dass etwas los war mit ihrem kleinen Mädchen. Dass sie irgendetwas im Sinn hatte. Was konnte das an einem solchen verregneten Sonntag schon groß sein? Nur, was sie seit Langem hatte kommen sehen. Und hässlich gemacht hatte es sie nicht gerade, so viel stand fest. Es war ja auch höchste Zeit gewesen, mal ganz ehrlich. José Sánchez hätte sicherlich am wenigsten dagegen gehabt, dass Lazaro und Carmela ihre Liebe zueinander entdeckt hatten. Carmelas Trauer um den gemeinen Enrique war schließlich auch kein Hinderungsgrund.

„Kennst du dich mit der andalusischen Geschichte aus? Ich meine speziell unsere Gegend hier."

Antonia war leicht beleidigt. „Ich bin eine einfache Frau, Carmela, die für deine Familie, seit ich denken kann, den Haushalt führt. Davor war es meine Mutter María."

„Schon gut, Antonia. Setz dich mal her und lies das da." Sie legte ihr den mit Sporflecken befallen Brief und das fleckige Dokument hin.

„Das hier ist ein Brief, den ich in einem Album in der Klosterruine gefunden habe. Meine Urgroßmutter hat ihn an meine Großmutter Ricarda geschrieben.

Den Absatz hier konnte ich nicht richtig entziffern. Er ergibt keinen rechten Sinn."

Antonia holte ihre Brille hervor und studierte das vergilbte Blatt mit der schnörkeligen, altmodischen Handschrift.

„Ja", murmelte sie nach einer Weile, „ich verstehe, worum es geht."

„Würdest du es mir bitte erzählen?" Carmela war ganz aufgeregt.

„Also, soweit ich verstehe, hat es damals, als die Kartäuser den Alfaros die Ländereien und das Kloster überlassen haben, irgendeine Art von Vertrag gegeben. Eine mit dem Anwesen verknüpfte Verpflichtung, die noch aus der Zeit stammte, als die Alfaros bereits die Finca besaßen. Jedenfalls sicherten die Alfaros den Kartäusern zu, die geheiligte Verpflichtung zu übernehmen, zu bewahren und einzuhalten. Kurz, deine Großmutter Ricarda wird hier darüber informiert, wie es zu der enormen Vergrößerung der Finca und diesem Kloster gekommen war. Und so wie es aussieht, hat jede Nachfahrin zu ihrem einundzwanzigsten Geburtstag so einen Brief erhalten."

Carmela beugte sich vor, stützte die Ellenbogen auf und legte die Fingerspitzen aneinander. Sie hörte fasziniert zu.

„Nur", fuhr Antonia fort, „nannte man es später nie Verpflichtung. Vielleicht hatte es etwas mit dieser Geschichte der Säkularisierung zu tun, die mir meine Mutter einmal erzählt hat. Sie hatte sie ihrerseits von ihrer Großmutter gehört, also reicht das wohl ziemlich weit zurück. Sie nannten sie die Geschichte vom Felsengelübde."

„Noch nie gehört. Erzähl sie mir."

„Es ist eine sehr schöne Geschichte, weißt du. Die Mönche des Schweigeordens sollen im 16. Jahrhundert dieses Kloster erbaut haben. Sie begannen mit der Pferdezucht. Der Orden weigerte sich später strikt, trotz des königlichen Befehls, andere Rassen einzukreuzen. Der Sturheit der Mönche war es zu verdanken, dass die Pura Raza Español, das reinrassige spanische Pferd, bis heute erhalten geblieben ist." Antonia bekreuzigte sich und fuhr dann fort: „Als die Mönche Graciana Juana Alfaro das Land und das Kloster überlassen hatten und fortgingen, gab es hinterher eine große Fiesta. Sie soll drei Tage gedauert haben. Es gab Umzüge, es wurde gebetet, getanzt und gesungen. Zum Dank bat Graciana Juana alle Arbeiter und deren Familien, zu einem heiligen Ort zu pilgern, ganz oben auf dem Gipfel. Dort gäbe es drei Felsen, die aussahen wie die Köpfe von Araberpferden. Die gebogene Nase, feine Ohren und der ausdrucksstarke Kopf. Dort hat sie dieses Gelübde vor allen Anwesenden abgelegt: Niemals sollten Menschen an diesem Land der Alfaros irgendetwas verändern. Soweit das Auge von den drei Steinskulpturen reicht."

„Und das war das Felsengelübde?" Carmela spürte ein flatterndes Gefühl in ihrer Magengrube, wie von einem Segel in einem umspringenden Wind.

„Ja, und immer endet die Geschichte mit dem Satz: ,Soweit das Auge reicht.' Nun ja, du weißt, wie das mit diesen alten Geschichten so ist. Vermutlich gibt es diesen sogenannten heiligen Ort auf dem Felsmassiv gar nicht."

„Immerhin hat sich die Geschichte fast einhundertfünfzig Jahre gehalten!"

„Alle schönen Geschichten sind alt, die meisten sogar viel älter. Ich kann dir Dutzende erzählen, und in jeder gibt es das eine oder andere Wunder. Da kann ich mit der Hochzeit zu Kana anfangen. Du weißt schon, wo Jesus Wasser in Wein verwandelt hatte."

„Antonia, sei nicht zynisch."

„Ich bin nur realistisch, querida. Mein Sinn für Romantik hat in den langen Jahren der Arbeit für die Alfaros doch ein wenig gelitten." Sie grinste Carmela an.

## Kapitel 30

Als Carmela Lazaro die Einzelheiten ihres interessanten Gesprächs mit Antonia erzählte, konnte er, bei allem Verständnis für sie, aufgrund seiner eigenen Kenntnisse nicht anders, als sie zu ermahnen, sich keine großen Hoffnungen mehr zu machen: Carmela konnte wohl, wenn sie es darauf anlegte, den Verkauf und die Entwicklung des Landes verzögern, aber nicht verhindern.

Sie erzählte ihm, was sie von Antonia über das „Felsengelübde" gehört und was sie Graciana Marias rätselhaftem, unklaren Dokument und dem Brief entnommen hatte.

„Klingt das denn nicht, als ginge es da um etwas sehr Bedeutungsvolles, Wichtiges?", fragte sie ihn.

„Ich gebe ja zu", sagte er, „dass dieses Duenas-Projekt alles andere als erfreulich für dich ist. Wenn wir dagegen angehen wollen, dann müssen wir schon ganz harte Tatsachen in der Hand haben."

„Du sprichst von ‚wir'?" Carmela sah ihn ungläubig an.

„Ja. Ich würde dir gerne helfen. Vielleicht findet sich ein Bindeglied zwischen dieser Geschichte in dem Brief und dem Dokument, aber ansonsten können wir damit nicht viel anfangen. Wer außer Antonia könnte noch die alten Geschichten aus der Gegend hier kennen?"

„Ich weiß nicht ... Vielleicht der greise Arturo Corso? Selbst der ist dafür ja hundert Jahre zu jung."

„Na, dann gehen wir doch einfach mal zu ihm. Auch wenn er kein Schamane ist. Wer sonst käme infrage, wenn nicht er?"

Arturo Corso empfing sie mit seiner gewohnten Freundlichkeit, und er schien weniger als Carmela selbst davon überrascht zu sein, dass sie ihm Lazaro als ihren Anwalt und guten Freund vorstellte. Sie hatte diese Worte, seit sie ihn kannte, noch nie ausgesprochen, dachte sie verwundert. Und jetzt auf einmal mit der größten Selbstverständlichkeit …
Als sie ihm den Brief gezeigt und Antonias Geschichte erzählt hatte, lehnte er sich zurück und schüttelte heftig den Kopf.
„Das ist ja ein sehr romantisches Puzzle, liebe Carmela, aber offen gesagt, diese Geschichte höre ich zum ersten Mal. Und dieses Dokument … Gott, das kann alles und nichts besagen."
„Das weiß ich. Nur sehen Sie, das Land ist der Familie Alfaro von den Kartäusern übereignet worden, so viel steht fest …"
„Schon, aber vergessen Sie eines nicht: Wenn wir uns mit der spanischen Landverteilung befassen wollen, dann verschwenden wir wirklich nur unsere Zeit. Es gab zwar nur einige dieser Landabtretungen, aber auch viele Enteignungen. Über die genaue Zahl streiten sich die Fachleute sowieso, aber nichts davon ist fachlich dokumentiert. Jedenfalls ist heute – soviel mir bekannt ist – nichts mehr darüber vorhanden. Mag wohl sein, dass auf irgendeinem Dachboden, in irgendeiner Truhe irgendwo noch so eine Abtretungsurkunde existiert. Die Wahrscheinlichkeit, dass sie nicht vollständig auffindbar sind, dürfte größer sein. In

meinem ganzen langen Leben ist mir niemand begegnet, der je eine gesehen hätte."

„Trotzdem: Diese Übereinkunft oder das Gelöbnis oder Gelübde oder was immer es war, muss doch etwas bedeutet haben!", hakte Carmela auf ihre beharrliche Art nach. „Sonst hätte meine Urgroßmutter Graciana Maria es in einem so wichtigen Brief doch sicher nicht ausdrücklich erwähnt. Und meine Großmutter Ricarda hätte es nicht wie für die Ewigkeit aufbewahrt, zusammen mit ihren wichtigsten Sachen, oder?"

„Ja, aber wenn es so etwas Bedeutsames wie eine Übereinkunft oder gar ein Gelübde gegenüber den Kartäusern gegeben hätte, dann wäre das doch gewiss auch noch woanders dokumentiert als lediglich auf einem von Schimmelflecken befallenen Stück Papier." Arturo Corso schüttelte noch einmal den Kopf. „Nein, liebe Carmela, wirklich, das müsste irgendwo dokumentiert und registriert und ganz legal eingetragen sein, irgendwo, irgendwie."

„Don Corso", sagte sie, „wenn Sie uns vielleicht trotzdem ein wenig auf die Sprünge helfen könnten?"

„Liebe Carmela! Auf die Sprünge helfen! Da gibt es nur einen einzigen Weg: Sie müssen ganz am Anfang beginnen. 1834, als der spanische Premierminister eine Delegation die Küste hinaufschickte, um nach geeignetem Land zu suchen. So zogen sie los, die Küstenlandstriche hinauf, dokumentierten die Klöster der Benediktiner, Zisterzienser und die der Kartäuser. Diese Ordensgruppen beanspruchten den größten Teil des jeweils umliegenden Landes. Nach der Säkularisierung 1836 gab es vom Staat ein paar Landschenkungen an den einen oder anderen Privatmann, vorwiegend allerdings an die Fincabesitzer, die für den

Staat die Pferdezucht übernahmen. Eine Übertragung an die arme Klasse wurde vermieden."

Carmela warf Lazaro einen schnellen Blick zu. Das hatte sie doch in der Schule alles in- und auswendig gelernt! Sogar der nachlässigste Tourist wurde geradezu mit der Nase drauf gestoßen, es sei denn, er hielt sich ausschließlich in spanischen Freizeitparks auf!

„So, und jetzt wird es kritisch", fuhr Arturo fort. „Bueno! Nach der Säkularisierung 1836 herrschte das große Landgrapschen. Jeder für sich und keiner für alle, glauben Sie mir! Wer damals bereits Land besaß – wie die Alfaros –, musste Eingaben machen, um es zu behalten beziehungsweise offiziell neu erwerben zu können. Dazu vor dem spanischen Schatzmeister erscheinen und seinen Anspruch vortragen, begründen und beweisen, dass er mindestens zweitausend Stück Vieh und eine Pferdezucht hatte. Sowie ein Haus und was noch alles, um die Verlängerung seiner Besitzansprüche zu erwirken. Ob Sie es glauben oder nicht, im Durchschnitt dauerten solche Anhörungen, Verfahren und Zeugenaussagen viele Jahre lang." „Kommt mir auch in der heutigen Zeit irgendwie bekannt vor", warf Carmela schmunzelnd ein.

Die beiden Männer sahen sie mit dem gleichen amüsierten Gesichtsausdruck an.

„Und das Resultat?", fuhr der alte Mann fort. „Eine Schande! Die meisten Landbesitzer verloren ihr Land und hatten kein Geld mehr, lange bevor die Prozesse abgeschlossen waren, und Hunderte neue Eigentümer – viele kraft politischer Beziehungen erfolgreich – übernahmen es mit neuen Besitzurkunden."

„Na gut", rief Carmela, die kaum noch still sitzen konnte, „aber die Alfaros haben ihr Land ja nun behalten, wie auch immer sie es angestellt haben mögen.

Sonst hätten sie ja nicht das Kartäuserland übernehmen können!"

„Sehr richtig, meine Liebe. Sie waren unter den wenigen Glücklichen und vielleicht auch Hartnäckigen. Auch ihre Familienakte, die expediente, muss wohl den Antrag des Ministerio de Hacienda enthalten haben, mit einer groben Landskizze, dem diseño, samt einer Kopie. Die vollständige Akte müsste dann im Archiv des Ministeriums verwahrt worden sein."

„Gut, und wo wäre diese expediente dann heute?", fragte Lazaro.

„Keine Ahnung, junger Mann! Nicht die leiseste!", erklärte Arturo Corso schlicht.

„Wie kam es dann dazu", fragte Lazaro ruhig, „dass die Alfaros ihr Land behielten?"

Don Corso sah ihn an. „Vielleicht Glück, Schicksal. Das entzieht sich meiner Kenntnis. Kann sein, dass man von der Regierungsseite aus den Überblick verloren hatte."

Arturo Corso schwieg eine Weile kopfschüttelnd, als sei er von Herzen froh, dass er diese Epoche spanischer Geschichte nicht hatte miterleben müssen.

„Don Corso", hakte Lazaro nach, „die Alfaros haben dieses Kartäuserland 1836 übertragen bekommen. Da muss doch ein gültiges Dokument vorhanden sein!"

„Oh, das bestreite ich gar nicht! Es hat bestimmt eine Art Urkunde gegeben. Dieses Schriftstück musste ordnungsgemäß beglaubigt werden. Ohne Zweifel."

„Vermutlich wird mir die Antwort nicht gefallen", sagte Carmela, „aber ich stelle Ihnen die Frage trotzdem noch mal: Wo könnte man diese Akte finden?"

„Tja, meine Liebe, ich kann es auch nicht ändern, aber die meisten dieser Landgeschichten waren nur, wie bereits erwähnt, im Ministerio de Hacienda registriert."

„Vor dem Bürgerkrieg, wollen Sie wohl sagen?"

Er nickte nur. Dann sah er Carmela an. „Es gibt ein privates Archiv, welches die Herzogin Luisa Isabel de Herrera bis zu ihrem Tod 1986 akribisch geführt haben soll."

„Was? "

„Na, ich dachte, das wissen Sie! Sonst hätte ich es natürlich schon früher erwähnt. Ja, ja, ganz einwandfrei! Die Übertragung des Klosters und der dazugehörigen Ländereien des Ordens an die Alfaros muss auf jeden Fall dort registriert sein. Woanders zu suchen ist unwichtig und völlig irrelevant!"

Das hättest du aber auch gleich sagen können, wie?, dachte Carmela verärgert. Wieso muss er uns diesen ganzen unnützen Blödsinn erzählen, statt uns einfach gleich nach Rhonda zu schicken? Mann!

Don Corso war noch keineswegs fertig. Lazaro legte Carmela die Hand auf den Arm, um sie zurückzuhalten.

„Andererseits", sagte Arturo Corso versonnen, nahm seine Brille ab und blickte zur Decke,

„Titel, Urkunden, Karten … das sind oft nicht die einzigen Puzzleteile, nicht wahr? Genau deswegen gibt es ja Historiker, Bibliothekare, Kuratoren und nicht nur Immobilienanwälte! Bueno! Sie könnten es vielleicht mal in der Biblioteca Nacional de España in Madrid versuchen. Oder im Kulturministerium. Wer weiß, ob und wie Sie da fündig werden. Die haben alle jede Menge Papier gelagert, altes Zeug, Dokumente, Seiten um Seiten."

„Haben Sie vielen Dank, Don Corso", beeilte sich Lazaro nun selbst zu sagen, „Sie haben uns sehr geholfen. Wir sind Ihnen beide sehr dankbar."

„Gern geschehen, Señor Martínez, gern geschehen. Hab schon lange keinen so anregenden Vormittag mehr gehabt, wirklich!"

Draußen auf der Straße hakte sich Carmela bei Lazaro ein. „Lass uns einen Kaffee trinken gehen."

„Einverstanden." Lazaro kniff sie zärtlich in die Nasenspitze.

Kapitel 31

„Mein Gott, ist das riesig hier", sagte Carmela zu Lazaro.
„Kann man wohl sagen."
„Hier soll meine Großmutter ein und aus gegangen sein? Kaum zu glauben."
Die beiden befanden sich im Familienarchiv der Herzogin Luisa Isabel. Sie hatte sich bis zu ihrem Tod der Erhaltung, Katalogisierung und Erforschung der Geschichte Andalusiens gewidmet.
Herrje, dachte Lazaro, Carmela muss mich doch nicht mit Konversation bei Laune halten. Auch wenn sie nun immer tiefer in die Nachforschungen hineingerieten, seit sie im Archiv der Nationalbibliothek tatsächlich den Grundbuchvermerk über die Übertragung der Ländereien und des Klosters, Eigentum des Kartäuserordens, an die Familie Alfaro gefunden hatten. Sie hatten das aus einem einzigen Blatt bestehende Dokument aufgeregt studiert. Die Landbeschreibung. Jahreszahl 1836. Aber nicht der kleinste Hinweis auf eine Übereinkunft, ein Gelöbnis, ein Gelübde.
„Das wär's ja dann wohl", hatte Lazaro gesagt. „Auf keinen Fall!", hatte Carmela protestiert. „Das kann einfach nicht alles sein!"
Lazaro und Carmela hatten ihre Erkundungsreise mit dem Museo Taurino in Jerez de la Frontera begonnen, um vielleicht dort ein paar von Don Corsos „Puzzleteilchen" zu finden. Am Tag darauf hatten sie es in der Universität von Cádiz versucht und auch dort das Oberste zuunterst gekehrt – mit dem gleichen, absolut

negativen Ergebnis. Auch an der Universität von Sevilla hatten sie keinen Erfolg. So war es weitergegangen, immer gemäß Arturo Corsos Stichwörtern. Die Nationalbibliothek in Madrid war das nächste Ziel. Zwar hatten sie mehr Puzzleteile zur Geschichte Andalusiens gefunden, als Lazaro sich je hätte träumen lassen, aber leider eben kein einziges mit Bezug auf die dreitausend Hektar zwischen Berg und Küste, die heute zur Finca La Verdad gehörten.

Nun waren sie bei der letzten Station angelangt, die ihnen Don Corso genannt hatte, dem Schloss der Herzogin de Herrera in Rhonda.

Natürlich konnten sie noch wochenlang durch Spanien ziehen und alle Akten durchstöbern, die sie nur zu sehen bekamen, bis hin zu den Archiven der kleinsten Stadt. Aber alle Leute, mit denen sie bislang gesprochen hatten, hatten ihnen gesagt, sie dürften sich außerhalb der großen, bekannteren Archive einfach nicht zu viel erwarten.

Nun waren sie also hier. Sie hatten sich von uniformierten Wächtern zweimal gründlich durchsuchen lassen müssen, ehe sie die Zufahrt zu den prächtigen Gärten und gepflegten Rasenflächen des Schlosses hatten passieren dürfen. Dann waren sie durch ein Labyrinth von Türen und Gängen bis zu dem verabredeten Raum gekommen, wo sie nun als Einzige warteten.

Er hatte eigentlich allen Grund, dachte Lazaro, sich zu wünschen, dass Carmela diesen Brief ihrer Großmutter niemals gefunden hätte. Niemals versucht hätte, ihn zu lesen; sich zu wünschen, Carlos Duenas hätte seinen Willen durchgesetzt, damit Carmela endlich von ihren Obsessionen hinsichtlich des Verkaufs der Finca loskäme und sich lieber mehr Gedanken über ihrer beider Zukunft machte.

Seit dem Tag, da sie seine Hilfe angenommen hatte, hatten sie, schien es ihm, über nichts anderes als diesen ominösen Brief und das Dokument gesprochen. Über diese Legende, dieses angebliche Gelübde. Es war klar, dass Carmela mit jeder Faser an dem Land der Finca hing und um jeden Preis verhindern wollte, dass dieser Geldbonze Duenas es bekam. Es schien im Augenblick ihr einziges Lebensziel zu sein. Ihre tiefe Zuneigung, die sie einander doch gerade gestanden hatten, ihre Seelenverwandtschaft, all das war sofort wieder an die zweite Stelle gerückt – mit weitem Abstand obendrein. Sie schien überhaupt nur noch dieses mysteriöse Gelübde von den Felsen im Kopf zu haben.

Er fragte sich bereits manchmal, ob diese besessene Jagd nach dem Geheimnis für Carmela nicht am Ende eine Flucht war – Flucht vor der unausweichlichen Notwendigkeit, sich dieser Liebe und ihrem Lebensglück zu stellen. Was mochte der Grund sein? Hatte sie im tiefsten Unterbewusstsein das Gefühl, es sei nicht recht, so rasch nach ihrer enttäuschten Freundschaft mit Enrique und dessen Tod ihr eigenes, neues Glück zu suchen?

„Carmela", sagte er, „könntest du nicht vielleicht, wenn Señor Pérez wissen will, wonach du suchst, das Wort ‚Gelübde' vermeiden und einfach ‚eine private Grundstücksabmachung' sagen? Die ganze Zeit schon fühle ich mich immer unbehaglich vor den Leuten und ihren Blicken, wenn wir erklären, wir suchen nach einem hundertfünfzig Jahre alten Gelübde."

„Wieso, ich kann daran nichts Unpassendes finden!", erwiderte Carmela.

„Wie wäre es mit einem Kompromiss? Dass wir es diesmal auf meine Art versuchen?"

„Kompromiss", sagte Carmela düster. „Es geht schon los. Antonia hat mich gewarnt: Partnerschaft, das heißt, unaufhörlich Kompromisse zu schließen!"

„Sie war doch ganz begeistert, als wir es ihr gesagt haben?"

„Natürlich war sie das, aber danach, als wir allein waren, fing sie an, mir einen Vortrag darüber zu halten, dass ich nun lernen müsse, Kompromisse einzugehen. Dabei hasse ich das Wort wie die Pest! Es ist so unglaublich langweilig und blöd. Gerade wenn du meinst, jetzt passiert dir das Wunderschönste und Herrlichste, das du dir vorstellen kannst, springen dir im nächsten Moment alle mit diesem dämlichen Wort ins Gesicht. Kompromiss, Kompromiss! Wie eine Gebetsmühle. Selbst Savanna löchert mich jetzt pausenlos damit. ‚Du fängst besser an, Kompromisse zu schließen, Schätzchen!' Was haben sie bloß alle? Wieso fragt mich keiner, wie es bei mir weitergehen soll, ohne Kompromisse?"

Carmela und Lazaro fuhren hoch wie ertappte Kinder, als Señor Felipe Pérez ins Zimmer kam. Er war jung, hochgewachsen, hatte braunes Haar und sah ausgesprochen freundlich aus. Für den Moment entschlossen, Kompromissbereitschaft zu zeigen, überließ Carmela diesmal Lazaro die Gesprächsführung.

Felipe Pérez hatte aufmerksam zugehört. „Eine private Grundstücksabmachung, sagen Sie? Zwischen den Alfaros und den Kartäusern? Hm. Nach 1836 hatten die Kartäuser keinerlei Befugnisse mehr. Aber wer weiß, möglich ist alles. Allzu viele Stellen, die für eine Suche infrage kommen, gibt es da nicht. Ich will mal sehen, ob ich was finde."

Er bat sie in einen größeren Raum, in dem es einen langen Tisch und viele Stühle gab. Er schloss die Tür zum Handschriften-Raum auf, nachdem er den Schlüssel aus der Tasche gefischt hatte, und verschwand in der Schatzkammer.

Es schien ewig zu dauern, bis Felipe Pérez wiederkam. Er hatte eine braune Akte in der Hand. Er legte sie auf den Tisch und setzte sich ihnen gegenüber.

„Tut mir leid, dass es so lange gedauert hat, aber ich musste erst eine Menge Zeug wegräumen. Ich habe nichts außer dieser Mappe hier gefunden, und dass da etwas drin sein könnte, ist auch nur eine vage Vermutung." Er klappte sie auf. „Das hier sind Dokumente des Ministerio de Hacienda. Ich glaube kaum, dass noch etwas drin ist, das bis zu den Kartäusern zurückgeht, aber ich dachte, wir können es ja auf jeden Fall mal durchsehen. Ich bin sehr gespannt."

Es waren sieben braune Aktendeckel in der Mappe, jeder mit einer Schnur zu einem Bündel zusammengebunden. „Kopien von sieben Akten", sagte der Kustos.

„In Madrid waren wir bereits", sagte Carmela, „aber wir haben dort nichts gefunden."

„Ach, wissen Sie, Dokumente haben oft seltsame Schicksale. Hier gehen sie verloren, dort tauchen sie wieder auf. Meistens sind sie dort, wo man sie am wenigsten vermutet."

Felipe Pérez war dabei, eines der Bündel vorsichtig aufzuschnüren und durchzublättern. Die Seiten waren schon brüchig und vergilbt, sehr dünn. Der diseño war ein gesondertes Dokument und bestand aus einer groben Lageskizze auf einem gefalteten Blatt mit einer oben eingezeichneten Windrose und einem Ortsnamen sowie einem eindeutig erkennbaren Flusslauf. Felipe

Pérez schüttelte jedoch den Kopf. „Das ist Land im heutigen Naturpark Doñana." Er sah auch noch einige der anderen Akten durch, aber ohne Erfolg.

Das fünfte Aktenbündel sah aus wie alle anderen, doch als Carmela und Lazaro die aufgefächerte Abmessung des bezeichneten Landes sahen, riefen sie beide zugleich hastig: „Halt, warten Sie!"

„Sehen Sie sich das an!" Carmela war plötzlich wie elektrisiert. „Das ist es!" Sie hatte es so laut ausgerufen, dass die übrigen Anwesenden überrascht aufblickten. Felipe Pérez griff rasch nach der großen Mappe , klappte sie zu. Er trug sie hinüber in sein Büro. Lazaro nahm Carmela bei der Hand und folgte Felipe Pérez. Der war bereits dabei, den bewussten diseño wieder herauszunehmen, und legte ihn offen hin, um das Dokument genau zu analysieren. „Dies hier scheint die Übertragung zu sein, datiert von 1835."

Er blickte zu Carmela auf. „Das ist eine gerade und glatte Besitzübertragung für jene Zeit." Felipe Pérez las laut, aber wie für sich selbst, und rasch. Dann legte er das Schriftstück hin. „Das sind Angaben, die sehr viel detaillierter und genauer sind als die meisten sonst! Im Wesentlichen allerdings sagen sie natürlich dennoch nicht mehr aus als alle anderen Anträge auch, einmal abgesehen davon, dass dieser hier so eindeutig auf die ursprüngliche spanische Landvergabe zurückgeht."

„Lesen Sie doch weiter!", forderte ihn Carmela erregt auf.

Felipe Pérez legte die Karte beiseite und überflog die übrigen Seiten. „Leider alles nur die üblichen Formalitäten. Zeugenaussagen angesehener Bürger aus der Gegend, die bekräftigten, dass die Alfaros schon so lange, wie sie und ihre Väter und Großväter denken konnten, die Besitzer der Finca La Verdad gewesen waren."

Carmela beugte sich vor und ließ den Kopf hängen angesichts dieser erneuten Enttäuschung.

„Ich will mir die Karte doch noch mal ansehen, wenn es Ihnen recht ist", sagte der Kustos.

„Da ist etwas Ungewöhnliches an dem Text hier unten. Könnte eine eingehende Beschreibung der Grenzen sein. Das ist sehr viel länger, als ich es sonst kenne."

Er blätterte erneut die Akte durch. „Hier ist noch etwas, was Ihrem ruinierten Dokument sehr ähnlich sieht." Er studierte den Text Wort für Wort. Dann hob er den Kopf. „Also, hm, da steht eine Textergänzung, wie ich sie noch nie gesehen habe. Hören Sie zu." Und er las vor.

Doña Graciana Juana Alfaro!
Stat crux dum volvitur obis.
Das Kreuz steht fest, während die Welt sich dreht.
Gott hat mir den Weg zu Ihrer Familie gewiesen. Ich, Bonifacio Ladrón, verkünde hiermit Ihnen, Doña Graciana Juana Alfaro, dass ich als Mönch Bonifacio, im Vollbesitz meiner geistigen Kräfte, das heilige und geheiligte Gelöbnis mit meinen eigenen Worten zu wiederholen und zu erneuern wünsche, das zuerst von meinem Ordensbruder Lazaro Martínez bei Gelegenheit der Vollendung und Weihe der Mission von La Cartuja de las Fuentes abgelegt wurde.

Da nun die Zeit der Säkularisierung nicht mehr fern ist, bitte ich Sie, einen Eid abzulegen. Alles Land, das zu diesem Kloster gehöre und an Ihr Landgut grenze, soll von dem Orden an Ihre Familie übergehen. Es soll für immer im Besitz der Familie Alfaro bleiben, um es vor Plünderungen und vor der Zerstörung zu retten. Die Katakomben unter der Kapelle sowie diese selbst sollen dem Eid zufolge niemals entweiht werden.

Die Ländereien erstrecken sich, soweit das Auge reicht, von Horizont zu Horizont, bis zu dem Sand am Meer in westlicher Richtung, hin über den buckligen Felsen in nördlicher Richtung, die Korkeichenwälder in westlicher und die Olivenreihen in südlicher Richtung. Die drei Pferdeköpfe aus Stein weisen die Richtungen und wachen über das Land.

Hiermit übertrage ich dieses heilige Gelübde an Sie, Doña Graciana Alfaro, und Ihre Nachkommen vor den Hl. Vätern des Ordens der Kartäuser und dem Zeugen, dem Ordensbruder Lazaro Martínez, der hier mitunterzeichnet. La Cartuja de las Fuentes, 1835

Er blickte mit einem breiten Lächeln auf. „Es ist die Unterschrift von Bonifacio Ladrón, und datiert ist es vom 9. Januar 1835! Zu der Zeit hatten die Kartäuser ihre weltliche Autorität noch! Wenn dies hier keine ‚private Übereinkunft über Grund und Boden' ist, dann weiß ich nicht, was eine ist! Die gesamte Akte, zu der diese Karte gehört, wurde akzeptiert und bestätigt. Hier auf der letzten Seite befindet sich auch die beglaubigte Abschrift des endgültigen Besitztitels von dem Ordensbruder Lazaro Martínez! Unterzeichnet und besiegelt von dem Schatzminister! Und dem damaligen Premierminister."

„Das Felsengelübde", sagte Carmela fast flüsternd.

„Ich denke, so kann man es in der Tat nennen", nickte Lazaro. „Und von meinem Verwandten Lazaro Martínez unterzeichnet."

## Kapitel 32

„Drei Pferdeköpfe in Steinformation", sagte Carmela verzweifelt, „drei Hechtköpfe!"

„Meinst du nicht auch, dieser Bonifacio Ladrón hätte sich da ein wenig konkreter ausdrücken können?" Sie setzte sich keuchend auf einen großen Stein. Der Schweiß perlte ihr vom Gesicht. Sie war fix und fertig.

„Zu seiner Zeit war das offenbar eine völlig ausreichende Beschreibung", erwiderte Lazaro, der ebenfalls Mühe hatte, wieder zu Atem zu kommen.

Carmela versuchte, das Gefühl des Triumphes und der Sicherheit nicht ganz zu verlieren, das sie im Büro des Kurators im Palacio der Herzogin nach dem Fund des letzten Puzzleteilchens anfangs erfüllt hatte. Denn Felipe Pérez hatte gleich danach darauf hingewiesen, dass es sich bestenfalls um das vorletzte handele. Solange sie nämlich diese Stelle zwischen den drei Felsen nicht gefunden hätten, hatte er gesagt, gebe es auch keine Möglichkeit, eindeutig festzustellen, auf welches Land sich das Gelübde beziehe.

Dieser Berg war alles andere als leicht zu besteigen! Jetzt, dachte Carmela, während sie ein feuchtes Halstuch als Handtuch benützte, jetzt wusste sie, warum dieser Familienberg niemals ein Picknick-Ausflugsziel der Alfaro-Sánchez gewesen war. Die Felsenformation, die von der Finca aus so täuschend harmlos aussah, war hier an Ort und Stelle bei näherem Hinsehen eine Wildnis, die für jeden flüchtigen Verbrecher oder Rebellen das ideale, unauffindbare Versteck abgegeben hätte. Es mochte gut eine halbe

Stunde vergangen sein, seit sie die Pferde angebunden und den Aufstieg begonnen hatten. Von den höchstgelegenen Weiden der Finca stieg das Steinmassiv ziemlich steil und unvermittelt hoch. Sie waren geritten, soweit es ging und bis die Pferde in dem Gestrüpp und dichter werdenden Unterholz nicht mehr weiter gekonnt hatten.

Anfangs schien es ganz klar zu sein, dass es überhaupt nur eine einzige Richtung gab. Doch je weiter sie kamen, desto ungewisser wurde das, und mittlerweile glaubten sie mehr oder weniger orientierungslos der Weite des Berges ausgeliefert zu sein. Gebüsch und Gestrüpp überall, jede Richtung war denkbar, doch welche war die richtige?

„Wie würdest du gehen", fragte sie Lazaro, „wenn du ein Kartäusermönch wärst?"

„Wenn ich ein Kartäuser wäre, hätte ich eine lange Kutte und Sandalen an und wäre schon mal überhaupt nicht hier in dieser Gegend, verehrte Señora!"

„Ich versuche, so etwas wie einen Weg zu entdecken, einen Trampelpfad, wie ihn die Wallfahrer damals doch getreten haben müssten", sagte Carmela. „Wir sind doch nicht die ersten Menschen, die den Berg ersteigen."

„Nun ja, wir wissen, dass Graciana Juana und die gläubigen Arbeiterfamilien ihn erstiegen haben. Aber seitdem? Ein Parkspaziergang ist der Berg hier ja nicht gerade."

„Ja, aber es sind doch bestimmt andere Leute hier heraufgekommen! Ich erinnere mich, dass mir mein Vater, als ich klein war, erzählt hat, dass mein Großvater, der alte Diego, auch auf dem Berg gewesen ist. Gut, wenn man nachrechnet, ist das auch schon wieder ein halbes Jahrhundert her. Wenn seitdem niemand oben war, kann natürlich nicht viel von einem Pfad übrig geblieben sein."

Er ging voran, sie stapften weiter und arbeiteten sich langsam durch das Gestrüpp, zwischendurch wieder stehen bleibend, um sich zu orientieren. Steinformationen gab es überall in Mengen, wenn auch keine besonders auffälligen. Jedes Mal blickte Carmela auch hinab zur Finca, die immer kleiner und kleiner geworden und nun ganz hinter einem großen moskitograsbewachsenen Felsen verschwunden war.

„Können wir jetzt eine Pause einlegen, Lazaro?"
„Bist du schon am Verdursten?"
„Der Mensch muss Flüssigkeit zu sich nehmen und Rast machen."
„Also gut. Aber nur ein paar Minuten! Wir müssen die Felsen finden und vor Sonnenuntergang wieder unten sein. In vier Stunden ist es dunkel!"
„Und wenn wir sie nicht finden?"
„Dann kommen wir morgen wieder. Wir kommen so lange, bis wir sie gefunden haben."
„Mein Anführer, meine Zuversicht! Was hab ich nur bisher ohne dich gemacht?" Sie setzte sich auf einen der Steine. Die Luft war bereits merklich kühler geworden, obwohl die Sonne ganz oben am Himmel stand.
„Das habe ich mich auch gefragt", antwortete Lazaro nun. „Ganz verschwendet hast du deine Zeit ja offenbar auch vorher nicht."
„Verschwendet ganz bestimmt nicht, das darfst du mir glauben", sagte Carmela ernsthaft. Er reichte ihr eine Wasserflasche.
„Gänzlich erfüllt war sie eigentlich auch nicht."
Sie blickte ihn an. Es war ihr schon die ganze Zeit nicht ganz geheuer, dass man so verliebt sein konnte

wie sie, dachte Carmela. Lazaro hatte es sich auf einem anderen Felsen nach Maßgabe der Möglichkeiten bequem gemacht.

Auch wenn sie die Pferdeköpfe nicht fanden auf diesem widerspenstigen Berg hier – die Wanderung mit Lazaro war eine echte, tiefe Freude, fand Carmela. Denn inmitten der Hitze, trotz aller Schrammen und Widrigkeiten waren sie zusammen. Sie liebte ihn und vertraute ihm. Sie hatte den Mann ihres Lebens gefunden. Den einen und einzigen. Nur gesagt hatte sie es ihm noch nicht.

Sie tranken beide einen Schluck Wasser aus der Feldflasche und gingen weiter. Das Gestrüpp wurde nun lichter, dafür aber nahm der blanke, glitschige Schotter zu. Jetzt machte sich Diego Alfaros Hirtenstab bezahlt, dachte Carmela und umfasste ihn fest, doch bald musste sie sich mit der anderen Hand auch bei Lazaro festhalten. Sie kamen langsamer voran als bisher. Viel sehen konnte sie angesichts der fast pausenlos in ihre Augen laufenden Schweißtropfen auch nicht mehr.

Dann stolperte sie, in Gedanken versunken, und fiel hin. Fast hätte sie auch Lazaro mitgerissen, der sich gerade noch halten konnte.

„Was ist, hast du dir wehgetan?", fragte er besorgt.

„Nein, nein." Sie saß auf dem Boden. „Glaub nicht. Ich bin nur blindlings vorwärtsgelaufen und habe an alles Mögliche gedacht und wohl nicht mehr auf den Weg aufgepasst." Sie blickte um sich, um festzustellen, worüber sie da gestolpert war. Irgendetwas, das hervorstand. Eine Art Erdhaufen. Lazaro war darübergestiegen, sie mitten hineingestrauchelt.

„Hilf mal mit", sagte sie mit plötzlich erwachtem Interesse.

Sie hoben zusammen einige der Steine weg.

Ein Kreuz aus zwei Baumästen kam zum Vorschein. Es war zusammengebunden mit einem Lederriemen und wies einzelne Flecken weißer Farbe auf.

„Es ist wohl umgefallen", meinte Carmela fast atemlos. „Vermutlich war es in den Erdhügel gesteckt worden. Dann ist es irgendwann mal umgekippt. In den Winterstürmen rollten allmählich Steine darüber."

„Ja, aber wie kam es hierher?"

„Weiß ich auch nicht." Sie besah sich das Kreuz eingehend und konnte sich keinen Reim darauf machen.

„Nach der Legende", überlegte Lazaro, „gab es hier auf dem Berg doch eine Art Schrein oder Altar, was weiß ich. Allerdings erwähnte die Karte nichts von einem Kreuz." Er starrte ebenfalls ratlos ihren Fund an.

„Sieh dich mal um", sagte Carmela. „Sieht der Felsen da für dich irgendwie wie ein Hechtkopf aus?"

„Suchen wir jetzt etwa nach einer Fischart?" Lazaro sah sie verwirrt an.

»Natürlich nicht, Dummerchen. Unter Hechtkopf versteht man auch die Kopfform eines Pferdes mit einer nach innen gewölbten Nasenlinie. Sieht man oft bei Araberpferden."

»Ich dachte die Mönche hätten Kartäuser gezüchtet.«

»Unter anderem. Aber auch Vollblutaraber. Und nach was sieht es aus?«

„Na ja, ein wenig vielleicht. Hier aus der Froschperspektive. Beim Gehen ist es mir nicht aufgefallen."

„Wo sind dann die drei Felsen, die Pferdeköpfe darstellen sollen?", fragte Carmela aufgeregt. Sie blickte nach oben. Da war ein besonders steiler Hang, völlig kahl und lediglich von Schotter bedeckt. Man konnte nicht bis ganz oben hinaufsehen.

„Steh auf. Komm, wir müssen noch höher."
Sie kletterten keuchend in Serpentinen den anstrengenden steilen Hang empor.
Oben erwartete sie ein kleines sandiges Plateau.
Und ziemlich genau in der Mitte dieses Plateaus, unmöglich von weiter unten zu sehen, standen die von der Natur geformten drei Felsskulpturen.
Groß, schmal, keine höher als ein Meter fünfzig. Man hatte den Eindruck, sie wuchsen direkt aus dem Sand und bildeten ein Dreieck.
„Sieh dir das an!", flüsterte Carmela.
Sie konnte es selbst kaum glauben. Carmela hatte gehofft, sie zu finden, aber es eigentlich nie so ganz für möglich gehalten. Es war abgeschieden und völlig still hier oben. Dennoch schien ein ferner Donner heranzurollen. Sie glaubte sogar eine Art Vibrieren der Erde zu verspüren, das auch aus dem Inneren des Berges aufzusteigen schien. Sie flüchtete sich in Lazaros Arme und presste sich eng an ihn. Der Gedanke, dass diese drei natürlichen Felsformationen hier möglicherweise schon seit Ewigkeiten über das Land wachten, überwältigte Carmela.
Sie standen minutenlang völlig reglos, hielten einander und starrten nur stumm die drei Felsen an. Es kam ihnen so vor, als hießen sie sie irgendwie willkommen.
Erst allmählich löste sich ihre Erstarrung. Sie sahen sich um und blickten über den Rand des Plateaus. Von hier oben sah der bizarre Berg ganz eindeutig wie ein buckliger Felsen aus. Auch die Korkeichenwälder und die Olivenreihen zeichneten sich klar und deutlich ab.
„Bis zu dem Sand am Meer", sagte Carmela leise und schaute nach Westen. Ganz fern am Horizont verschmolzen Himmel und Atlantik miteinander in

einem einzigen leuchtenden Blau. Etwas näher war der Naturpark Coto de Doñana zu erkennen, auch der unberührte Sandstrand, der sich dort über die Länge des Fincageländes erstreckte und wie eine klare Trennlinie zwischen den bebauten Strandabschnitten links und rechts davon aussah.

Sie wandte sich um und blickte über die drei Pferdeköpfe hinweg zur weit entfernten Wanderdüne der Coto de Doñana. Der helle Sand glitzerte im Sonnenlicht. Dahinter erhoben sich die schneebedeckten Kuppen des Sierra-Nevada-Gebirgszuges.

„Hier nach Norden!", sagte Lazaro. „Da geht der Blick über das halbe Naturschutzgebiet bis zum Weiler El Rocío hin. Das mag Bonifacio ein wenig großzügig formuliert haben."

„Ja, aber er hat immer von seinem eigenen Land gesprochen, wie du weißt! Von unserem Standort aus überblicken wir höchstens zwei Drittel der Finca!"

„Ein Garten Eden", sagte Lazaro, und man sah ihm die wahre Begeisterung an.

„Ja, ein Paradies für unzählige Geschöpfe. Sieh mal da hinten im Naturpark Doñana, der Leithengst, wie er über die überfluteten Marschen marschiert. Und da die halbwilden Pferde am Rande der Sümpfe." Carmela wollte diesen Moment festhalten, ihn einsperren, um ihn wieder hervorholen zu können, wann immer sie sich zufrieden fühlen wollte.

„Ich habe so etwas noch nie in natura gesehen." Lazaro lächelte. „Diese glitzernden Wasserlandschaften …"

„Die heftigen Regengüsse", unterbrach ihn Carmela, „hinterlassen ein Bild wie nach dem dritten Tag der Schöpfung. Eine Landschaft, geschaffen aus den Fluten des Himmels und dem Licht der Sonne." Carmela holte tief Luft. „Oh, Lazaro, Lazaro, das darf Menschenhand wirklich niemals verändern!"

„Ich kann dich jetzt gut verstehen, warum du hier niemals weg möchtest." Lazaro drückte Carmela zärtlich an sich. „Carmela, ich wollte dich fragen, ob du meine Frau werden willst." Carmela spürte Lazaros Nähe. Sie war wie in einem Rausch. Ihr Herz klopfte wie wild, und Tränen der Freude stiegen ihr in die Augen.

„Ja", flüsterte sie endlich.

Sie standen Hand in Hand und lauschten auf das Flüstern des Windes, der ein Gelübde zu wiederholen schien, das einst hier von Graciana Juana ausgesprochen worden war.

„Wir müssen uns auf den Rückweg machen, Carmela", mahnte Lazaro, „sonst kommen wir in die Dunkelheit."

„In Ordnung. Nur noch einen kleinen Gefallen. Sag mal, könntest du …"

„Aber ja doch", sagte Lazaro. „Alles, was du willst."

„Liebling, ich wusste, du würdest Ja sagen!" Und sie sank voll Dankbarkeit in seine Arme. „Trägst du mich runter?"

## Kapitel 33

„Alles, aber auch alles tut mir weh", stöhnte Carmela in der Badewanne. „Sogar die Haarspitzen und meine Zehennägel. Von den Knien rede ich gar nicht. Dass ich die Arme nicht mehr heben kann, versteht sich von selbst. Ich habe einen Sonnenstich, und womöglich überlebe ich den Tag erst gar nicht."

„Die tapfere Ricarda Alfaro bist du nicht gerade", sagte Lazaro. Auch er hatte lange geduscht und saß nun in einem dicken Bademantel bei ihr auf dem Rand der Wanne. „Immerhin, du warst da oben und bist auch wieder runtergekommen."

Sie hielt ihm ihr Sektglas hin.

Sie hatten vorhin zur Feier des Auffindens der drei Felsenskulpturen eine Flasche Cava geöffnet. Als sie eine Stunde nach Einbruch der Dunkelheit ebenso kaputt wie triumphierend zur Finca zurückgekommen waren, hatten sie Antonia gleich nach Hause geschickt, um allein zu sein. Laura war für zwei Tage bei ihrer Freundin. Nach der Tageshitze war es am Abend, als sie wieder bei den Pferden angelangt waren, ziemlich frisch gewesen, und sie waren angesichts des kalten Windes heimgaloppiert, so schnell es ging. Lazaro war weitsichtig genug gewesen, als Erstes, noch bevor sie sich ins Bad stürzten, ein Kaminfeuer anzuzünden.

„Sag mal, willst du in der Wanne heiraten, oder was?", fragte er. „Du liegst da jetzt schon über eine halbe Stunde drin!"

„Ich komme raus, sobald ich mich wieder kräftig genug fühle, keine Sekunde früher!", verkündete Carmela.

„Soll ich dir aufhelfen?"

„Bueno! Wie Arturo Corso sagen würde! Bueno! Den Berg runter wolltest du mich nicht tragen, aber jetzt aus der Badewanne willst du mir hochhelfen, wie? Bueno, Lazaro Martínez, du bist durchschaut! Nackt sehen möchtest du mich, das ist alles! Dreh dich gefälligst um und reich mir das Handtuch!"

„Ich halte es dir hin!"

„Nö. Da bin ich viel zu schamhaft. Und zu schüchtern. Ich kann doch nicht in unbekleidetem Zustand vor dir erscheinen, Mann! Also dreh dich um!"

„Wo wir aber doch heiraten werden!", protestierte Lazaro. „Wieso kann ich da nicht ein bisschen spannen?"

„Mach die Augen zu! Du könntest mich ja im Spiegel sehen! Ich habe die Absicht, mein Geheimnis zu wahren. Wenn wir verheiratet sind, wird am Anfang im Dunkeln geliebt!"

„Was denn, nicht mal eine Kerze?"

„Nicht einmal ein Streichholz!"

Lazaro griff einfach in die Badewanne und hob Carmela heraus. Sie quiekte und kicherte. Er drückte sie an die Brust, während sie strampelte. „Nicht, dass ich unfähig wäre, dich zu tragen", erklärte er feierlich, „aber es ist keine gute Idee, jemanden einen Berg herunterzutragen. Jetzt trage ich dich, wenn du willst, die ganze Nacht herum."

„Lass mich runter."

Er griff sich das Badetuch, setzte sie auf seine Knie und begann, sie abzurubbeln, während er gleichzeitig ihre unablässigen Fluchtversuche unterband. Dann wickelte er sie auch in einen Bademantel und trug sie in das warme Wohnzimmer vor das Kaminfeuer. Dort legte er sie auf den Boden und sich neben sie und hielt sie wie in einem Schraubstock fest.

„Du wirst nirgends hingehen", erklärte er ihr.

„Genau hier wollte ich hin. Noch einen Cava?"

„Gern. Hast du Hunger?"

„Nein. Ich bin immer noch zu aufgeregt zum Essen. Weißt du, Lazaro, einen Kerl wie dich zu lieben, das ist nicht einfach. Du gibst einem ständig das Gefühl, dass man überhaupt nichts wert ist. Ich weiß schon, dass ich schwierig bin, aber du bist trotzdem gut zu mir. Du kümmerst dich um mich und bist kein bisschen sauer, wenn ich eklig zu dir bin, und du weißt genau, was ich will, noch ehe ich es selbst weiß. Wie kann ich jemals ein so guter Mensch werden, dass ich deiner würdig bin?"

„Ja, leicht wird es nicht werden!", nickte Lazaro mit ernster Miene.

„Und obendrein erinnerst du mich auch immer so an …" Carmela spitzte ihre Lippen.

„Wen?"

„Ja, nicht eigentlich an eine Person … aber es gab da mal diesen Border Collie …"

„Einen Hund?"

„Na ja, alle Border Collies sind, glaube ich, Hunde, weißt du."

Sie trank einen Schluck. „Gott, war der Hund süß. Genau wie du. Ohne Furcht, ganz lange Beine, dickes Fell, fast die Farbe deiner Haare, gutmütig, treu und anhänglich, mit blitzenden Augen, tüchtig, arbeitswütig, stark, und er hatte so eine süße Schnauze mit einer Art Schnauzbart dran, und seine Ohren waren niedlich."

„Ich habe nie einen Hund gehabt."
„Siehst du, da haben wir es. Deswegen fühle ich mich doch deiner so unwürdig. Ich bin es nicht gewohnt, auf einmal einen so guten Hund zu haben."
„Die Ehe ist aber etwas anderes, als einen Hund zu haben. Das müsstest du doch wissen."
„Ach ja? Tatsächlich? Du warst wirklich noch nie verheiratet?"
„Nein!"
„Ist auch egal. Von mir aus kannst du dich jetzt noch mit anderen Frauen austoben, ab jetzt, und ich heirate dich trotzdem."
„Du meinst, du lässt dich durch überhaupt nichts abschrecken?"
„Nein."
„Carmela", sagte er drängend, „wann willst du nun eigentlich ..."
„Lazaro", unterbrach sie ihn und öffnete ihren Haarknoten, um das Haar offen herabfallen zu lassen, „ich habe kein Handtuch! Darf ich mir die Haare an deinem Bademantel trocken rubbeln?"
„Meinetwegen, versuchen kannst du es ja", sagte er. Wieder hatte sie ihn unterbrochen. Wie sie es grundsätzlich immer zu tun pflegte, wenn er konkret über ihre Hochzeit zu reden versuchte.

Sie war ebenso großzügig wie ausweichend. Da erklärte sie ihm, ohne auch nur mit der Wimper zu zucken, sie würde ihn auch heiraten, wenn er noch zwei Frauen neben ihr hätte, aber auf einen Hochzeitstermin – ob noch diese Woche, dieses Jahr oder in zehn Jahren – wollte sie sich nicht festlegen.

War der Grund dafür wirklich nur, wie er anfangs geglaubt hatte, Enriques falsches Spiel? Oder hatte sie schlicht und einfach Angst vor diesem letzten Schritt, vor dem Festlegen eines Datums? Diese beste aller Frauen – oder war sie noch ein Kind? Ständig glitschte sie ihm weg, ließ sich so wenig festhalten wie ein exotischer Fisch in einem großen Aquarium. Noch kein Wort hatten sie über Zukunftspläne gesprochen! Dabei wussten sie doch beide – mussten es wissen! –, dass sie nicht ewig so wie jetzt hier auf der Finca weitermachen konnten. Vielleicht scheute sie einfach vor der Frage nach dem „Was wäre, wenn" zurück, dachte er. Vielleicht versuchte er es besser anders. Überfallartig.

Er wartete geduldig, während sie sich am unteren Ende seines Bademantels die Haare trocknete. Kitzlige Angelegenheit. Nicht so ganz leicht für ihn. Das wusste sie natürlich ganz genau!

Dann wagte er einfach den Sprung ins kalte Wasser. Er nahm abrupt ihren Kopf zwischen die Hände.

„Frage! Hochzeit! Wann?"

„Aber nicht doch, Liebling, jetzt doch nicht! Wo ich tausend andere Dinge im Kopf habe! Ich muss über so vieles nachdenken. Da kann ich mich einfach nicht mit der Zukunft zweier völlig unwichtiger Leute beschäftigen! Ich denke an Tausende und Tausende von Leuten, Mann!" Sie lachte, aber ihr Lachen versprach nichts.

„Wie viele Tausende genau?" Er wandte sich mit beleidigtem Blick ab, aber sie ignorierte das einfach. „Und warum?"

„Es ist so", sagte Carmela träumerisch und lehnte sich an ihn, „ich habe nachgedacht. Du kannst dir nicht vorstellen, wie viel ich nachgedacht habe, seit wir diese drei Hechtköpfe zu suchen begannen. Ich habe beschlossen, zwei Pläne zu machen. Plan A:

Was, wenn wir sie nicht finden. Plan B: Was, wenn wir sie finden."

„Was wäre gewesen, wenn wir sie nicht gefunden hätten?", fragte Lazaro. Widerstrebend merkte er, wie sie ihn doch wieder herumkriegte. Gegen die Magie ihrer Stimme war kein Kraut gewachsen.

„Auf den Plan A konnte ich mich gar nicht richtig konzentrieren, weil er so absolut undenkbar war. Du weißt doch, wie man manchmal die Augen vor irgendetwas, das man nicht sehen will, einfach krampfhaft verschließt. Genauso war es damit. Also habe ich mich eigentlich nur auf Plan B konzentriert. Zuerst überlegte ich, was mein Vater machen würde, wenn er noch leben würde, und ich habe etwas entdeckt."

Sie setzte sich auf und starrte ins Feuer. „Er hatte nur zur Hälfte recht, weißt du. Zu seiner Zeit mag das noch möglich gewesen sein. Aber heute nicht mehr. Es geht einfach nicht an, dass die Familie Alfaro-Sánchez viertausend Hektar Land egoistisch und eifersüchtig für sich behält und keinen ranlässt – jedenfalls nicht hier in Andalusien, wo so viele Menschen leben wollen. Es ist einfach nicht fair. Also müssen wir es mit ihnen teilen. Allerdings sinnvoll."

„Also, das von dir zu hören, hätte ich wirklich nicht erwartet."

„Weil ich mich bisher niemals eingehend damit beschäftigt habe! Aber jetzt … Ich denke, der Teil, der sich erschließen lässt, ist der Punkt, wo sich die drei Erbteile kreuzen. Dort könnte man eine private Reiterurbanisation bauen. Natürlich nur für Pferdeliebhaber, ganz gleich, ob Einzelpersonen oder Familien. Die könnten da mit ihren Pferden leben, und trotzdem hätten Savanna, Marco und ich noch genug privates Land ringsherum."

„Mein Schatz, die Planerin."

„Um das zu begreifen, braucht man gar kein Planer zu sein. Dazu brauchst du nur die Zeitung zu lesen und Nachrichten anzuschauen. Auf die Grundidee kommt es an. Wie viele solcher Erschließungen, die Fehlschläge waren, hätten sich retten lassen, wenn sie nur auf dem Boden einer Idee gewachsen wären!"

„Woran denkst du da?" Lazaro war sehr interessiert zu hören, was für Ideen Carmela hatte – zu einem Thema, über das er seinerseits im Hinterkopf schon länger Überlegungen angestellt hatte.

„An ein Gemeinwesen für Pferdenarren."

„Wie willst du ein Gemeinwesen herstellen? Wie willst du das deinen Geschwistern überhaupt plausibel machen?"

„Lass mich nur machen. Wenn ich den zweien den gleichen Eindruck auf dem Hechtkopffelsen verschaffen kann, wie es uns beide beeindruckt hat, dann wird das ein Kinderspiel. Glaube mir."

„Nichts lieber als das. Was ist, wenn die beiden stur bleiben? Was, denke ich, eher zutreffen wird."

„Du bist ein Pessimist, Martínez."

„Nein, querida, ein Realist."

Carmela ging mittlerweile im Raum auf und ab. Ihre Fantasie hatte sie mitgerissen, sodass sie ganz automatisch den warmen Platz am Feuer verlassen hatte, wo sie ihm so nahe gewesen war.

„Na, die Leute haben verschiedene Möglichkeiten, hier zu leben oder nur zu Urlaubszeiten ihren Wohnbereich zu nutzen. Wir könnten dann die Pferdepflege übernehmen. Manche Leute werden eben Häuser haben oder Wohnungen und manche Einzimmerapartments. Die einen sind jung und die anderen alt, dazu Kinder jeden Alters. Sie haben Vorgärten und Veranden oder Terrassen oder Erker und Hinterhöfe und Patios und Gärten hinter dem Haus. Alle die verschiedenen Häuser stehen nahe genug beieinander, dass sie zusammengehören und die Leute sich über den Zaun hinweg oder von Veranda zu Veranda unterhalten können."

„Und wo bleiben die Finca und ihre Tiere?"

„Aber Lazaro! Selbstverständlich führe ich die Finca weiter, mit ein paar Pferden und Stieren weniger. Das Entscheidende ist doch, dass die Ranch und die Reiterurbanisation nebeneinander und zusammen existieren, dass Platz ist für beide. Sodass jeder, der in der Siedlung lebt, auch mal die weidenden Stiere sieht, wenn er aus dem Fenster blickt."

„Und was wird aus den verbleibenden Teilen von Savanna und Marco?"

„Die könnten sich jeder auf seine Weise ein Haus oder auch eine Villa bauen, je nach ihrem Geschmack. Den zweien wird schon was einfallen. Ich muss sie nur davon überzeugen, dass wir eine Firma gründen, in der wir zu gleichen Teilen Gesellschafter sein werden."

„Komm mal her", sagte Lazaro, „und setz dich zu mir. Wann ist dir dieser Gedanke gekommen?"

„Als wir die drei Pferdekopfskulpturen gefunden hatten. Dieser Satz: ‚Es soll immer im Besitz der Familie Alfaro bleiben, um es vor Plünderung und vor der Zerstörung zu retten.' In dem Augenblick sah ich die spektakulären Achterbahnen und Megabauten, die strömenden Menschenmassen, soweit das Auge reicht. Da wurde mir klar, was für eine Chance wir hier haben. Ich wusste sofort, dass es genau das sein muss. Eine individuelle Urbanisation für Pferdeliebhaber, die auch die Natur respektieren, schützen und erhalten wollen. Siehst du, und dann geht eigentlich alles andere wie von selbst."

Als wäre sie in Trance, dachte Lazaro. Sie hatte sich mit keinem der beträchtlichen Probleme, die mit dem Bau einer solchen Urbanisation verbunden waren, auch nur annähernd beschäftigt. Weder mit der finanziellen noch mit der praktischen Seite. Sie hatte sich nicht eine Sekunde lang gefragt, wie sie denn zur obersten Planerin dieser neuen, wundervollen, utopischen Siedlung werden könne – angesichts der Existenz ihrer Geschwister, die herzlich wenig mit Utopien im Sinn hatten.

„Carmela", fragte er dazwischen, „weißt du, was Infrastruktur ist?"

„Ich glaube schon, zweites Semester, wenn ich mich nicht irre", erklärte sie, noch immer ganz in ihre Visionen versunken.

Sie wird es lernen, dachte Lazaro. Wird nicht lange dauern, und sie wird die Meisterin der Infrastruktur sein. Sie mag hier laut denken und ein wenig berauscht sein, aber von Unmöglichem redet sie keineswegs. Macht ja alles Sinn. Verdammt viel Sinn.

Er wusste tausendmal mehr über Landerschließung als sie, und so hätte er ihr sagen können, dass ihre Idee durchaus in eine bestimmte Zukunftsströmung hineinpasste. Doch die Inspiration würde sie bestimmt nicht mehr loslassen. Sie war ja jetzt schon so fasziniert davon, dass sie darüber selbst ihren geliebten Beruf als Pferdeheilerin völlig vergaß. Und dass er auch noch da war, hier in diesem Raum, nicht nur als ihr Zuhörer. Sie wird auch weiterhin, dachte er, keine Zeit für so etwas Banales wie das Heiraten finden, ja nicht einmal Zeit, davon zu reden. Es wird nicht lange dauern, und die Stadtplaner und Architekten und Bauunternehmer werden in ihr tägliches Leben eintreten, und was dann?

Kapitel 34

Gefallen wird ihnen das nicht, dachte Carmela, als sie ihren Stoß Papiere und Fotos auf dem leeren Schreibtisch ihres Vaters ausbreitete. Wird ihnen überhaupt nicht gefallen. Wenn schon. Das hier war alles offiziell, die ganze Macht der spanischen Regierung und das Königshaus standen dahinter. Nichts mehr mit frommen Legenden und mysteriösen Gelübden. Harte Fakten konnte sie vorweisen.

Sie erwartete Carlos Duenas und Ignacio Lopez. Sobald ihre Dokumentation komplett gewesen war, eine Woche nach ihrer Tour zu den drei Felsen, hatte Carmela sie herzitiert – ja, das war das einzige angemessene Wort für die Art und Weise, wie sie sie hatte wissen lassen, dass sie mit ihnen zu reden habe.

Ursprünglich hatte sie sich vorgestellt, ihnen zuerst Tee zu servieren und sie dann mit den Beweisstücken zum bestehenden Felsengelöbnis bekannt zu machen. Das hatte sie schnell wieder verworfen. Nichts da. Kein Tee, kein Kaffee. Nicht einmal ein Glas Wasser, es sei denn, sie baten ausdrücklich darum. Das hier war Business, härtestes Business, und es bestand überhaupt keine Veranlassung, dass sie hier besondere feminine Liebenswürdigkeit an den Tag legte.

Sie hatte sich auch entsprechend angezogen, so maskulin, wie es nur ging; wie eine Großgrundbesitzerin, eine Jefa. Dunkelbraune Lammnappahose, die in Cowboystiefeln aus Rindsleder steckte. Dazu ein Männerhemd aus schwerer weißer Baumwolle. Die Haare streng zurück zu einem Knoten gesteckt. Die

Zusammenstellung ihres Outfits machte in der Tat einen geradezu kämpferischen Eindruck.

Sie hatte mit dem Gedanken gespielt, Lazaro zu dem Treffen dazuzubitten, es aber dann unterlassen. Er war zwar ihr Anwalt, aber sie wollte diese Unterredung mit den zwei Herrschaften erst einmal allein führen. Es gab also keine rechte Begründung für seine Anwesenheit; zumal sie auch ihre Geschwister nicht dazugebeten hatte, weil ohnehin klar war, dass Carlos Duenas und Ignacio Lopez in ihrem Namen und Auftrag handelten. Da wären sie bei dem, was sie vorzubringen hatte, nur eine Ablenkung gewesen.

Sie stand hinter ihres Vaters Schreibtisch und klopfte ungeduldig mit dem Stiefel auf den Boden. Noch zwei Minuten, und sie waren unpünktlich!

Dann aber hörte sie den Wagen vorfahren, und kurz danach vernahm sie die näher kommenden Schritte der beiden Männer. Aha. Sie hatten es also auf peinliche Pünktlichkeit angelegt! Sie blieb regungslos hinter dem Schreibtisch stehen, ernst, ohne das kleinste Lächeln, und zwang sie, zu ihr hinzukommen, um ihr zur Begrüßung die Hand reichen zu können.

„Machen Sie es sich bequem, meine Herren", sagte sie. Es war eher ein Befehl als eine Einladung. Sie selbst setzte sich auf den Stuhl ihres Vaters. Sie blickte sich noch einmal im Raum um. An den Wänden hingen gerahmte Fotografien aus mehreren Epochen, Verkaufsurkunden für preisgekrönte Pferde und Dankesbriefe verschiedener Pferdebesitzer. Carmela hatte das Gefühl, als seien José Sánchez und ihre Großmutter Ricarda selbst anwesend.

„Bei unserer ersten Begegnung", eröffnete Carmela das Gespräch und blickte selbstsicher von einem zum anderen, „trugen Sie beide mir ein Projekt für die

Alfaro-Sánchez-Finca vor. Ist Ihnen die Geschichte dieses Anwesens bekannt?"

„Nein, Señora Fernández."

„Das Kloster und die Ländereien gehörten den Kartäusern. Deren Besitz grenzte direkt an die Finca. Es gibt eine überlieferte Geschichte über ein Gelübde, dass der ganze Besitz der Familie Alfaro-Sánchez, der das Kloster und die Ländereien mit einschließt, niemals außerhalb der Familie veräußert werden darf. Sie hingegen, Señor Duenas und Señor Lopez, sind intelligente, moderne Männer und zu aufgeklärt, um an solche alten Legenden zu glauben. Wenn Sie diese Landschaft erblicken, dann sehen Sie in ihr etwas ganz anderes gebären: einen Megafreizeitpark und Wohnanlagen."

„Bingo, Señora Fernández", lächelte Carlos Duenas. „Aber die Zeiten ändern sich ja auch, wissen Sie. Die Berge mit ihnen, sozusagen."

„Nicht so sehr, wie Sie zu glauben scheinen, Señor Duenas. Ihr Projekt gefiel mir überhaupt nicht …"

„Ich persönlich konnte ja nicht anwesend sein", bemerkte Señor Lopez trocken. „Nach meinem Wissen ist Ihre Ablehnung Señor Duenas nicht entgangen."

„Daran hat sich nichts geändert. Damals wusste ich nur noch nicht, was ich denn tun könne, um es zu verhindern. Ich stellte Nachforschungen an, um herauszufinden, wie viel Legalität wohl in dem hausgemachten Testament meines Vaters steckt. Ich habe in der Tat etwas Hochinteressantes entdeckt. Er hat mir und meinen Geschwistern Land vererbt, auf das er eigentlich gar keinen Rechtsanspruch hatte."

„Was Sie nicht sagen", meinte Carlos Duenas mit einem dünnen, herablassenden, kampfbereiten Lächeln.

„Land", fuhr Carmela unbeeindruckt fort, „über das er nicht ohne Weiteres verfügen konnte. Grund und Boden, auf dem ein Gelübde liegt, welches ihm verbot, das Land irgendjemandem zu vererben, ohne das, was dieses Gelübde besagt, ausdrücklich darin einzuschließen."

„Was, bitte, soll dieser Unsinn?" Ignacio Lopez' Stimme klang völlig unbekümmert, gelassen.

„O nein, das ist kein Unsinn, Señor Lopez", widersprach sie und stand auf. „Ich habe Ihnen hier einige Dokumente zu zeigen. Da ist zuerst ein Brief meiner Ururgroßmutter Graciana Alfaro an ihre Tochter."

Sie las langsam den Brief vor. Danach gab sie ihnen einen gerafften, aber präzisen Überblick über die Geschichte der spanischen Landverteilungen und erläuterte die Bedeutung der vergrößerten Kopie des Dokuments, das sie und Lazaro im Privatarchiv der Herzogin gefunden hatten. Zum Schluss zeigte sie die Vergrößerungen ihrer eigenen Fotos von den drei Skulpturen auf dem Berg und umfuhr mit dem Finger auf einer topografischen Karte das Gebiet der Finca. Den Bereich, der dem – bisher sowohl von den Kartäusern wie den Alfaros stets genau beachteten – Gelübde entsprechend „von Menschenhand unangetastet" bleiben musste, hatte sie rot schraffiert.

Als sie fertig war, blieb sie hoch aufgerichtet hinter dem Schreibtisch stehen und unterdrückte nur mühsam ein Siegerlächeln.

Carlos Duenas und Ignacio Lopez wechselten einen Blick, dessen Bedeutung Carmela unklar blieb. Der Erste, der nach dem anschließenden Schweigen etwas sagte, war Señor Lopez.

„Das ist tatsächlich alles sehr faszinierend, Señora Fernández", meinte er. „Ich gratuliere Ihnen zu Ihrer

Detektivarbeit." Er war verbindlich und höflich zugleich.

„Gründliche, saubere Arbeit!", pflichtete auch Carlos Duenas bei. „Wenn Sie je einen Job suchen sollten, engagiere ich Sie vom Fleck weg."

„Eine überaus interessante historische Kuriosität", fuhr Lopez fort, „und eine sehr anrührende obendrein. Romantisch, großzügig, idealistisch. Tiefreligiös und fromm, könnte man auch sagen. Ich bin Ihnen sehr dankbar dafür, dass Sie uns dies alles wissen ließen."

„Señor Lopez", unterbrach ihn Carmela stirnrunzelnd, „ist Ihnen denn entgangen, was das bedeutet?" Auf alles war sie gefasst gewesen, nur nicht auf Lobeshymnen. Sie wusste doch, dass diese beiden keine guten Verlierer sein konnten. Wieso erregten sie sich so wenig? Eine leichte Unsicherheit ergriff Carmela.

„Bedeuten könnte, Señora Fernández!", verbesserte Lopez sie. „Könnte. Allenfalls deshalb …" Er beugte sich vor und fischte zielstrebig eines der Papiere aus dem Stoß heraus.

„Das hier, die Verkaufsurkunde aus dem Archiv der Nationalbibliothek in Madrid, ist nämlich das einzige rechtswirksame Dokument auf diesem Tisch."

„Wovon reden Sie eigentlich?", brauste Carmela auf. „Der spanische Besitztitel ist selbstverständlich rechtswirksam, er ist das Schlüsseldokument. Hierin wird eindeutig nachgewiesen, dass die Liegenschaften vor 1838 den Kartäusern gehört haben, bis sie sie den Alfaros übertragen haben. Erzählen Sie mir bloß nicht, das sei nicht rechtswirksam!"

„Genau das versuchen wir Ihnen klarzumachen", entgegnete Carlos Duenas, auch er vollkommen gelassen und geradezu leutselig. „Alles andere, was Sie da haben, ist juristisch ohne jeden Belang."

„Das kann doch nicht Ihr Ernst sein! Das ist doch nicht möglich!"

„Señora Fernández", unterbrach Ignacio Lopez sie mit seiner unerschütterlichen Gelassenheit, „ich kann Ihre Enttäuschung ja verstehen, und Sie haben durchaus mein ganzes Mitgefühl. Aber", er beugte sich vor, um seinen Worten Nachdruck zu verleihen, „es führt kein Weg daran vorbei, dass es keinerlei juristische Handhabe gibt, den Verkauf des Grund und Bodens der Alfaro-Finca wegen eines Gelübdes zu verhindern. Einer Abmachung zwischen zwei seit Langem verstorbenen Ordensbrüdern, das in einem Brief einer ebenfalls längst verstorbenen Frau einer anderen, die ihrerseits schon lange nicht mehr unter den Lebenden weilt, mitgeteilt wurde. Selbst das Präsidentensiegel ist hier völlig irrelevant."

„Señor Lopez hat recht", bestätigte Carlos Duenas. „Ihr Vater hatte, anders ausgedrückt, durchaus das volle Verfügungs- und Vererbungsrecht. Nichts Gegenteiliges existiert im Ministerio de Hacienda, und das ist die einzige juristische Grundlage, die wir zu beachten haben." Duenas sah sie mit einem gespielten Erstaunen an.

„Das kann nicht sein!", sagte Carmela entgeistert. Ihre ganze Sicherheit war verschwunden. Sie spürte, wie ihr von innen heraus eiskalt wurde, während sie langsam und widerstrebend begriff, dass alle ihre Dokumente möglicherweise nicht rechtsverbindlich waren.

„Wir erwarten gar nicht", erklärte ihr Carlos Duenas, der nun sichtlich ungeduldig zu werden begann, „dass Sie uns glauben. Wir würden hier nur unnötig unsere Zeit mit Debatten vertun, die völlig belanglos sind, weil wohl einzig und allein Ihre eigenen Anwälte Sie davon überzeugen können, dass wir recht haben. Lassen Sie sich von diesen darüber aufklären, wie die Dinge sich verhalten."

„Das werde ich tun, Señor Duenas. Eines haben Sie mir bisher schon klargemacht, nämlich, dass es Dutzende von Möglichkeiten für mich gibt, den Verkauf des Landes für lange Zeit zu blockieren, selbst wenn sich herausstellen sollte, dass dieses Gelübde rechtlich nicht durchsetzbar ist. Was ich allerdings so ohne Weiteres nicht zu glauben bereit bin."

„Damit könnten Sie allenfalls mit cleveren Anwälten diese Sache gute zehn oder zwanzig Jahre blockieren. Sie wissen auch, dass Sie am Ende eben doch verlieren würden, wie lange es auch dauern mag. Sie würden Ihr ganzes Leben für ein aussichtsloses Unterfangen verschwenden. Ganz zu schweigen von den immensen Anwaltskosten, die da über die Jahre auf Sie zukämen."

„Das lassen Sie mal meine Sorge sein", erwiderte Carmela, äußerlich ruhig, doch sie spürte in Wahrheit die Panik in sich aufsteigen. Das hatte ihr Lazaro alles bereits erklärt. Nur wollte sie es nicht glauben.

„Eine Sorge, sehr richtig, Señora Fernández", fasste Señor Lopez sogleich nach. „Das wäre es in der Tat. Selbst für eine sehr reiche Frau. Während hingegen meine Geschäftspartner praktisch unerschöpfliche Mittel zur Verfügung haben und ihrerseits problemlos so lange warten können, wie es nun einmal nötig werden sollte. Sie werden niemals aufgeben, schon weil diese Leute grundsätzlich immer langfristig denken, wie ich Ihnen bereits bei unserer ersten Zusammenkunft zu erläutern versucht habe. Offen gesagt, der Gedanke allein, dass Sie, eine so charmante junge

Frau, Ihr ganzes Leben deshalb ruinieren würden, betrübt mich. Wirklich."

„Ich könnte mehr oder minder unbegrenzte Hypotheken auf das Land aufnehmen", sagte Carmela. „So viel ist es allemal wert, wie ich Ihnen gewiss nicht beweisen muss."

„Ja", warf Carlos Duenas zornig ein, „aber dann haben Sie am Ende nicht nur den Rechtsstreit verloren, sondern auch Ihr ganzes Erbe."

„Glauben Sie nur nicht", rief Carmela nun hitzig und in Bedrängnis, „dass ich in diesem Kampf allein stünde! Spanien ist voll von gut organisierten Gruppen, die bis zur allerletzten Instanz an meiner Seite streiten würden. Die Umweltschützer, die Wachstumsgegner und Befürworter einer langsameren Entwicklung. Nicht zu vergessen mein Nachbar, der World-Wildlife-Fonds, der für den Schutz des Doñana-Naturschutzparks verantwortlich ist."

„Mit denen werden wir auch fertig", erklärte Ignacio Lopez mit seiner provozierenden Gelassenheit. „Wenn nötig, kriegen sie ein paar Happen von uns. Da ein paar Hektar und dort, das tut niemandem weh. Sie werden staunen, wie zugänglich diese Naturfetischisten sind, wenn sie ein kleines Stück vom Kuchen abkriegen."

„Ich schlage vor, wir brechen auf, Ignacio", sagte Duenas, „ich muss noch zu einer wichtigen Sitzung."

Sie erhoben sich. Ein Blick auf Carmela ließ es ihnen geraten erscheinen, ihr nicht zum Abschied die Hand zu reichen. Sie wandten sich wortlos um und gingen.

Carmela sank in ihren Ledersessel zurück. Sie fühlte sich völlig erschlagen und besiegt. In ihrem Inneren schien etwas zu zerreißen. Einem letzten, verzweifelten Einfall folgend, sprang sie dann abrupt auf und rannte zur Tür. „Señor Lopez!", rief sie ihm nach. „Was, glauben Sie wohl, werden die Geschäftspartner denken, und ich gehe mal davon aus, dass es Asiaten sind, wenn sie von dem Gelübde hören? Die sind doch unglaublich abergläubisch! Für sie würde es doch schlimmstes Unglück bedeuten, auf Land zu bauen, das durch ein Gelübde geschützt ist!"

„Kein schlechter Versuch!", bemerkte Carlos Duenas mit halb amüsiertem, halb höhnischem Lächeln.

„Stimmt schon, Señora Fernández", pflichtete ihr jedoch Ignacio Lopez wieder höflich bei.

„Nur wissen Sie, was ihr Geld anbelangt, da sind unsere Teilhaber dort noch abergläubischer als hinsichtlich schlechter Vorzeichen. Bei allen regiert nicht der Glaube, sondern die Macht des Geldes. Wir sind Geschäftsleute, und in unserer Philosophie hat der Aberglaube keinen Platz."

## Kapitel 35

„Zum hundertsten Mal, Marco", sagte Savanna, als sie auf die Finca La Verdad zufuhren, „ich weiß auch nicht, warum Carmela mit uns reden will. Aber ich sah keine Möglichkeit, es ihr abzuschlagen, nachdem sie es so ungeheuer wichtig gemacht hatte. Unser Anwalt sagte, es steht außer Frage, dass sie dem Verkauf zustimmen muss, nur kann sie es endlos lang hinauszögern, wenn sie es darauf anlegt."

„Ja, das mag ja sein", brummte Marco, „aber du hättest ihr doch sagen können, sie soll zu uns ins Hotel kommen. Sie will schließlich etwas von uns. Wieso sollen wir bei ihr erscheinen? Außerdem wollten meine neue Flamme Sophie und ich heute eine kleine Bootstour unternehmen."

„Ist dir kalt?", fragte Savanna.

„Nein, nein."

„Denkst du eigentlich hin und wieder an Vater?", fragte Savanna.

„Nein, oder, na ja, um ehrlich zu sein, seit er tot ist, denke ich öfter an ihn als zu Lebzeiten. Ich habe manchmal darüber nachgedacht, wie es wohl gewesen wäre, wenn wir wenigstens einigermaßen freundlich zueinander geblieben wären nach dem Tod unserer Mutter … Ich denke, er hat uns wohl geliebt", sagte Marco langsam, „auf seine Weise. Mir war immer so, als habe er gar nicht anders gekonnt. Auf seine herrische, fordernde, raubeinige Art. Wie könnte ein Mann auch seine eigenen Kinder nicht lieben? Jedenfalls, für uns wäre es dann wahrscheinlich leichter gewesen.

Nicht so frostig. Dann hätten wir auch ein engeres Verhältnis zu ihm haben können, so wie Carmela."

„Selbst zu den Zeiten, als ich ihn besonders abgelehnt habe", sinnierte Savanna, „musste ich doch ständig einräumen, dass er eine Persönlichkeit war. Man wusste einfach immer, er existiert. Es schien sogar, als würde er ewig leben. Doch Mutter und vor allem Großmutter ließen ihn stets so unfreundlich erscheinen. So unzugänglich. Sie haben uns oft Angst vor ihm gemacht."

„Das war nicht fair von ihnen", sagte Marco, und es klang erstaunt. „Er ist aber schuld an Mutters Tod."

„Ach, Marco, wenn du ehrlich bist, so genau wussten wir es nie. Sag Carmela das um Himmels willen nicht", meinte Savanna trocken.

„Wozu auch? Jetzt ist es ohnehin zu spät. Warum also Ärger suchen?"

„Eben", nickte Savanna. Es fiel ihr ein, dass dies tatsächlich das erste Mal seit seinem Tod war, dass sie miteinander über ihren Vater sprachen. Zunächst waren da der Schock und die ganze Aufregung mit dem Begräbnis und der Testamentseröffnung und der Ankunft von

Carlos Duenas und Ignacio Lopez. Sie waren kaum jemals allein gewesen, um auch nur Gelegenheit zu einem solchen Gespräch zu haben. Sie hatten gar nicht wirklich Zeit gehabt zu trauern. Wie konnte man seinen Vater nicht betrauern? Es war ein gutes Gefühl, fand Savanna, mit Marco wieder einmal zu reden. Die vertraute Art, mit der sie einander früher immer verstanden hatten, ohne dass viele Worte nötig waren, hatte ihr wirklich gefehlt, dachte sie. Marco mochte etwas verdreht sein, aber niemand konnte behaupten, er sei dumm.

Sie fuhren in die Auffahrt mit deren prächtigen Bougainvilleabüschen ein. Vor dem Haupthaus kam Carmela ihnen bereits entgegengelaufen und versuchte damit, die leichte Beklemmung zu überspielen, die sie alle drei angesichts der Tatsache empfanden, dass hier einiges Carmelas Eigentum war.

Sie gingen ins Haus. Carmela bot Tapas und Getränke an, doch Savanna lehnte ab. „Danke, nein, wir haben gerade eben gegessen. Worüber wolltest du mit uns reden?", fragte sie, betont kurz angebunden.

„Ach, wisst ihr, es soll eigentlich eher ein Spiel mit offenen Karten sein als ein förmliches Gespräch."

„Was soll das heißen?", fragte Marco, der sofort misstrauisch wurde. Er war fest entschlossen, Carmela die kalte Schulter zu zeigen.

„Es soll heißen", erklärte Carmela, „dass ich euch einen Vorschlag machen will. Wir reiten zusammen aus, und ihr hört euch an, was ich euch dabei erzählen möchte. Wenn ihr danach absolut nichts damit anfangen könnt, unterschreibe ich euch, was immer ihr wollt, und wir können alle nach Hause gehen. In euren früheren Zimmern ist noch euer ganzes Reitzeug."

„Ausreiten? Was für ein idiotisches Spiel soll das sein?", protestierte Savanna sofort. Carmela war ihr nicht recht geheuer, wenn sie, wie jetzt, so entschlossen erschien, obwohl ihre Augen eigentlich ihre Müdigkeit verrieten.

„Nicht mehr, als ich sagte. Wir reiten zusammen aus und unterhalten uns ein wenig. Mein Gott, ihr wisst doch, dass ihr beiden die Zweidrittelmehrheit gegen mich darstellt und ich auf die Dauer keine Chance dagegen habe. Tut mir nur noch diesen einen Gefallen, und ich werde euch nie mehr um einen anderen bitten."

Savanna überlegte rasch. Carlos Duenas hatte ihr versichert, bei seinem und Señor Lopez' Treffen mit Carmela vor ein paar Tagen sei nichts Entscheidendes gesagt worden.

„Nicht mehr als ein kurzes Aufblinken auf dem Radarschirm", waren seine Worte gewesen. Irgendwie hatte sie nun so ein Gefühl, als könne es nicht schaden, womöglich sogar sehr nützen, Carmela bei Laune zu halten, auch wenn dies offensichtlich – typisch – ein letzter, verzweifelter Versuch zu sein schien, ihnen in die Quere zu kommen. Schließlich betraf dieses Verkaufsproblem sie alle drei zusammen.

„Also, meinetwegen. Komm, Marco, ziehen wir uns um."

Die letzte Woche war hart für Carmela gewesen. Lazaro und seine ganze Kompanie auf Grundstücksfragen spezialisierter Anwälte hatten sich in ihre Dokumente vertieft, nur um am Ende festzustellen, dass Carlos Duenas und Ignacio Lopez recht gehabt hatten: Sie konnte den ganzen Rest ihres Lebens mit Prozessen vergeuden, das sogenannte Felsengelübde aber war letzten Endes juristisch nicht verbindlich.

Diese Auskünfte ihrer eigenen Anwälte, gegen die wenig vorzubringen war, hatten bewirkt, dass Carmela sich mehr denn je in sich zurückgezogen hatte. Sie hatte ihren vermeintlichen Triumph schon so ausgekostet, dass die Ernüchterung danach um so niederschmetternder war. Sie beschimpfte sich als unsägliche Närrin, weil sie sich ihres Sieges so sicher gewesen war. Zorn und Wut auf sich und auf die Situation gingen einher mit einer tiefen Traurigkeit, die es ihr kaum möglich machte, mit ihren verletzten Gefühlen und ihrer Enttäuschung noch zurechtzukommen. Selbst mit Lazaro wollte sie nicht darüber reden.

Mehr noch, sie fühlte sich Lazaro zutiefst entfremdet. Er hatte die Dinge völlig unbewegt und gelassen aufgenommen, als hätte auch er nie etwas anderes erwartet. Er hatte das alles einfach akzeptiert. Natürlich war er nicht in der Position, sich die ganze Sache zu Herzen nehmen zu müssen. Was hatte er schon groß getan, seit sie den Brief und das Dokument gefunden hatte – versucht, sie bei Laune zu halten, mehr nicht. Es gab ja auch gar keinen Grund, warum er sich ernsthaft hätte engagieren sollen. In seinem Leben war dies alles ja nicht mehr als eine Episode. Sein Zuhause war die Finca nie gewesen, mit den Alfaros und Sánchez hatte er nichts zu tun, und vor allem war seine ganze Existenz nicht untrennbar mit diesem Land hier verbunden. Wieso hatte sie also auf ihn bauen sollen?

Es war eine unsichtbare Wand zwischen ihnen entstanden. Eine ziemlich hohe sogar, wenn sie es recht bedachte, und eine ziemlich dicke. Eine Mauer aus unausgesprochenen Empfindungen und nicht gestellten Fragen, unerwähnten Sorgen und nicht geäußerten Versicherungen! Sie hatte jetzt auch nicht einmal mehr das Bedürfnis, daran zu denken, nein. Lazaro Martínez zu heiraten erschien ihr jetzt wieder genauso unrealistisch und absurd, wie es der bloße Gedanke daran an jenem Tag gewesen wäre, an dem sie sich erstmals begegnet waren! Außerdem hatte sie jetzt einfach nicht die emotionale Energie, sich damit zu befassen.

Gestern Mittag hatte es endlich aufgehört zu regnen, eine leichte Brise war aufgekommen, und es war warm geworden. Da hatte Carmela beschlossen, ein

Stück am Strand entlangzureiten und sich vom Rhythmus der Wellen trösten zu lassen. Doch jedes Mal, wenn sie landwärts geschaut hatte, hatte sie sich der Erhabenheit des Berges gegenübergesehen. Dann hatte sich ihr Herz zusammengekrampft im Gedanken an die drei Felsskulpturen dort oben und daran, wie wohl die Bulldozer über sie hinwegrollen würden. Um den Berg niederzumachen, damit dort eine sanft ansteigende Fläche entstehen konnte und so die Aussicht für zwei Dutzend Wohnanlagen nicht blockiert wäre.

Sie war durchgeweht und mit einem Sonnenbrand zurückgekommen, aber fest entschlossen, einen letzten Versuch mit Savanna und Marco zu machen, von Angesicht zu Angesicht. Sie machte sich keine großen Illusionen darüber, dass sie sie umstimmen könnte, doch sie wollte sich zumindest später sagen können, dass sie nichts unversucht gelassen und auch ihre letzte Chance noch wahrgenommen hatte.

Schon vor Savannas und Marcos Ankunft hatte sie einen der alten Vaqueros gebeten, drei Pferde zu satteln, für den Fall, dass ihre Geschwister tatsächlich auf ihren Vorschlag eingingen. Die beiden kamen gerade eben heraus und gingen auf die Ställe zu, in Jeans, Steppjacke und ihren alten Reitstiefeln, die sie bei ihrem überstürzten Auszug nach dem Begräbnis mitzunehmen verschmäht hatten.

„Wo wollen wir denn hin?", fragte Marco.

„Hinaus über die Olivenhaine, zur Hochebene hinauf."

„Was sonst", sagte Savanna. „Die große Trumpfkarte unberührter Natur ausspielen, wie, Carmela?"

„Mehr oder weniger, ja. Kommt." Sie ritt auf ihrer Samira voraus, Savanna und Marco kamen hinterhergetrabt. Als sie die Olivenplantagen hinter sich gelassen hatten, ließ sie ihre Stute flott traben. Wenn sie irgendetwas, dachte sie, mit ihrer Schwester und ihrem Bruder gemeinsam hatte, dann, dass sie alle drei den Reitstil der Vaqueros beherrschten. Kurze Signale an das Pferd, um es zu lenken. Großes Vertrauen und eine einwandfreie Kommunikation waren die Voraussetzung für dieses anspruchsvolle Reiten. Das Wohlergehen des Reiters sollte stets eng mit dem seines Pferdes verbunden sein. Carmela trieb ihr Pferd noch etwas stärker an.

Ihr Ziel war ein einzeln stehender alter Korkeichenbaum auf einer Anhöhe, etwa zwei Kilometer entfernt, hoch oben und im Süden, von wo aus man einen besonders weiten, besonders eindrucksvollen Blick über das Land hatte, über die viertausend Hektar der Finca hinweg. Die Stelle war weit genug vom Felsmassiv entfernt, um den Berg in seiner gesamten Größe vor sich zu haben. Der alte Baum stellte auf diesem fächerartig geformten Land, über das man auch einen ganzen Tag lang reiten konnte, ohne an seine Grenzen zu stoßen, eine Art natürlichen Mittelpunkt dar.

Als sie schließlich alle an der einsamen Korkeiche angekommen waren, wollte Savanna sogleich wissen: „Also schön, Carmela, und was nun?"

Die Felder ringsum waren abgeerntet, und auf den Hochebenen, die noch ein wenig aussahen wie die kupferbraune Mähne eines Löwen, begann das neue Gras gerade erst zu sprießen. Darüber und über dem purpurnen Gipfel des Hausberges schienen einige Wolken bewegungslos zu verharren. Gegenüber waren die weißen Gischtlinien der Brandung am Strand noch zu sehen. Doch hören konnten sie sie hier oben nicht. Um sie herum war Stille. Die Welt war fern.

Carmela entfaltete eine Decke und breitete sie auf dem Boden unter dem Baum aus. „Setzen wir uns und machen es uns gemütlich."

„Wird immer seltsamer", murmelte Marco, ließ sich aber doch auf der Decke nieder.

„Sag jetzt nicht auch noch", erklärte Savanna, „wie gut die Luft hier oben ist und dass ich ganz tief durchatmen soll! Beim Yoga-Kurs sind wir hier ja nicht."

„Ich wollte euch hier haben, weil es die beste Stelle ist, um zu zeigen, was das Felsengelübde alles einschließt und was nicht, ohne dass wir gleich hinauf zu den drei Felsskulpturen klettern müssen." Carmela sprach so offen und entschlossen wie jemand, der nichts mehr zu verlieren hat.

„Felsengelübde?", fragte Savanna.

„Was für Skulpturen?", fragte Marco, verständnislos dreinblickend.

„Was denn, ihr wisst das gar nicht? Sie haben es euch nicht mal mitgeteilt? Das geht doch nicht! Ich kann das gar nicht glauben!"

„Moment mal, Carmela. Du sagst, du hast Ignacio Lopez und Duenas etwas mitgeteilt, das sie uns nicht erzählt haben?" Savannas Stimme wurde scharf.

„Und ob ich das habe, verdammt noch mal! Gut, es ist juristisch nicht durchsetzbar, nicht verbindlich. Aber das ist doch noch lange kein Grund, es nicht einmal zu erwähnen! Dabei betrifft das euch beide genauso wie mich. Ihr habt genau die gleiche Abstammung wie ich!"

„Warte mal", sagte Marco unvermittelt. „Bei unserem letzten Telefongespräch hat Duenas erwähnt, du hättest da eine merkwürdige Geschichte erzählt. Ein ‚folkloristisches Ablenkungsmanöver' habe er es genannt, aber es sei nichts von Bedeutung, und dass er es nicht wichtiger machen wolle, als es sei."

„Dieser unerträgliche Widerling! So ein arrogantes, hinterlistiges Aas!", schimpfte Carmela.

„Einfach unmöglich, so was. Es glatt zu verschweigen!"

Sie eilte wütend zu ihrer Satteltasche, um die Dokumente zu holen, die sie nur für den Fall, dass Savanna und Marco irgendein Interesse daran zeigen sollten, mitgenommen hatte. Ihre Hände zitterten, als sie sie ausbreitete – die Kopie des diseño, die anderen Papiere und die Fotos.

„Das gibt es doch nicht! Nicht einmal von dem Brief unserer Urgroßmutter Graciana Maria an Großmutter Ricarda hat er etwas erwähnt? ‚Folkloristisches Ablenkungsmanöver'! Dass ich nicht lache!"

Savannas Ahnen-Interesse war erwacht. Da Carmela von vornherein erwähnt hatte, die Sache sei juristisch unverbindlich, konnte ja auch nicht viel passieren.

„Nun fang mal richtig von vorne an, Carmela, und hör auf, zu schimpfen und diese Blätter pausenlos durcheinanderzuwerfen, und erzähl uns lieber, was das eigentlich alles ist."

„Nur wenn ihr mir versprecht, mich nicht zu unterbrechen." Carmela sah auf einmal einen Hoffnungsschimmer am dunklen Horizont aufblitzen. Ihr Vater hatte ihr oft, wenn sie zusammen ausgeritten waren, stückweise die Geschichte der Familie Alfaro erzählt. Es gab keinen Anlass, anzunehmen, dass er das auch mit ihren Geschwistern gemacht hatte und sie mehr wussten als ein paar vage Einzelheiten.

Sie begann zu erzählen. Von ihrer ganzen, mühseligen Suche, davon, wie sie dann schließlich im Archiv der Herzogin dieses Dokument gefunden hatten.

„Unsere Urgroßmutter Graciana Alfaro", sagte Carmela und deutete auf die Karte, „hat dieses Gelübde respektiert, so wie die Frauen davor unsere Großmutter und unsere Eltern desgleichen. Der Brief beweist es. Das genau ist nämlich der Grund, warum die Finca nie verkauft oder geteilt und immer als Ganzes von einer Generation an die nächste weitergegeben wurde. Mutter hat mir oft erzählt, dass sie, schon als sie noch ein Kind war, ihrer Großmutter immer hat versprechen müssen, niemals auch nur einen Quadratmeter Land zu verkaufen."

„Das stimmt, ich erinnere mich auch daran, dass sie das öfter gesagt hat", meinte Savanna, beeilte sich jedoch gleich hinzuzusetzen: „Das ist schließlich nicht mehr als eine ganz altmodische Sicht der Dinge."

„Ach, Savanna, nun tu mal nicht so", wies Marco sie überraschend zurecht. „Immerhin ist das doch Familiengeschichte!"

„Jetzt habt ihr mich alle beide unterbrochen!", mahnte Carmela und fuhr mit ihrem Bericht fort. Sie erzählte von der Wanderung auf den Berg, der Suche nach den drei Pferdeköpfen und von dem Tag ihres Gesprächs mit Carlos Duenas und Ignacio Lopez.

Savanna musterte sie, als sie geendet hatte. „Wieso, Carmela", fragte sie dann, „hast du uns hierher mitgenommen, wenn du doch glaubtest, wir wüssten das alles inzwischen?" Ihre Stimme war voller Zurückhaltung. „Worauf, mit anderen Worten, willst du hinaus? Sollen wir uns an unserer Vergangenheit versündigen? Lieber Gott, dieses alte Gelübde wurde vor über hundert Jahren abgelegt. Du weißt doch genauso gut wie ich, dass heutzutage, in unserer modernen Welt, kein Mensch mehr auf eine solche Idee käme. Kommen könnte." „Savanna, ich habe keinerlei Absicht, euch irgendwelche Schuldkomplexe einzureden. Ich wollte lediglich, dass ihr etwas spürt! Ich wusste, der einzige Platz, wo dies überhaupt möglich sein könnte, wäre dieser hier, mitten auf dem Land unserer Finca, wo wir es rund um uns herum sehen können. Überblicken können. Nicht in einer Hotelsuite. Savanna, Marco, habt ihr jemals einen einzigen Gedanken auf die Tatsache verwendet, dass ebendieses Land hier, wenn es erst einmal verkauft ist, dann auch weg ist? Unwiederbringlich! Eines der heute wertvollsten privaten Besitztümer in ganz Spanien wird verschwinden, für immer, unter Tausenden Quadratmetern Beton, Stein und Marmor! Seht euch mal um. Dieses Land hier ist unser Erbe. Wenn es weg ist, kann es keine Macht der Welt zurückbringen. Wenn wir es aber nicht verkaufen, sind wir unermesslich reich."

„Mit reiner Fantasie kann man aber nichts bezahlen", erklärte Savanna kühl.

Marco stimmte, fast seufzend, ein: „Carmela, es ist doch genau andersherum. Dieses Land ist zu viel wert, um einfach darauf sitzen zu bleiben. Wir können es uns nicht leisten, es zu behalten."

„Augenblick", sagte Carmela und hob die Hand. „Damit wir uns nicht missverstehen: Ich sage ja gar nicht, dass wir jedes letzte Fleckchen dieses Landes für uns selbst behalten müssen. Natürlich steht das nicht zur Debatte. Ich bitte euch, eine Alternative zumindest zu bedenken."

Sie deutete nach Süden. „Da drüben, in der Nähe der Küste, präziser ausgedrückt, genau in der Mitte, wo unsere Erbteile aufeinanderstoßen, könnten wir drei zusammen eine Urbanisation hinstellen. So eine Art private Reitersiedlung. Für Pferdeliebhaber. Die könnten hier leben oder ihren Urlaub verbringen, umgeben von offenem, freiem, unverbautem Land. Das würde uns für die Zukunft ein ungeheures Einkommen sichern. Die Wertsteigerung nähme von Jahr zu Jahr noch zu. Ihr könntet auch noch stolz darauf sein, anders als bei Carlos Duenas' Plan, den er mir da neulich in eurem Hotel erläutert hat."

„Was, bitte, ist an diesem Plan falsch, möchte ich gerne wissen", fragte Savanna abwehrend.

„Ach, Savanna, komm! Ich mag dich ja nicht so gut kennen wie Marco, aber eines weiß ich mit absoluter Sicherheit: Du selbst möchtest doch da nicht einmal begraben sein!"

„Dass es ein Projekt ist", erklärte Savanna und schüttelte entschieden den Kopf, „das mir persönlich möglicherweise nicht gefällt, ist doch überhaupt kein Argument. Das ist doch völlig gleichgültig. Der kommerzielle Wert bemisst sich doch nicht danach. Ich habe niemals gesagt, dass ich selbst da leben würde oder möchte. Meine persönlichen Ansichten, ich sagte es schon, spielen hierbei gar keine Rolle."

„Ach so? Auch nicht, dass unser Name über dem Ganzen stünde? Exklusive Finca La Verdad oder so, wie dieses Aas Duenas vorschlug? Selbst wenn wir dem Ding einen anderen Namen gäben, glaubt ihr denn wirklich, alle Welt wüsste nicht dennoch, dass dies das Alfaro-Sánchez-Familienland war, das bis auf einen spanischen Besitztitel zurückging und das die drei Sánchez-Geschwister verscherbelt haben? Ein Stück spanische Geschichte, das mehrere Generationen zurückreicht, verscheuert an einen Geldhai? Stellt euch mal die Geschichten darüber in der ganzen Presse vor! Eine riesige Story, und du, Savanna, darfst sie noch beim Fernsehen kommentieren! Darüber müsst ihr euch im Klaren sein: Europaweite Publicity wäre uns sicher, aber ausschließlich negative, darauf könnt ihr jede Wette halten! Das wird uns für den ganzen Rest unseres Lebens anhängen, und auch noch euren Kindern. Wir drei wären das gefundene Fressen für die Medien."

„Mist!", murmelte Savanna zwischen zusammengebissenen Zähnen hindurch, weil sie sich völlig bewusst war, wie recht Carmela hatte.

Marco stöhnte: „Du bist einfach schrecklich, Carmela!"

„Ja, Bruderherz, ich weiß ja, es ist etwas nahezu Unwiderstehliches an so viel Geld. Es ist in der Tat eine verdammt große Versuchung. Meint ihr, das spüre ich nicht auch? Es ist praktisch völlig unmöglich, dem zu widerstehen. Oder besser gesagt: der Vorstellung, es zu haben, dieses viele Geld. Nur würde es doch in Wahrheit Karikaturen aus uns machen! Verrückte. Vater hat uns alle drei viel zu sehr geliebt, als dass er das hätte zulassen wollen. Von unserer Mutter und Großmutter ganz zu schweigen. Nur hat er ein absolut katastrophales Testament gemacht. Davon hat ihn seine Liebe zu uns leider nicht abhalten können."

„Ach, weißt du", seufzte Marco, „ich hab doch immer geglaubt, es sei etwas absolut Wundervolles, mehr davon zu haben!"

„Wieso?"

„Ach komm! Ich male mir die ganze Zeit schon aus, wie ich es ausgebe, dieses Geld! Es ist einfach toll und großartig, endlich ein Erbe zu sein. Da kommst du und versuchst, einem das alles mieszumachen! Sogar wegzunehmen! Ich würde es allein schon haben wollen, um dem alten Herrn eins auszuwischen, weil er Mutter unglücklich machte."

„Unsinn! Das tue ich doch gar nicht! Wir sind in der Tat Erben, das kann uns keiner mehr nehmen. Wir sind die einzigen noch lebenden Alfaro-Sánchez. Daran ändert sich nichts, Marco. Vater schrieb in seinem Letzten Willen, wie ihr wisst, er sei zuversichtlich, dass wir drei den richtigen Gebrauch von unserem Erbe machen würden. Er muss wirklich auf unsere Klugheit und Weitsicht vertraut haben, auch wenn er es uns mit diesem Testament tatsächlich alles andere als leicht gemacht hat." Auf ihre Mutter ging Carmela nicht ein. Sie kannte Marcos und auch Savannas verbohrte Ansichten. Sie blickte ihre Geschwister an und zwang sie geradezu, ihrerseits Blickkontakt mit ihr aufzunehmen, sich anzuhören, was sie sagte, und zuzugeben, dass sie recht hatte.

„Wenn ich daran denke, wie wichtig es ihm immer war, dass ihr früher herkamt, wie sehr er euch vermisste, wenn ihr euch nur per Grußkarten zu Weihnachten und an Geburtstagen gemeldet habt, und wie betrübt er jedes Mal war, wenn ihr trotz Ankündigung eures Kommens durch Abwesenheit glänztet, bricht es mir heute schier das Herz. Die einzige Gelegenheit, bei der er glaubte, wirklich einen Anspruch darauf zu haben, dass ihr kommt, waren die Weihnachtstage, die ihr dann auch immer häufiger absagtet. Er brachte es niemals fertig, euch zu bitten. Er war zu stolz, seine wirklichen Gefühle zu zeigen, und es war ja auch ebendiese Dickköpfigkeit, die ihn daran hinderte, jemals auch nur einen Quadratmeter Boden zu verkaufen. Nur wegen seines speziellen Charakters, der manchmal, zugegeben, etwas schwierig war. Der Hartnäckigkeit von Großmutter Ricarda, die, wie wir jetzt erfahren haben, in vielen Notlagen einen triftigen Grund gehabt hätte, einiges zu verkaufen. Sie hat alles zusammengehalten, und auch deswegen sind wir heute die Erben dieses großen, wunderschönen Stück Andalusiens! Eines Teils des Landes, das mittlerweile geradezu unvorstellbar wertvoll geworden ist, einfach nur aufgrund seiner Lage! Alles, was wirklich zählt, ist, was wir damit beschließen anzufangen."

Sie stand auf und warf die Arme weit auseinander, als versuche sie, Himmel, Atlantik, die frisch grünenden Hochebenen zugleich zu umfangen und es ihrer Schwester und ihrem Bruder in seiner ganzen prächtigen Schönheit zu zeigen.

„Wir können der Welt aber auch sagen", rief sie, „dass unser Erbe nicht zu verkaufen ist. Wir können beschließen, dass wir es nicht bis zum Äußersten ausbeuten müssen, um genug zu haben. Wir müssen es nicht an irgendjemanden verscherbeln. Wir können die Macht, die es uns gibt, selbst ausüben, hier und jetzt, und das Land, das Generationen unserer Familie beschützt hat, nun selbst schützen! Wir können es klug und gut nutzen. Seht ihr es nicht? Spürt ihr es nicht?"

„Sieh mal, Carmela", sagte Savanna zögernd, „ich kann nicht abstreiten, dass deine Tränendrüsen-Ansprache an sich gar nicht so dumm klingt. Es ist doch auch so, dass wir drei einfach überhaupt nichts davon verstehen, wie man plant und baut, schon gar eine urbane Reitersiedlung, wie du es genannt hast. Du bist keine Architektin, und wir sind es erst recht nicht. Keiner von uns hat auch nur die geringste Erfahrung auf diesem Gebiet. Also bist du letztlich nichts weiter als eine idealistische Träumerin, auch wenn sich die Idee ganz gut anhört."

„Steht mal auf, alle beide! Los, kommt! Seht ihr da drüben, da im Norden, diesen buckligen Felsen?" Sie deutete auf eines der Felsmassive.

Savanna und Marco taten ihr den Gefallen, standen auf und blickten hinüber.

„Von diesem Felsen aus", sagte Carmela, „überblickt man einen Teil des Doñana-Parks in Richtung Atlantik. An die tausend Hektar vielleicht, über den Daumen gepeilt. Und da könnte die neue Siedlung hin."

„Aber Carmela", rief Marco, „da sagen sich doch Fuchs und Hase Gute Nacht. Wer soll da wohnen wollen? Das findet man ja nicht mal."

„Das sieht nur so aus, Marco. Unten in Richtung Küste stößt es fast direkt an den Fluss Guadalquivir, von dem es trotzdem durch einen Streifen Wald und Dickicht getrennt ist. Ich reite nun schon jahrelang über das ganze Anwesen, aber mehr als ein paarmal bin ich gar nicht bis dorthin gekommen. Selbst wenn das dort alles bebaut wäre, blieben immer noch dreitausend Hektar für die Stier- und Pferdezucht. Und für uns."

„Und welches Einkommen", wollte Savanna wissen, „würde uns deine Urbanisation da bringen?"

„Zunächst gar keines. Später dann eine beachtliche Summe pro Jahr. Wenn nach und nach immer mehr Objekte gebaut werden. Damit wächst dann unser Einkommen."

„Klingt ein wenig sehr gewöhnlich, wenn du mich fragst", meinte Marco leicht enttäuscht.

„Du hast etwas von einer urbanen Siedlung gesagt, und jetzt stellt sich heraus, du meinst einfach nur etwas, was an der Costa de la Luz längst typisch ist: Schlafstädte."

„Sicher, natürlich sind es Häuser und Wohnungen", sagte Carmela. „Aber ‚typisch'? Nein, Marco, ‚typisch' ganz und gar nicht."

„Inwiefern ist es denn nicht typisch?", setzte Savanna nach, die sich nicht mehr zurückhalten konnte.

„Gute Frage", lachte Carmela befreit. „Hättest du sie nicht gestellt, hätte ich sie von mir aus ohnehin beantwortet." Sie war nun sehr zuversichtlich. Allein diese Frage aus Savanna herauszubekommen war schwieriger gewesen, als König Carlos laut lachen zu hören; und wenn das kein Türöffner war.

Sie sprach rasch, lebhaft und mitreißend. Sie malte ihr Bild mit den schnellen, kräftigen Strichen eines geübten Planers, der die großen Linien zieht, da und dort auch bereits einige wichtige Details einsetzt.

Als sie mit ihrer Erläuterung fertig war, versanken sie alle drei in nachdenkliches Schweigen. Die Faszination der Idee hatte sie alle drei gefangen genommen; für Savanna und Marco war es die erregende Entdeckung einer gänzlich unerwarteten, neuen Perspektive.

Sie starrten alle drei vor sich hin, ohne Blicke miteinander zu wechseln, bis Savanna schließlich zu reden begann.

„Eines ist sicher, Carmela. Du hast diese ganze Sache nicht zu Ende gedacht, wie ich das tun würde. Beispielsweise kannst du, wenn da so viele Leute Interesse zeigen, ein Auswahlverfahren anstreben. Dann müssten wir vorab Ausschreibungen starten, dass sich diese Klientel bereits vor dem Baubeginn dafür entscheidet und einen Vorvertrag unterzeichnet. Sonst könnte es passieren, dass der Andrang groß wäre, aber im Nachhinein einer nach dem anderen abspringen würde. Wir säßen auf leerem Wohnraum. Und soweiter und soweiter."

„Mein Gott, du hast selbstverständlich recht, Savanna!", rief Carmela überschwänglich und umarmte ihre Schwester leidenschaftlich. „Du siehst, wir könnten ohne dich gar nicht auskommen."

Carmela mochte ja ganz smart sein, aber ganz gewiss hatte sie eine Menge vergessen!

„Was ist, wenn diese Leute auch mal aufs Meer rausfahren wollen? Du sagst, die Küste soll unangetastet bleiben, wie denkst du dir das? Du kannst doch nicht einen Haufen Häuser mit einem unverbautem Blick aufs Meer hinstellen und erwarten, dass keiner den Wunsch hat, sich ein Boot zuzulegen und rauszusegeln?"

„Nein, das können wir wirklich nicht machen, Marco!", rief Carmela aus und umarmte nun alle beide zugleich. Drückte sie an sich und sprang auf und nieder, und alle drei lachten und weinten auch ein wenig zusammen, teils weil sie sich alle drei zum ersten Mal in ihrem ganzen Leben wie Geschwister fühlten.


„Und wer", fragte Marco, als sie durch das Tor der Finca nach Hause ritten, „bringt es Carlos Duenas bei?"

„Ich schlage dich vor", lachte Savanna. „Du hast doch ohnehin immer Schwierigkeiten mit ihm. Da macht das bisschen auch keinen Unterschied mehr."

„Hör mal, ich kann mich beherrschen. Du bist die Älteste! Da musst du auch die Verantwortung tragen."

„Am besten gehen wir zusammen. Wir könnten Duenas natürlich auch einen kleinen Zettel schreiben und dann schnellstens für mindestens einen Monat außer Landes gehen." Savanna verspürte ein seltsames, neues Gefühl, das sie noch gar nicht recht analysieren konnte.

„Oder lieber gleich für ein Jahr."

„Ach was", raffte Savanna sich auf, „ich hab doch keine Angst vor diesem Geldbonzen, auch wenn du welche hast. Ich werde es ihm schon beibringen."

„Glaubst du etwa, ich würde mich nicht trauen? Ich mach es!" Marco blies sich mit Entschlossenheit eine Haarsträhne aus dem Gesicht.

„In Ordnung. Ich schaue zu."

„Du Biest, hast du mich also wieder mal reingelegt!" Marco beugte sich hinüber und küsste seine Schwester auf die Wange. „Als wenn ich nicht genau wüsste, dass du das immer schon so gemacht hast!"

„Das ist eben mein Geheimnis, hinter das du nie kommen wirst."

„Ich bringe es Duenas und Lopez bei", meldete Carmela sich dann plötzlich freiwillig, mitten in ein langes Schweigen hinein.

„Nein, nein. Das lasse ich mir denn doch nicht entgehen! Das sagen wir es ihm zusammen. Ich kann es gar nicht erwarten, Duenas' Gesicht zu sehen. Der mit seinen Tricks und Lügen! Ich möchte nicht wissen, wie groß sein Anteil an dem Kuchen sein sollte, nachdem er sich derart für den Deal ins Zeug gelegt hat!"

Carmela übergab einem Stallburschen ihr Pferd. Sie sah kurz zu ihren Geschwistern und eilte in Richtung Haus. Sie wollte so schnell wie möglich ihrer Tochter Laura davon berichten. Dass alles wieder gut werden würde.

Savanna und Marco sattelten ihre Pferde ab und führten sie zur Koppel.

„Das Schlimmste ist ja, dass Duenas beinahe damit durchgekommen wäre!", nahm Savanna die Unterhaltung wieder auf. „Wenn ich jetzt über seinen Plan nachdenke – weißt du, Marco, ich sage es dir jetzt mal ganz ehrlich, so wie niemandem sonst, mir hat das Projekt noch nie gefallen, diese Disneyland-Geschichte. Aber ich habe mich von ihm da hineinreden lassen. Wir waren wirklich bescheuert. Es ist unverzeihlich."

„Von ihm oder von uns?"

„Von beiden", sagte Savanna mit voller Überzeugung.

„Tja …" Marcos übliches, schadenfrohes Charmebolzenlächeln spielte um seine Mundwinkel. Carlos Duenas war so unendlich und unheilbar verabscheuungswürdig! Auch er konnte es kaum erwarten, sein Gesicht zu sehen, wenn er ihm eröffnete, dass sie nicht verkaufen wollten. Dass sie alle übereingekommen waren, das Verfügungsrecht gemeinsam zu übernehmen, sie, die drei Geschwister.

„Sag mal, Savanna, würdest du mich für übergeschnappt halten, wenn ich dir sagen würde … ach, vergiss es."

„Na, was, komm schon, du sagst es mir ja am Ende doch."

„Also, es ist … irgendwie, weißt du, habe ich meine Meinung über Carmela geändert. Ich mag sie jetzt. Sehr sogar."

„Ja, ich auch. Weißt du, man muss jemanden einfach mögen, der es fertigbringt, einen davon zu überzeugen, eine schnelle Million auszuschlagen und keinen Pfennig weniger!"

„Ich bin stolz darauf, dass sie meine Schwester ist, und ich finde es wahnsinnig aufregend, dass wir zusammen dieses Dings … diese Urbanisation bauen. Wir zwei, weißt du, haben uns aufgeführt wie kleine

Kinder und immer nur die Feindin in ihr gesehen, den kleinen Liebling von Vater und von Großmutter. Ich finde, sie hat viel von Ricarda."

„Ja, das habe ich auch schon gedacht, als wir dort oben waren. Großmutter hatte immer schon erkannt, dass Carmela was Besonderes war."

„Sollen wir es ihr nicht sagen?"

„Das brauchen wir gar nicht. Sie weiß es längst."

„Schon. Aber ich will es ihr auch ausdrücklich sagen. Eines Tages, irgendwann. Wenn sich der rechte Moment ergibt. Ich finde es auch schön, dass sie und Lazaro sich gekriegt haben, ehrlich. Ich wusste es ja schon lange. Ich hab das vom ersten Treffen an kommen sehen, wirklich. Dass sie den nie mehr loslässt. Du weißt aber auch, was das bedeutet, nicht? Dass wir spätestens in ein paar Wochen wieder herkommen müssen. Zur Hochzeit."

„Also wirklich, Savanna! Das klingt ja, als sei es eine Beschwerlichkeit für dich. Wenn man es genau nimmt, haben Carmela und Lazaro es ja schließlich uns zu verdanken, dass sie sich kennengelernt haben. So gesehen hatte die Sache doch etwas Gutes. Außerdem, vergiss nicht: Wir sind schließlich Carmelas Familie."

Kapitel 36

Carmela ging Lazaro suchen, sobald Savannas Wagen verschwunden war. Doch Antonia sagte ihr, er sei geschäftlich nach Burgos gefahren, während sie ausreiten war, und komme wohl erst spätabends zurück.

Da sie fast platzte vor Ungeduld, die wunderbare Neuigkeit jemandem mitteilen zu können, aber auch nicht Antonia vor Lazaro informieren wollte, ging sie zu Laura. Sie hatte sie in letzter Zeit wirklich sträflich vernachlässigt. Sie setzte sich gemeinsam mit ihrer Tochter auf deren Bett. Dann sprudelte Carmela die ganze Geschichte heraus, mit solchem Überschwang, dass Laura nicht viel mehr tun konnte, als stumm zuzuhören und allenfalls gelegentlich wortlos zustimmend zu nicken, bis Carmelas Redestrom allmählich versiegte.

„Und du, was hast du gemacht?", fragte sie noch.

„Mama! Schule, Schule, Schule. Wo lebst du eigentlich?" „Das weiß ich auch nicht mehr so recht, ehrlich. Auf einem Kreuzzug womöglich. Ich fühle mich tatsächlich ein wenig wie ein mittelalterlicher Ritter auf der Suche nach dem Heiligen Gral oder so. Wenn er ihn nach hundert Jahren schließlich gefunden hat, sind alle, die er je kannte, längst gestorben, und niemand mehr erinnert sich auch nur an ihn oder daran, warum er auszog."

„Nun ja, es ist kaum mehr als ein paar Wochen gewesen. Ganz vergessen hast du mich ja nicht", lächelte Laura.

Carmela nahm ihre Tochter in die Arme und küsste sie über das ganze Gesicht. „Niemals werde ich dich vergessen und schon gar nicht mehr so sträflich vernachlässigen."

„Ach, Mama. Ich habe es überstanden. Es ist wunderschön, dass wir bleiben können und du dich mit Savanna und Marco ausgesöhnt hast."

„Ja, das ist wirklich ein Geschenk." Sie stand auf und streichelte ihrer Tochter über den Kopf.

„Bist du hungrig?"

Laura nickte.

„Na, dann geh ich mal nachsehen, ob Antonia was Leckeres gekocht hat."

Carmela ging in die Küche, wo sie Licht brennen sah. Doch dort stand nur ein Topf Eintopf auf dem Herd, mit einem Zettel von Antonia, dass sie ihn, ehe sie nach Hause gegangen sei, nur für alle Fälle warm gestellt habe. Obwohl offenbar neuerdings in diesem Hause kein Mensch mehr etwas esse.

Keine Nachricht von Lazaro. Keinerlei Lebenszeichen aus seinem oder sonst einem Zimmer im ganzen, großen Haus. Keine Blumen in den Vasen, kein Kaminfeuer im Wohnzimmer, wo die schweren, massiven spanischen Möbel im Halbdunkel aufschimmerten. Sie öffnete die

Tür zur Veranda. Selbst draußen im Freien schienen die Laute in der Dunkelheit, das leise Rascheln der Blätter und das Sternenzelt des Himmels über ihr weiter weg zu sein als gewöhnlich. Nicht feindselig, aber doch so, als hätte das alles nichts mit ihr zu tun.

Sie setzte sich in der Küche auf einen Stuhl und dachte über einige Dinge nach. Lazaro war nun schon zum wiederholten Male in dieser Woche den ganzen Tag in Burgos gewesen, und sie hatte das bis jetzt überhaupt nicht richtig wahrgenommen. Heute war er sogar einfach fortgegangen, ohne ein Wort zu sagen oder sich auch nur zu verabschieden. Des Öfteren hatte er in letzter Zeit in einem der Gästezimmer geschlafen, sie wusste nicht mehr genau, wie oft. Sie hatte sich auch gar nicht darum gekümmert.

Lazaro. Jeden Schritt auf der Suche nach den drei Pferdeskulpturen hatte er mit ihr gemeinsam getan. Und sie, was hatte sie ihm dafür gegeben? Sie war einfach über ihn hinweggetrampelt. Sie hatte ihren ohnmächtigen Zorn über den Streit mit ihren Geschwistern an ihm ausgelassen. Sie hatte sich überhaupt aufgeführt, als sei er daran schuld, dass sie in dieser Sache den Kürzeren gezogen hatte. An ihrer Niederlage hatte sie ihn nicht teilhaben lassen, nur an ihrem anfänglichen Triumph. Er hatte wohl gewusst, dass man seine Siege mit jedem Beliebigen feiern konnte, sich aber bei Niederlagen immer nur an jemanden wandte, der einen liebte.

Wieso hatte sie Lazaro so völlig aus ihrem Leben verdrängt, gerade als sie ihn am nötigsten gebraucht hätte?

Sie saß in der Küche und merkte, wie ihr auf einmal die Tränen aus den Augen liefen, und sie versuchte, sich selbst zu verstehen. Ganz allmählich, nur sehr zögernd und widerstrebend, kam ihr die schmerzliche Einsicht, dass sie noch immer, obwohl sie sich doch bereits für erwachsen hielt, diese Scheu hatte, jemanden als wirklichen Lebenspartner zu akzeptieren. Nun ja, Lazaro hatte sie natürlich nicht enttäuscht – noch nicht – , aber was, wenn? Wenn es mit ihm am Ende ebenfalls nichts wurde? Wie schon zuvor? War es da nicht besser, sich von ihm zu trennen, solange es noch möglich war?

Andererseits, was war das eigentlich für ein Leben, wenn man nicht fähig war, sich jemandem voll anzuvertrauen, der zu einem gehörte? Sollte man, musste man nicht einfach das Risiko eingehen? Selbst auf die Gefahr hin, dass es schiefging? Statt auf ein Leben zuzumarschieren, in dem man allein auf sich selbst zählen konnte? Wollte sie wirklich zulassen, sich wegen der Schatten der Vergangenheit jeder Chance auf eine andere Zukunft zu berauben?

Sie stand entschlossen auf. Sie hatte sich persönlich eine Menge Fragen gestellt und wenige Antworten gegeben. Es war genug Seelendoktorei für heute. Im Augenblick war etwas ganz anderes wichtig. Ihre Tochter und sie mussten etwas essen.

Eine Stunde später, als Lazaro schließlich zur Haustür hereinkam, brannte nur ein Licht im ganzen Haus, in der Küche. Er ging hinein. Carmela stand am Herd und rührte in einem Topf. Laura sah ihr dabei zu.

„Was um alles in der Welt machst du denn da?", fragte er verwundert.

„Ich wärme den Eintopf auf. Ich dachte, du möchtest vielleicht noch etwas essen, wenn du kommst. Wir zwei haben bereits gegessen."

„Ich hab vor zwei Stunden zu Abend gegessen", sagte er mechanisch.

„Wieso, hast du nicht immer vor dem Schlafengehen Hunger?", fragte Carmela vorsichtig. „Ich schon", sagte Laura und grinste.

„Du bist ja auch meine Tochter."

„Lieber Gott", sagte Lazaro und schickte einen Blick zur Decke, „lass nicht zu, dass diese Frau mich zum Wahnsinn treibt!"

„Aber Schatz", entgegnete Carmela bockig, „ich muss etwas Besonderes tun, um dir zu beweisen, dass ich ein besserer Mensch bin!"

„Ich will gar keinen besseren Menschen, ein besserer wäre ein ganz anderer Mensch. Ich will die alte, überarbeitete Fassung. Die ganz und gar Unmögliche."

„Aber immerhin willst du mich, ja? Da bist du dir auch ganz sicher? So wie ich mich benommen habe, hast du dir nicht überlegt, ob es nicht doch besser wäre, sich die ganze Sache noch einmal durch den Kopf gehen zu lassen? Oh, Lazaro, ich weiß, ich habe mich schlecht verhalten, kalt, unfair und gleichgültig. Ich habe Angst gehabt, dass dich das vielleicht vergrault hat. Ich dachte, du hast genug von den Wechselbädern, die ich dir verpasst habe." Sie sah ihn prüfend und unsicher an.

Lazaro schüttelte verständnislos den Kopf. Sie war offensichtlich tatsächlich übergeschnappt. Wenn das nur nicht ansteckend war! Ein Fall in der Familie war genug.

„Pass mal auf, Carmela. Du erinnerst dich doch an unser Gespräch über eine eventuelle, sagen wir mal, Hochzeit, ja? Es ist ja noch gar nicht so lange her."

„Cool." Laura klatschte begeistert in die Hände.

Lazaro schaute Laura kurz an, um ihr zu bedeuten, sich noch einen Moment zu gedulden, und wandte sich wieder an Carmela.

„Sag: Ja, Lazaro."

„Ja, Lazaro", sagte Carmela.

„Brav. Also. Habe ich dir da nicht gesagt, dass ich mein ganzes Leben mit dir verbringen möchte? Dass ich dich nie mehr fortlassen will? Ich sag dir mal was. Wenn du glaubst, daran ändert sich etwas, nur weil du eine Zeit lang geistesabwesend und abweisend zu mir bist, dann hast du dich geschnitten."

„Dann hab ich mich geschnitten", wiederholte Carmela. Sie schlang die Arme um seinen Hals und presste sich an ihn. Und sie dachte: So könnte ich es stundenlang aushalten. Ich fühle mich so sicher.

„Schon besser", sagte Lazaro.

„Schon besser", wiederholte sie.

„Und du kannst jetzt damit wieder aufhören."

„Wenn ich aber nicht will?"

„Würde ich dir nicht raten."

„Gut, du bist der Boss", sagte sie und löste sich in übertriebenem Gehorsam hastig von ihm, um sich wieder dem Eintopf zuzuwenden, der auf dem Herd fast schon einkochte. Er liebte sie wirklich, da gab es gar keinen Zweifel. Irgendwie hatte sie das Gefühl, dass er sie durchschaute.

Laura schaltete den Ofen ab. „Also, ich habe mir so einen Heiratsantrag romantischer vorgestellt. Schon gar nicht in der Küche bei einem Teller Eintopf." Sie grinste. „Ich gehe auf mein Zimmer und überleg mir schon mal, was ich an dem Tag anziehen werde." Sie nahm sich noch eine Orange aus dem Obstkorb und verschwand.

„Ich gehe jetzt rüber und mache ein Kaminfeuer in diesem düsteren Haus hier, und du kommst mit mir, Señora Fernández. Du kommst mir nicht davon, bis ich nicht ganz genau erfahren habe, welches Spiel du spielst."

Damit schob er sie vor sich her in das Wohnzimmer hinüber, setzte sie energisch in einen Sessel und machte sich daran, das Kaminfeuer zu entzünden.

„Zuerst möchte ich wissen", sagte Carmela, „wo du den ganzen Tag warst."

„Mein Gott, natürlich! Du bist eine solche Nervensäge, dass ich das Wichtigste ganz vergessen habe! Pass auf: Es gibt nur eine einzige Möglichkeit, den Verkauf der Finca zu verhindern und die Duenas-Bedrohung abzuwenden, nämlich deine Geschwister auszuzahlen. Ich arbeite an der Sache schon die ganze Woche. Mein Vater kam von Marbella herüber, wir waren praktisch pausenlos in Verhandlungen mit unseren Banken hier und in der Schweiz, und es ist definitiv machbar."

„Meine Geschwister auszahlen", wiederholte Carmela verständnislos.

„Ja, und eine Reitersiedlung bauen! Mein Vater, ich und noch einer unserer Geschäftspartner, wir bringen ein Drittel in bar ein. Die Banken sind bereit, das zweite Drittel dazuzugeben, und das dritte Drittel gehört sowieso dir."

„Aber dein Vater ist doch im Jachtbau-Geschäft!", sagte sie wie betäubt und versuchte, diese überraschende Folge von Neuigkeiten erst einmal zu verstehen.

„Der Schiffsbau ist nur ein kleiner Teil seiner Unternehmungen", erwiderte Lazaro. „Er ist bereit und willens, sich auf etwas anderes einzulassen. Die langfristigen Aussichten hier gefallen ihm. Außerdem fühlt er sich da drüben in Marbella sowieso ein bisschen einsam. Er denkt sogar daran, ganz an die Costa de la Luz überzusiedeln." Er legte ein großes Holzscheit ins Feuer.

„Und du selbst? Du wolltest doch eigentlich immer eine große Finca haben? Wo doch die hier, nach ernsthaften Maßstäben, nur ein kleines Anwesen ist?"

„Richtig, das wollte ich immer. Aber jetzt, nach meinen Erfahrungen hier als Dauergast, habe ich doch gemerkt, dass ich nie ein hauptberuflicher Vaquero werden würde. Ohne meinen Computer am Sattel wäre ich nicht glücklich." Er drehte sich zu ihr um und grinste sie an.

„Da ist noch etwas. Etwas sehr Wichtiges. Ich liebe dieses Land, dieses spezielle Land hier. Es gehört zu allem, was ich wirklich liebe, wie beispielsweise dich und deine Tochter. Ich habe das auch gemerkt, als wir über die Familiengeschichte sprachen. Als wir beide loszogen, sie zu recherchieren. Ich kann mir gar nicht vorstellen, noch jemals irgendwo anders hinzugehen."

„Aber Lazaro, más querido, ich …"

„Weißt du noch, wie du an diesem Abend von dieser Reitersiedlung geträumt hast? Als wir die drei Hechtköpfe gefunden hatten und wieder zu Hause waren? Diese Idee von dir hat sich in meinem Kopf festgesetzt wie noch nie irgendetwas in meinem Leben. Ich bin an einem Dutzend Unternehmen beteiligt, aber das hier ist das erste und einzige, an dem ich je wirklich persönlich interessiert und auch innerlich beteiligt war. Du musst auch nicht glauben, ich mache es nur dir zuliebe. Kein wirklicher Geschäftsmann investiert eine Menge Geld und Zeit in ein Projekt, an das er nicht auch tatsächlich glaubt."

„Du und dein Vater, ihr habt so viel Geld, um ein ganzes Drittel daran zu kaufen?"

„Na ja, mit ein wenig Unterstützung von stillen Teilhabern, die unbedingt mit reinwollen …"

„Ich hatte nie eine Ahnung, dass du … sagen wir, so reich bist."

„Na ja. Wir haben uns ganz gut gehalten als kastilische Dynastie."

„Was wäre, wenn du niemanden auszahlen müsstest? Wenn du einfach loslegen und die Urbanisation bauen könntest, ohne dass du zuerst das Land aufkaufen müsstest?"

„Als Investment wäre das natürlich das Ideal schlechthin. Denn je weniger Kredite man aufnehmen muss … aber was soll die theoretische Diskussion?"

„Nun ja", sagte Carmela und konnte kaum noch an sich halten. „Nun ja …"

„Nun ja was? Du sagst das so gelassen." Er musterte sie misstrauisch. „Ist was?"

„Ja! Ich hatte da heute eine nette kleine Unterhaltung mit Savanna und Marco. Sie wollen gar nicht mehr verkaufen. Sie wollen auch die Siedlung bauen."

„Wie war das?"

„Du hast mich ganz gut verstanden."

„Das darf doch nicht … wie um Himmels willen …?"

„Lange Geschichte. Ich habe es ihnen noch mal erklärt. Ging ungefähr so: ‚He, Schwesterlein und Brüderchen, warum ziehen wir nicht so eine Megashow ab?'"

„Hexerei!"

„Das kannst du nennen, wie du willst", sagte Carmela.

„Was hast du ihnen über die Finanzierung gesagt?"

„Nichts", sagte Carmela mit einer wegwerfenden Handbewegung. „Wir haben Konzepte angerissen, keine Details besprochen, mein Lieber!"

„Von euch dreien hat doch überhaupt keiner eine Ahnung von Ortsbebauung!"

„Na und?", erklärte Carmela erhaben. „Es ist natürlich meine Idee, mehr oder weniger, aber deswegen muss ich doch nicht die Schaufel in die Hand nehmen und höchstpersönlich buddeln, oder? Für die Infrastruktur – so heißt das doch, nicht? – seid ihr Männer da. Nicht, dass wir Frauen nicht auch dazu imstande wären, meine ich, wenn wir wollten. Unsereins hat interessantere Dinge zu tun. Es ist ohnehin so, dass ich vermutlich Savanna und Marco gegenüber den Eindruck erweckt habe, die ganze Infrastruktur sei dein Ressort."

„Den Eindruck erweckt? Was genau hast du gesagt?"

„Sie waren zufrieden, dass das alles in deinen Händen liegt."

„Augenblick mal! Du hast ihnen das gesagt, bevor du wusstest, dass ich gar nicht mehr die Absicht habe, mir eine große Finca zuzulegen?"

„Tja … war womöglich ein Anfall von Wunschdenken, wie?" Sie musterte ihn gleichwohl verstohlen und leicht verunsichert. Meine Güte, legte der Mann jedes Wort auf die Goldwaage? Das musste sie wohl für die Zukunft im Auge behalten.

„Es war eine Entscheidung über meinen Kopf weg!"

„Nicht im Nachhinein gesehen!", rief Carmela.

„Danach hättest du mir kalt lächelnd den Kauf der Finca ausgeredet und mich noch überredet hierzubleiben!"

„Na ja, versucht hätte ich es."

„So, so." Lazaro überlegte. Kannte er diese Carmela nun in- und auswendig oder nicht? Diese störrische, verschlagene, komplizierte, entschlossene, erdverbundene, stürmische, impulsive, selbstbewusste und zugleich irritierend unsichere Frau, die er erobert hatte, als ihm schon längst die Hoffnung darauf abhandengekommen war?

„Señora Fernández!"

„Si, Señor!"

„Versprich mir, dass du in Zukunft nicht über meinen Kopf hinweg entscheidest."

„Ich verspreche dir alles, was du willst, aber bitte lass mich nicht allein."

Sie fand sich in einer festen Umarmung wieder.

„Niemals", gelobte er. „Ich liebe dich, Carmela Ricarda, ich werde dich nie alleinlassen." Ihr Kopf lag an seiner Brust, und mit jedem kräftigen, rhythmischen Schlag fühlte sie, wie alte Ängste und Zweifel schwanden.

Das hier war ein neuer Anfang. Aller Kummer war vorbei, es war ein herrlicher Abend, und sie konnten voller Zuversicht in die Zukunft sehen.

# **Epilog**

Carmela stand im Wohnzimmer und sah auf das Porträt ihrer Großmutter Ricarda. Mit der Erforschung der Vergangenheit ihrer Großmutter wollte sie nicht nur ihre Neugier befriedigen, sondern sie glaubte auch, dass es stimmte, was sie immer in ihrem Inneren beschäftigte. Carmela konnte die Vergangenheit nicht verstehen, wenn sie nicht die Vergangenheit ihrer Großmutter Ricarda, ihrer Mutter Elena und der Frauen ihrer Generation verstand.

Jedenfalls, dachte Carmela, ist meine Neugier nicht zufriedengestellt. Sie hatte nicht annähernd genug über Ricarda oder ihren ersten, unehelichen Sohn Pablo herausgefunden. Außer dass Enrique Ricardas Enkel war. Sie wusste, dass sie nie erfahren würde, unter welchen Umständen Pablo gezeugt wurde und wie er als Kind aufwuchs. Großmutter Ricarda hatte es so entschieden. Sie hatte vor ihrer Tochter und ihren drei Enkeln jede Einzelheit ihrer Vergangenheit aus dem Jahr 1939 erfolgreich geheim gehalten. Ihre Großmutter war eine Frau, die beschlossen hatte, für diesen Zeitraum keine Vergangenheit zu haben.

„Wir sind unsere Vergangenheit, vor allem die Vergangenheit meiner Familie", flüsterte Carmela.

Aber Großmutter Ricarda hätte nicht ertragen können, dies zur Kenntnis zu nehmen. Carmela schien es, als wäre in Ricarda eine unergründliche Quelle des Unglücks verschlossen gewesen, vielleicht auch eine Art des Grauens, und sie hatte nicht anders gekonnt, sie hatte so tun müssen, als sei nie etwas gewesen. So viele Frauen aus Ricardas Generation mussten heucheln. Ihr Drang, angesehen und über jeden Vorwurf erhaben zu sein, war so stark, die Regeln eines guten Leumunds waren so streng, dass diese Frauen alle anderen Wünsche in den Schatten gestellt hatten.

Wie konnte Carmela ihrer geliebten Großmutter verzeihen, dass sie sich weder gekümmert noch jemals ihren unehelichen Sohn erwähnt hatte? War es nicht Ricarda selbst, die Vergebung gebraucht hätte? Es war die Zeit, in der sie lebte, diese harte Zeit nach dem Bürgerkrieg und unter Francos Herrschaft. Eine schlimme Zeit, die auch noch Carmelas Mutter miterlebt hatte. Carmela erfüllte es plötzlich mit einer Zufriedenheit, denn sie und ihre Schwester Savanna, Mutter Elena und Großmutter Ricarda, sie waren Vertreterinnen dreier Generationen, die die Familie immer an erste Stelle gesetzt hatten. Carmela war dankbar für ihre Familie.

Der Hengst schien zu lächeln, ohne Mühe, ohne Schmerzen, während sich die letzten blassen Schatten jener bekannten Gesichter in dem Sonnenlicht auflösten.

Ricardas Lieblingspferd Ortega sank zu Boden, schloss die Augen, nahm einen letzten, befreienden Atemzug und ergab sich.

So ging der letzte Teil von Großmutter Ricarda. Der Kreis hatte sich geschlossen.

Savanna blickte zu Marco, zu Laura und dann zu Carmela.

„Der Versuch, für das Unerklärliche eine Erklärung zu finden, ist menschlich", sagte Carmela. „Wir fragen uns", fuhr sie fort, „warum. Es ist keinem gegeben, die Antworten zu kennen. Wir wissen nur, dass unsere Familie viel Kummer ertragen musste." Carmela holte Luft und räusperte sich. „Ich denke, dass Ricarda in ihrer größten Not etwas gelernt hatte, das sie uns erst jetzt wissen lassen wollte. Sie hatte gelernt, dass das Leben zu kurz sein kann, um Vergangenheit zu sühnen. Ich glaube, sie würde wollen, dass wir die Augen öffnen, uns bewusst sind, jeden Augenblick verinnerlichen, in der Gegenwart als Familie auf diesem Stück Erde gewissenhaft leben."

Carmela blickte auf und sah, wie ihr Bruder ihre Schwester ansah. Laura und Savanna hielten sich an den Händen, und Marco legte den Arm um ihre Schulter. Carmela bückte sich, nahm etwas Sand in die Hand und ließ es durch die Finger rieseln.

„Diese sandige Erde", sagte Carmela mit bebender Stimme, „war eine Art Verbindungsseil der Alfaro-Frauen, das uns zusammengehalten hat bis heute. Wir haben nicht immer jedem Familienmitglied den gleichen Respekt entgegengebracht. Doch letztendlich brachten diese Erde und dieses Land die Familie wieder zusammen."

Alle vier zusammen bildeten um den Hengst einen Kreis und fassten sich an den Händen. Nach einem Augenblick des Schweigens traten die vier zurück. Sie sahen alle zusammen in Richtung Bergmassiv.

„Dieses Felsengelübde wird ständig weitergegeben werden. Als Danksagung für eine Familie, die so stark war wie diese drei Felsskulpturen und genauso beständig."

Sie umarmten sich alle vier.

„Kommt mir vor, als sei Großmutter noch hier", murmelte Marco vor sich hin.

Savanna seufzte. „Allerdings ist sie hier."

„Sie wird immer hier sein", flüsterte Carmela.

Sie sahen wieder zu dem Berggipfel, von dem aus man, soweit das Auge reicht, die Finca La Verdad überblicken konnte. Dann umarmten sie sich in einem Kreis des Sonnenlichts und lachten, bis ihnen die Freudentränen kamen.

Das Kreuz steht fest, während die Welt sich dreht.

**ENDE**

Christine Lawens lebt im Saarland. Sie schreibt Familiensagas, Liebesromane und Jugendbücher.

C.L. freut sich über Post von ihren Lesern – schreiben Sie ihr: c.i.lawens@gmail.com oder besuchen Sie die Autorin im Web: www.christine-lawens.de